Where Dreams Begin
by Lisa Kleypas

同居生活

リサ.クレイパス
平林 祥[訳]

ライムブックス

WHERE DREAMS BEGIN
by Lisa Kleypas

同居生活

主要登場人物

ホランド（ホリー）・テイラー……………三年前に夫を亡くした未亡人
ザッカリー（ザック）・ブロンソン…………元拳闘家の富豪
ジョージ・テイラー……………………………ホリーの亡き夫
ローズ・テイラー………………………………ホリーの娘
エリザベス（リジー）・ブロンソン…………ザッカリーの妹
ポーラ・ブロンソン……………………………ザッカリーの母親
レイヴンヒル伯爵ヴァードン・ブレイク……ジョージの親友
ジェイソン・サマーズ…………………………ホリーの縁戚の建築家
モード……………………………………………ホリーのメイド
ウィリアム・テイラー…………………………ジョージの兄
トーマス・テイラー……………………………ジョージの弟

1

ロンドン　一八三〇年

ここから逃げなければ。

静かに響く上品な会話、踊り舞う人びとの顔をつやめかせるシャンデリアのきらめき、これから供される豪勢な料理が放つさまざまな匂い……レディ・ホリー・テイラーは、そのすべてに圧倒されていた。夫のジョージの死から間もないというのに、こんなに大掛かりな社交の場に顔を出したのはまちがいだった。もちろん、たいていの人は三年の服喪期間を経れば「死から間もない」とは思わないだろう。ホリーは夫を亡くして一年と一日を正喪期間として暮らし、幼い娘のローズと庭で散歩する以外にはほとんど屋敷のおもてに出ようともしなかった。その間ずっと、黒のボンバジンのドレスに身をつつみ、天に召された夫と自分を隔てる象徴として、髪と顔をベールでおおって過ごした。食事はほとんどひとりでとり、鏡はすべて黒のクレープ地で隠した。手紙を書くときは黒枠の便箋を使い、外界とのやりとりでも哀悼の気持ちを示すのをけっして忘れなかった。

つづけて第二服喪期間がやってきた。ホリーは相変わらず全身黒に身をつつんでいたが、ベールだけは省略した。やがて夫の死から三年目を迎え、半喪期間に入ると、灰色や藤色のドレスも着るようになった。そのころには、親族や親しい友人とのお茶会など、女性同士のこぢんまりと目立たない集まりなら参加することもあった。

だがすべての服喪期間を終え、暗く快適な悲しみの世界から明るい社交界へと足を踏みだしてみると、そこはまるで見知らぬ場所に感じられた。たしかに、人びとの顔や、目の前に広がる景色は記憶のなかにあるとおり……けれどももう、となりにジョージはいない。ホリーは孤独をひしひしと感じ、テイラー未亡人という新たな立場に落ち着かないものを覚えた。かつては彼女も、みなと同じように考えていた。未亡人とは悲しみを胸に抱くかわいそうな存在で、たとえどんなに着飾っていようと、本当は見えない悲劇のマントに身をつつんでいるのだと。けれどもいまになって、ようやくホリーは理解した。このような社交の集まりに参加する多くの未亡人が、来るのではなかったという表情を浮かべていたのは、いったいなぜだったのか。人びとは一様に哀れみの面持ちでホリーに歩み寄り、小さなグラスに入ったパンチなどを勧め、二言三言慰めの言葉をかけると、かすかに安堵した様子で立ち去っていく。あたかも、社交界の義務を無事に果たし、あとは思う存分に舞踏会を楽しめるとでもいうように。ホリー自身、かつては未亡人を相手にそういう態度をとっていた。優しく接したいと思いながら、彼女たちの瞳に浮かぶ悲嘆の色に、影響されるのが怖かったから。

華やかな社交の場で、まさか自分がこんな深い孤独を感じることになろうとは夢にも思わなかった。かたわらにぽっかりと空いた、本来ならジョージがいるべき場所が、彼の不在を痛いほど明白に示しているかに思われてくる。ふいに、まるで場ちがいな集まりに足を踏み入れてしまったかのような、当惑にも似た感情に襲われる。いまのホリーは、満たされていたころの自分の半身《はんしん》にすぎない。舞踏会に出席したところで、人びとの目には、心から愛した男性を失ったぬけがらとしか映らないだろう。

自分の顔がこわばり、青ざめてくるのに気づいて、ホリーは舞踏室の壁に沿って扉のほうへのろのろと向かった。楽士たちの奏でる甘いメロディも、心躍らせてはくれなかった。友人たちは励ますように、音楽を聴けば明るい気分になるわと言ったけれど……甘いメロディは、彼女をあざ笑っているようにしか聴こえなかった。

かつてはホリーにも、今夜ここに集まったほかの若い女性たちのように、夫の頼もしい腕に抱かれて飛ぶように軽快に踊ったときがあった。ふたりは本当に似合いの夫婦で、周りの人からもうらやましげな笑みとともにそう言われたものだ。体格まで似たような感じで、小柄なホリーには、さほど大柄でない夫はちょうどよかった。夫は身長こそ平均的だったが、とても引き締まった体をしており、顔立ちも整っていて、金色がかった茶色の髪と生き生きとしたブルーの瞳がとても印象的で、始終まばゆいくらいのほほえみを浮かべていたものだった。朗らかに笑い、踊り、おしゃべりをするのが大好きな人で……舞踏会もパーティーも晩餐会も、彼がいないだけで、どこか物足りなさを感じさせたものだった。

ああ、ジョージ。まぶたの奥がちくりと痛み、ホリーは涙があふれてくるのを感じた。あなたと出会えて幸せだった。あなたといられて、わたしたちみんな本当に幸せだった。でもこれから、あなたなしでどうやって生きていけばいいの。

友人たちは善意から、今夜の舞踏会に出席するべきだとホリーを説得した。服喪という息苦しい儀式から、ついに解放される日がやってきたのだからと。だがやはり、まだ心の準備ができていなかったのだ……今夜はまだ。いや、そんな準備は永遠にできないのだろう。

笑いさざめく人びとに視線をやり、ジョージの親族たちが談笑したり、金箔をほどこしたセーブル焼きの皿からごちそうをつまんだりするさまを眺める。楽士たちが陽気なカドリールを奏で始めたとき、ジョージの兄のウィリアム・テイラー卿が妻を伴って舞踏室に現れた。テイラー夫妻も似合いの夫婦だが、お互いへの情熱は激しいものとは言いがたく、ホリーとジョージがはぐくんだ真の愛に近づけそうな気配はない。夫の親族たちを見ているうちにホリーは気づいた——ジョージの両親も、兄弟も、その妻たちもみな、どうやら彼の死から立ち直ったようだ。舞踏会に出席し、笑い、食べ、飲み、家族のなかで最も愛されていた男性が若くしてこの世を去った事実を忘れてしまえるくらい、十分に立ち直ったのだ。元どおりの人生を歩み始めた彼らを、責める気持ちはホリーにはない。ジョージはもういないのだから。むしろ彼女は、親族たちをうらやましく思っていた。頭のてっぺんからつま先までおっている、この見えない悲しみのマントを脱ぎ捨てることができたなら。胸を衝《つ》きつづける喪失の痛みは、娘のローズがいなかったら、一瞬たりとも忘れることができなかっただろう。

「ホランド」すぐ近くから呼ぶ声が聞こえてきたので振りかえると、ジョージの弟のトーマスが立っていた。トーマスは兄によく似たハンサムな青年で、テイラー家の男性に共通の青い瞳と金色がかった茶色の髪をしている。だが、ジョージの圧倒的な魅力を形作っていたちゃめっけや、絶えず顔に浮かんでいたまばゆいほどの笑みや、温かさや自信は兼ね備えていない。またトーマスはずっと背が高く、カリスマ性を備えた兄を少し暗くしたような印象を与えた。ジョージが腸チフスで亡くなってから、トーマスはなにくれとなくホリーに手を差し伸べてくれている。

「トーマス」ホリーは朗らかに呼びかえし、こわばった口元に無理やり笑みを浮かべた。

「楽しんでいらっしゃる？」

「あまり」トーマスはそう応じ、紺碧《こんぺき》の瞳にかすかに同情をにじませた。「でも、義姉《あね》上に比べれば上手にやり過ごせているよ。顔が引きつっているね。また偏頭痛が始まった？」

「ええ、そうみたい」ホリーはうなずいた。両のこめかみと後頭部に執拗《しつよう》な痛みがあるのにふいに気づいた。これからもっとひどい痛みに襲われる前触れだ。偏頭痛に悩まされるようになったのは、ジョージが亡くなり、葬儀を終えてからだ。猛烈な頭痛はいつも突然やってきて、ときには二日も三日も寝こんでしまうことさえある。

「家まで送っていこうか」トーマスがたずねた。「オリンダなら気にしないと思うから」

「大丈夫」ホリーはすぐさま断った。「あなたはここで、奥様と一緒に舞踏会を楽しまなくてはだめよ。わたしなら、ひとりで帰れるから。ひとりのほうが気が楽なの」

「わかったよ」トーマスはほほえんだ。ジョージによく似た面差しに、ホリーの胸はねじれるように痛み、頭痛がいっそう鋭さを増した。「でも、うちの馬車を呼ぶくらいのことはさせてくれるだろう？」

「ありがとう」ホリーは感謝をこめて言った。「玄関広間で待っていればいいかしら」

トーマスは首を振った。「おもては馬車で大混雑しているから、うちのが正面玄関に来るまでに少しかかると思う。それまで静かな場所で待っていたほうがいいよ。たしか、温室とつづきの小さいけれど感じのいい応接間があるはずだ。玄関広間を過ぎて、曲線階段の左手の廊下の先にあるからね」

「トーマス」ホリーはつぶやくように言い、義弟の袖にそっと触れると、弱々しい笑みを浮かべた。「わたしったら、あなたがいなかったらなにもできないわね」

「なにもする必要なんかないさ」トーマスは力強く答えた。「兄上の奥さんのためなら、どんなことだってするよ。家族みんなが同じように思ってる。義姉上のことも、ローズのこともちゃんと面倒を見るよ。ずっとね」

彼の言葉に安堵するべきなのに。だがホリーは、自分たちがテイラー家の重荷になっているという思いを拭い去ることができなかった。ジョージの死後、ホリーとローズにもたらされた年金はまさに微々たるもので、彼女はそれまで住んでいた純白の柱の優雅なタウンハウスを売り払うことを余儀なくされた。だから夫の実家が邸宅に二部屋を用意してくれたときは、心底ありがたいと思った。未亡人たちがのけ者扱いされたり、再婚を強いられたりして厄介払いされるのを、ホリーもこれまでに何度も見てきた。ところがテイラー家の人びとは、彼女をまるで大切な客人、いや、ジョージの思い出の生きたあかしのように丁重に扱ってくれる。

　舞踏室の壁に沿って歩くホリーの左の肩甲骨が、派手な装飾をほどこした戸枠の角にふいにぶつかった。手探りしながら、開け放たれた扉の向こうに急いで出ると、そこは鍵穴形の玄関広間だった。この邸宅はウォーリック伯爵ベルモント卿が所有するもので、ハウスパーティーを開くために造られた。実際にはパーティーのほかにも政治家の密談や結婚式に用いられ、さまざまな運命の変遷を見てきた場所だ。レディ・ベルモントはもてなし上手で知られており、彼女の主催する舞踏会や夜会には貴族から政治家、著名芸術家までさまざまな人たちが招かれる。テイラー家の人びとはレディ・ベルモントに全幅の信頼を置いていて、シーズンの幕開きにここで催される舞踏会なら、ホリーが社交界に復帰するのにもってこいだと考えたわけである。

　玄関広間の円形部分の両脇に、巨大な曲線階段があった。一階に位置する玄関広間の先にはいくつかの主室が連なり、さらにその先にはたくさんの応接間や客間があって、どの部屋からも温室や石敷きの小さな庭に出ることができる。こっそり誰かと話がしたいときや、ロマンチックなランデヴーを楽しみたいときには、人目につかない場所を簡単に見つけることが可能だ。

　大勢の人でわきかえる舞踏室から遠ざかるにつれ、呼吸が楽になっていくのを感じながら、ホリーは廊下をきびきびと歩いて、トーマスが言っていた応接間を目指した。ほとんど黒に近い濃紺の畦織《あぜおり》シルクのイヴニングドレスのスカートが、歩を進めるたびに重たく脚にからまった。スカートの裾には、シルクとクレープに詰め物をしてステッチをほどこした重たい縁飾りがあしらわれている。最近はこういうたっぷりとした重厚なスカートが流行だ。ジョージが生きていたころに流行した、ふんわりと軽やかなデザインとはまるでちがう。

応接間の扉は半開きになっており、室内に明かりはついていなかった。だが窓からさえざえとした月光が射しこんでいるため、蠟燭をつけなくても十分に視界がきいた。部屋の一隅には曲線が美しいフランス製の肘掛け椅子が二脚とテーブルが置かれている。そのかたわらのマホガニーのスタンドには、いくつかの楽器が立てかけてある。窓と炉棚には、フリンジをあしらったベルベット。毛足の長い花柄のメダイヨン模様の絨毯が、足音をかき消してくれた。

薄暗く静かな室内にそっと入ると、ホリーは扉を閉め、細く絞ったウエストに片手をあてて長いため息をついた。

「疲れた」とつぶやき、ひとりきりになれたこの上ない安堵感に浸る。おかしな話だ……すっかり孤独に慣れてしまって、人が大勢いると落ち着かないとは。以前は社交の場で臆したことなどないし、どんな状況でも気楽に楽しめた。だがあれは、ジョージがいたからだったのだ。彼の妻という立場がもたらしてくれた自信は、もうどこかに消えてしまった。

部屋の奥へぼんやりと歩を進めたホリーは、冷たい風に肩を撫でられ、思わず身震いした。ドレスのボートネックはあまり深く刳《く》られておらず、鎖骨は隠れているが、あらわな首筋と肩口に冷たい風がじかにあたった。いったいどこから風が入ってくるのだろう。周囲に視線を投げると、応接間につづく温室の先に庭が広がっていて、フランス戸が少し開いているのが見えた。彼女は戸を閉めようとそちらに歩み寄った。だが、冷たい真鍮の取っ手に手をかけたとき、奇妙な感覚に襲われてためらった。すりガラスの向こうをじっと見つめるうち、心臓が痛いほど早鐘を打ち、手足にまで響くのを感じ始めた。

まるで、底なしの崖の淵に立っているかのようだ。早く安全な応接間に戻らなければ、いっそのこと熱気と狂騒につつまれた舞踏室に戻ってしまわなければ、そんな強烈な衝動に駆られる。それなのに彼女は、両手のひらで取っ手をぎゅっと握りしめたままでいた。やがて手のひらの汗で、取っ手がぬくもりと湿り気を帯びてきた。夜の闇が、おもてに出ておいで、ありとあらゆる安全なもの、慣れ親しんだものを捨ててこっちにおいでと誘っている。

ばかばかしい……ホリーは小さく身震いしながら、笑い飛ばそうとした。足を一歩前に踏みだし、ひんやりとした風を肺いっぱいに吸いこもうとした。と突然、大きな黒い人影が目の前に現れた。見上げるように背の高い男性だった。ホリーはびっくりしてその場に凍りついた。力を失った両手が扉の取っ手から滑り落ち、驚きのあまり全身に鳥肌がたつ。馬車の用意ができたとトーマスが言いにきたのかと思ったが、目の前の男性は義弟よりずっと、いや、知り合いのどの男性よりも背が高い。

ホリーがなにか言おうとする前に、見知らぬ男性は手を伸ばすと、敷居に立つ彼女を自分のほうに引き寄せた。ホリーは小さな叫び声をあげ、つんのめるようにして、応接間の外、闇のなかへと意図せず足を踏みだした。勢いあまって、男性の腕のなかに飛びこんでしまう。手足をこわばらせ、ほとんどシルクの小山と化した彼女の体を、男性はいとも簡単に受け止めた。抱きとめる腕はとても力強く、彼女は自分を、大きな手につつまれた無力な子猫のように感じた。

「なにをなさるの――」ホリーは当惑して息をのんだ。男性の体はたくましく、鋼でできているかのようだ。汗ばんだ手のひらに、なめらかな上着の感触がある。糊づけされたリンネルとたばことブランデーの匂いに鼻孔を満たされ、そのいかにも男性的な香りに、かすかにジョージを思いだした。こんなふうに誰かに抱きしめられるのは、本当に久しぶりだ。この三年間、男性に慰めを求めたことは一度もなかった。誰かの腕に抱かれて、夫に最後に抱きしめられたときの記憶を台無しにされるのがいやだったからだ。

だが今回のことは自分でもどうしようもなかった。抗議の声をあげ、たくましい体から逃れようと身をよじっていると、男性は身をかがめ、耳元にささやきかけた。

「ずいぶん待たせるじゃないか」その声に、ホリーは驚愕を覚えた。低くとどろく声は、いやがるペルセポネを暗黒の王国へとさらう冥府の王ハデスを連想させた。

人ちがいをしているのだわ……ホリーは気づいた。どうやら、誰かのロマンチックなランデヴーの邪魔をしてしまったらしい。「あの、わたし、ちがうんです――」

ホリーは言葉を失った。男性が唇を重ねてきたのだ。驚いて相手の体を押しのけようとしながら、困惑と恐れと、唐突な怒りに襲われる……ジョージとの最後の口づけを台無しにされてしまった。だがその思いは、突然わきおこった炎のごとき興奮に焼きつくされてしまった。男性の唇はとても熱く、執拗に求めてくる。ホリーは思わず口を開いた。こんなキスは生まれて初めてだ。燃えるような欲望を伝える熱い唇に、抵抗する気が萎えていく。それでも彼女は、男性から逃れようとして顔をそむけた。だが彼はその動きを追い、傾けた顔をいっそう親密に寄せてくる。自分の心臓の鼓動が耳を聾《ろう》するほどに響いている。ホリーは本能的な恐怖を覚えてすすり泣いた。

その瞬間、男性が人ちがいに気づいたのがわかった。驚いた男性の動きが止まり、呼吸すら聞こえなくなる。やっと解放してもらえる……ホリーはぼんやりと思った。彼はしばらく躊躇《ちゅうちょ》したのち、抱きしめる腕の力を弱めた。だが、彼女の体を折らんばかりの力ではなくなっただけで、まだしっかりと抱いたままだ。大きな手が背中を伝い上り、あらわなうなじを撫でた。

ホリーは未亡人で、すでにしっかり人生経験を積み、世故に長けているはずだった。だが見知らぬ男性の口づけは、いままで経験したことのない味がした。男性は彼女の口のなかに無理やり押し入り、舌で味わった。その感覚にホリーは身を震わせ、しりごみした。なめらかで温かな口からはかすかにブランデーの香りと……なにかとても心地のよい、強く心引かれる香りがした。いつの間にか彼女はそのたくましい腕に身をゆだね、うっとりするような優しいキスを受け入れていた。探るような舌に、おずおずと舌をからませて愛撫に応じてすらいた。たぶん突然の出会いのせいだろう。あるいは、ふたりの姿を隠してくれる闇のせい。

お互いのことをなにも知らないせい……この熱に浮かされたようなひととき、彼女は別人となって男性の腕に抱かれていた。彼に触れたい、どこでもいいから触れたい、そんな衝動に駆られて首に手をまわすと、すべすべした硬いうなじに触れた。豊かな髪の襟足が、やわらかく指先にからまる。男性はとても背が高く、触れるにはつま先立ちにならなければならなかった。こけた頰を手のひらで撫でると、きれいに剃ったひげの跡がちくちくした。

触れられたことで、男性はいっそう興奮を呼び覚まされたらしい。ホリーの頰に熱い息がかかり、彼の顎の下の、やわらかなところが激しく脈打った。ホリーはいかにも男らしい引き締まった肌の感触を味わい、彼の匂いを飢えたように堪能していたが、ふいに、自分がなにをしているのか気づいた。

ぎょっとして、押し殺した叫び声をあげながら身を離そうともがくと、初めてはっきりした拒絶のしるしを目のあたりにして、ようやく男性が手を離してくれた。抱きしめていた腕が解かれると、ホリーはよろめきながら温室の物陰に逃げた。石壁を台座に翼を背負った彫像のところまで来て、それ以上は進めないと気づき足を止めた。男性はあとからついてきたものの、もう一度彼女に触れようとはしなかった。だが、すぐ近くに立っているので、彼の体からけもののような熱気が放出されているのが感じられる。

「やめて」ホリーは震える声でささやき、あらゆる神経からあふれでる興奮を抑えこもうとするように、両腕で自分を抱いた。「来ないで」

物陰は真っ暗で、互いの顔は見えないが、男性の大きな体は揺らめく月明かりを背にして浮かび上がっている。男性は正装をしていた。ということは、舞踏会の招待客だろう。だが、ありあまる余暇の時間がある紳士とちがい、ほっそりと優雅な体格ではない。その体は、日雇い労働者を思わせる鋼鉄のごとき筋肉におおわれていた。肩も胸板も信じられないくらい分厚く、太ももの筋肉も驚くほど発達している。貴族階級に属する紳士は、これほど目立つ筋肉は蓄えていないものだ。彼らはほっそりとした体型を維持することによって、肉体労働で生活費を稼ぐ人びとと自分たちを区別したがる。

男性が口を開き、その少しかすれた低い声に、ホリーの背筋を心地よいしびれが走った。彼の発音には、紳士に備わっているべき、きびきびとしたアクセントが感じられなかった。やはり上流階級に属する人ではないのだろう。でも、そのような人がどうして、今夜のような舞踏会に招かれているのだろう。

「あなたは、わたしが待っていた女性ではありませんね」男性はいったん言葉を切り、苦笑とともに「すみませんでした」とつづけた。いまさら謝っても手遅れだと気づいておかしくなったのだろうか。

冷静に応じようとしたホリーだったが、声が震えてしまった。「気になさらないでください。単なる人ちがいなんですから。暗がりで待ち伏せしていれば、そういうまちがいもあるでしょう」

その返答に、男性が驚いたのがわかった。彼女がヒステリーを起こすとでも思っていたのだろう。彼は小さな笑い声をあげた。「なるほど。大して申し訳なく思うこともないのかもしれませんね」

男性の手がゆっくりと持ち上がるのを見て、ホリーは、また抱きしめられるのではないかと警戒した。

「触らないでください」ホリーは両肩が壁にぴったりとつくまで後ずさった。ところが男性は、その手を彼女の顔の横の壁につき、身をかがめてきた。ホリーは、たくましい筋肉の檻にとらわれてしまったように感じた。

「自己紹介をしたほうがよろしいですか?」と男性がたずねてくる。

「結構です」

「せめてこれだけは教えてください……相手はいますか?」

「相手?」ホリーはぼんやりとおうむがえしに問いかけ、身を縮めてさらに後ずさった。肩甲骨が硬い壁にあたった。

「結婚しているのですか?」男性は質問しなおした。「あるいは婚約は? なんらかのかたちで、誰かと将来の約束をしていますか?」

「それなら……ええ。ええ、しています」実際には未亡人だが、ジョージの思い出とともに生きているのだから、彼が存命だったころと大きなちがいはない。夫のことを思いだして、ホリーはぼんやりと考えた。どうして自分の人生はこんなふうになってしまったのだろう。あの素晴らしい、愛する夫が天に召されてしまい、自分はこんな物陰で、非礼を働いた見知らぬ男性と言葉を交わしている。

「お許しください」男性は優しい声音を作って言った。「ある方と会う約束をしていたのです……約束など守れそうにない人だったのに。あなたが扉の向こうから現れるのを見たとたん、彼女だと勘ちがいしてしまいました」

「あの……わたしは、馬車の用意ができるのをどこかでひとりで待っていようと」

「もうお帰りになるのですか？　ああ、責めているわけではありませんよ。こういう集まりは、とても退屈ですから」

「必ずしも退屈とはかぎりません」ホリーはつぶやくように言い、ジョージと明け方近くまで笑い、踊り、はしゃいだときのことを思いだした。「一緒にいる相手次第です。自分にふさわしい相手と一緒なら、こんな夜だって……魔法にかけられたように楽しくなるわ」

男性は、ホリーの物悲しげな口調に気づいたらしく、思いがけない反応を見せた。熱い指先が彼女の肩口から喉元を撫でていき、頰を探しあてると、手のひらでそっとつつみこんだ。その手から顔をそむけるべきなのに、ホリーは温かく頰をつつまれる心地よさに、ただ驚きを覚えるばかりだった。

「あなたのようにやわらかな女性にはいままで触れたことがない」男性の声が暗闇のなかから聞こえてくる。「あなたは誰なんですか。名前を教えてください」

ホリーは深く息を吸い、壁から背を離したが、どこにも逃げ場はなかった。前にも横にもたくましい体があって、そんなつもりはなかったのに、気づいたときにはその腕のなかにいた。「もう行かなければ」彼女は息をのんだ。「馬車が待っているのです」

「待たせておけばいい。わたしと一緒にいてください」片手がウエストに置かれ、もう一方の手が背中にまわされる。ホリーの意に反して、快感がおののきとなって全身を駆け抜けていく。「怖いのですか?」男性は、彼女が震えているのに気づいたらしく、そうたずねた。「い、いいえ」抵抗するべきなのに。なにがなんでも彼から離れるべきなのに。たくましい腕に守るように抱きすくめられて、ホリーはいつの間にか喜びを感じていた。両手は互いの体の間に挟んだままだったが、心の底では抱擁にすっかり身をゆだね、広い胸に頭をもたせてしまいたいと思っていた。彼女は震える声で小さく笑った。「こんなことをするべきではありません。もう放してください」

「そんなにいやなら、いつでもご自分から離れていいんですよ」

それでもまだホリーは動くことができなかった。ただ抱き合ったまま、互いの呼吸を聞き、気持ちが高ぶっていくのを感じていた。舞踏室のほうから、甘いメロディが小さく流れてくる。舞踏会が、別世界の出来事のように思えてくる。

見知らぬ男性の熱い息がホリーの耳を撫で、ほつれた髪をそよがせた。「もう一度キスをしてください」

「どうしてそんな——」

「誰にもばれやしません」

「そういう問題ではないのです」ホリーは震える声でささやいた。「こんなのはわたしらしくない……わたしは、こういうことをする人間ではないのです」

「暗闇のなか、見知らぬ男女がふたりきり」男性はささやきかえした。「こんな機会は二度とないでしょう。ああ、逃げないで。この退屈な夜に、魔法をかけてください」ホリーの耳たぶを撫でる男性の唇は、思いがけずやわらかく、まるで懇願するようだ。

ホリーの人生には考えられない状況だった。世の女性たちは、こういう場面になると平気で無謀な振る舞いに走る。いままでホリーは、彼女たちの気持ちがまるで理解できずにいた。どうして危険を冒し、その場かぎりの肉体的な喜びのために誓いを破ったりするのだろう。だがホリーにも、ようやくその理由がわかった。いままで誰かにこんな気持ちにさせられたことはなかった。ホリーの心は空っぽで、満たされぬ思いが募るばかりで、見知らぬ男性の抱擁を受け入れることだけが救いに思われた。これまで貞操を守ってこられたのは、男性からの誘惑に背を向けていたからにすぎなかったのだ。彼女はようやく、自分の心の弱さを悟った。夫の顔を思い浮かべようとしたが、悲しいことに、どんなにがんばってもできなかった。呆然と立ちつくす彼女の目の前にあるのは、星がきらめく夜空と、月光の輝きと、手を伸ばせばそこにある、見知らぬ男性のたくましい体だけ。

ホリーは息を荒らげながら顔を上げた。ほんの少し上げただけだったのに、それだけで彼女の唇は、燃えるように熱い唇にとらえられていた。口づけは巧みだった。男性は片手で彼女の頭を自分の肩にもたせると、しっかりと支えながら、顔を傾けて唇を重ねてきた。うっとりするほどやわらかな唇がゆっくりと、じらすように重ねられ、舌の先が彼女を誘惑する。ホリーはぎこちなく身を寄せた。つま先立って足元をふらつかせながら、たくましい体に身をゆだねた。すると男性は、片手を彼女の背中にまわし、もう一方の手でしっかりと腰をつかんで体を支えてくれた。このような肉体的な喜びを覚えるのも、官能に身をゆだねるのも、本当に久しぶりだった。

探るようなキスがより深く、激しいものになっていく。ホリーはなすすべもなくそれに応えながら、情熱に身を任せる快感になぜか目の奥が痛み、涙があふれてくるのを感じていた。目じりから涙が数滴こぼれ、震える顎に伝い落ちるのもかまわず、切望を抑えきれぬようにひたすら彼に応えつづけた。

男性の優しい指が頬を撫で、涙の跡を探しあてた。口づけでやわらかみを増し、しっとりとした彼女の唇から、男性の唇がゆっくりと離れる。「どうしたのです」彼は息をつきながら、ホリーの濡れた頬にそっと唇を這わせた。「かわいい人……どうして口づけで泣いたりするんです？」

「ごめんなさい」ホリーはあえいだ。「もう放して。こんなことをしてはいけなかったのに……」もがくように身を離すと、幸いにも、男性は追ってこなかった。逃げるように応接間に戻り、主室が並ぶ廊下へと向かう。早くここから逃げたい、これから一生、心に恥辱と罪深い喜びをもたらすだろう記憶から早く逃げたい……そう思うのに、彼女の脚は思うように動いてはくれないのだった。

四五歳になってもなお美しい、快活なレディ・ベルモントはくすくすと笑いながら、力強い男性の手に腕を引かれ、屋敷の正面に位置する私用の応接間の窓辺に立った。知り合いの男性たちはいつだって、ひとり残らず彼女に心からの服従を示す。唯一の例外が、伯爵夫人にもメイドにもほとんど同じように接する、目の前のこの背の高い男性だった。カリスマ的な魅力をたたえた彼にこのようになれなれしく接されて、レディ・ベルモントはなんだかわくわくしていた。どうやら男性は、ふたりのあいだにある階級という名の巨大な壁に気づいていないようだ。夫も友人もいい顔をしないが、いやむしろそれだからこそ、レディ・ベルモントは彼と親しくなろうと努めてきた。そう、女性にはそういう意外性があるほうがいいのだ。

「さあさあ」レディ・ベルモントは笑いを含んだため息をついた。「いったいどなたがそこまであなたの心をつかんだのか、早く教えてちょうだい」

ふたりは並んで、おもての馬車の行列と、その周りで忙しく立ち働く従者の群れに目をやった。応接間の開け放たれたままの扉の向こうから、ほど遠からぬ舞踏室で奏でられるワルツのメロディが流れてくる。いままさに帰ろうとしていた小柄な招待客が、馬車に乗るのを手伝う従者に礼を言おうと振りかえった。金色に光る外灯の明かりが、その女性の顔を照らしだした。

その瞬間、となりに立つ男性が息をのむのに、レディ・ベルモントは気づいた。「あそこです」彼は深みのある声で言った。「あの女性ですよ。黒っぽいブルーのドレスを着ている。彼女が誰だか教えてください」

彼女なら、レディ・ベルモントもよく知っている。レディ・ホランド・テイラーだ。未亡人となった悲しみは普通、女性の美しさを大きく損なうものだが、彼女の場合はその悲しみのせいでいっそう美しさが増しているように見えた。以前は太りやすいたちだったのに、余計な肉が落ちてずいぶんほっそりしたようだ。きらめく茶色の髪をきっちりと編んで頭頂部でまとめただけの地味な髪型さえ、すっととおった小ぶりな鼻や、やわらかく熟したような唇、スコッチウイスキーを思わせる透きとおった茶色の瞳など、彼女のたぐいまれなる美しさを際立たせるばかりだ。夫を亡くして以来、持ち前の生き生きとしたきらめきは失われ、代わりに静かで深い物思いが彼女をつつんでいる。あれ以来、いつ会っても彼女は、美しくも悲しい夢のなかに閉じこめられてしまったような表情を浮かべている。だが、すべてを失った彼女のその悲しみようを、誰が非難できるだろう。

あのように魅力的な若い未亡人なら、あたかもとりわけ美しく咲き誇る花に集まるミツバチのように、男性陣が周囲に群がってしかるべきだ。けれどもレディ・ホランドは、「わたしに触れないで」という無言のメッセージを常に身にまとっているかに見えた。レディ・ベルモントは今夜の彼女の様子を目にし、新しい夫を見つける気になってくれればいいのだけれど、と思った。だがレディ・ホランドは、誰にダンスを誘われても拒絶し、必死に関心を引こうとする何人もの男性を気にも留めなかった。どうやら彼女は、新しい夫を持つ気にはなれないらしい——いまはまだ、いや、たぶんこれからも永遠に。

「もう、あなたという人は」レディ・ベルモントはかたわらの男性に向かってつぶやくように言った。「本当に趣味のいいこと。でも、あの方は無理よ」

「結婚しているのでしょう」彼は質問というよりも断言する口調で言った。黒い瞳はまるで無表情だ。

「いいえ、レディ・ホランドは未亡人なの」

男性がレディ・ベルモントをちらりと見る。ちょっと興味をそそられたという風情だが、穏やかな仮面の下で好奇心がいまにも爆発しそうなのがわかる。「いままで一度も見かけたことがありませんが」

「当然よ。彼女のご主人は三年前に天に召されたの。あなたが社交界の一員になるほんの少し前にね。今夜の舞踏会は、喪が明けてから初めて出席した催しというわけ」

レディ・ホランドの馬車が屋敷の前を離れ、通りを走り去る音が聞こえてくると、男性はそちらに視線を戻し、馬車が視界から消えてなくなるまで目で追いつづけた。その姿はレディ・ベルモントに、手が届かない高みに飛びたった鳥をじっと見つめる猫を思い起こさせた。彼女はため息をついた。高望みをする彼が哀れでならなかった。身分不相応なものをどんなに望んでも、彼にはそれを手に入れることができないのだ。

「ジョージ・テイラーは紳士の典型のような方だったわ」きちんと状況を説明しておくべきだと思い、レディ・ベルモントは説明を始めた。「知的で、ハンサムで、由緒ある家柄の出で。テイラー子爵には息子が三人いらして、そのうちのひとりだったの」

「テイラー」男性はおうむがえしに言った。テイラー家のことをよく知らないようだ。

「とても立派な血筋よ。ジョージはいかにもテイラー家の生まれという顔立ちで、しかも、ひとりの男性には贅沢すぎるくらいの魅力を兼ね備えていたの。彼に出会った女性はみな、淡い恋心を抱いたのではないかしら。でも、彼は心から妻を愛し、それを隠そうともしなかったわ。ふたりの結婚は特別だったから、誰にも太刀打ちできないでしょうね。テイラー家のある方に打ち明けられた話では、ホリーは再婚するつもりもないようよ。ほかの誰かとおつきあいしても、ジョージとの絆に勝るものはとうてい得られないでしょうからね」

「ホリー」男性は優しい声でくりかえした。

「ご家族と、ごく親しい友人のあいだではそう呼ばれているの」男性がレディ・ホランドに並々ならぬ関心を抱いているのに困惑し、レディ・ベルモントはかすかに眉根を寄せた。

「今夜の舞踏会には、美しく、しかもあなたにふさわしい女性が大勢いらしているわ。是非あなたと、とおっしゃりそうなお嬢さんを何人かご紹介して――」

「レディ・ホランドについて知っていることを全部教えてください」男性は言い、レディ・ベルモントをじっと見つめた。

彼女は呆れ顔でため息をついた。「わかったわ。明日、お茶にいらっしゃい。そのときにお話しして――」

「いまです」

「わたくしが主催する舞踏会の真っ最中に？　ときと場所というものを――」彼女はそこで言葉を切り、声をあげて笑いながら、かたわらの長椅子へと男性が無遠慮に引っ張るのに任せた。「ねえ、あなたのその男らしさはとても魅力的だけれど、少々横柄すぎる――」

「全部です」男性が同じ言葉をくりかえし、いたずらっぽくにやりとするのを見て、レディ・ベルモントの胸はどきんと鳴った。

今夜は主催者としての務めなど忘れよう、彼女はすぐに心を決めた。そんなものは忘れて、彼が知りたいということをなんでも、なにもかも話してあげよう。


ホリーは安全な住みかに逃げこむうさぎのように、急いでテイラー家の戸口をまたいだ。残念ながらテイラー家には、屋敷を完璧な状態で維持できるほどの潤沢な資産はない。だがホリーは、小さなほころびがそこかしこにある優雅なこの家を隅々まで愛していた。色褪せたタペストリーや擦り切れた手織り絨毯さえ、心をなごませ、落ち着かせてくれる。古びた屋根の下で眠るのは、大好きな祖父の腕のなかで眠るのにも似ていた。

建物正面に破風《ペディメント》と大きな柱があしらわれ、小窓が整然と並ぶテイラー家の邸宅は、ジョージが少年の日々を過ごした場所だ。さぞかし元気な男の子だったにちがいない。建物中央の大階段を走りまわり、ゆるやかに傾斜した芝生の上で遊ぶ幼い彼の姿が目に浮かぶようだ。そして夜は、ホリーの娘のローズがたったいま休んでいる子ども部屋で眠ったはずだ。

短くも愛に満ちた彼との結婚生活を営んだタウンハウスを売却できて、ホリーはむしろ喜んでいた。あの家には、彼女の人生で最も幸せな一瞬と、悲嘆の思い出の両方があふれていた。だから、テイラー家の屋敷で過ごすほうがずっとましだった。ここにいれば、夫の幼少時の明るい思い出が悲しみを和らげてくれる。邸内には少年の彼を描いた肖像画が何枚もあったし、階段や壁には彼が自分の名前を刻んだ跡があり、おもちゃの入ったトランクや、時間を忘れて読みふけったにちがいない埃まみれの本も残されていた。ジョージの家族――母親、兄と弟、その妻たち――はもちろん、幼少時からジョージの身のまわりの世話をしてきた使用人たちもみな、ホリーたちに優しく、親切に接してくれた。あたかも、家族一の人気者だったジョージに注がれていた愛情が、いまではホリーとローズに注がれているかのようだった。テイラー家の人びとが与えてくれるこのぬくもりに満ちた空気のなかで余生を送る自分を、ホリーはたやすく想像できた。

だがときどき、完璧に閉ざされたいまの暮らしに窮屈さを感じることもあった。針仕事の途中で奇妙な、途方もない妄想にふけってしまうこともある。心を解き放つことはできないのだという、抑えきれない感情に襲われる瞬間も……ホリーは、なにか恥ずべきことがしたかった。教会で大声をあげるのでも、ぎょっとするような真っ赤なドレスで出かけて踊るのでもいい……あるいは、見知らぬ人とキスをするのでも。

「なんてこと」ホリーはひとりごちた。どうやら胸の内になにかよからぬものが巣くっているらしい。こういう気持ちは、しっかりと閉じこめておかなければいけない。きっと肉体的な渇望のせいだろう。寝室を訪れる夫を亡くした未亡人なら、誰もが抱える悩みだ。ホリーは夫の優しい愛撫が好きだった。夫が夜、自分の寝室にやってきて、朝まで過ごしてくれるのをいつも心待ちにしていた。この三年間、夫を亡くしてからずっと感じていた言葉にはできない欲求と闘いつづけてきた。誰かにこの悩みを打ち明けたことはない。女性の欲望に対して、社会がどんな目を向けているかくらいちゃんと知っている。そのようなものは存在しない、そういう目だ。女性は男性の模範として暮らし、その徳をもって、夫の本能をうまく飼いならさなければならないのだ。夫に求められればそれに応じ、だがけっして夫の情熱に火をつけるようなまねはしない。こちらが求めているそぶりを見せるなど、言語道断だ。

「奥様！　舞踏会はいかがでした？　楽しまれました？　どなたかと踊られました？　親しかった方々もいらしてました？」

「素敵だったわ。ええ、いいえ、たくさんいらしていたわ」ホリーは質問にいっぺんに返事をし、部屋の入口に立って雇い主を出迎えるメイドのモードに笑みを作ってみせた。モードはジョージの死後も唯一そばに置くことができたメイドだった。ほかのメイドたちは、ある者はテイラー家の使用人になり、ある者はきちんとした推薦状とホリーが払えるだけの退職手当を得てよその家に雇われていった。モードは三〇代前半の愛嬌のある女性だ。ふくよかな体つきで、いつも元気いっぱい、生命力にあふれている。髪にまで元気がありあまっているのか、金色の巻き毛はどんなにしっかり編んでヘアピンでまとめても、あちこちにほつれ毛が飛びだす始末だ。仕事はローズの子守りのほか、必要に応じてホリーの侍女役も務め、本当に毎日よく働いてくれる。

「ローズの様子は？」ホリーはたずねながら、小さな暖炉に歩み寄り、誘うようなぬくもりに両手をかざした。「すぐに眠ってくれた？」

モードは苦笑交じりに笑った。「残念ながら、答えはいいえです。お嬢様ときたら、小鳥みたいにおしゃべりしっぱなしで。舞踏会がどうとか、ブルーのドレスを着た奥様がどんなにきれいだったかとか」彼女はホリーのマントを受け取り、丁寧に自分の腕にかけた。「でも、こう申し上げてはなんですけど、新しいドレスもやっぱりまだ喪服っぽいですね。どれもほとんど黒にしか見えませんよ。黄色とか、ほかの奥様方が着てらっしゃるような、明るい黄緑色とか――」

「だって三年も黒や灰色ばかり着ていたのよ」ホリーは苦笑いを浮かべ、モードが背中のボタンをはずしてくれるあいだ、その場に立って待った。「いきなり明るい色を着ろと言われても無理よ。こういうことには、徐々に慣れていかないとね」

「まだだんな様の死を悼んでらっしゃるんですね」モードが声をかけながらドレスを肩から脱がせてくれ、ホリーはほっとひと息ついた。「心のどこかで、その悲しみを世間に示さなくちゃと思ってらっしゃるんですよ。とくに、奥様に求愛しようと寄ってくる殿方たちに」

ホリーの頬はたちまち熱を帯びた。もちろん、暖炉の炎のせいではない。幸いメイドは後ろにいるので、上気した頬に気づかれることはなかった。彼女は落ち着かないものを感じながら、少なくともひとり、あえて寄せつけまいとしなかった男性がいたわ、と思った。それどころか、あのならず者をその気にさせ、二度もキスを許してしまったのだ。彼との口づけの記憶は、いまもまだ鮮明に残っている。彼のせいで、なんの変哲もない夜はどこか暗く甘い、奇妙な夜に変わってしまった。彼は大胆でいながら、とてつもなく……優しかった。彼と別れてからずっと、あの人はいったい何者だったのか、どんな顔をした人だったのかと考えずにはいられなかった。だがどこかで再会しても、それが闇のなかで口づけを交わした見知らぬ男性だとは気づかないだろう。

でも、声ならわかる。ホリーはまぶたを閉じ、煙のように耳たぶをつつんだ低い、男らしいささやき声を思いだしてみた。〝かわいい人……どうして口づけで泣いたりするんです？〟

彼女はわずかに足元をふらつかせ、それから、モードの心配そうな声に現実に引き戻された。

「疲れてらっしゃいますね。なにしろだんな様がお亡くなりになってから、初めての舞踏会ですもの。だから早くお帰りになったんですか」

「実は、また偏頭痛が起きて、それで帰ることに――」ホリーは言葉を失った。おや、と思いながら、ぼんやりとこめかみのあたりをもんでみた。「変だわ……痛くない。いったん偏頭痛が起きると、どうやってもおさまらないのに」

「ぶりかえすといけませんから、先生が用意してくださったお薬を持ってまいりましょうか」

ホリーはかぶりを振り、ドレスが床に描いた円の外に出た。「ありがとう、でもいいわ」と、当惑した表情のまま答えた。どうやら、温室での出来事のせいで頭痛のことなどすっかり忘れてしまったらしい。まったく、なんておかしな鎮痛剤なんだろう。「今夜は、もうぶりかえす心配はなさそうだから」

モードに手伝ってもらって、ホリーはキャンブリック地の真っ白なナイトドレスと、縁にレースをあしらった、前にボタンが並ぶ化粧着に着替えた。それから、擦り切れた室内履きをはき、モードにおやすみを言って、狭い階段の先の子ども部屋に向かった。手にした蠟燭が、四角形の小部屋に揺らめく明かりを投げる。

部屋の片隅には、縁にシルクのフリンジがほどこされた真紅のベルベット張りの子ども椅子が置かれている。そのとなりにあるのは、すっかり使いこんだ感のある縁の欠けたミニチュアの茶器の並ぶ、小さなテーブル。本棚の下段には、色水を入れたたくさんの古い香水瓶が丁寧に並べられている。部屋のあちらこちらに置かれた人形は、少なくとも五、六体はあるだろう。ひとつは椅子に腰かけ、別のひとつはかつてジョージのものだったおんぼろの木馬の背にちょこんと乗っている。そしてもうひとつは、ベッドに横たわるローズの腕のなかにあった。

ホリーは笑みをたたえてベッドに歩み寄った。娘の眠る姿に、ふつふつと愛情がわいてくる。ローズの小さな顔はあどけなく、みじんの不安も感じさせない。黒いまつげはまん丸の頬に伏せられ、口はかすかに開かれている。ホリーはベッドの横にひざまずいて娘の片手に触れ、洗っても落ちなかったのだろう、色褪せた青や緑の絵の具の跡を見つけてほほえんだ。ローズはお絵かきが大好きだった。おかげで始終、絵の具で手を汚している。まだ四歳なので、その手は赤ん坊のようにぷくぷくしている。

「なんてかわいらしい手」ホリーはささやき、手の甲にキスをした。立ち上がり、娘の顔をじっと見つめる。ローズが生まれたとき、ホリーも含めた誰もが、この子はテイラー家の顔立ちだと言ったものだった。だが成長するにつれ、ローズはほとんどうりふたつと言っていいくらい母親そっくりになっていった。小柄で、髪と瞳は茶色で……。だが性格は父親譲りで、生まれながらにして人を引きつける魅力と、豊かな知性を兼ね備えていた。

ジョージ、あなたにもいまのこの子を見せてあげたい……ホリーは強く願った。

ローズが誕生してからの一年間、つまり、ジョージが亡くなるまでの一二カ月間、夫婦はよく娘の寝顔を見て過ごしたものだった。男性はたいてい、男らしくない振る舞いとでも考えているのか、自分の子どもにそのような深い関心を示そうとしない。子どもは女性の世界に属する生き物で、男にはあまり関係がない、ときどき成長ぶりを妻にたずねたり、膝の上で一、二分あやしたりすれば十分、世の男性たちはそんなふうに考えているらしい。ところがジョージは、娘にすっかり魅了され、深い愛情を抱いていることを隠そうともしなかった。娘を抱いてかわいがり、一緒になって遊ぶ夫を見るたび、ホリーは幸せを感じた。夫は、際限なくローズを自慢したものだった。

「わたしたち夫婦は、この子のなかで永遠につながっているんだね」ある晩、ジョージが言ったことがある。レースの縁飾りのある揺りかごで眠る赤ん坊を、ふたりで立って見つめているときのことだった。「わたしたちふたりで、この子を創りあげたんだ。夫婦が子をなすのは、ごく自然な、当たり前の営みなのだろうけど……わたしには、奇跡としか思えないよ」

ホリーは感動のあまり言葉が出てこず、無言で夫に口づけた。まさに奇跡としか言いようのないローズの存在を、夫もわかってくれたことがうれしくてならなかった。

「ローズ、あなたのお父様は素晴らしい方だったのよ」ホリーは娘にささやきかけた。これから成長していくローズを、庇護の下に置き、守ってくれる父親はいない、そう思うとつらくてならなかった。だが、ジョージの代わりになれる人など、この世にいるわけがないのだ。

2

ザッカリー・ブロンソンは妻を必要としていた。富と社会的地位を手に入れた男たちは、みな似たような女性を妻に選ぶ——おとなしく、口数が少なく、家のことと夫の生活のありとあらゆることをきちんと管理できる女性だ。そういう妻がすべてを切り盛りする家では、使用人たちはあたかもそれぞれが時計の部品のひとつであるかのように、協力しあって仕事を進めているらしい。ところがブロンソン家の使用人たちは、ちゃんと仕事を遂行できることもあるが、あるじの生活をほとんど茶番のようにしてしまうこともあった。食事はしばしば遅れるし、リネン類や銀器や家具には必ず染みやくもりがあるし（よその裕福な家ではまずありえないことだ）、食材やさまざまな備品の在庫は、いつだって多すぎるか、まったくないかのどちらかだ。

これまでに、メイド長だけでも何人もくびにしてきた。そしてようやく、どんなに優秀な人材でも、女あるじの指示が必要なのだということに気づいた。だが残念ながら、ザッカリーの母親は使用人に対する指示の仕方をまったく心得ていなかった。せいぜい、お茶や着替えの手伝いを、おずおずとメイドたちに頼むくらいだ。

「彼らは使用人なんですよ、母上」これまでに少なくとも百回は、辛抱強く母にそう諭してきた。「母上の指示を待ってるんです。指示が必要なんですよ。指示がないと、彼らは仕事ができないんです。ですから今後は、申し訳なさそうになにかを頼むのはよして、毅然とした態度で呼び鈴を鳴らしてください」

だが母は、声をあげて笑い、口ごもりながら反論するばかりだった——いくら給金をあげる側だといっても、他人の手をわずらわせるのはいやなのよ、と。この件に関して、母に変わることを期待するのは酷だろう。貧しい暮らしがあまりにも長かった母に、使用人を取りまとめるのはしょせん無理なのだ。

使用人についてはもうひとつ、社交界におけるザッカリー同様、「未熟である」という問題もあった。世間の裕福な男たちはいずれも、経験豊富な使用人を代々引き継いでいる。彼らは何年も、場合によっては何十年も、屋敷に住みこんであるじの下で働いている。だがザッカリーは、一度にすべての使用人を雇い入れなければならなかった。なかには使用人として働くのは初めてという者もいたが、大半は、さまざまな理由から前の雇い主にくびを言い渡された者たちだった。つまりブロンソン家の使用人は、ロンドン西部のアルコール中毒者や未婚の母、無作法者、不器用者、こそ泥などの集まりなのである。

友人たちはザッカリーに、まともな妻をめとれば屋敷の切り盛りについて心配する必要はなくなる、おまえの一番得意な分野、つまり事業に専念できると助言した。そんなわけで彼は生まれて初めて、結婚を賢明な選択肢、いや、魅力的な選択肢だと思うようになった。問題は、まともな女性をどうやって探し、求婚を受けさせればいいか。これは容易ではない。というのも、妻にする女性には、彼なりの理想があるからだ。

第一に、妻となる女性は貴族でなければいけない。そうでなければ、高貴なる貴族社会に出入りするという長年の目標を達成できない。ただ、彼自身の生まれや教養のなさを考えると、征服王ウィリアム一世までたどれるくらいの大貴族の女性でなければ箔がつかないかもしれない。とはいえ、そういう女性だからといってもったいつけた態度をとるのはだめだ。つんと澄まして夫を見下すような妻はほしくない。第二に、夫がしばしば家を留守にしても気にしない、独立精神のある女性でなければいけない。ザッカリーは忙しいのだ。彼の腕を引っ張り、残されたわずかな自由時間を奪おうとする女性など、もってのほかである。

美女である必要はない。むしろ、ほかの男たちが注目し、よだれをたらし、やたらと誘惑したがるような美しい妻はほしくない。普通の容姿であればそれで十分。精神、肉体ともに健康であること、これは、強く賢い子どもを望む彼にとって絶対に欠かせない条件だ。それから、社交術に長けているかどうかも重要。貴族社会は彼を受け入れたがらないだろうから、妻の社交術で突破口を作ってもらわねば困る。

貴族連中の多くが、彼の生まれと短期間のうちに築きあげた財産を陰で笑っていることくらい知っている。どうせ、金の亡者の俗物で、様式美もエレガンスも血統も理解しない男とばかにしているのだろう。だが実際、彼らの言うとおりなのだ。自分でも、そうした弱みがあることくらいわかっている。いずれにしても、おおっぴらに彼を笑える者はいない。彼は自らの手で、他人から一目置かれるまでの人物になった。すでに銀行にも、さまざまな企業にも、不動産にも、投資信託にも出資している。言ってみればザッカリーは、程度の差こそあれ、英国中のあらゆる資産家と金銭的なつながりを持っているのである。

もちろん貴族連中は、彼などに大切な娘をやりたくないと思うだろう。彼らにとって結婚とは、家と家を結びつけ、貴族の血と血を交わらせるためのものなのだ。由緒正しい血統書つきの犬を、そのへんの雑種犬とかけあわせるわけにはいくまい。ただしザッカリーという雑種犬は、ほしいものがあればなんでも買えるだけの金を持っている。だから高貴な生まれの花嫁だって、買えないことはない。

この目的を果たすべく、彼はレディ・ホランド・テイラーとの再会を画策した。彼の招待に興味を持てば、レディ・ホランドはお茶会にやってくるだろう。ザッカリーはあらかじめ、彼女の心が決まるまでに何日かかるか見積もっておいた。孤独な未亡人が、お茶会に行ってみようかしらと思うまでに一日。友人や家族が、そんなのやめておきなさいと説得を試みるのに一日。そして、彼女の理性に好奇心が勝るまでにもう一日。予想どおり、彼女は招待を受けてくれた。ザッカリーは今日、彼女と再会を果たすのだ。

ザッカリーは前庭に面した書斎の窓に歩み寄った。書斎はゴシック様式の屋敷の北東端に位置する。設計者はこの屋敷のデザインについて「コテージ風のこぢんまりと素朴な味わい《コテージ・オルヌ》」と説明したが、彼はその言葉の意味を「大げさに飾り立てた成金趣味」と解釈している。とはいえ、屋敷は社交界の連中には大いに好評だった。少なくとも、立派な家と認めてもらえたようだった。おかげさまで彼の意図したとおり、ミスター・ブロンソンは大した男だ、ひとかどの人物だ、との評判が広がった。ブロンソン家の屋敷は一言で言えば、巨大なウェディングケーキのようなものだった。尖塔や円塔、アーチ、温室、きらめくフランス戸などがくっついたケーキだ。部屋数二〇の大邸宅で、ロンドン西部の広大な敷地に傲然と立っている。敷地内には人工湖やうっそうとした森のほか、庭園、公園、懐古趣味な模造の廃墟なども設けられ、さらに散歩用の小道は、訪問者が好みに応じて選べるよう蛇行した道と直線の道の両方がある。

レディ・ホリーはここを見てどんな感想を抱くだろうか……ザッカリーは想像してみた。天国と思うだろうか、それとも嫌悪感を抱くだろうか。彼女もきっと、貴族社会の大半の女性同様、お上品な趣味の持ち主のはずだ。お上品は結構なのだが、ザッカリーはどうもそれを手本にする気になれない。手にした成功を誇示するのが彼のやり方、それしかできないのだ。

廊下の箱型振り子時計が時を告げる。ザッカリーは建物正面に大きな円を描く車回しを眺め「レディ・ホリー」とささやいた。期待に胸が痛いくらい高鳴る。「あなたを待っています」

テイラー家の人びとから口を揃えて反対されたにもかかわらず、ホリーはミスター・ザッカリー・ブロンソンの思いがけない招待を受けることに決めた。行ってみたい気持ちに逆らうことができなかった。ベルモント家での舞踏会の晩以後、すぐにまた元の穏やかな日々が戻ってきたが、テイラー家での代わり映えのしない暮らしはもう、それまでのような心の平静をもたらしてはくれなかった。ホリーはこの三年間没頭してきた針仕事にも、手紙を書くことにも、そのほかのあらゆる慎ましい気晴らしにも飽きてしまった。ベルモント家の温室で唇を奪われてからというものずっと、ひどく落ち着かない気分だった。なんの変哲もないこの日々に変化をもたらす出来事を、彼女は待ち望んでいた。
そこへミスター・ブロンソンから、お茶会への招待状が届いたのだ。ホリーは最初の一文で心奪われてしまった。

これまであなたとお近づきになれる機会を得ることができませんでしたが、わが家のことで是非ともお力添えをいただきたく……。

悪名高きミスター・ブロンソンのような男性が、いったいどのようなお力添え《ヽヽヽヽ》を彼女に求めるというのだろう。
テイラー家の人びとはひとり残らず、彼に会うなど無分別としか言いようがないと反対した。社会的地位のあるレディであれば、彼のような人物とかかわりあいになるほど身を落としたりしないものだと指摘した。なんでもないお茶会ですら、スキャンダルになりかねないというのだ。

「スキャンダル？　午後のお茶会にうかがうだけで？」ジョージの兄のウィリアムに、ホリーはいぶかしむ声で応じた。

「ミスター・ブロンソンは普通の男性とはちがうのだよ、ホリー。彼はただの成り上がり者だ。庶民の出で、礼儀作法もわかっていない。彼については、世故に長けたこのわたしでさえ、驚くような噂があるくらいなのだからね。彼の知己を得たところで、きみにとってなんの足しにもなりはしないよ。頼むから、自ら辱めを受けに行くようなまねはしないでくれ。いますぐ彼に断りの返事を書くんだ」

　ウィリアムにきっぱりと言われて、やはり断るべきだろうかとホリーも思った。だが好奇心のほうが勝っていた。それに、せっかく英国一の影響力を持った男性からの招待を受けながら、安全なテイラー家に引きこもっているなど……とにかく、自分が招待された理由が知りたかった。「一時間か二時間なら、ミスター・ブロンソンの悪い影響を受けることなく過ごせると思うわ」彼女は軽い口調で義兄に応じた。「もしも彼が礼儀に反することをしたら、すぐに帰ってくればいいだけのことだもの」

　ウィリアムの青い瞳――亡き夫とそっくり同じ形と色だ――には失望がにじんでいた。

「弟だって、きみがああいう無法者とつきあうのを望みはしないだろうに」

　その一言にホリーはさすがに打ちのめされ、うつむいて、顔を引きつらせた。たしかに彼女は、これからの人生を夫が望んだように送っていこうと心に誓っていた。夫は不適切なものや望ましくないものから彼女を守り、彼女はすべてにおいて夫の判断を信じてきた。「でも、ジョージはもういない」ささやくように言い、目に涙を浮かべて、義兄のこわばった顔を見上げる。「これからは、自分で判断することを学ばなければいけないわ」

「だが、もしもきみが判断をまちがったら?」ウィリアムは食い下がった。「弟の思い出のためにも、わたしはきみに勝手なまねをさせるわけにはいかないんだ」

ホリーは弱々しくほほえみ、思いだしていた。彼女には生まれたときからずっと、守り、導いてくれる人がいた。最初は愛する両親が、大人になってからはジョージが。そしていまは、テイラー家の人びとが。「ひとつやふたつの失敗は大目に見て、お義兄《にい》様。ローズのためにも、わたし自身のためにも、自分で判断することを学ばなくてはいけないの」

「ホリー……」義兄の声はかすかないらだちを含んでいた。「ザッカリー・ブロンソンのような男に会って、いったいなにを学べるというんだい」

胸のなかで期待が渦巻くのを感じて、ホリーは自分がこの安全なテイラー家の庇護の下からどれほど逃れたいと思っているか、ようやく気づいた。「さあ……でも、すぐにわかると思うわ」

ザッカリー・ブロンソンに関してテイラー家の人びとが集めた情報は、彼の招待を受けたホリーの分別のなさを裏づけるばかりだった。友人や知人たちまでが、ロンドン社交界の謎めいた新参者について見聞きしたことを、せっせと教えてくれた。それによると、ブロンソンは各方面で、実業界のプリンスの異名を取っているらしい……もちろん、いい意味ではない。ブロンソンは法外な財産を持っているが、教養のなさもまた法外だとの噂だった。

噂はいくらでもあった。変わり者。金だけではなくそれがもたらす権力にも目がない。人間社会に放たれた獅子のごとき獰猛さで嬉々として競争相手を出し抜き、破滅させる。事業の進め方は紳士のやり方からはほど遠く、契約につきものの暗黙の了解やさまざまな制約などいっさい受け入れず、契約書に穴があればここぞとばかりにそれを利用する。普通の紳士は、彼との取引は断りたいと内心思っても、莫大な利益のおこぼれにあずかれるのならと、ついつい取引に応じてしまう。

一説によれば、昔は拳闘家だったとか。もちろん、きちんと訓練を受けたわけではなく、けんかで鍛えた口だ。その後、汽船の船長としての職をまんまと得ると、徐々に運航航路を増やしていった。腕っぷしにものを言わせて、あるいはその抜け目のなさで、ときには競争相手を破産に追いこみ、ときには合併を強要したと言われている。

現在のような莫大な富を得るに至った直接のきっかけは、保有していた株式を高値で売却し、それを元手に大量の不動産を取得したことにある。あいにく英国内には、金で買える土地はあまり多くはなかった。そこで彼は、米国やインドに何千エーカーという農場を買った。彼の所有する農場に比べたら、英国貴族たちが何世紀も保有してきた領地など足元にも及ばない。それから彼は、石鹼など日用品の大量生産に乗りだし、輸入業にも触手を伸ばし、さらに富を増やした。現在はダーラムで機関車の開発に投資をしている。噂によれば、荷物を積載した貨車を時速約二〇キロで引くことができるという。今後、蒸気機関車が市民の交通手段として馬車に代わることはけっしてないだろうが、ブロンソンの後押しのおかげで開発は着々と進んでいるそうだ。

「ブロンソンは危険人物です」前夜の晩餐会に呼ばれていたテイラー家の友人、初老のアヴェリー卿はそう断言した。アヴェリー卿は複数の銀行と保険会社で理事会に名を連ねている人物だ。「毎日のように、英国の財産が貴族や大地主の手から、ブロンソンのような日和見主義者の手に渡るのを目にしていますよ。ちょっとばかり富を築いたくらいで、あのような男にわれわれの社会への出入りを許したりしたら、われわれの一員になることを認めたりしたら……それこそ、貴族社会は破滅です」

「でも、それだけのことを成し遂げた方なのですから、見返りがあってもいいのではありませんか？」ホリーはおずおずとたずねてみた。慎みのある女性は、政治や経済の話題に口を挟むべきではない。だが、言わずにはいられなかった。「貴族社会に招き入れることで、ミスター・ブロンソンの偉業を認めてさしあげるべきではないのでしょうか？」

「われわれの社会に、彼はふさわしくないのですよ」アヴェリー卿は断固とした口調で応じた。「貴族社会は、何世代もつづく血統と教養と洗練によって成り立っているのです。貴族社会に居場所を買うことは不可能なのですよ。だがブロンソンがやろうとしていることは、まさにそれだ。名誉も、優れた血筋も、それにわたしの知るかぎりでは、これっぽっちの教養もない男です。よくしつけられた猿のようなものですよ。要領がいいだけです。それを強みに数字を操り、わずかな金から巨万の富を築いたというわけですな」

アヴェリー卿の説明に、ほかの招待客とテイラー家の人びとが揃ってうなずいた。

「そうですか」ホリーはつぶやくように応じた。皿の上の料理に視線をやりつつ、内心では、アヴェリー卿の口調には嫉妬が入り混じっていたわと思っていた。ミスター・ブロンソンは要領がいいだけ――だとしても、なんという要領のよさだろう！ ゆうべの晩餐会に同席した紳士たちの誰もが、自分にもミスター・ブロンソンのような才能があったらと願っていたはずだ。まるで、手に触れたものをすべて金に変えてしまうというギリシャ神話のミダスのごとき才能を。そんな彼の評判を落としかねない話をいくら聞かされたところで、ホリーは彼と会うのをやめる気にはなれなかった。むしろ、ますます好奇心が募るばかりだった。

3

ザッカリー・ブロンソンの邸宅ほど豪奢な屋敷を、ホリーは見たことがない。この屋敷なら、ひょっとしたらメディチ家の人も嫉妬するかもしれない。玄関広間はルージュロイヤルの大理石張りで、金箔がまぶしい柱が並び、高価なタペストリーが壁を彩り、天井は二階まで吹き抜けになっている。金銀の格間《ごうま》天井には巨大なクリスタルのシャンデリアがきらめき、広間に並ぶ何体もの古代ローマ彫刻を照らしだしている。ヤシの葉と青々したシダ植物が生けられた大きな孔雀石《マラカイト》の花瓶が、玄関広間から四方に伸びる廊下の入口を飾っている。

驚くほど年若い執事が、書斎棟にご案内しますと告げた。「書斎棟？」ホリーは当惑しておうむがえしにたずねた。すると執事は、だんな様は大量の書物や写本、古書や地図をお持ちなので、一部屋に入りきらないのですと説明した。ホリーは周囲を見渡しながら、その場でくるりとまわってみたい衝動を必死に抑えた。廊下の壁はブルーの絹布で彩られ、そこに何百匹というガラスの蝶がきらめいている。書斎棟の入口の両脇には美しい絵画があった。レンブラントだ。いずれも、テイラー家のどの所蔵画より優れた作品だった。

幼いころから、華美でない装飾が最も大きな心の平穏と休息をもたらしてくれると教わってきたホリーには、ブロンソン家の内装ははっきり言ってひどく悪趣味に思われた。だがその一方で、その過剰なまでの豪華さについ驚嘆の笑みがもれてしまうのも事実だった。この家のあるじが元は賞金稼ぎの拳闘家だったという噂を思いだすと、ここまで上りつめた彼に畏敬の念にも似た賞賛を覚えた。

　執事に案内された部屋には、精緻なステンドグラス張りの天井を通して光があふれていた。壁は緑色のベルベット張りで、いかめしい顔のご先祖の三連肖像画が大量に飾られている。ずらりと並ぶガラス戸のついた書架には、興味深い書物が何冊もしまわれていた。思わず、書架から一冊選びだし、ふかふかの革張りの椅子にゆったりと腰を下ろし、フラシ天のクッションに背をもたせて読みふけりたい誘惑に駆られる。直径二メートルほどもあるつやつやした茶色の地球儀の脇を通るとき、ホリーはいったん立ち止まってためらいがちに触れてみた。

「これほどの書斎は見たことがないわ」

　執事は必死に無表情をよそおっているが、よく見れば誇りと、どこかおもしろがるような色をにじませている。「こちらは、単なる書斎の入口です。主室はあちらになっております」

　ホリーは執事について次の間に歩を進め、敷居のところで足を止め、小さく息をのんだ。書斎はどこかの宮殿の一室のようだった。とてもではないが、一家族の持ち物とは思えない。

「いったい何冊あるのかしら」

「二万冊ほどだと思います」

「ミスター・ブロンソンは、さぞかし読書好きなのね」

「いいえ、だんな様はめったに読書はなさいません。でも、本がとてもお好きで」

なんだか矛盾した説明に笑いをかみ殺しつつ、ホリーは書斎の奥へと進んだ。三階まで吹き抜けになっており、天井には天使と天国をモチーフにしたフレスコ画が描かれていた。寄せ木張りの床から漂うさわやかな蜜蠟《みつろう》の匂いが、書物の革表紙や羊皮紙の匂い、それから、かすかに鼻をつくたばこの香りと混ざりあっている。美しい彫刻がほどこされた緑色の大理石の暖炉では、炎が赤々と燃えさかっている。巨大な暖炉は馬車が丸々一台おさまりそうだ。部屋のずっと向こうの端にしつらえられたマホガニーの机は、運びこむのに男性が一〇人ほども手を貸さねばならなかったはずだ。その机にこちらに背を向けてかけていた男性が、ホリーの名前を執事に告げられると、すっと立ち上がった。

高貴な身分にある人や、王族の一員に面会したときですら、ホリーは物怖じしたことがない。だが彼女はいま、珍しくかすかな気後れを感じていた。たぶんブロンソンの評判のせいだろう。あるいは、この屋敷の壮麗さのせいかもしれない。ホリーは近づいてくる彼に息苦しささえ感じていた。一番上等なデイドレスを着てきてよかったと思った。こげ茶色のイタリアンシルクのドレスで、ハイネックにはクリーム色のレースのトリミングがほどこされ、長袖は肘のあたりで絞られ、リボンがあしらわれている。

こんなにお若い方だったの……彼女は内心で驚きを覚えた。四〇代、あるいは五〇代くらいだろうと勝手に想像していたのだ。だがこうして見たかぎりでは、まだ三〇そこそこにちがいない。黒の上着にダークグレーのズボンといういでたちはとても優雅だが、なぜか彼は雄猫を思わせた。背は高く、がっしりとしていて、知り合いの紳士たちのような洗練には欠けるようだ。額にたれた豊かな黒髪は、ポマードでちゃんと撫でつけるべきだろう。それに、無意識に引っ張ってゆるめてしまうのか、クラヴァットの結び目もだぶついている。

顔立ちはハンサムだが、愛想に欠けるし、どうやら鼻は骨を折ったことがあるようだ。顎はしっかりとしている。口は大きく、目じりに笑いじわがあるからユーモアが通じないことはないだろう。つづけて瞳を見つめたとたん、ホリーは奇妙な衝撃を覚えた。その瞳の色、黒に近いとても深みのある茶色が、鋭い視線をますます鋭く見せ、ひどく落ち着かない気持ちになってくる。きっと悪魔はこんな目をしているにちがいない……大胆で、抜け目がなさそうで、そして、官能を漂わせた目を。

「ようこそいらっしゃいました、レディ・ホランド。まさか、招待を受けてくださるとは思いませんでしたよ」

声を聞くなり、ホリーは思わずその場でよろめいた。やっとの思いでバランスを取り戻すと、凍りついたように立ちつくして絨毯敷きの床をじっと見つめた。部屋がぐるぐる回転しているように感じる。狼狽と困惑のあまり全身を震わせながらも、懸命に意識を集中させて平静をよそおいつづけた。わたしはこの声を知っている。どこで聞いてもすぐにわかる。あの見知らぬ男性、世にも優しい声でささやきかけ、熱くわたしに口づけて、けっして消えることのない記憶を刻みこんだ人だ。彼女は恥ずかしさに頬が真っ赤になるのを感じた。二度とこの場で顔を上げることなどできないと思った。だが、ずっと黙っているわけにはいかない、なにか言わなければならない。

「お断りするよう周囲の者には言われたのですが」ホリーはささやくように言った。どうしてジョージの家族のいうことをきかず、あの安全な屋敷から出てきたりしたのだろう！

「それなのにどうして来てくださったのか、理由をうかがっても？」意外にもブロンソンの口調がとても丁寧で穏やかなものだったので、ホリーは思わず顔を上げていた。黒い瞳には、嘲笑めいたものはいっさい浮かんでいなかった。

ということは、彼にはわからなかったのだ。とたんにホリーは、希望と安堵がわきおこるのを感じた。ベルモント家の舞踏会でキスをした相手だと、彼は気づかなかったのだ。ホリーは乾いた唇を舌でなめ、ふだんどおりにしゃべろうと努めた。「さあ……なぜでしょうか。たぶん、好奇心だと思いますわ」

ブロンソンは一瞬にやりとし、「理由としては十分でしょう」と言って、歓迎のあかしにホリーの手を握った。長い指に、ホリーの手は完全につつみこまれてしまった。手のひらのぬくもりが薄手の手袋越しに伝わってくる。彼女は危うく足元をぐらつかせそうになった。ふいに記憶がよみがえってきたのだ。ベルモント家での舞踏会の晩に触れた、彼の熱い肌、重ねられた唇の、激しさとぬくもり――。

ホリーはわずかに不快げな声をもらし、自分の手を引き抜いた。

「おかけになりませんか？」ブロンソンが身振りで、大理石の天板をのせたティーテーブルの両脇に並ぶ、ルイ一四世様式の肘掛け椅子を示した。

「ええ、ありがとうございます」ホリーは安堵した。足元がおぼつかず、それ以上立っている自信がなかった。

彼女が腰を下ろすのを確認してから、ブロンソンは向かいの椅子にかけた。両足を床につけ、たくましい太ももを大きく開き、わずかに前かがみの姿勢で座る。「お茶を、ホッジズ」と執事に命じると、ホリーに視線を戻し、にこやかな笑みを浮かべた。「お気に召していただけるといいのですが。わが家でお茶を飲むのは、ルーレットを楽しむようなものですので」

「ルーレット?」聞き慣れない言葉に、ホリーはいぶかしむように眉根を寄せた。

「賭け事の一種です」ブロンソンは説明した。「運がよければ、わが家の料理人には最高のもてなしが期待できます。しかし、運が悪ければ……ビスケットで歯を折ってしまうかもしれない」

ホリーは噴きだしてしまった。ブロンソンが普通の男性と同じように使用人について文句を言うのを聞いて、少々気持ちが和らいでいた。

「きちんと監督すれば――」ホリーは口を開いたが、乞われてもいないのに助言を与えようとしている自分に気づいて、ふいに言葉を切った。

「わが家には、監督などという概念がまったくないのですよ。指示を出す者がいないまま、それぞれが適当にやっているだけなのです。実は、そのことであなたに後ほどご相談が」

すると、彼はそのために、わたしをお茶に招待したのだろうか。使用人をきちんと監督する方法について助言を得るために？　もちろん、そんなはずはない。きっと、ベルモント家で会った女性が彼女ではないかと疑っているのだ。ひょっとすると、からかっているのかもしれない。巧みに質問して、彼女のほうからあの晩の相手だと言わせるつもりなのだろう。だとしたら、いますぐに自分からすべて話してしまったほうがまだいい。あの晩は心底驚かされてしまったこと、ふいを衝かれたためにまるで自分らしくない振る舞いに及んでしまったことを、きちんと説明すればいい。

「ミスター・ブロンソン」ホリーは呼びかけ、喉につかえた言葉を無理やりしぼりだそうとした。「お、お話ししておくべきことが……」

「なんでしょうか？」黒い瞳がまじまじと見つめてくる。

唐突に、このような大柄でたくましい男性と口づけを交わしたわけがないように思われてきた。この人を抱きしめ、ひげの剃り跡がちくちくする顎を撫で……涙が伝う頬に、この人が口づけただなんて、とうてい信じられない。あのほんのわずかなひとときで、ジョージを除いた誰とも分かち合ったことのない親密な時間を、この人と共有しただなんて。

「あ、あの……」心臓が早鐘を打ち、肋骨まで痛むようだ。自分の意気地のなさにいらだちを覚えつつ、彼女はあの晩のことを言うのをあきらめた。「とても美しい住まいをお持ちですのね」

ブロンソンはかすかにほほえんだ。「あなたのご趣味には、合わないのではありませんか」

「ええ、たしかに。でもこちらのお屋敷は、本来の目的をきちんと果たしていますから」

「本来の目的と言いますと？」

「もちろん、あなたが功成り名遂げた人物であることを、周囲に伝えることですわ」

「なるほど」ブロンソンはホリーをひたと見据えた。「ちょうど数日前、実に尊大な男爵に成り上がり者と言われましたよ。いまようやく、その言葉の真の意味がわかりました」

「それは……」ホリーは弱々しくほほえんだ。「実力でいまの地位を得たという意味でしょう」

「いいえ、褒め言葉ではありませんでした」ブロンソンはそっけなく言い放った。

きっとブロンソンは、これまで何度となく、貴族たちからそういう遠まわしな皮肉を浴びせられてきたのだろう。ホリーはほんの少し彼が気の毒になった。立派な家柄に生まれなかったからといって、彼にはなんの非もない。だが英国貴族社会は、人が生まれ以上の身分にのし上がることをよしとしない。使用人の家庭に生まれた者、労働者階級に生まれた者は、たとえどれほどの富を手にしようと、上流社会の一員になることはできないのだ。それでもホリーは、なにかを成し遂げたというその事実だけで、彼のような人を貴族社会に受け入れる十分な理由になるのではないかと思っていた。ジョージが生きていたら、彼女の意見に賛成してくれただろうか。夫だったら、この人のことをどんなふうに見ただろうか。ホリーにはわからなかった。

「ミスター・ブロンソン、わたし個人は、あなたの成功はそれだけで賞賛に値すると思っています」ホリーは言った。「英国貴族の大半は、かつて奉仕への見返りとして王から一族に与えられた富を維持することしかできません。でもあなたは、自らの手で富を築いた。そのためにはきっと、大いなる知性と意志の力が必要だったはずです。その男爵様は、あなたを成り上がり者と呼んで敬意を払うことをお忘れになったようですけれど、わたしは、きちんと敬意を払うべきだったと思います」

ブロンソンはずいぶん長いこと無言でただ彼女をじっと見つめていたが、やがて「ありがとうございます」とつぶやいた。

驚いたことに、ホリーの言葉にブロンソンは首まで真っ赤にしていた。おそらく、こんなふうに面と向かって褒められたことがないのだろう。だが、ひょっとすると媚を売っていると勘ちがいされているのかもしれない。「ミスター・ブロンソン、あの、お追従で言ったのではありませんから」

ブロンソンは口の左端をかすかに上げてにやりとした。「わかっています……お追従というのがどんな意味であれ」

そこへ、大きな銀のトレーを持ったメイドがふたり現れ、あわただしくお茶の準備を始めた。体格のいいほうのメイドは、サンドイッチやトースト、ビスケットがのった小さな皿を並べながら、どこか落ち着かない様子で、必死に笑いをこらえているようにも見える。一方、小柄なほうのメイドはナイフやフォークやナプキンをぎこちない手つきで並べ、カップとソーサーをまちがった向きでテーブルに置いた。それから、ふたりがかりで小さなランプの上にやかんを置こうとして、危うくひっくり返しそうになった。ちょっと教えてやれば上手にできるようになるだろうに。メイドたちの不器用な手つきにやきもきしながら、ホリーは愛想のいい表情を浮かべつづけていた。

それにしても、ふたりのメイドの素人ぶりには驚いた。ブロンソンほどの地位にある男性なら、最高のもてなしを提供できてしかるべきだろう。きちんと訓練を受けた使用人は、静かに効率よく仕事をこなすことができ、自分を風景の一部に同化させてしまえるものだ。ホリーの経験では、メイドはけっしてあるじや客の注意を引いたりしない。客の前で笑うくらいなら、いっそ撃たれたほうがましと考えるのが常識だ。

ようやくお茶の準備が整い、メイドが下がったところで、ホリーは灰色の手袋の手首のボタンをはずし、指先から丁寧に脱いでいった。ふと視線を上げると、ブロンソンがじっとこちらを見つめていた。問いかけるようにほほえみ、「わたしが淹れましょうか」と言いながら茶器を身振りで示すと、彼は無言でうなずき、すぐにまた視線を彼女の手元に戻した。

その瞳には不可解なきらめきが浮かんでおり、ホリーはなんだか、手袋ではなくブラウスのボタンをはずしているような気持ちにさせられた。男性の前で手袋を脱ぐのはごく普通の振る舞いだ。にもかかわらず、彼の視線のせいで、それが妙に親密な行為に感じられてくる。

ホリーは沸騰した湯を注いでセーヴル焼きのティーポットを温め、その湯を磁器のボウルに捨てた。慣れた手つきで、香り高い茶葉をスプーンで量り、ティーポットに入れて、あらためて湯を注ぐ。お茶を蒸らしているあいだは、サンドイッチやビスケットを皿に取り分けながら、ブロンソンと雑談を交わした。ホリーが給仕役を買ってでたので、彼は安堵しているようだ。

「あちらのお部屋に、立派な肖像画が飾ってありましたわね」

「他人の先祖です」ブロンソンはそっけなく答えた。「わたしの先祖に、じっと座って肖像画を描いてもらうような人間はいませんので」

輝かしい歴史を持った一族であるかのような印象を与えるために、赤の他人の肖像画を家に飾る——事業で財産を築いた紳士のなかにそういう人がいるのは、ホリーも話に聞いたことがある。だが、面と向かってそれを認めたのは、ブロンソンだけだった。

ホリーは彼に、小皿とナプキンを手渡した。「こちらには、おひとりで住んでらっしゃるのですか」

「いいえ、母と、妹のエリザベスも同居しています」

ホリーのなかで、たちまち好奇心がむくむくとわいてくる。「まあ、妹さんがいらっしゃるだなんて、どなたも教えてくれなかったわ」

ブロンソンは妙に用心深く答えた。「妹については、社交界にデビューさせるのに一番いいタイミングを見計らっているものですから。あれこれ考えてみるに、いまの妹にはまだ難しいようなので。なにしろ、なにひとつ教わっていないのですよ、いわゆるその……」彼は口ごもった。若い女性に求められるこまごまとした礼儀作法や社交術を表す適切な言葉を思いつかないのだろう。

「そうでしたか」ホリーはすぐさまうなずいてみせ、ぎゅっと眉根を寄せた。たしかに、そうした礼儀作法をきちんと学んでいない若い女性にとって、これは難しい問題だろう。社交界は情け容赦のない世界だ。なんといっても、ブロンソン家には財産以外に誇れるものがない。財産目当ての人間に妹が見初められるのだけは絶対に避けたいだろう。「妹さんを、フィニッシングスクールに入れることはお考えになられました？　よろしければ、いい学校をご紹介して――」

「もう二一歳なのです」ブロンソンはにべもなく言った。「そういう学校はもっと若い女性が行くところなのでしょう？　そんなところに入れられるくらいなら死んだほうがましだ、そう妹に言われました。わが家で暮らしたいそうです」

「それはそうでしょうね」ホリーは慣れた手つきで、鳥をかたどった持ち手の小さな銀の茶漉しを使い、カップにお茶を注いだ。「濃いのがお好きですか、ミスター・ブロンソン。それとも、少しお湯を足しましょうか」

「濃いままでお願いします」

「お砂糖はひとつ、ふたつ？」砂糖入れにきゃしゃなトングを近づけながらたずねる。

「三つ入れてください。ミルクはいりません」

ホリーは思わずほほえんだ。「甘党ですのね」

「いけませんか？」

「いいえ、ちっとも」ホリーは優しく答えた。「娘のお茶会にいらしたら、きっと楽しめますわ。ローズにとって、砂糖三つは最低限ですの」

「ではいずれ、お茶をごちそうしてくださるようローズちゃんにお願いしてみましょう」

ホリーにはその言葉の真意が測りかねた。だが、どこか親密な、愛情すら感じさせる口ぶりに、なにか落ち着かないものを感じた。彼女はブロンソンから視線を引きはがし、お茶を淹れることに意識を集中させた。相手の分を用意してから、自分のカップにも注ぎ、砂糖をほんの少しとたっぷりのミルクを入れた。

「母はミルクを先に入れます」ブロンソンがホリーの手元を観察しながら言った。

「ミルクは後から入れたほうがお茶の色で濃さを判断しやすくなりますから、お母様にもそうお伝えしたほうがいいかもしれません」ホリーはつぶやくように応じた。「貴族社会では、ミルクを先に入れるのはよしとされません。ミルクを先に入れるのは、乳母ですとか、使用人、あるいは……」

「わたしのような階級の人間のすること、ですね」ブロンソンは皮肉めかした。

「ええ」ホリーは強いて彼と視線を合わせた。「貴族のあいだでは、きちんとした礼儀作法が身についていない女性について『〝ミルクを先に〟の口だ』などと言ったりもします」

たとえ善意からだとしても、このような助言を与えるのは僭越《せんえつ》というものだ。場合によっては相手の気分を害してしまうこともある。だがブロンソンは満足げにうなずいていた。

「母に伝えておきましょう。ありがとうございます」

軽く安堵しながら、ホリーはビスケットに手を伸ばした。ビスケットはさっくりと甘く、適度にしっとりとしていて、濃いお茶にはぴったりだった。「今日は運がいいようですね」彼女は口のなかの物を飲みこんでから言った。

ブロンソンが笑った。穏やかで深みのある笑い声は、とても魅力的だった。「それはよかった」

その後の会話は、なごやかで楽しいものとなった。だがホリーは、親戚でも長年の友人でもない男性とふたりきりでいることに、妙な感じも覚えていた。とはいえ、ブロンソンにすっかり魅了されて、そんな気持ちもすぐにかき消えてしまった。彼は非凡な才能の持ち主だった。そのあふれんばかりの野心とエネルギーに、知り合いの男性がみな弱々しく、消極的に思えてくるほどだった。

ホリーはお茶を飲みながら、ダーラムで目下開発中だという蒸気機関車の話に耳を傾けた。給水ポンプでボイラーに熱湯を注入する過程や、機関車のてっぺんに設けた煙突から蒸気が噴出する仕組み、馬力向上のために炉の通気に加えるべきさまざまな改善点。いずれ、とブロンソンは言った。貨物だけではなく、家畜や、さらには人間も、機関車で運べるようになります。英国中の主要都市を、鉄道路線が走るようになりますよ。信じがたい話だったが、魅了されたのも事実だ。紳士は普通、レディとこのような話をしない。一般的にレディは、家族や社交界や宗教の話を好むと考えられている。だが、社交界のゴシップ以外の話題は実に新鮮に感じられた。それにブロンソンは説明がとても上手で、技術的なことも簡単に理解できた。

彼はわたしとまったく別の世界で生きる人なのだわ……ホリーは思った。ブロンソンが住むのは、実業家や発明家、起業家が属する世界だ。そんな彼が、数世紀にわたり築かれてきた伝統にがんじがらめの退屈な貴族社会に、しっくり溶けこめるはずがない。にもかかわらず彼は、貴族社会に自分の居場所を得ようとしている。彼がこうと決めたら、それを阻止できる人はいまい。

ブロンソンとの暮らしは、さぞかしエネルギーを消耗させられることだろう。母親や妹は、いったいどうやって彼のあふれる活力に対処しているのだろうか。脳細胞を休みなく働かせ、あらゆることに好奇心を示すその貪欲なまでの生命力に、ホリーは驚異すら覚えていた。ひょっとして眠る時間などないのかもしれない。彼女はブロンソンとジョージを比べてみずにはいられなかった。亡き夫は、時間をかけてゆっくりと散歩を楽しむのが大好きだった。雨の午後には炉辺で妻とともに静かに読書にいそしみ、午前中は娘が遊ぶさまをのんびりと眺めて過ごした。子どものはいはいの練習といったつまらないことを、ブロンソンがじっと座って見ているところなど、想像もできない。

やがてふたりの会話は、より個人的な話題へと移っていった。気がつくとホリーは、テイラー家での日々について、未亡人としての暮らしについて話していた。生前のジョージを知る人とのあいだで彼の話題が出ると、いつも喉の奥が詰まって、涙さえ浮かべてしまう。だがブロンソンはジョージのことをなにも知らない。どういうわけか、赤の他人であるブロンソンを相手にしたほうが、夫のことを気楽に話すことができた。

「病気など一度もしたことのない人だったんです」ホリーは言った。「熱を出したことも、頭痛を訴えたこともなかったのに。いつだって健康そのものでした。ところがある日いきなり、疲れた、関節が痛い、食欲がないと言いだしたのです。お医者様から腸チフスと診断されました。命にかかわる病気だと知っていましたが、全快した人も大勢います。きちんと看病し、たっぷり休息を取らせれば、夫もきっとよくなると信じていました」空になったカップを見つめ、金箔がほどこされた縁を指先でなぞった。「でも夫は、日を追うごとに痩せ衰えていきました。高熱の末に意識が混濁し、発病から二週間後に亡くなりました」

「おつらかったでしょう」ブロンソンが静かに言った。

おつらかったでしょう……誰もがホリーにそう言う。ほかに言えることなどないからだ。だが、温かな光を放つブロンソンの黒い瞳には、心からの同情がこめられていた。夫を亡くした喪失感がどれほどのものか、彼は本当に理解してくれているようだった。

長い沈黙が流れ、やがて、ブロンソンが口を開いた。「テイラー家のみなさんとの暮らしは、気に入ってらっしゃるのですか」

ホリーは弱々しくほほえんだ。「気に入る、気に入らないの問題ではないのです。ほかに選択肢などありませんから」

「ご自身のご家族とは？」

「独身の妹が三人おりますので、両親はまずあの子たちにふさわしい結婚相手を探さなければなりません。娘と一緒に実家に帰り、両親にいま以上の負担を強いるのは申し訳ないと思ったんです。それに、テイラー家の人びとと暮らしていれば、ジョージとのつながりをより深く感じることもできますし」

ホリーの最後の一言に、ブロンソンの大きな口がぎゅっと引き結ばれた。彼はホリーの空になったカップと皿を見やってから、すっと立ち上がり、手を差し伸べた。「少し歩きましょうか」

突然の申し出に驚きながらも、ホリーは反射的に彼の手をとっていた。温かな指の感触に手がうずいて、息ができなくなる。ブロンソンは彼女の手を引いて立ち上がらせると、その手を自分の肘にそっと置き、ティーテーブルから離れた。彼の振る舞いはあまりにも親密だった。ジョージの兄弟ですら、手袋をしていないときは彼女の手に触れようとしない。どうやらブロンソンは、そういう作法もよくわかっていないらしい。

並んで歩きながら、ホリーは彼が必死に歩幅を合わせようとしてくれているのに気づいた。こんなふうにのんびり歩くことなど、めったにないのだろう。きっとあてもなく散歩をしたりしない人なのだ。

書斎棟を出ると、そこは広々としたギャラリーだった。一方の壁に背の高い窓が並んでおり、おもての整形庭園を望める。そのほかの壁は名画で埋めつくされていた。ティツィアーノ、レンブラント、フェルメール、ボッティチェリ。どの作品も、豊かな色彩とロマンチシズムにあふれている。「あら、レオナルド・ダヴィンチの作品はないんですね」ブロンソンの収蔵品はまちがいなく英国一だ。それをわかったうえで、ホリーはからかってみた。

するとブロンソンはずらりと並ぶ絵画をにらみ、ダヴィンチがないのはとんでもない手抜かりなのだろうか、とでもいうように眉間にしわを寄せた。「一枚買ったほうがいいでしょうか」

「いいえ、そうではないの、少しあなたをからかってみただけ」ホリーは慌てて言った。「あなたのコレクションは本当に素晴らしいわ。非の打ち所がないくらい。それに、ダヴィンチの作品はお金では手に入らないでしょうし」

ブロンソンは曖昧にうなってから、壁に空間を見つけるとそこを凝視した。ダヴィンチとやらはいったいいくらするのかと、頭をめぐらせているのにちがいない。

ホリーはブロンソンの腕から手を引き抜き、正面から彼に向き合った。「ミスター・ブロンソン……どうして今日、わたしをお招きくださったのか、教えてくださいませんか」

彼は台座にのせた大理石の胸像に歩み寄ると、親指で埃をぬぐった。それから、窓から射しこむ明かりが作った四角形の光のなかに立つホリーを、探るように横目でちらりと見た。

「あなたのことは、完璧なレディだとうかがっております。今日お会いして、まさに噂どおりの方だと確信しました」

ホリーは目を丸くした。ブロンソンを疑った後ろめたさと、きまりの悪さを覚えた。やはり彼は、数日前のあの晩に軽率にも口づけに応えた女性とホリーが同一人物だとは気づいていないのだ。気づいていたら、いまのような言葉を口にするわけがない。

「あなたは申し分のない評判をお持ちだ」ブロンソンはつづけた。「どのような場所でも受け入れられる地位にある。それに、わたしが必要としている……喉から手が出るくらい必要としている知識や影響力も持ってらっしゃる。わたしはあなたを、つまりその、家庭教師として雇いたいと思っているのです」

仰天のあまり、ホリーはまじまじと彼を見つめることしかできない。言うべき言葉を見つけるまでに、それから優に三〇秒はかかった。「ですが、わたしはどのようなかたちであれ、人様に雇っていただく必要はないのです」

「それはわかっています」

「それなら、お断りする以外にないこともご理解いただける――」

ブロンソンはかすかに抑えた身振りでホリーの言葉を制した。「説明だけでも聞いてください」

礼儀上うなずいてみせたものの、彼の申し出を受け入れられるはずなどなかった。経済的な理由から、未亡人が上流家庭に雇用先を求めなければならないケースはたしかにあるが、ホリーはそのような状況に置かれているわけではない。テイラー家の人びとはもちろん、実家の家族にしても、このような話を聞く耳など持たないだろう。労働者階級に身を置くことになるわけではないにせよ、社交界におけるホリーの地位はこれまでとはまるでちがうものになってしまう。それに、ザッカリー・ブロンソンのような男性に雇用されれば、たとえ彼がどれほどの財産を所有していようと、一部の人や場所からは二度と受け入れてもらえなくなる。

「洗練された礼儀作法を身につけたいのです」ブロンソンはきっぱりと言った。「そのためには、指導してくれる方が必要です。あなたもお聞きおよびでしょうが、わたしは貴族社会の一員になることを望んでいます。いままではなんとか自力で上りつめることができましたが、ここから先は、わたしひとりの力ではどうにもならない。あなたの指導が必要なのです。エリザベスにも、教えてくれる人間が必要です……つまりその、あなたのようなレディになる秘訣を。ロンドンのレディらしい行儀作法を、妹に教えてやってください。妹がまともな結婚相手を見つけるには、それ以外に方法はないんです」

「ミスター・ブロンソン」ホリーは慎重に口を開き、彼のかたわらに置かれた大理石の長椅子をじっと見つめた。「お褒めにあずかり、うれしく思います。お力添えしたいのはやまやまですが、わたしなどよりもずっとその立場にふさわしい方がいくらでも——」

「ほかの人ではだめなのです。あなたが必要なんだ」

「無理ですわ、ミスター・ブロンソン」ホリーは断固として突っぱねた。「いろいろとやることもありますし、なんといっても、娘のことを考えてやらねばなりません。ローズを育てることが、わたしにとってはこの世で一番重要なことなのです」

「そう、ローズちゃんのことを考えなければなりません」ブロンソンは両手をポケットに入れ、リラックスしたそぶりで、長椅子の周りを歩きだした。「こういうことはまわりくどい言い方をしてもなんですから、率直に申し上げましょう。お嬢さんの将来については、どのようにお考えですか。たぶんローズちゃんを、立派な学校にやりたいとお思いでしょう。大陸に旅行にも行かせてやりたい、爵位のある紳士に見初められるよう、たっぷりの持参金も持たせたい。でもいまのあなたの状況では、そうしたものをお嬢さんに与えることは不可能だ。持参金がなければ、お嬢さんのお相手はジェントリー階級がせいぜいでしょう――いや、それも無理かもしれない」彼はいったん言葉を切り、おもねるような声でつづけた。「でもたっぷりの持参金があれば、家柄は申し分ないのですから、いずれ立派な貴族の夫を見つけることができるでしょう。亡きご主人も、きっとそれを願ったでしょうね」

ホリーは呆然とブロンソンを見つめた。彼女にもようやく、ブロンソンがいかにしてあれほど多くの競争相手を蹴落としてきたのかがわかった。こうと決めたことをやり遂げるためなら、彼は手段を選ばない――ホリーを家庭教師に雇うためなら、ローズすら利用するのだ。ザッカリー・ブロンソンは、目的のためならば慈悲の心などいっさい捨てる男なのだ。

「あなたには、一年ほどご協力いただければと思っています」ブロンソンはつづけた。「双方納得のいくよう、きちんと契約書を交わしましょう。もしもわたしの下で働くのがいやになったら――なんらかの理由で契約を終了したいと思ったら――そうおっしゃってくだされば結構です。その場合は、契約金額の半分をお支払いしましょう」

「いくらなんです?」ホリーは自分がそうたずねるのを聞いた。ひどく動揺して、頭のなかが混乱している。彼はいったいいくら払おうというのだろう。

「二万ポンドです。一年間の契約で」

一般的な女性家庭教師の年間給与の、少なくとも千倍だ。ローズと住む家を買い、使用人を雇い、娘に十分な持参金を持たせてもまだあまる。自分の家が持てると思っただけで、ホリーはうれしさにくらくらした。だが、ブロンソンと深くかかわりあいになって、家族や友人がどんな反応を示すかと思うと……。

「申し訳ありません」彼女はほとんど声にならない声で告げた。「やはり無理ですわ。非常に寛大なお申し出だとは思いますが、どなたかほかの方を探してください」

ブロンソンは、拒絶の言葉にもまるで驚いた表情は見せなかった。「では、二万ポンドではいかがでしょう」と言い、いたずらっぽく笑った。「さあ、レディ・ホランド。テイラー家に帰って、これから一生、この三年間のような日々をあちらで過ごすなんて言わないでください。あなたは賢い方だ。針仕事と噂話ばかりの毎日に、満足できるはずがない」

ブロンソンは巧みに、ホリーのもうひとつの弱みを突いた。テイラー家での暮らしは、すっかり退屈なものになってしまっていた。この話を受ければ、もう彼らに、いや、ほかの誰にも頼る必要はないのだと思うと……ホリーは重ねた両手をぎゅっと握りしめた。

ブロンソンは片脚で体重を支え、反対の脚の膝を長椅子にのせている。「イエスと一言言ってくださればいいのです。そうしたら、契約金はローズちゃんの信託財産としましょう。お嬢さんは今後いっさいほかの援助を受ける必要もなくなる。お嬢さんが貴族の紳士と結婚するときには、お祝いに馬車を一台と馬を四頭贈りますよ」

彼の申し出を受ければ、未知の世界に一歩足を踏みだすことになる。ノーと答えれば、自分とローズがどのような人生を送ることになるのかは考えるまでもない。すべてにおいて満足はできないにしても、きっと安寧な日々を送れるだろう。とくに不自由を感じることもなく、旧知の人びとにだけ囲まれ、彼らに認められ、愛情を注がれ、生きていくことになる。だが、イエスと答えたら? 誰もが驚き、ホリーに非難の言葉を浴びせるだろう。ひどい中傷や噂がすっかり消えるまでには、何年もかかるはずだ。いや、一生消えないかもしれない。けれども、イエスと答えればローズには素晴らしい未来が開かれる! それに、ホリーの胸にはずっと、得体の知れない激しい思いが巣くっていた。夫の死後ずっと、その恐ろしい衝動を抑えようと闘いつづけてきたのだ。

ホリーは唐突に、その戦意を失ってしまった。

「三万ポンドならお引き受けするわ」自分がそう応じるのが聞こえた。傍観者になって、この会話を聞いているような気分だ。

ブロンソンは表情を変えなかった。だがホリーには、あたかも獲物をとらえた獅子のように、彼が深い満足に浸っているのがわかる。「三万ポンド」法外だとでもいうように、彼はその金額をおうむがえしに言った。「報酬としては、二万ポンドで十分だと思いますが」

「二万ポンドはローズの分、一万ポンドはわたしの分です」ホリーの声はすっかり落ち着いていた。「社会的影響力は貨幣のようなもの——使ってしまったら、おいそれと取り戻すことはできません。一年後には、わたしの社会的影響力は大して残されていないでしょう。あなたの申し出をお受けしたら、社交界はわたしのことをあれこれと噂するはずです。ひょっとすると、わたしとあなたが……」

「それは愛人関係にあると噂するかもしれない？」ブロンソンは穏やかにあとを継いだ。「それは彼らの誤解だ、そうでしょう？」

ホリーは頬を赤らめ、急いでつづけた。「社交界は、噂と真実の区別などできないのです。ですから、わたしの失われた名誉に対してあと一万ポンドが必要です。それから……その一万ポンドはあなたの手で投資し、管理していただきたいのです」

ブロンソンは黒い眉をかすかにつりあげた。「わたしがあなたの財産を管理するのですか」という声は実に満足げだった。「テイラー卿ではなく？」

ホリーは首を縦に振った。義兄のウィリアムは、責任感は強いが投資に関しては極めて慎重だ。似たような地位にある大勢の紳士同様、ウィリアムもまた、財産を維持することはできても増やすことはできない。「あなたに管理していただきます」ホリーは重ねて言った。「条件はひとつだけ。社会的倫理に反する投資だけはしないでください」

「わかりました、やってみましょう」ブロンソンは重々しく言ったが、悪魔を思わせる黒い瞳には笑いが浮かんでいる。

ホリーは深呼吸をした。「では、三万ポンドでよろしいのですか。万が一、途中で辞める場合には、その半額を受け取れるのですか」

「いいでしょう。ただし、契約金増額の条件として、あなたにもひとつ譲歩していただきたい」

「なんでしょう」ホリーは用心深くたずねた。

「こちらに住んでください。わたしと、わたしの家族と一緒に」

ホリーは仰天して彼を見つめた。「無理です。そんなことできません」

「あなたとお嬢さんには、専用の部屋をご用意します。馬車と馬も。外出も自由にしていただいてかまわない。お望みなら使用人も連れてくるといい。来年の給与はこちらでお支払いしましょう」

「どうしてそこまでしなければ――」

「ブロンソン家の人間に貴族の礼儀作法を仕込むには、一日数時間のレッスンなどでは足りません。あなたも、わたしたちと近づきになれば、なるほどと思うようになりますよ」

「ミスター・ブロンソン、わたしにはそんな――」

「契約金は三万ポンドです。ただし、そのためにはテイラー家を出ていただきます」

「だったら、契約金は下げて別の場所に住むほうがいいわ」

ブロンソンはふいににやりとした。ホリーがしかめっ面をしていることなど、まったく意に介していないようだ。「では、交渉は決裂です。住みこみの家庭教師として働き、一年間で三万ポンド、あとはいっさい譲歩はなし」

胸を満たす不安と狼狽に、ホリーは全身が震えるのを覚えた。「では、お受けします」彼女はあえぐように答えた。「ローズのために約束いただいた馬車と馬四頭も、契約書に明記してください」

「承知しました」ブロンソンは片手を差しだし、彼女の手をとると、しっかりと握りしめた。

「冷たい手だ」彼は必要以上に長く、その手を握っていた。口元には笑みが浮かんでいる。「怖いのですか?」

温室で口づけを交わしたあの晩も、彼は同じことをたずねた。ホリーはあのときと同じ感覚につつまれていた。想像だにしなかった驚くべき出来事に、圧倒されていた。「ええ」彼女はささやくように返した。「自分がまるで別人になってしまったようで、急に不安に」

「なにも心配はいりませんよ」というブロンソンの声は、低く穏やかだった。

「ど、どうしてそんなふうに断言できるのですか」

「どうしても。この話に、ご家族がどんな反応を示すか見当はつきます。どうか、怖気づいたりしませんよう」

「あなたに言われるまでもありません」ホリーは懸命にプライドを保とうとした。「約束を反故《ほご》にするようなことはしません」

「それならいい」ブロンソンはつぶやくように言った。その瞳に浮かぶ満足げな光に、ホリーは不安に駆られた。

車回しを離れるレディ・ホリーの黒塗りの馬車に陽射しが照りつけ、ぎらりとした光が反射する。ザッカリーは書斎の窓のカーテンをそっと開き、すっかり視界から消えてしまうまで馬車を見送った。明らかに自分にとって有利な契約を取りつけたときにいつも感じる、爆発するほどのエネルギーを身内に覚えていた。レディ・ホランド・テイラーが、娘とともにこの屋敷に住む。彼自身を含めた誰ひとりとして、想像だにしなかった展開だ。

それにしても、彼女のなにこれほどまでに惹かれるのだろう。彼女が書斎に姿を現した瞬間から、ザッカリーはすっかり欲望をかきたてられ、魅了されていた。どんな女性が相手だろうと、ここまでの思いを覚えたことはなかった。先ほどの、彼女が手袋を脱ぎ、しなやかな細い指があらわになった瞬間。あれは、いままでの人生で最もエロチックなひとときだった。

美しい女性や、才能あふれる女性なら、ベッドのなかでも外でも幾人も相手にしてきた。そんな自分がどうしてレディ・ホリーのような小柄な未亡人にこれほどまでに心奪われるのか、理由はよくわからない。だがおそらく、慎み深い外見からかもしだされる、あの温かみのせいだろう。正真正銘のレディでありながら、彼女にはあの階級の女性に特有のうぬぼれや気取りがまったく感じられない。彼に話しかけるときの、率直で親しみのこもった口ぶりも好ましかった。まるで、同じ階級に属する人間と話しているかのような口調だった。聡明で、心温かく、そして、彼のような人種にはもったいないほど洗練されたレディ・ホリー……。

ザッカリーは当惑し、上着の裾がしわになるのもかまわず、両手をズボンのポケットに突っこんだ。書斎棟を所在なく歩きまわり、上の空で、大量の高価な書物や絵画を眺めた。幼いころから彼は、絶え間ない衝動、なにかを成し遂げ、征服したい欲求を胸に抱え、悩まされてきた。常に不満を感じ、他人が眠る真夜中まで仕事をし、策を練り、計画を立てた。彼は絶えずなにかに駆り立てられていた。もっと富を築かなければならない、もうひとつ契約をものにしなければならない、もうひとつ山を登らねばならない。そうすれば自分は幸福になれる。だが、けっして幸福にはなれなかった。

・レディ・ホランド・テイラーと一緒にいると、自分がごく普通の男のようにリラックスし、くつろげるのを感じた。彼女がここにいてくれたあいだだけは、いつもの衝動はどこかに消え去っていた。ほとんど満たされていたと言っていい。こんな感覚は、生まれて初めてだ。この感覚をけっして失いたくない、もっと味わいたい。ザッカリーは、レディ・ホリーがこの屋敷で過ごす日が待ちきれなかった。

ついでに言うなら、彼女が自分のベッドで過ごす日も待ちきれなかった。彼のことを、闇にまぎれて口づけた相手だと気づいたときのレディ・ホリーの様子を思いだすと、思わず笑みがもれる。あのとき彼女は真っ赤になって全身を震わせた。一瞬ザッカリーは、彼女が気絶してしまうのではないかと思った。そうなればいいのにと願った。そうすれば、ふたたびこの腕に抱く口実ができる。だが彼女は落ち着きを取り戻し、そうすれば彼に気づかれずにすむとでも思ったのか、口づけの件については無言をとおした。なんだか、もっと大それた罪を犯した人のようだった。きっと彼女は、貴族としての礼儀作法はわきまえていても、あまり世慣れてはいないのだろう。そんな女性に、どうして惹かれるのかよくわからないが。

レディ・ホリーには、一般的な既婚女性にはない無垢な心が感じられた。まるで、罪や堕落を目の前にしても、それに気づかないかのようだった。

あの晩、二度目に口づけを交わしたとき、彼女は泣いた。いまになってやっと、ザッカリーは涙の理由に気づいた。夫を亡くしてから、誰からも口づけも愛撫も受けたことがなかったのだろう。いずれ、ザッカリーの腕のなかで彼女がふたたび涙を流すときが来る。だがそれは、悲嘆の涙ではなく、喜びの涙になるはずだ。

4

テイラー家に帰る道すがら、ホリーは衝動的に振る舞った自分を叱りつづけた。ロンドンのでこぼこの舗装道路をとんだりはねたり揺れたりしながら進む馬車のなかで、帰宅したらすぐにブロンソンに手紙を書こうと思った。決断を急ぎすぎてしまったこと、このようにがらりと生活を変えるのは、ローズにとってはもちろんのこと、自分自身にとってもも望ましくないことをきちんと説明すればいい。彼の申し出を受け入れるなんて、いったいなにを考えていたのだろう。ろくに知りもしない家庭、社会的な立場がまるでちがう家庭、良心のかけらもない金の亡者のならず者と呼ばれる男性の下で、働こうだなんて。「きっとどうかしていたのだわ」ホリーはひとりごちた。

だが自分の決断に不安を感じる一方で、この三年間となにも変わらない退屈な日々に戻ることに、ひどく気のりしないものを覚えているのも事実だった。ジョージの死後、深い安らぎを与えつづけてくれた安息の場所が、いまでは牢獄のように思える。テイラー家の人びとはいわば、とても親切で善意にあふれた看守だ。もちろん、そんなふうに感じる自分の身勝手さは十分承知している。

なにも心配はいりませんよ……ホリーの帰り際、ブロンソンは彼女にそうささやいた。彼女があらためて考えなおしてみるはずだと、わかっていたのだろう。三万ポンドでもまだ、彼女を説得するには足りないかもしれないと。彼の頼みの綱はただひとつ……。

ホリーの胸に巣くう、得体の知れない激しい思いだけだ。ホリーはまだ、未知の世界へと飛びこもうとする衝動を抑えつけることができずにいる。本音を言えば、ローズとモードを連れてテイラー家を出てしまいたい。いままでずっと歩みつづけてきた、誰かが用意してくれた道をはずれてしまいたい。

道をはずれた場合、自分を待ち受ける最悪の事態はいったいどのようなものだろう。上流社会から受け入れてもらえなくなること？　だが、それがどうしたというのか。ホリーが誰よりも受け入れてほしいと望んだ人は、もうこの世にはいない。ジョージの家族の反応は気になるが、彼らには、これ以上の重荷にはなりたくないと伝えればいいことだ。ローズのことももちろん心配だが、娘には、ちょっとした冒険だと言えばすむ話だろう。それにローズはいずれ莫大な持参金を手にすることになる。そして、立派な爵位を持った貴族の紳士から、非常に望ましい結婚相手として求められることになる。

ホリーはうめき、両手で顔をおおった。ザッカリー・ブロンソンとの約束を反故にするつもりなど、自分にはないのだ。どれだけ断る理由を考えてみたところで……ブロンソンの家庭教師になりたい気持ちには勝てなかった。

テイラー家の人びとは、使用人も含めた誰もが、ザッカリー・ブロンソンとのお茶会でどのような会話を交わしたのか知りたがった。だがホリーはほとんど会話の内容を明かさず、彼らの質問攻勢に、ミスター・ブロンソンは紳士だった、とても豪奢なお屋敷に住んでいた、会話もとても愉快だったとだけ答えた。間もなくテイラー家を出ることについては、自分の口から告げるよりも、まずジョージの兄弟の耳に入れ、彼らから報告してもらうほうがいいだろうと考えた。夕食後、ウィリアムとトーマスに書斎で話したいことがあると告げると、ふたりはすぐにうなずいたものの、珍しい申し出に驚いた顔をしてみせた。

メイドがウィリアムたちのためにポートワインを、ホリーのために紅茶を用意してくれた。ホリーが暖炉脇の重厚な革張りの椅子に腰を下ろし、トーマスはそのとなりの椅子にかけ、ウィリアムは真っ白な大理石の炉棚に片肘をのせて立っている。「ホリー、もう白状してもいいだろう」義兄が親しみをこめた声で静かに促した。「なんだってブロンソンはきみを呼びだしたりしたんだね。ずいぶん心配させられたのだから、そろそろ話してくれないと」

好奇心をあらわにした、まるでうりふたつの青い瞳。胸が痛むくらい亡き夫によく似たふたりと向き合うだけで、ホリーの手のなかでティーカップとソーサーが小さく震えた。この家を出られるのだと思うと、彼女は自分でも意外なほどの喜びを覚えた。絶えずジョージを思いださせるものたちに囲まれて暮らすよりも、きっとこのほうが、心安らかに過ごすことができる。わたしを許して、あなた……天国のジョージに見られているように感じて、ホリーは胸のなかで謝った。

彼女はゆっくりと、できるだけ冷静な口調で、ブロンソンから一家の家庭教師として一年間雇用したいとの申し出があったことを説明した。

ウィリアムたちはしばし仰天の面持ちでホリーを見つめていたが、やがてトーマスが噴きだした。「あの男がきみを家庭教師に雇うだって」義弟は大笑いした。「わが家の人間を、兄上の妻を雇おうだなんて、ありえないよ！　あなたに礼儀作法を教えるほど暇じゃない、あの傲慢な猿にそう言ってやったんだろう？　友人たちにこの話をしたらさぞかし――」

「いくら払うと言われたんだね」とたずねたウィリアムは、弟のようにおもしろがってはいなかった。長兄である彼は、弟たちよりも洞察力に優れていた。ホリーの顔つきから、なにか気になるものを感じとったのだろう。

「莫大な金額よ」ホリーは静かに答えた。

「五〇〇〇ポンドか。それとも一万ポンド」ウィリアムはさらにたずね、炉棚にワイングラスを置くと、正面からホリーと向き合った。

ホリーは首を振って、金額を答えるのを拒んだ。

「一万以上？」ウィリアムは信じられないという声で応じた。「もちろん、金で買われるつもりはないと断ったんだろうね」

「わたし……」ホリーは言葉に詰まり、熱い紅茶を一口飲んでから、カップとソーサーをかたわらのテーブルに置いた。膝の上に両手を重ね、ふたりの顔を見ずにつづける。「こちらには三年間ご厄介になったけれど、前から言っているように、みなさんの重荷になるのが心苦しくて――」

「重荷なものか」ウィリアムはすかさず口を挟んだ。「もう何度もそう言ったはずだろう」

「ええ、言葉にはできないくらい、みなさんのご親切にも、経済的な援助にも深く感謝しているわ。でも……」

彼女はいったん口を閉じ、言うべき言葉を探した。彼女がなにを言おうとしているのか気づいて、義兄たちはそっくり同じ、驚愕の表情を浮かべた。「まさか」ウィリアムが低く言う。「彼の申し出について考えてみるつもりだなんて言わないだろうね」

ホリーは神経質に咳払いをした。「実は、お受けすると答えたの」

「なんてことだ」ウィリアムは大声をあげた。「ゆうべ、アヴェリー卿が彼をなんと言ったか、聞いていなかったのかい。彼は狼なんだよ、ホリー。そしてきみは、子羊のように無力だ。彼は他人を餌食にする、きみとは比べものにならないくらいずる賢い人間なんだ。自分の将来のことを考えられないというのなら、せめて娘の心配くらいはしたまえ。母親として、ローズを守ってやらなければならないことくらいわかっているだろう」

「ローズの将来を思えばこそよ」ホリーはきっぱりと言い放った。「あの子だけが、ジョージがわたしに遺してくれたたったひとつの宝。あの子はわたしのすべてだもの」

「ローズは、弟がテイラー家に遺してくれた宝でもあるんだ。あの子を家族と引き離すなど、残酷な罪としか言いようがない」

「おふたりには、大切に守るべき妻と子がいるわ。わたしには夫すらいない。自分ひとり暮らしていく手立てさえない。一生、テイラー家に頼りつづけるのはいやなんです」

ウィリアムは頰を打たれたような表情を浮かべている。「ここで暮らすのが、そんなにいやなのかい。わが家での暮らしにきみがそれほど不満を感じていたとは、知らなかったよ」

「もちろん、不満など感じていないわ。そういうことではないの……」ホリーはもどかしげにため息をついた。「テイラー家での安全な暮らしに、これからだってずっと感謝の気持ちを忘れたりしない。でも、将来のことも考えないと」彼女は顔を上げ、となりの椅子にかけたままのトーマスに視線をやった。義弟が援護してくれればと思ったが、その表情から兄と同じ気持ちなのがすぐにわかった。

「こんな話、ありえないよ」というトーマスの口調は、怒りではなく苦悩に満ちていた。

「ホリー、どうしたらきみの気持ちを変えさせられる？ どうしてブロンソンの申し出を受ける気になったのか、説明してくれないか。金じゃないんだろう？ きみは金に目がくらむような人ではないからね。わたしたち家族になにか不満があるのかい。誰かに、なにかいやなことを言われたりされたりしたのかい。ここでは歓迎されない、そんなふうに感じることがなにかあったのかい」

「いいえ」ホリーはすぐさま答えた。申し訳ない気持ちでいっぱいだった。「あなたたちが手を差し伸べてくれなかったら、ジョージが亡くなったあと、わたしは生きていくことさえできなかったわ。でもなんだか最近――」

「ブロンソンはきみに、礼儀作法以上のことを教えろと言うにちがいない」ウィリアムが冷ややかな声で口を挟んだ。「きみだってわかっているはずだ」

ホリーはきっとして義兄を見やった。「お義兄様、そんな言い方はよして」

「覚悟しておいたほうがいい。紳士などではないともっぱらの評判の男の家に住むのが、いったいどういうことを意味するのか。彼の意のままにされ、金に目がくらんだばかりに、いまのきみには想像もできないようなことを強いられる羽目になるんだ」

「わたしはなにも知らない子どもではないのよ」

「そうとも、きみは三年間も男と無縁に生きてきた、若き未亡人だ」義兄の下品な物言いに、ホリーは思わず息をのんだ。「いまのきみは完全に無防備だ。そんなきみの決めたことなど、いっさい信用できるものか。そんなに金が必要なら、収入を増やす方法を考えてやろう。いい投資先を見つければ、いまより大きな収入が得られるはずだ。ただし、破廉恥なブロンソンごときからは、一シリングたりとも得ることは許さない。きみ自身のためにも、弟の娘のためにも、絶対にそんなことはさせない」

「言いすぎだよ、兄上」トーマスは兄をぴしゃりとたしなめた。「ホリーは気持ちをわかってほしいだけなのに。兄上ときたら、冷たく突き放すみたいに――」

「トーマス、いいの」ホリーは静かに義弟を制した。心の片隅に、すべての判断をふたりにゆだねたい気持ちもあった。だがその一方で、ザッカリー・ブロンソンの瞳に浮かぶからかうような、挑むようなきらめきと、怖気づいたりするなという言葉が思いだされてもいた。

「お義兄様は、わたしたちの今後を案じておっしゃっているだけだもの。まちがいを犯してほしくない、ただそれだけなんだもの。ジョージが亡くなってからずっと、おふたりには本当によくしていただいたわ。このご恩は一生忘れません。でも、おふたりの庇護の下から出たいの。自分で物事を決められるようになりたいの。ひとつやふたつなら、まちがいを犯すことも怖くはないわ」

「わたしには理解できないよ」トーマスがのろのろと言った。「ホリー、どうしてそんな。きみにとって金がそんなに大事なものだとは、思わなかった」

ホリーが言葉をかえそうとする前に、ウィリアムが冷ややかな、感情のない声で告げた。

「弟が亡くなっていてよかったと、初めて思ったよ。いまのきみを、弟が見ずにすんで本当によかった」

あまりの衝撃にホリーは蒼白になった。義兄の言葉に張り裂けるような胸の痛みを覚悟したが、まるでなにも感じなかった。彼女はよろめきながら椅子から立ち上がり、ふたりに背を向けると、やっとの思いで口を開いた。「これ以上、話し合ってもなにも得るものはないわ。もう決めたの。今週中に、こちらを出ていきます。メイドのモードは、異存がなければ一緒に連れていきます」

「ブロンソンと一緒に暮らすわけか」トーマスの制止を振りきるように、ウィリアムが静かに言った。「ようやくわたしにも、どういうことかわかったようだよ。モードなら連れていくといい。だが、ローズはどうするんだ。弟の思い出を捨てたように、娘すらも簡単に捨てていき、てしまうわけか。わたしたちで面倒を見ればいいというわけか。それとも、娘も連れていき、母親が金持ちの情婦に変わっていくさまをあの子に見せるつもりか」

これほどまでに屈辱的な言葉を投げられたのは、ホリーは生まれて初めてだった。相手が他人でも耐えがたいことだろうに、よりによってジョージの実の兄から投げられるとは。でも、涙など流すまい。ホリーは心を決め、大またに扉に歩み寄った。「ローズは、たとえなにがあろうと手放しません」肩越しに言う自分の声が、かすかに震えていた。

書斎をあとにしながら、彼女はウィリアムたちが口論するのを聞いた。トーマスが兄をあれじゃあんまりだと責め、ウィリアムが憤怒を押し殺した声で応じている。ジョージなら、いったいなんと言ったかしら……ホリーは思いをめぐらせた。答えはすぐにわかった。夫なら、テイラー家の庇護の下でずっと暮らしてほしいと言ったはずだ。

小さな中庭を臨む窓辺にホリーは立った。敷居に数えきれないほどの傷やへこみがある。使用人のひとりが以前ホリーに、まさにこの窓で、幼いジョージがおもちゃの兵隊を使って戦争ごっこをしていたのだと教えてくれたことがあった。夫の小さな手、長じては彼女を優しく愛撫し、抱きしめた手が、おもちゃの兵隊を動かすさまを想像してみる。「ごめんなさい、ジョージ。一年後には、あなたの望むとおりの生活に戻ります。そのときには、ローズはもう誰からも援助してもらう必要がなくなっているはずよ。一年だけ。一年経ったら、あなたとの約束を守るわ」

5

レディ・ホリーが馬車のなかから現れ、従者の手を借りながら、軽やかに地面に降りたった。その姿をじっと見つめながら、ザッカリーは奇妙な興奮が胸の内に渦巻くのを、胸の深いところが喜びにうずくのを感じていた。ついに彼女がやってきたのだ。ザッカリーはうっとりと彼女を見つめつづけた。彼女は完璧によそいきの格好をしていた。小さな手は手袋につつまれ、濃い茶色の髪はつややかにきらめき、顔はつばの狭い帽子のベールに隠れている。ザッカリーは、その慎ましやかないでたちをめちゃくちゃに乱し、両手で髪をかきあげ、チョコレート色のドレスの襟元にずらりと並ぶボタンをはずしたい衝動に駆られた。

今日も茶色のドレスか……彼は眉根を寄せた。それがまだ喪に服している証拠――ああいう地味なドレスをまとう期間のことは「軽い喪」というらしい――であることに気づいて、激しいいらだちを覚えた。こんなにも長いあいだ喪に服す女性には出会ったことがない。父を心から愛していたはずの母ですら、一年間の正喪期間を終えたときには、陰気な喪服を脱ぎ捨てられるのをほとんど喜んですらいた。むろん、そんな母を責めるつもりはこれっぽっちもなかった。女性が夫を亡くしたからといって、欲求や衝動を抑えつける必要などない。

だが上流社会は、それを抑えつけることをよしとするらしい。

上流社会では、ばかみたいに献身的な未亡人が高く評価される。世の女性のよき手本として大いに賞賛される。だがザッカリーには、レディ・ホリーが単なるしきたりとして、あるいは賞賛を浴びたいがためにいつまでも喪に服しているのだとは思えなかった。彼女は心から夫の死を嘆いているのだ。彼女がそこまで情熱的な思いを寄せる男とは、いったいどんな人間なのだろう。ジョージ・テイラー卿が貴族だったことはわかっている。ホリーと同じ世界に属する、優れた血統と名誉を兼ね備えた人間だ。つまり、わたしとは正反対の男ということか……ザッカリーは陰気に思った。

メイドがひとりと、子どもがひとり、馬車の扉の下に置かれた携帯式の足台を使って降りてくる。ザッカリーの視線は、幼女にくぎづけになった。見ているだけで、自然と口元に笑みが浮かんだ。ローズはまるで人形のように母親とうりふたつだった。母親譲りの愛らしい顔立ちで、茶色の長い巻き毛のてっぺんに、ペールブルーのリボンを飾っている。少々不安げな表情のローズは、なにやら宝石のように光るものを手に握りしめ、壮麗な屋敷と、広大な敷地をじっと見ている。

こういう場合、おもてに出てレディ・ホリーたちを出迎えるよりも、屋敷のなかで待ち、応接間かせめて玄関広間であいさつしたほうがいいのだろうか。さっぱりわからん！　ザッカリーは自分の無知に腹を立て、階段を下りた。エチケット違反なら、レディ・ホリーにそう教えてもらえばいいのだ。

近づいていくと、ホリーはトランクや旅行かばんを馬車から降ろす従者に、静かに指示を出しているところだった。帽子のつばがわずかに持ち上がり、視線がザッカリーに向けられる。彼女の口元に笑みが浮かんだ。「おはようございます、ミスター・ブロンソン」

ザッカリーはおじぎをして、ホリーをじろじろと観察した。まるで何日も眠っていないかのように、疲れた青白い顔をしている。テイラー家の連中が彼女をつらい目に遭わせたのだと、すぐにわかった。「よほどひどいことを言われたのですね」彼は穏やかに声をかけた。「あいつは悪魔の化身だ、そう彼らに言われたのでしょう?」

「悪魔の下で働くほうがまだましだと思っているでしょうね」とホリーが答えたので、ザッカリーは声をあげて笑った。

「あなたがそこまで道を誤ることがないよう、最善を尽くしますよ」

ホリーは幼女の細い肩に手を置き、そっと前に押した。「娘のローズです」と紹介する声には母としての誇りが満ちあふれていた。

ザッカリーがおじぎをすると、幼女は丁寧に膝を折ってあいさつをした。それから、ザッカリーを見つめたまましゃべりだした。「あなたがミスター・ブロンソン? わたしたち、あなたにおさほうをおしえてあげにきたのよ」

ザッカリーはホリーに向かってにっこりと笑った。「まさか、ふたりも先生がついてくださるとは思ってもみませんでしたよ」

ローズがおずおずと、手袋の上から母親の手を握りしめる。「ママ、わたしたちここにすむの？　わたしのおへやもある？」

　ザッカリーはその場にしゃがみこみ、ほほえんだまま幼女の小さな顔をのぞきこんで「ママのすぐとなりの部屋を用意してありますよ」と教えてやった。視線を落とすと、ローズの手のなかに握りしめられているきらきら光るものが目に入った。「それはなんですか、ミス・ローズ」

「ボタンのくびかざりよ」幼女が指の力をゆるめると、紐に通したボタンが手のひらからこぼれ落ちた。花や果物や蝶の模様が描かれたボタン、黒いガラスのボタン、エナメルや紙のカラフルなボタンもある。「これは、においつきのボタン」ローズが自慢そうに言いながら、ベルベットの裏打ちがある大きなボタンを指差した。鼻先まで持っていき、深く匂いをかいでいる。「ママがこうすいをつけてくれたから、とてもいいにおいがするの」

　ローズがボタンをこちらに近づけてきたので、ザッカリーは鼻をつきだし、ほのかな花の香りを吸いこんだ。すぐにホリーの匂いだとわかった。「本当だ」と優しく幼女に言いながら、真っ赤になっているホリーを見上げた。「ママと同じ匂いがしますね」

「ローズ」ホリーは明らかに狼狽した様子で娘を呼んだ。「行きましょう、レディが道で話しこんだりしてはいけませんよ」

「そういうボタンはもってないわ」ローズは母親の言葉を無視して、ザッカリーの上着についている金無垢の大きなボタンを見上げた。

　幼女の小さな指の先を追ったザッカリーは、上着の一番上のボタンに狩猟場の風景が刻ま

れているのに気づいた。いままでよく見たことがなかったので、そのような模様があること
さえ知らなかった。「喜んで、あなたのコレクションに加えさせていただきましょう、ミ
ス・ローズ」彼は言うと、上着の内ポケットに手を伸ばし、小さな銀の折りたたみナイフを
取りだした。器用な手つきで糸を切り、大喜びしているローズにボタンを手渡す。
「ありがとう、ミスター・ブロンソン」ローズははしゃいだ。「ほんとにありがとう！」母
親に叱られるとでも思ったのか、もらったボタンをいそいそと糸に通し始める。
「ミ、ミスター・ブロンソン」ホリーは早口になって言った。「紳士たるもの、レディや子
どもの前で、ぶ、武器など取りだしては――」
「武器ではありませんよ」ザッカリーはのんきにナイフを上着の内ポケットに戻すと、すっ
と立ち上がった。「ただの道具です」
「だとしても、そのようなものは――」娘がなにをしているのか気づいて、ホリーは慌てて
言葉を切った。「ローズ、いますぐそのボタンをミスター・ブロンソンにお返ししなさい。
そんな高価なもの、あなたのコレクションに加えてはいけません」
「でも、くれたんだもの」ローズは抗議した。短い指を一生懸命に動かして、早くボタンを
紐に通してしまおうとがんばっている。
「ローズ、いけません――」
「いいじゃありませんか」ザッカリーは当惑した面持ちのホリーに笑顔を見せた。「たかが
ボタンです」

「でも、金無垢のようだし、揃いのボタンなのに――」

「まいりましょう」ザッカリーはさえぎるように言い、肘を差しだしてホリーを促した。

「母と妹がなかで待ってますから」

ホリーは眉間にしわを寄せてその腕をとると「ミスター・ブロンソン」と抑えた口調ながらきっぱりと言った。「娘のことは、贅沢をさせて甘やかしすぎないよう、厳しくしつけているのです。ですから――」

「では、しつけは大成功ですね」ザッカリーはまたさえぎり、メイドとローズを従えて、ホリーを屋敷の正面階段へいざなった。「お嬢さんは、とてもいい子に育ってらっしゃる」

「お褒めいただきありがとうございます。でも、あなたの贅沢な暮らしぶりに娘が慣れては困ります。娘に関しては、わたしの考えに忠実に従っていただきたいのです。ローズにはテイラー家にいたときと同様、規律正しい、秩序だった生活を送らせる必要があります」

「もちろんですとも」ザッカリーはいかにも申し訳なさそうな、へりくだった態度をよそって即答した。背後から、ローズが首飾りを引きずって歩いているのだろう、ボタンが地面にぶつかる軽やかな音が聞こえてきた。

玄関広間に足を踏み入れ、あらためてその途方もなく豪奢な内装を目にしたホリーは、動揺を抑えきれなくなった。どうしましょう……不安に駆られながら心のなかでつぶやいた。このような場所で、普通の人間が暮らしていけるのかしら。振りかえってモードの様子を見ると、二階までの高さの金色の柱と、きらきらした光をまきちらす巨大なシャンデリアをぽかんとして見上げている。

「きいて、ママ！」ローズが母を呼び、甲高い声をあげる。その声が、洞窟を思わせる玄関広間の壁から壁へと反響する。「このおへや、こえがこだまする！」

「静かにしなさい、ローズ」ホリーはブロンソンを見やった。彼はローズのおちゃめな様子に笑いをかみ殺している。

体格のいい四〇代の女性が現れ、どこかぶっきらぼうに、メイド長のミセス・バーニーですと自己紹介した。モードは困惑の面持ちで、天窓から明かりが降り注ぐバロック様式の階段をミセス・バーニーについて上り、荷物を解くのに立ち会うため階上の部屋に向かった。

ホリーはローズと並んで、どぎつい装飾がほどこされた待合の間を通り、応接間へと歩を進めた。応接間は、型押しの緑色のベルベットと金色の板張りで壁が交互に彩られ、金箔がまぶしいフランス製の家具が並んでいる。ホリーが部屋に足を踏み入れると、女性がふたり、待ちかねたように立ち上がった。若いほうの女性が前に進みでる。背が高く、驚くほどチャーミングで、いうことをきかない豊かな黒い巻き毛をヘアピンで頭頂部にまとめている。

「いらっしゃい、レディ・ホランド」彼女は元気に言い、にっこりとほほえんだが、ホリーを見る目はどこか探るようだ。

「妹のエリザベスです」ブロンソンがつぶやくように紹介した。

「あなたがこちらに住むとザックから聞かされて、わが耳を疑ってしまったわ！」エリザベスが言った。「わたしたちの家庭教師役を引き受けるなんて、本当に勇気がある方ね。あまり苦労をかけないよう、がんばらなくっちゃ」

「勇気だなんて、そんな」ホリーは応じた。エリザベスのことは、一目で好きになっていた。「みなさんのお力になって、必要なときに少々教えてさしあげることができればと思っただけですから」

「あら、少々ではだめよ」エリザベスは笑いながらかえした。

ブロンソンとエリザベスはとてもよく似ていた。漆黒の髪も、きらめく黒い瞳も、いたずらっぽい笑みもそっくりだ。生命力にあふれているところまでよく似ている。脳みそが活発に動き、エネルギーがありあまっているので、おちおちのんびりしていられない、そんな感じだ。

エリザベスなら求愛してくれる人はいくらでもいるだろう。ただし、よほどの男性でなければ彼女の相手は務まるまい。未来の義兄の莫大な富と彼女のあふれる生命力に、多くの男性は怖気づくにちがいないからだ。

ホリーが遠慮がちに観察するさまを見て、なにを考えているのか気づいたのだろう、エリザベスはにっと笑った。「ザックがわたしに礼儀作法を身につけさせようとするのは、わたしと裕福な貴族の男性の結婚を企んでいるからなの」彼女はさらりと言い放った。「でも、わたしにとっての理想の男性は、ザックの考えとは全然ちがうわ」

「この問題に関するミスター・ブロンソンの見解を聞かせていただいたかぎりでは」ホリーは穏やかに応じた。「あなたの味方につくつもりでいますわ、ミス・ブロンソン」

エリザベスはうれしそうに笑い「ああ、よかった!」と感嘆の声をあげると、ホリーのとなりでおとなしく待つ幼女に視線を移した。「あなたがローズね」という声が、とても優しいものに変わる。「ねえ、あなたみたいにかわいい子、いままで見たことがないわ」

「あなたもとてもかわいいわよ、ジプシーみたい」ローズは正直に答えた。

「ローズ」ホリーは娘をたしなめた。ジプシーと言われて気分を害したのではないかと思ったが、エリザベスは笑っていた。

「なんておちゃめな子なの」エリザベスははしゃぎ、その場にしゃがみこむと、ローズのボタンをしげしげと観察した。

ローズがエリザベスにコレクションを自慢しているあいだに、ホリーはもうひとりの女性のほうに意識を移した。女性は、部屋の隅に隠れているほうがいいとでもいうような表情を浮かべている。ブロンソンの母親だろう。息子に紹介されるあいだ、実に居心地が悪そうにしている彼女の様子に、ホリーは同情を覚えずにはいられなかった。

ミセス・ポーラ・ブロンソンは、若いころはさぞかし美しかったにちがいない。だが、長年の苦労と心痛がたたって容色はすっかり衰えていた。手は家事でひどく荒れて赤くなり、顔にも年齢にそぐわない深いしわが刻まれている。きつく編んで後頭部にヘアピンで留めた髪は、かつては漆黒にきらめいていたのだろうが、いまでは白いものがずいぶん目立つ。ただ、骨格の美しさは損なわれていないし、ベルベットを思わせる茶色の瞳は温かみにあふれている。

ミセス・ブロンソンはひどく恥ずかしそうに、歓迎の言葉をもぐもぐとつぶやいた。「あの……」おずおずと顔を上げ、ホリーの瞳を見つめる。「息子はなんといいますか、人に無理強いをするのがとても上手なもので。あなたが、意に反してこちらにいらしたのでなければいいのですけど」

「母上」小声でさえぎったザッカリーは、愉快そうに黒い瞳を輝かせている。「それではまるで、わたしがレディ・ホランドを鎖でつないで引っ張ってきたようではありませんか。言っておきますが、わたしは人に無理強いなどしたことはありませんよ。ちゃんと相手に選択肢を与えています」

ザッカリーに疑いのまなざしを投げつつ、ホリーは夫人に歩み寄り「ミセス・ブロンソン」と優しく声をかけながら軽く手を握った。「わたしは自らこちらにまいりましたので、どうぞご心配なく。みなさんのお力になれることを、楽しみにしていますわ。この三年間は喪に服していて、それで……」ホリーはその先を言いあぐね、適当な言葉を探した。ローズがここぞとばかりに口を挟む。

「パパはてんごくにいるから、いっしょにこられなかったのよ。そうよね、ママ?」

応接間がふいに静まりかえる。ホリーはブロンソンをちらりと見やったが、彼はまるで無表情だった。「そうよ、ローズ」彼女は娘に優しく答えた。

ジョージの話題が出たせいで、すっかり気まずい雰囲気になってしまった。ホリーは必死に、この場をなごませるようなことをなにか言わなければと考えた。だが沈黙は、つづけばつづくほど破るのが難しくなっていくようだった。すっかり弱り果てたホリーは、ジョージさえ生きていればこんなことはせずにすんだのに、他人の家に住みこみ、ザッカリー・ブロンソンのような男性の申し出を受け入れたりせずにすんだのにと思わずにはいられなかった。

エリザベスが唐突に、おそらく心からのものではないのだろうが明るい笑みを浮かべて、沈黙を破ってくれた。「ねえローズ、わたしがあなたのお部屋に案内してあげるわ。お兄様ったらね、あなたのために、おもちゃ屋さんの品物を全部買い占めてきたのよ。お人形も本もあるし、見たこともないくらい大きなドールハウスもあるんだから」

ローズはきゃっきゃっと歓声をあげ、すぐさまエリザベスについて二階に向かった。にわかに慕ってきた反感をこめてホリーがブロンソンをにらみつける。「おもちゃを全部買い占めたのですか」

「そんなわけないじゃありませんか」ブロンソンはすぐさま弁解した。「妹は大げさなんですよ」と言って母親に警告するような視線を投げ、無言で同意を求めた。「そうですよね、母上」

「そうねえ」ポーラは曖昧に答えた。「でも、あそこまでするのはやっぱり――」

「レディ・ホランド、荷物を解いているあいだに邸内をごらんになりたいでしょう?」ブロンソンは慌ててさえぎった。「母上、ご案内してさしあげたらどうです?」

だがすっかり臆した様子のポーラは、なにやら口のなかでつぶやくと、逃げるようにいなくなってしまった。ホリーたちはふたりきりで応接間に取り残された。

非難をこめたホリーの視線に、ブロンソンは両手をポケットに突っこみ、高そうな靴のつま先でいらだたしげに床をこつこつと鳴らし始めた。「おもちゃがひとつふたつ多いくらい、なんの問題もないでしょう」ともっともらしく言う。「元の部屋はまるで牢屋のようだったんです。人形がひとつと本が何冊かあれば、ローズちゃんの気に入るかと――」

「第一に」ホリーはさえぎった。「ご自分のお屋敷の部屋を、牢屋などと言うものではありません。第二に……甘やかされて贅沢を覚えた娘が、あなたのようになにかにつけて過剰な人間になっては困るのです」

「わかりましたよ」ブロンソンは眉間にしわを寄せた。「あのろくでもないおもちゃは、どこかにやります」

「わたしの前で、そういう下品な言葉は使わないでください」ホリーはため息をついた。「それに、いまさらおもちゃをどこかにやれるわけがないでしょう。子どもというものを、まるでわかってらっしゃらないのね」

「ええ」彼は短く応じた。「ものでで釣る方法しか知りません」

ホリーはかぶりを振った。いらだちがふいにかき消えて、なんだか愉快な心持ちになっていた。「ローズをものでで釣る必要はないわ。ついでに言っておくと、わたしのこともです。約束を反故にしたりしないと申し上げたはずよ。それから、床を鳴らすのはやめてください。お行儀が悪いわ」

神経質なこつこつという音はすぐにやんだ。ブロンソンが皮肉めかした視線を投げてくる。

「ほかにも直すべきところはありますか」

「ええ、あります」と言いながら、いざ彼と目が合うと指摘するのはためらわれた。男性にこのように指図するなど、どうも変な感じがする。相手がブロンソンのように権力があり、堂々とした風采の男性となるとなおさらだ。だが、ホリーはこのために彼に雇われたのだ。雇い主の要求には応えなければならない。「ポケットに手を入れて立つのはよくありません。好ましい立ち姿とは言えないわ」

「どうして」ブロンソンは手を出しながらたずねた。

ホリーは眉をひそめた。「どうしてって……なにかを隠しているように見えるからではないかしら」

「隠しているのかもしれませんよ」ブロンソンがじっと見つめながらこちらに近づいてくる。

「わたしは幼いころから正しい身のこなしというものをしつけられました」ホリーは言った。「レディや紳士は、落ち着いた物腰を保たなければなりません。肩をすくめたり、どちらかの足に体重をかけたりせず、体の動きは最小限にとどめてください」

「なるほど、それで貴族の連中はいつも死体みたいにじっとしているわけか」ブロンソンがつぶやく。

ホリーは笑いをかみ殺し、まじめな表情を作って彼を見つめた。「ちょっとおじぎをしてみてもらえませんか」と指示を出す。「おもてでごあいさつしたとき、どこか変だなと思ったのだけど……」

ブロンソンは応接間の戸口のほうに視線をやり、誰にも見られていないかどうかたしかめている。「レッスンなら明日からでいいじゃありませんか。先に荷物を解いて、少し休んでから——」

「いまやってしまいましょう」ホリーは譲らなかった。「さ、おじぎをしてみてください」

ブロンソンはぶつぶつ言いながらも彼女に従った。

「やっぱり」ホリーは穏やかに言った。「さっきもそうだったわ」

「どこかおかしかったですか」

「おじぎをするときは、相手の顔から視線をはずしてはいけません。たとえ一瞬でも、視線をそらしてはだめ。ささいなことのようだけど、とても重要なんです」視線をそらしておじぎをするのは、使用人や階級が下の者だ。このルールを知らない人は、出だしからもう不利ということになる。

ブロンソンはうなずいた。彼女の注意をしっかり受け止めたようだ。彼はあらためておじぎをしてみせた。今度はしっかりと彼女を見つめたままで……。ホリーはふいに息苦しさを覚えた。闇夜を思わせるブロンソンの瞳から、視線をそらせなくなる。なんてよこしまで、黒い瞳……。

「ずっとよくなったわ」彼女はやっとの思いで口を開いた。「今日はこれから、今後のレッスンの予定を立てておきますね。立ち居振る舞い、家の内と外での礼儀作法、よそのお宅を訪問する際のルール、会話の基本、舞踏会でのエチケット……ミスター・ブロンソンは、ダンスはなさるのかしら」

「下手ですけどね」

「ではすぐに練習を開始しなくては。ダンスに関しては、知り合いに名手がおりますから、その方からアルマンドやリール、カドリール、ワルツを念入りに見ていただいて――」

「だめです」ブロンソンは慌ててさえぎった。「どこかの気取り屋からダンスを教わるなどまっぴらごめんだ。なんだったら、その名手とやらはエリザベスのために雇いましょう。妹もわたし同様、ダンスが苦手なので」

「では、あなたにはいったい誰が教えるの」ホリーはいらだちを抑えてたずねた。

「あなたです」

ホリーはありえない、という声で笑い、かぶりを振った。「ごめんなさい、わたしも教えられるほどダンスは上手じゃありませんの」

「でも、踊れるんでしょう？」

「実際に踊るのと、誰かに教えるのとはまるでちがうわ。だからダンスに関してはやはり、どなたか堪能な方を雇って――」

「あなたじゃなきゃだめだ」ブロンソンは言い張った。「わたしはあなたに大金を払ってるんですよ、レディ・ホランド。それに見合ったものを提供いただかなければ困ります。今後なにを習うにせよ、あなた以外の人から教わるつもりはありません」

「わかりました。では、最善を尽くしましょう。ただし、いつか舞踏会にいらしたときにカドリールをうまく踊れなくても、わたしのせいにしないでくださいね」

ブロンソンはにっこりした。「そんなにご自分を卑下することはありません。そもそも、あなたほどわたしに命令するのが上手な方は初めてだ。ああ、もちろん、母を除いてという意味ですよ」彼は肘を差しだした。「ギャラリーにまいりましょう。わが家のダヴィンチをお見せします」

「なんですって」ホリーは仰天した。「ダヴィンチは持ってらっしゃらないはずよ。少なくとも、先週こちらにうかがったときはなかったし、あれはそう簡単に手に入るものでは――」ブロンソンの瞳がきらきら輝いているのに気づいて、彼女は言葉を失った。「まさか、買ったのですか」と弱々しくたずねた。「どうやって……いったい誰から……」

「ナショナルギャラリーからです」ブロンソンは答え、書斎棟の先のギャラリーへとホリーをいざなった。「わが家の所蔵品数枚と引き換えだったうえに、古代ローマ彫刻のコレクションを保管するためとかで、アルコーブの建設費用まで約束させられましたけどね。それに、実を言うとまだわたしのものというわけではないのですよ。大金を払ってやっと、あのろくでもない絵を五年契約で借りることができたんです。あなたもあの交渉の場にいるべきでしたよ。銀行家やロンドンの実業家も一筋縄ではいかない連中ですが、この世に美術館の関係者ほど強欲なやつらは――」

「ミスター・ブロンソン、下品な物言いはいけません」ホリーはたしなめた。「それより、どの絵を借りたのですか」

「聖母が赤ん坊を抱いているやつです。美術館の連中の話では、イタリアのなんとかという絵画技術を取り入れた傑作だそうで、なんと言ったかな、明暗の変化を巧みに使う技術で——」

「キアロスクーロですか」

「そうそう、それです」

「なんてこと」ホリーは困惑気味につぶやいた。「本当にダヴィンチを手に入れるだなんて。あなたの経済力をもってすれば、この世に買えないものはないのね」ホリーはブロンソンの態度——誇らしそうな、まるで少年のような熱狂ぶり——に、思いがけず胸のなかが温かくなってくるのを覚えた。たしかに彼は、情け容赦のない一面があるし、多くの人びとから恐れられている。だが、断固として拒絶されながらも上流社会になにがなんでも属してやろうとするその情熱が、かえって彼の弱さを露呈しているように思われた。彼はその知性を駆使し、これまでにありとあらゆる権力の象徴を手に入れてきた。屋敷と広大な土地、サラブレッドに名画、上等な仕立ての服。だが、究極の目標まではあまりにも遠い。

「あいにくこの世には、わたしにもまだ買えないものがあります」ブロンソンが彼女の心の内を読んだように言った。

ホリーは好奇心に駆られて彼を見つめた。「一番の望みは?」

「もちろん、紳士になることです」

「本当にそうかしら」ホリーはつぶやいた。「心から紳士になりたいと思っているわけではないでしょう？　あなたはただ、紳士の見た目がほしいだけだわ」

ブロンソンが立ち止まり、正面から彼女の顔をのぞきこむ。彼は苦笑気味に、両の眉をつりあげていた。

自分がなにを言ってしまったのか気づいて、ホリーは息をのんだ。「ごめんなさい」と慌てて謝る。「どうしてあんなことを――」

「いや、あなたのおっしゃるとおりだ。紳士をまねるのではなく、本物の紳士になってしまったら、仕事で成功することはできなくなる。本物の紳士には、金を儲ける頭脳も根性もありませんからね」

「それはどうかしら」

「おや？　だったらお知り合いのなかから、実業界で成功を手にした本物の紳士の名前をあげてみてください」

ホリーは無言でじっと考えた。経済的な洞察力に優れた男性たちの名を、あれこれと思い浮かべてみた。だが、起業家と呼べる男性たち、ブロンソンが言うような成功をおさめた人たちはみな、本物の紳士と呼ぶにふさわしい輝くばかりの道義心や清廉潔白さを失ってしまっていた。残念ながら男性の内面というものは、経済的な成功を追求することでいとも簡単に損なわれてしまうようだった。人は、いっさい傷つくことなく荒波をくぐりぬけることはできないのだ。

彼女が黙っていると、ブロンソンは満足げに笑った。「やっぱりいないでしょう」

ホリーは眉をひそめつつ、彼と並んで歩いた。差しだされた腕をとる気にはなれなかった。

「ミスター・ブロンソン、富を増やすことだけが、人生の究極の目標ではいけないわ」

「どうしてです？」

「愛情、家庭、友情……本当に大切なのは、そういったものです。そしてどれも、お金で買うことはできないの」

「そうとはかぎらないかもしれませんよ」というブロンソンの皮肉な応答に、ホリーは思わず笑った。

「楽しみにしているわ、ミスター・ブロンソン。あなたがいつか、その富を喜んでなげうつ誰か、あるいはなにかに出会うことを。それから、その場にわたしも居合わせることを」

「そう、あなたはその場に居合わせるかもしれません」ブロンソンは言い、きらびやかな長い廊下のさらに先へとホリーをいざなった。


ホリーは毎朝、おはようのキスとともにベッドに飛びこんでくるローズに起こされるたびに心からの喜びを覚える。だが今朝は、もう少しまどろんでいたかった。彼女は眠たそうにつぶやいてさらに深く枕に顔を押しつけた。娘がベッドの上で飛び跳ねている。

「ママ」ローズは大声で呼び、温かなふとんの下に潜りこんできた。「ママ、おきて！　もうおひさまがのぼってるし、とってもいいおてんきよ。おにわであそびたいの。きゅうしゃにもいきたいわ。ねえ、ミスター・ブロンソンがいっぱいおうまさんをかってるの、しってた?」

ちょうどそこへ、モードが部屋に入ってきた。「ミスター・ブロンソンは、なんでもいっぱい持ってらっしゃるんですよ」彼女が皮肉めかして言うのがおかしくて、ホリーは息苦しくなり枕から顔を上げた。モードがいそいそと、大理石の洗面台に熱い湯を満たし、銀の持ち手のブラシと櫛など、洗面用具を用意してくれる。

「おはよう、モード」ホリーはなんだか妙にいい気分で、メイドに朝のあいさつをした。

「ゆうべはよく眠れた?」

「はい、お嬢様もぐっすり。たぶんおもちゃで遊び疲れたからでしょうね。奥様は、よくお休みになれましたか」

「ええ、とてもよく眠れたわ」ここ数日はベッドのなかで何度も寝返りを打ち、不安に駆られて夜中に目を覚ましたりしていたのだが、ゆうべはようやく熟睡できた。当然だろう。ブロンソンの屋敷についに越してきて、別の選択肢を考えて悶々とする必要がなくなったのだから。それにブロンソンが用意してくれた部屋は、それはもう素晴らしかった。広々として開放感があり、ベージュと薔薇色とつややかな純白の壁板が美しい。窓辺では薄いブリュッセルレースが揺らめき、フランス製の肘掛け椅子にはゴブラン織がかけられている。ベッドには、壁際の大きな衣装だんすと同じ、貝殻をモチーフにした彫刻がほどこされている。

ローズの部屋がすぐとなりなのもうれしかった。子ども部屋は上の階に設けられるのが一般的なのに、ここではちがった。娘の部屋は、チェリーウッドの子ども用家具でまとめられていた。本棚にはきれいな絵本が何冊も並び、マホガニーのテーブルの上には、見たこともないくらい大きなドールハウス。たいそう精巧な品で、床には華麗なオービュッソンの絨毯が敷かれ、厨房の天井からは親指のつめくらいの大きさの木でできたハムや鶏肉のかたまりがぶら下がっていた。

「とても素敵な夢を見たわ」ホリーはあくび交じりに、目をこすりながら言った。ベッドに起き上がり、ふかふかの枕を積み上げていく。「真っ赤な薔薇の咲き誇る庭を歩いていたの……ベルベットのような花びらのとても大きな薔薇で、まるで本物のようで、匂いまでかげる気がしたわ。しかも驚いたことに、薔薇なのに棘《とげ》がなくて、いくらでも腕に抱えることができるの」

「真っ赤な薔薇？」モードが好奇心に目を輝かせ、こちらを向く。「赤い薔薇の夢は、もうじき愛を手に入れることを意味するそうですよ」

ホリーは驚いた顔でメイドを見やり、さびしそうな笑みを浮かべてかぶりを振った。「愛ならもう手に入れたわ」かたわらにぴったりと寄り添っているローズを見つめ、茶色い巻き毛につつまれた頭のてっぺんに口づけると、「わたしの愛は全部、あなたとパパのものだものね」とつぶやいた。

「てんごくにいるパパを、まだあいしてるの」ローズがたずね、一緒に連れてきた人形を取ろうとして刺繍入りのシルクのふとんの上に手を伸ばした。

「もちろん。ローズとママだって、もしも離れ離れになっても愛しあっていられるでしょう？」

「うん、ママ」ローズはにっこりと笑って人形を差しだした。「ほらみて、あたらしいおにんぎょうさんよ。いちばんのおきにいりなの」

ホリーは人形に目をやるなり、そのできばえに感心して笑みを浮かべた。顔と腕と脚はきれいに磨き上げられた磁器で、目鼻も生き生きと精緻に描かれ、その顔の周りを囲む髪は人毛でできている。高そうなシルクのドレスにはボタンやリボンやフリルがあしらわれ、足には小さな赤い靴も描かれていた。

「まあ、かわいい」ホリーは心から褒めた。「名前はなんていうの？」

「ミス・クランペットよ」

ホリーは声をあげて笑った。「きっとこのお人形さんと一緒に、たっぷりお茶会を楽しめるわね」

ローズが人形をぎゅっと抱きしめ、その小さな頭越しに見つめてくる。「おちゃかいには、ミスター・ブロンソンもよんでいい？」

ホリーは笑みを消して応じた。「それはちょっと難しいんじゃないかしら。ミスター・ブロンソンはとてもお忙しい方だから」

「そうなの」

「ミスター・ブロンソンって、変わった方ですね」モードがひだ飾りのある白の化粧着を衣装だんすから取りだし、ホリーの背中にかけて、彼女が袖に腕を通すのを待つ。「今朝方、こちらの使用人と話をする機会があったんです。呼び鈴を鳴らしても誰も来ないので、自分で熱い湯を取りに行かなくてはならなくて。そうしたらもう、みなさんミスター・ブロンソンについてあれやこれやと」

「たとえば？」好奇心がむくむくとわいてくるのを覚えつつ、ホリーはさりげなく促した。

モードは身振りでローズを招き寄せ、洗いたての純白のシュミーズとドロワーズ、分厚い綿の靴下を身に着けさせながらつづけた。「とてもいい雇い主で、こんなに楽な仕事場はないそうですよ。でも、屋敷のなかはめちゃくちゃみたいです。メイド長のミセス・バーニーもほかの使用人もみんな、紳士の屋敷がどう管理されるべきかミスター・ブロンソンがさっぱりわかってらっしゃらないのを、ちゃんと知ってるんです」

「彼がなにもわかっていないのを、いいように利用しているわけね」ホリーはそう結論づけ、咎めるように首を横に振った。一年間の契約期間中に成果が得られなかったとしても、せめて、使用人への指示くらいはちゃんと出せるように教えよう、そう決心した。ザッカリー・ブロンソンには、使用人からきちんと奉仕を受ける権利があるのだから。

だがモードの次の言葉に、彼に対する同情心はすべてかき消えてしまった。モードはひだ飾りのある白いドレスをローズの頭からかぶせ、幼女の耳を巧みにおおってからつづけた。

「しかもあの方、ひどい野蛮人らしいんです。ときどきこちらでパーティーを開くそうなんですけど、飲んだり賭け事をしたり、そこら中に売春婦はいるし、招待客はみなさん、放蕩者で知られる貴族ばかりだそうで。あるときなんて、一部の部屋では絨毯や家具を全部替えなくちゃいけなかったくらい――」

「モード！」ローズがドレスの下で苦しげに身をよじりだした。

「あれほどの女好きはいないって、みなさん言ってました」モードはそうつづけて、ホリーのぞっとした表情をどこか愉快そうに見た。「洗濯婦でも公爵夫人でも、スカートをはいていればとにかく誰でもいいそうなんです。ルーシーっていうメイドなんか、ミスター・ブロンソンが一度にふたりの女性と一緒にいるところを見たらしいですよ」ホリーがその言葉の意味するところを理解していないのを見てとると、彼女は小声になってつけくわえた。「ベッドのなかでっていう意味ですよ、奥様！」

「モード」ローズのくぐもった声が聞こえてくる。「いきができないわ！」

モードがドレスを引き下ろし、ローズのウエストに青いサッシュを結んでいるあいだ、ホリーはいまの話について無言で考えていた。一度にふたりの女性？　そのような話は聞いたことがないし、どうやってするのか、どうしてそんなことをするのか、見当もつかない。不快としか言いようのない感覚が押し寄せてくる。どうやらザッカリー・ブロンソンは堕落にまみれているらしい。ホリーは不安に駆られつつ、いったいどうしたらそのような男性を指導できるのだろうと頭を悩ませた。努力するだけ無駄にちがいない。だがブロンソンは生き方を変えなければならないのだ。放蕩貴族など今後いっさい招いてはならないし、賭け事もわいせつな行いもすべて禁止するしかない。もしもここで醜態の一端でも見かけたら、すぐさまローズとモードを連れて出ていこう。

「そういえば、元は賞金稼ぎの拳闘家だったってご存じでした？」モードが幼女のもつれた髪を梳かそうと、櫛を手に取りながらたずねてきた。

ローズはため息をつき、助けを乞うように人形のミス・クランペットを見つめながら、必死に我慢している。「もうおわる？」ローズがたずね、メイドが声をあげて笑った。

「このほつれが解けたら、終わりますからね」

「ええ、そんな話なら聞いたわ」ホリーは好奇心に駆られて眉を上げた。

「従者のジェームズの話だと、二年ほどやってらしたそうですよ。素手で闘うらしくて、リングに上がるたび、必ず賞金を獲得していたそうです。ジェームズは、ミスター・ブロンソンがいまみたいな大金持ちになるずっと前、試合に出るのを実際に見たそうなんです。あんなに立派な体の男は見たことがなかった、腕は手でつかめないくらいたくましくて、首は雄牛みたいに太かったって言ってました。しかも闘いっぷりは冷静そのもので、けっして熱くならないそうなんです。まさにチャンピオンだって言ってましたよ」

メイドが言葉を重ねるたびに、ホリーの落胆は大きくなっていくばかりだった。「モード……こんなところにやってくるなんて、わたしどうかしていたんだわ。やっぱり彼に礼儀作法を教えるなんて不可能よ」

「わたしはそうは思いませんけどねえ」モードはそう答え、額にたれた金髪のほつれ髪を勢いよくかきあげた。「ミスター・ブロンソンは自力で、リングからロンドンで最も華麗なお屋敷に住むところまでのし上がってきたんですよ。紳士になるまで、あともう一歩じゃない

「わたしがてつだってあげるわ、ママ。ですか」

「でもね、その一歩が一番の難題なのよ」ホリーは陰気に言った。

ローズが人形を手に、ベッドの脇にやってくる。「わたしがてつだってあげるわ、ママ。わたしがミスター・ブロンソンに、エチケットをぜーんぶおしえてあげる」

ホリーはいとおしそうに娘を見つめた。「優しい子ね、ローズ。でも、ミスター・ブロンソンとはあまりお近づきにならないようにしてほしいの。あの方は……あまりいい人ではないようだから」

「はい、ママ」ローズは従順に答えたものの、残念そうにため息をついた。

モードが言っていたとおり、呼び鈴を鳴らしても使用人は現れなかった。ホリーはあきらめ、いらだってため息をついた。「子ども部屋にローズの朝食を持ってきてくれるのを待っていたら、この子は飢え死にしてしまうわ。朝のうちにミセス・バーニーに話をしてみましょう。使用人が八〇人もいて、どうして誰ひとり階段を上ってこないのか、彼女が理由を説明してくれるでしょう」

「無駄ですよ」モードはがっかりした声で応じた。「まともに仕事ができる人はいなそうでしたから。さっきも使用人用の食堂を通りがかったら、おなかがこんなに大きくなっている人がいましたもの」彼女は身振りで示してみせた。「恋人とキスをしてるメイドもいましたし。テーブルの上で眠りこけているメイドまで見ましたよ。髪粉を振って整髪中の従者や、洗濯日にお仕着せの膝丈ズボン《ブリーチ》を洗う人間がいないのはどういうことだって文句を言ってる人も――」

「そのくらいで勘弁して」ホリーはうんざり顔で笑いながら言い、両手でメイドを制した。

「やるべきことが多すぎて、どこから手をつければいいのかわからないくらいよ」まごついた表情の娘を見下ろし、キスをした。「ローズ、さあ、ミス・クランペットを下に連れていきなさい。みんなで朝食にしましょう」

「ママもいっしょに?」ローズはうれしそうにたずねた。貴族階級に属する多くの子どもたち同様、彼女もまた朝食は子ども部屋で取るのが常だった。大人と一緒に食事をする特権は、相応の年齢になり、きちんとした作法を身につけて初めて与えられる。

「今朝だけね」ホリーは笑いながら応じ、娘の頭のてっぺんに結ばれたブルーのリボンをまっすぐに直してやった。「ブロンソン家のみなさんに、お手本を見せてちょうだいね」

「はあい、ママ!」ローズはミス・クランペットをしっかりと抱いて、レディらしい振る舞いがいかに大切か人形に語りかけ始めた。

ホリーは娘とメイドを連れて、おいしそうな匂いを頼りに朝食の間を目指した。ようやくたどりついた朝食の間は、贅を凝らした庭に臨む大きな窓があり、壁板には金箔で果物のモチーフがほどこされ、とてもチャーミングだった。食器類を温めておける引き出し《プレートウォーマー・ドロワー》が備えつけられたサイドテーブルには、ドーム型のふたがついた銀のトレーと、回転式の食器スタンドが並んでいる。小ぶりな円テーブルが六卓、クリスタルのシャンデリアの明かりを受けてきらめきを放っている。

そのうちのひとつにエリザベスがすでに着いており、薄い磁器のティーカップを口元に運ぼうとしていた。部屋にホリーたちが現れたのを見るなり輝くばかりの笑みを浮かべて、「おはよう」と元気にあいさつをする。「まあ、ローズ、ここで一緒に朝食を食べるの？　うれしいわ。となりに座ったら？」

「ミス・クランペットもいい？」ローズはたずね、人形を掲げてみせた。

「ええ、ミス・クランペットはこちらの席にどうぞ」エリザベスは大まじめに答えた。「三人で、今日一日の予定を立てましょうね」

大人のように扱ってもらえるのがうれしいのか、ローズは身をよじって喜び、短い脚で急いでエリザベスのもとに向かった。モードが無言で、ローズのために皿に料理を盛りつけ始める。きちんと訓練された使用人らしい振る舞いを、ほかの使用人たちに示してみせるつもりだろう。

ホリーはサイドテーブルに歩み寄った。ザッカリー・ブロンソンが自分の皿に、卵や冷肉、パン、野菜などをたっぷりと盛りつけているところだった。チャコールグレーの上着に黒のズボン、暖灰色のベストという紳士的ないでたちなのに、なぜか海賊を連想させる。どれほど外見をとりつくろおうと、下町育ちを完全に隠しきることはできないのだろう。彼の探るような黒い瞳に見つめられて、ホリーはおなかのあたりにうずくものを感じた。「おはようございます」ブロンソンはつぶやくように言った。「よく眠れましたか？」

先ほど聞かされた彼の野蛮な振る舞いの数々が、ホリーの脳裏をよぎる。彼女はどこかよそよそしい笑みで、礼儀正しく応じた。「ええ、おかげさまで。ちょうどあなたも食事を始めるところのようですわね」

「いえ、とっくにやってますよ」ブロンソンは明るく応じた。「これは二皿目なんです」

ホリーは思わず眉をつりあげた。ブロンソンの皿には、料理が山のように盛りつけられている。

ちょうどそこへメイド長が現れたので、ホリーは咎める目で彼女を見つめた。「おはよう、ミセス・バーニー。ごらんのとおり、呼び鈴を鳴らしても誰も来ないので、自分で娘を朝食に連れてきたわ。ひょっとして呼び鈴が故障しているのかしら」

「屋敷のなかのあれこれで、みんな多忙なものですから」メイド長はそう応じた。無表情だが、目元と口元が不機嫌そうにわずかに引きつっている。「ですから呼び鈴を鳴らしても、すぐにメイドが応えられるとはかぎりません」

メイドが過去に一度でも呼び鈴に応えたことはあったのかと訊いてみたかったが、ミセス・バーニーとの話し合いは後まわしにすることにした。メイド長は銀器をテーブルに置くと、さっさと朝食の間を出ていった。

自分の皿に料理を盛りつけ終えたブロンソンはテーブルの脇に残って、ホリーがわずかばかりの料理——トースト一枚、卵をスプーン一杯、ハムを一枚——を取るさまを眺めている。

「今朝は仕事の打ち合わせがありまして」彼は言った。「レッスンは昼食の後でかまいませんか」

「ええ、結構ですわ。むしろ、毎日そういうスケジュールにしてはどうかしら。午前中は妹さんに教えて、あなたには午後、ローズの昼寝の時間にということで」

「それが、昼過ぎなら空いているともかぎらないのですよ」

「ではそういう場合は、夜にしましょう。ローズを寝かしつけてから」ホリーが提案すると、ブロンソンはうなずいた。レッスンの予定を立ててしまうと、ホリーは彼に自分の皿を差しだした。「テーブルまで持っていってください。こういう仕事をする従者がいない場合、紳士はレディに手伝いを買ってでるものなのです」

「レディだって自分で皿を運べるのに、どうして男が手伝いを買ってでる必要があるんです？」

「紳士たるもの、レディのしもべとして振る舞うのが常識だからですわ。紳士はレディが不便を感じぬよう、快適に過ごせるよう、常に心がけねばなりません」

ブロンソンは黒い眉を片方つりあげた。「レディのほうがずっと楽ができるわけですね」

「そうではありません」ホリーは彼をまねてそっけない口調で応じた。「女性は子育て、家計の管理、ときには病人の看病、繕い物や洗濯や料理の監督、夫が参加する社交行事の予定管理など、いっときたりとも息がつけません」

ブロンソンは黒い瞳に笑みを浮かべている。「妻がいれば、そうしたことを全部やってくれるのでしょうか？　だったらわたしも、早く結婚せねば」

「ではそのうち、求婚のルールも教えてさしあげましょう」

「楽しみにしています」というブロンソンの声は優しかった。

彼はエリザベスとローズがいるテーブルにふたり分の皿を運んだ。レディを席に着かせるときの作法をホリーが説明しようとする前に、ローズが好奇心に瞳をきらきらさせながら、ブロンソンを見上げて質問をした。

「ミスター・ブロンソン」幼女はまったく悪びれず、よく通る声でたずねた。「どうしておやしきでひらいたパーティーで、ふたりのおんなのひととねむっていたの」

仰天したホリーは、危うくその場に卒倒しそうになった。きっと先ほどのモードとの会話を聞いていたのだろう。

ローズの皿に料理を盛りつけていたモードの手が止まる。彼女の手から皿が滑り、サイドテーブルに音をたてて落ちた。

エリザベスは料理にむせそうになりながら、なんとかしてそれを飲み下すと、真っ赤になった顔をナプキンで隠した。ようやく口をきける状態になったところで、動揺しつつも笑いをこらえ、ホリーを見やってもぐもぐとつぶやいた。「ごめんなさい……なんだか右の靴が妙にきつくて。履き替えてきたほうがよさそう」彼女はそれだけ言うと、逃げるように朝食の間から出ていった。残された一同は、ブロンソンにじっと視線を注いでいる。

あからさまな反応を示さなかったのはブロンソンだけだった。とはいえ彼も、口元をごくわずかに引きつらせている。見事なポーカーフェースぶりからすると、きっとカードの達人にちがいない。

「わが家のパーティーでは、招待客がひどく疲れてしまうことがあるんです」ブロンソンは淡々とした口調でローズに説明した。「だからその女性たちが休むのを手伝っていただけですよ」

「なあんだ」ローズは笑顔で応じた。

ホリーはやっとの思いで口を開いた。「モード、娘はもう食事がすんだようよ」

「かしこまりました」メイドはあたふたとローズに駆け寄って椅子から抱き下ろすと、いやな雰囲気の漂う部屋を出ていこうとした。

「でも、ママ」ローズが抗議する。「わたし、まだなあんにも――」

「子ども部屋にお皿を持ってらっしゃい」ホリーはきっぱりと言い、何事もなかったかのように椅子に腰を下ろした。「いますぐよ、ローズ。ママはミスター・ブロンソンとお話がありますからね」

「どうして、おとなといっしょにたべちゃいけないの」幼女は不機嫌に言い募りながら、モードについて部屋をあとにした。

ブロンソンはホリーのとなりの椅子にかけ、非難をこめたホリーの顔を用心深く見つめた。

「使用人たちが噂しているのを聞かれたんでしょう?」

ホリーはできるだけ冷静に、そっけない口調で話そうと努めた。「ミスター・ブロンソン、今後、わたしどもがこちらのお屋敷にいるあいだは、女性が休むのを手伝うのはご遠慮ください。相手がひとりだろうが、ふたりだろうが、何人だろうがだめです。娘をそのような不健全な環境に置くわけにはまいりません。これは、こちらの使用人のためでもあるのです。使用人はあるじに敬意を払って当然ですが、あなたがそれに値する態度をとれば、彼らもおのずとあなたを尊敬するようになるというものです」

ブロンソンは恥じ入るわけでも、きまり悪そうにするわけでもなく、じっとにらんでいるホリーをひどいしかめっ面で見かえすばかりだった。「あなたの任務は、わたしにエチケットの要点を教えることですよ。私生活にまで口出しされては困るな」

ホリーはフォークを取り上げ、皿の上で卵をつっきまわした。「残念ながら、私生活と公生活を区別することは不可能です。道徳観念というものは、帽子のように戸口に置いておき、出かけるときだけ身に着けることはできないのです」

「わたしはできますよ」

しれっと答えるブロンソンがおかしくて、ホリーは思わず、信じられないというふうに笑った。「ご自分でそう思いたいだけだわ！」

「あなたの私生活だって、常に他人に監視されているわけではないでしょう？　年がら年中そうやって威厳を保っていられるはずがない」

まるで武器のようにフォークを握りしめている自分に気づいて、ホリーはそれを皿の上に置いた。「いったいなにがおっしゃりたいの？」

「飲みすぎたことはないんですか？　へそくりを全部、ギャンブルですったことは？　腹立ちまぎれに水兵みたいに悪罵を吐いたことは？　教会で笑ったことは？　陰で親友の悪口を言ったことは？」

「それは……」期待に輝いているブロンソンの視線を感じつつ、ホリーはまじめに記憶をたどってみた。「やっぱりないわ」

「一度も？」ブロンソンは彼女の答えにとまどいを見せた。「では、ドレスショップでお金を使いすぎたことは？」まるで、彼女にとんでもない過ちを期待するのはかなわぬ夢、とでもいうような口調になっている。

「実は、ひとつだけあります」ホリーは膝の上でしわになったドレスを伸ばした。「ケーキが大好物なのです。その気になれば山盛りのケーキを一度にぺろりと食べられるでしょうね。ケーキを目の前にすると、我慢できなくなってしまうのです」

「ケーキ」ブロンソンはいかにもがっかりした口調でつぶやいた。「あなたの欠点はそれだけですか」

「あら、欠点ならほかにもいろいろあるわ」ホリーは応じた。「わたしはわがままだし、頑固だし、ひどいうぬぼれ屋でもあります。でも、いまはそういう話をしているのではありません。ミスター・ブロンソン、いまは、あなたの個人的習性について話をしているのです。紳士の外見と礼儀作法を望むのなら、だらしない一面は抑えて、高潔な一面をおもてに出さなければなりません」

「わたしに高潔な一面なんてありませんよ、レディ・ホランド」

「たしかに、いまのように振る舞うほうが気楽に、楽しく過ごせるでしょう。ですが、よからぬ衝動を自分で抑えることができなければ、人として一人前とは言えません。それに過剰な言動は、心と体の堕落につながります」

「堕落」ブロンソンは重々しくくりかえした。「お言葉をかえすようですが、いまのところとくにそういった傾向は見られませんよ」

「これからのことを言っているのです。過剰な欲望にふけるのは健全とは言えません。食欲はもちろんのこと、精神的な欲望も、あるいは、つまりその……」

「肉体的な欲望も？」ブロンソンは助け舟を出した。

「そうです。ですから今後は、すべてにおいて中庸であることを心がけてください。いずれ、その努力がご自身の内面にプラスに働いていることに気づくときが来るでしょう」

「レディ・ホランド、わたしは聖歌隊員じゃないんですよ。れっきとした男です。男なら、その種の欲望があって当然だ。われわれの契約内容をちょっと思いだしてくださいよ。わたしの寝室での言動についてとくに制約はなかったはず――」

「どうしてもそういう女性とおつきあいしたいのなら、どこかよそでやってください」ホリーは言った。声を荒らげたつもりはなかったが、鋼のように冷ややかになっているのが自分でもわかった。「あなたのお母様や妹さん、それにわが娘や……わたしにも、そのくらいの配慮はしていただきます。この屋敷には、敬意と良識が必要です。どうしても無理だとおっしゃるのなら、こちらにいるわけにはまいりません」

ふたりは挑むように見つめあった。「つまり、あるじであるわたしが、わが家で女性とベッドをともにすることはできないというわけですか。わたしのベッドで」なんたる横暴だ、とでも言いたげな口調でブロンソンが責めた。

「わたしがこちらに住んでいるかぎりはご遠慮ください」

「寝室での行為と紳士であることと、いったいどういう関係があるんです？　わたしのなじみの売春宿にも、しょっちゅう来ている紳士が一〇人ばかりいますから教えましょうか。それはそれはご立派な紳士ばかりですよ。連中がどんなにすごいことをしているか、あなたに聞かせて――」

「いいえ、結構です」ホリーは慌ててさえぎり、真っ赤になった耳を両手でおおった。「あなたの企んでいることくらいわかります。他人の不名誉な振る舞いを聞かせて、わたしの注意をそらそうとしているのでしょう。でも、わたしの条件はいま申し上げたとおりです。あなたにはそれに従っていただきます。そういう女性をひとりでもこの屋敷に連れてきたら、その人と親密な行為に及んだら、契約はただちに破棄します」

ブロンソンはきゃしゃな銀のティースタンドからトーストを一枚取り、マーマレードを塗りたくりながら陰気に言った。「そうやって我慢すれば、その分あなたからたっぷり学べるというわけだ」

「最善を尽くしてお教えすると約束したとおりです。カトラリーを振りまわすのはやめてください」

しかめっ面で、ブロンソンはクリスタルのジャム入れにスプーンを戻した。「好きに指導してください。でも、わたしを変えようとしたって無駄ですからね」

まったく、救いようのないならず者だ。だが、その頑固なまでの不敵さにホリーはかえって惹かれた。どうして彼に好意を抱いてしまうのか自分でもよくわからない。たぶん、立派な紳士たちに囲まれた暮らしが少しばかり長すぎたのだろう。

「ミスター・ブロンソン、いずれあなたも気づくときが来るでしょう。寝室での営みには、あなたが考えている以上の深い意味があるのです。あれは崇高なる愛情表現……魂と魂が触れあう営みなのです」

ブロンソンは低く笑った。まるで、肉体的な交わりについて、自分も知らないことをホリーが知っているわけがないとでも言いたげだ。「あれは単なる肉体的欲求ですよ」彼はやりかえした。「世のなかの吟遊楽士や詩人や小説家が大勢、それだけのものではないかのように書いてますけどね。まあ、わたしにとっては最高の暇つぶしというところかな」

「だったら、好きなだけ楽しまれるといいわ」ホリーは冷たく言い放った。「ただし、お屋敷以外のところで」

ブロンソンは挑発するように笑みを浮かべた。「努力しますよ」

6

市内までの道のりを猛スピードで馬車を走らせながら、ザッカリーは役員会議に向けて考えをまとめようとしていた。待ちに待った会議だ。会議の席では、大規模石鹸工場の共同経営者ふたりと、工場の改修工事や従業員用の住居建築について契約を取り交わす予定になっている。共同経営者はどちらも貴族で、そのような出費は望ましくない、いまのままで十分な生産量があるのだから改修工事など必要ないと主張していた。ザッカリーの提案を金の無駄と切り捨て、いまのむさくるしい住環境と労働環境で十分だ、従業員だって会社になにも期待していないと言い張った。

だが、いまの悲惨な状況を改善してやれば、従業員の生産性はさらに改善されるはずだ。ザッカリーは一歩も引かず、ときには脅し文句を交えてふたりを説得した。最終的にふたりはザッカリーの要望をのんだが、理由は明らかだった。自分たちのように洗練された紳士が、不潔な工場の問題なぞにかかわる必要はないと考えたのだ。けっきょく面倒なことをすべて押しつけられるかたちになったが、それでよかった。いや、よかったどころではない。これでザッカリーは、思いどおりに石鹸工場を運営できる。将来的にはそこから莫大な利益が得られるようになるはずだ。彼の予測では、今回の計画で年間収益が現在の二倍になるのは確実だった。いずれ彼の工場は、ロンドン中の実業家の手本となるだろう。共同経営者のひとりはザッカリーの目の前で、もうひとりにこう言った。「黙って署名すればいいのだよ。これまでだって、ブロンソンとうまくやってきたではないか。彼がわたしの投資を運用し、わが家にかつてないほどの収益をもたらしてくれたのだ。成功が約束されているのに、なにが不満なんだね」

今日の会議と工場の改修計画は、いまのザッカリーにとって最も重要な懸案事項のはずだった。だが実際には、彼の頭のなかはレディ・ホリーのことでいっぱいだった。彼女の一生懸命な様子を見ていると、ついからかって怒らせたくなってしまう。すると彼女も、あのさびしげな、感情を殺した口元にときどき、目もくらむほどの笑みを浮かべるのだ。

ザッカリーはレディ・ホリーにひどく惹かれていた。だがどうしてここまで夢中になるのか、その理由がわからない。優しく清らかな心の、好感の持てる女性ならいままでにも出会ったことがある。だが彼女たちに対して、このように欲望をかきたてられたことは一度もなかった。優しさに気持ちをそそられるなどありえない。清らかな心になど、まるで欲情を覚えない。彼が好むのは、経験豊富な女性だった。色っぽい目の大胆な女性、晩餐会のテーブルの下でマニキュアをした手をこちらに伸ばしてくるような女性が好みだ。下品でわいせつな言葉を平気で口にし、レディ然とした外見のくせに寝室ではためらいなく乱れることのできる女性が、とりわけ好きだった。

レディ・ホリーはそのどれにも当てはまらない。彼女との営みは、きっとひどく穏やかなもののはずだ。それなのになぜ、それを想像するだけでどっと汗が噴きでてくるのだろう。どうして彼女と同じ部屋にいるだけで、興奮してしまうのだろう。たしかに彼女はきれいだ。だがザッカリーは、とびきり美しい女性と交際したこともある。レディ・ホリーは美人だが、驚くほどの美貌というわけではないし、いま風のすらりと背の高い優雅な体つきでもない。むしろ小柄なほうだ。彼女が一糸まとわぬ姿となり、彼の巨大なベッドの上で絹のシーツに横たわるところを想像して、ザッカリーは思わず笑みをもらした。あの小さな、曲線だけでできたような体を、ベッドの端から端まで追いかけてみたい。

だが、そのようなことは絶対に起こりえない。レディ・ホリーのように立派な女性を誘惑するなど、ザッカリーにはできなかった。そんなことをしたら、彼女をどれほど深く傷つけてしまうだろう。たとえひとときの喜びを感じてくれたとしても、それはすぐに罪悪感と後悔に取って代わられるはずだ。そして彼女は、その原因であるザッカリーを憎むようになる。やはり彼女のことはそっとしておいたほうがいい。そうすれば彼女は、亡き夫ジョージ・テイラーの思い出に生き、来世で彼と再会できる日を祈りつづけることができる。

肉体的欲求なら、ほかの女性を相手に満たせばいい。もちろん彼女たちではレディ・ホリーの代わりになどなれないだろうが、それは仕方のないことだ。知性にあふれ、清らかな心を持った、魅力的なレディ・ホリー。おとなしくしてさえいれば、そんな彼女と一年間もともに過ごせる。彼女との一夜がたとえどんなに素晴らしいものになるとしても、一年間の同居生活のほうがずっといいに決まっている。

ホリーはエリザベスと一緒に五エーカーの広大な庭を歩いている。お互いのことを少し知ってからレッスンを始めようと、ホリーのほうから提案したのだ。「ここがわたしのお気に入りの道なんです」エリザベスは言い、整形庭園のなかでそこだけあまり人の手が加えられていない「未開の小道」へとホリーをいざなった。石灰石敷きの小道を行きながら、ホリーは群生するマツユキソウに頬をほころばせた。小道の脇にはさまざまな花木が植えられ、スイカズラも咲き誇っており、あたり一面によい香りが漂っている。青々とした装飾的に刈りこまれた生垣《トピアリー》の合間には薔薇色のシクラメンや緋色のクレマチスが花弁を広げ、さらに小道の先へと誘うかのようだ。

会話を通じて、ホリーはエリザベスの意外な一面に気づいた。どれほど快活に振る舞おうと、彼女が人生の暗部を身をもって知っている事実は隠しようがなかった。エリザベスは視野の狭い世間知らずのお嬢さんなどではなかった。貧しい家庭に生まれ、その貧しさに女の子らしい夢をすべて奪われた現実的な女性だった。黒い瞳は若さに似合わぬ老成さをたたえ、自分以外の誰かを喜ばせる余裕など持ちあわせていないように見える。彼女のそうした一面は、最も望ましい求愛者に二の足を踏ませることになるにちがいない。だが一方で、その情熱的な美貌には、たいていの男性が惹きつけられるだろうと思われた。

顔にかかる漆黒の巻き毛を何度もかきあげながら、エリザベスは話を始めた。率直な物言いは生来のものらしかった。「兄のことを、あまり悪く取らないでいただけるといいのだけど」

「ミスター・ブロンソンは愉快な方だわ」ゆったりと大またに歩くエリザベスに遅れまいと、ホリーは急ぎ足になった。

「では、嫌いではないということ?」

「ええ、ちっとも」

「よかった」エリザベスは心から安堵した口調になった。「兄は、堕落しきっていると思われても当然だから。悪い癖がいっぱいあるし、野蛮な一面もあるわ。それに、信じられないくらい傲慢だし。でも、本当は誰よりも優しい人なんです。あなたには兄のそういう一面は見えないかもしれないけど。兄も母とわたしにしか、見せようとしないから。だけど、手を差し伸べるに値する人間だということだけは、あなたにもわかってほしくて」

「わかっていなかったら、ミスター・ブロンソンの申し出をお受けしたりしなかったわ」ふたりはなだらかな坂道を登り、ふたつ並んだ長方形の池のほとりにたどりついた。まだ朝早いので、水面は霧におおわれ、生垣の葉が露で光っている。朝の空気を胸いっぱいに吸いこみながら、ホリーはエリザベスにほほえみかけた。「お兄様がここまで成し遂げたこと、本当にすごいと思うわ」ホリーは周囲の美しい景観を褒めた。

「兄は、ほしいものを手に入れるためならどんなことだってするんです」エリザベスはそう応じ、歩をゆるめて、装飾庭園へとつづく石橋を渡った。「どんな犠牲を払ってでも。わたし、父親のことをなにも知らないんです。兄がひとりで、母とわたしの面倒を見てくれました。わたしが子どものころには、兄は埠頭で働いて生活費を稼いでいたわ。それでも、まともな暮らしを送るのに十分な稼ぎなんて得られなかった。それで兄は、賞金稼ぎの拳闘家になったんです。もちろん兄にはその才能がありました。だけど、あの手の試合はとてもおぞましいものらしくて……あとから話を聞いただけで、気分が悪くなったくらい」エリザベスは、てっぺんに三つの玉が並んでいるような形に刈りこまれたトピアリーのところで立ち止まり、額にかかる巻き毛をかきあげて、痛々しい思い出にため息をもらした。「あるときなんて、試合後、当時住んでいた悪臭漂うおんぼろの貸家に帰ってきた兄が……それはもうひどい有様だったわ。血だらけで、あちこちにあざがあって、体中があざのせいで黒と紫に見えて。触られるだけで痛いと言って、母やわたしが軟膏を塗るのもいやがった。二度と試合になんか出ないでと懇願したけれど、兄がいったんこうと決めたら、もう考えを変えさせることはできないんです」

ホリーは円錐状に刈りこまれた生垣に歩み寄った。「どのくらい拳闘家として活躍されたの?」

「二年くらいかしら」巻き毛がまた額にかかり、エリザベスはしかめっ面をした。「なんていまいましい髪なの。ちっともいうことをきかないんだから」手を伸ばし、ほつれた髪をねじって、後頭部にヘアピンで留めなおす。「わたしが一二歳のころ」彼女はつづけた。「小さな家を買うことができ、それまで住んでいた貸家から引っ越したんです。やがて兄は汽船の共同所有者になり、富を築いていった。ミダスかと思う勢いだったわ。自分で決めた目標を、ほとんどすべて達成していった。でも、性格は拳闘家だったころとちっとも変わってないんです。ときどき、リングにいたころと同じように振る舞ったりもするの。暴力的になるというわけじゃなくて、なんていうか……わたしの言ってる意味、わかりますか」

「ええ」ホリーはつぶやくように応じた。ザッカリー・ブロンソンはいまもなお、内奥に巣くう激しい思いを抑えつけることができずにもがき、闘っているのだろう。闘いの場がリングから実業界に変わっただけのこと。そして彼は、かつてなにひとつ持っていなかった自分に報いるため、大勢の女性と快楽にふけり、放埒に暮らしている。あの激しさをなだめてくれる誰かがいなければ、彼が上流社会で快適に生きていくのは不可能だろう。だがその誰かは、ホリーではありえない。彼女にできるのは、目に見える部分で彼に少々磨きをかけることくらいだ。

「兄は結婚したがっているんです。それも、きちんとした女性と」エリザベスは苦笑気味に言った。「ねえレディ・ホリー、正直に答えて。兄をうまく操れるような女性はいるかしら」

ホリーはまごついた。そんな女性はいるわけがない。この社交シーズンにデビューを飾る、これまで親の庇護の下で暮らしてきた若い女性たちには、ブロンソンのような男性を操るのは無理だろう。

「やっぱり」エリザベスはホリーの表情から答えを読み取ったようだ。「そうなると、エチケットのレッスンはますます大変なものになるわね。だって兄は、わたしにも相手を見つけようと考えているのだもの。それも、お年寄りの男爵や子爵では満足しないつもりらしくて」彼女は屈託なく笑った。「わたしの相手としてどこかの公爵様を見つけるまで、あきらめないはずよ」

ホリーは大理石の小ぶりな長椅子に腰を下ろし、期待をこめてエリザベスを見上げた。いまの話を、エリザベスと一緒になって笑い飛ばすことはできなかった。「それは、あなたの望みでもあるの？」

「まさか！」エリザベスの笑い声が少し小さくなる。彼女はトピアリーの周りを歩きだした。エネルギーがありあまって、座ってなどいられないのだろう。「わたしの望みは絶対に実現不可能なんです。だから、オールドミスになって生涯世界中を旅してまわるつもり」

「教えて」ホリーは穏やかに促した。「あなたの望みを聞かせてくれない？」

エリザベスはなぜか、挑戦的な目でこちらを見つめた。「ごく単純なものよ。わたしを愛してくれる男性と結婚したいの。兄のいまいましい財産になんか目もくれない人。誠実で、品がよくて、兄に負けないくらい強い人。でも絶対に無理だってわかってるの。あなたがどれだけ、わたしに礼儀作法を教えてくれてもね」

「どうして無理なの？」

「わたしが私生児だから」エリザベスはだしぬけに告白すると、呆然とするホリーを見て唐突に笑いだした。「兄に聞いてないの？　聞いてるわけないわね。兄は、黙殺すればこの事実が消えてなくなると思っているんだから。わたし、母が夫を亡くしてずいぶん後に、つかの間の情事でできてしまった子なんです。どこかのならず者が母の人生に現れ、甘い言葉やつまらない贈り物で母を誘惑し、飽きたらどこかに消えてしまったと聞いています。もちろん、わたしは父親の顔すら知らないわ。そうしてわたしは、一家のとんでもないお荷物になった。兄が生活費を稼げるようになるまでは、それはみじめなものだったわ」

すっかり恥じ入った表情のエリザベスに、ホリーは心から哀れみを覚えた。「エリザベス、こっちに来て」と声をかけ、となりに座るよう促す。

彼女はずいぶんためらってからその言葉に従った。目の前の景色をただじっと見つめるエリザベスは、顔をこわばらせ、両脚を投げだすようにして座っている。ホリーは慎重に口を開いた。「エリザベス、非嫡出子というのは、とくに珍しいものではないのよ。貴族でもそういう生まれの人は大勢いて、それでもちゃんと上流社会で居場所を見つけているわ」

「そうだとしても」エリザベスはぶっきらぼうに言いかえした。「長所にはなりえないでしょう?」

「たしかに、望んでそうなりたがる人はいないでしょうね」ホリーは認めた。「だからといって、望ましい結婚をする希望がすべて絶たれてしまうわけではないわ」手を伸ばし、エリザベスの長い、ほっそりとした腕を軽くたたいた。「だから、あなたがオールドミスになるなんて話、信じられないわ」

「誰でもいいから結婚するなんていやなんです。一緒にいる価値のある人と結婚できないのなら、ひとりでいたほうがましだわ」

「たしかにそうね」ホリーは静かにかえした。「ひとりでいるよりも、もっとつらいことはこの世にたくさんあるもの。そのひとつは、ひどい夫、自分にふさわしくない夫を持つことなのよ」

エリザベスは意外そうに笑った。「貴族の女性って、相手のよしあしにかかわらず、ずっと独身でいるよりは結婚するほうがいいと思っているのだとばかり」

「不幸な夫婦なら、いやになるほど見てきたわ。お互いにふさわしくない夫と妻は、お互いの人生を台無しにしてしまうの。夫婦のあいだには、愛情と敬意がなくてはいけないのにね」

「あなたの結婚生活はどういうものだったのかしら」エリザベスは訊いてしまってから、失礼な質問だったのではないかと気づいたらしく顔を真っ赤にした。「ごめんなさい、あの、さしつかえがなければ――」

「いいのよ、気にしないで。亡くなった夫の話ができるのは、むしろとてもうれしいの。夫のことをずっと忘れずにいたいから。わたしたち夫婦は、想像できうるかぎり最高の結婚生活を送れたと思うわ」ホリーはさびしげにほほえみ、脚を伸ばして、少し古びた靴のつま先をじっと見つめた。「こうして振りかえってみると、夢だったのではないかと思えるほど。どんなときもジョージのことを愛してやまなかったわ。彼とは縁戚関係にあったのだけど、少女だったころはたまに顔を見かけるくらいがせいぜいだった。そのころのジョージはすでにハンサムな青年に成長していて、とても優しくて、友人からも家族からも愛されていたわ。

でもわたしは丸ぽちゃの子どもで、恥ずかしがりやだったから、当時は二言三言しか言葉を交わさなかったのではないかしら。やがて彼は、子弟教育の一環として欧州大陸に送りだされ、長いこと顔を見ることさえかなわなくなった。四年後に彼が帰国したとき、わたしは一八歳になっていたわ。そして、舞踏会で再会したの」ホリーはほほえみを浮かべ、熱くなった頬に両手をあてた。幸福な思い出にいまでもまだ頬が赤くなる。「彼に踊りませんかと誘われて、心臓が止まるかと思ったわ。彼の穏やかな物腰とあふれる自信に、わたしは抗うことができなかった。それから数カ月間、彼はそれは熱心に求愛してくれて、ようやく父から結婚の同意を得ることができたわ。三年間、一緒に暮らした。彼に愛され、慈しまれているのを感じない日は、一日たりともなかった。ローズが生まれたのは、ジョージが亡くなる一年前のことでね。短いあいだでも夫が娘と過ごすことができて、感謝しているわ」

エリザベスはホリーの思い出話にすっかり心奪われている様子だ。「レディ・ホランド……」彼女は思いやりと憧れをこめてホリーを見つめた。「そんな方と出会えたなんて、本当に幸福ね」

「ええ」ホリーは穏やかに答えた。「自分でもそう思うわ」

ふたりはしばらく無言のまま、トピアリーの先で風に揺られて乾いた音をたてる花壇をただじっと見ていた。やがてエリザベスが、物思いからわれにかえったようにふたたび口を開いた。「さてと、そろそろあなたの一番の落ちこぼれをなんとかしてもらわないと」彼女は陽気に言った。「屋敷に戻って、レッスンを始めましょう」

「そうね」ホリーは立ち上がり、スカートを払った。「まずは座り方、立ち方、歩き方から始めましょう」

たちまちエリザベスは大笑いし始めた。「それくらい、もうちゃんとできてるつもりだったのに！」

ホリーはほほえんだ。「ええ、上手にできているわ。でもね、少し注意すべき点が……」

「わかってる。歩くときに腕を振りすぎるというのでしょう？　まるでボート漕ぎ競争みたいに」

そのたとえに、ホリーは思わず噴きだした。「大丈夫、そこまでひどくはないわ」

「お世辞がうまいのね」エリザベスはにこっと笑った。「でも自分でちゃんとわかってるの。鬼軍曹に命令される女性兵士並みに女らしいって。あなたの指導でどうにかなれたら、それこそ奇跡だわ」

ふたりは並んで屋敷に戻った。ホリーはエリザベスの歩調に合わせようと早足になった。

「ひとつだけ、いいかしら」息を切らせながら注意する。「もう少しゆっくり歩けない？」

「ごめんなさい」エリザベスはすぐに歩をゆるめた。「わたしって、なんだかいつも急いでいるように見えるでしょう。どこにも行くあてがないときでさえそうなの」

「家庭教師にいつも言われていたわ。紳士淑女はけっして急ぎ足になってはいけませんって。育ちの悪い証拠なんですって」

「どうして？」

「さあ、どうしてかしら」ホリーは苦笑した。「実はね、これからあなたたちに教えようと思っているあれこれについて、どうしてそうしなくちゃいけないのか、わたしも理由はよくわかっていないの……ただ、そうするのが決まりなのよ」

道すがらおしゃべりを楽しみながら、ホリーはザッカリー・ブロンソンの妹を心から好きになっている自分に驚きを覚えていた。エリザベスは導くに値する女性、愛を受けるにふさわしい女性だ。だが結婚相手には、特別な男性を見つけなければならないだろう。めったに弱さを見せない、それでいて支配的でない男性だ。エリザベスの快活さを認め、それを抑えこもうとしない、強い人でなければ。このほとばしるような情熱こそ、彼女の魅力のひとつなのだから。

きっとどこかにふさわしい男性がいるはずだわ。ホリーは頭をめぐらせ、知人男性をあれこれと思い浮かべてみた。そうだ、今夜は久しぶりに友人に手紙を書いてみよう。そろそろ社交界に戻って、旧友たちとの交流を再開し、最新のゴシップにも通じるべきだ。三年も孤独な暮らしを送ってきて、かつて属した世界に急に戻りたくなるだなんて、なんだか妙な感じがする。だがホリーは、なぜか気持ちが軽やかで、希望に満ちあふれ、興奮していた。こんな気持ちになるのは久しぶり……。

そう、ジョージが亡くなって以来のことだ。そのことに気づいたとたん、ホリーはふいに困惑に襲われ、高揚感は消えうせてしまった。うきうきしている自分に罪悪感を覚えた。ジョージを失った自分に、ふたたび幸福になる権利などないように思われた。喪に服しているあいだずっと、ジョージのことは片時も忘れたことなどなかった。だが、それも数日前までの話だ。いまのホリーは、未来への希望に満ち、ジョージの知らない人たちに囲まれて生きている。

愛するあなた、あなたと離れ離れになりたいわけではないの。ホリーは胸のなかで強く訴えた。あなたと過ごした日々の一瞬一瞬を、けっして忘れたりしないわ。ただ、少しの変化がほしいだけなの。そのあとはずっと、あなたとふたたび出会える日を待って生きていくから――。

「レディ・ホランド、どうかした？」エリザベスが屋敷の玄関の前で立ち止まり、きらめく黒い瞳を心配そうにくもらせてこちらを見つめていた。「急に黙りこんでしまって、頬も真っ赤だし――いやだ、もしかしてわたし、また早足になっていた？」エリザベスは頭を抱えた。「ごめんなさい。これからはもっとゆっくり歩くように気をつけるわ、あまり自信がないけど」

「いいえ、そうではないの……」ホリーは照れくさそうに笑った。「あなたのせいではないのよ。ちょっと説明するのは難しいのだけど。この三年間は、すごく時間がゆっくり過ぎていく感じだったでしょう？　本当にゆっくりだったの。それが突然、なにもかもがあっという間に変化してしまって、そのペースになかなか慣れることができないだけ」

「そうなの」エリザベスは少し安心した顔になった。「でもそれって、兄の影響だと思うわ。兄は周囲の人たちの人生に干渉して、混乱を引き起こすのが得意だから」

「でも今回のことに関しては、お兄様がそうしてくださって感謝しているの。ここに来てよかった。娘以外の誰かの役に立ててうれしいわ」

「わたしたちのほうこそ、本当にうれしく思ってるわ。人前に出ても恥ずかしくない一家になれるよう指導してもらえるなんて、夢みたい。ひとつだけ残念なのは、あなたが兄を指導するところを見学できないことね。さぞかし見ものでしょうに」

「それなら、あなたもレッスンに加わったらどう?」ホリーはエリザベスの言葉にすぐさま飛びついた。ザッカリー・ブロンソンとふたりきりになるのは気が進まなかった。エリザベスも一緒なら、彼がそばにいるといつも覚えるあの緊張感も、少しは和らぐかもしれない。

「兄がいやがるから」エリザベスは淡々と応じた。「はっきり言われたの。絶対にレッスンをのぞきにくるんじゃないって。すごくプライドが高い人なのよ。けっして弱みを見せようとしないの。紳士としての常識をなんにもわかってないってことを誰にも、妹のわたしにも、知られたくないのよ」

「だけど、紳士らしい言動は少しばかり礼儀作法のレッスンを受けたところで身につくものではないわ。内面の問題なのよ……つまりどれだけ高潔で思いやり深く、謙虚で、勇敢で、献身的で、誠実であるか。絶えずそういう人であらねばならないの。誰かと一緒のときでも、ひとりのときでも」

短い沈黙ののち、エリザベスはふいに忍び笑いをもらし始め、「そうなの」と言った。「じゃあ、最善を尽くしてね、レディ・ホランド」

エリザベスとのレッスンは上々だった。今日のレッスン内容は、優雅に椅子に座り、立ち上がる動作だ。こつは、いずれの場合も体を前傾させすぎないよう気をつけることと、足首があらわにならないようスカートを片手で押さえること。ポーラも様子を見にやってきて、フラシ天張りの長椅子の隅に静かに座っていた。「お母様も一緒に練習しましょうよ」と娘に促されると、恥ずかしがりやのポーラはほほえんで断った。

レッスンのあいだ、ときどき大笑いしてしまう場面もあった。おそらくエリザベスは、母の気持ちをなごませようとして故意にやったのだろう。妙にぎこちないしぐさで歩いたり椅子に腰を下ろしたり、大げさにスカートをひらめかせたりするので、しまいには三人で大笑いしてしまった。だが昼前にレッスンが終わるころには、エリザベスは姿勢や動作のこまかなニュアンスもすっかり体得し、ホリーも大満足だった。

「完璧だわ。とっても優雅よ、エリザベス」ホリーは彼女を褒めた。

するとエリザベスは、単刀直入な褒め言葉に慣れていないのだろう、ほのかに頬を赤らめた。「明日には全部忘れてしまってるわ」

「すっかり癖がついてしまうまで、練習をつづければ大丈夫よ」

エリザベスはほっそりとした長い腕を胸元で組み、まるでレディらしからぬ動作で、脚を大きく広げて椅子に腰を下ろした。「ねえレディ・ホランド」ほほえんでたずねる。「こういうマナーや社交界のルールって、ものすごい暇人が発明したものだと思わない？」

「そうかもしれないわね」ホリーは笑ってうなずいた。

レッスンを終えて娘の様子を見に向かいながら、ホリーはエリザベスの質問について考えてみた。貴族社会に関する知識や、紳士淑女に求められる言動はすべて、生まれたときから体に染みついている。いままで、かつて自分が教わったことについて疑問を抱いたことなどなかった。あいさつの仕方、落ち着いた身のこなしといった作法は、上流階級の人間にとって必要不可欠なものだ。だが、エリザベスが指摘したささいなルール、座り方、立ち方、身振り手振り、洗練された物言い、流行のファッションなどは、本当に必要なのだろうか。それとも、一部の人間が他人よりも優れていることを見せつけるためのものに過ぎないのだろうか。

ザッカリー・ブロンソンだって上流階級に属する人びと（たとえばテイラー家の男性や愛するジョージ）と本質的には変わらないと考えるのは……いけないことなのだろうか。そんなのはばかげた考えだ、大方の貴族はそう一蹴するだろう。世のなかには何代もつづく高貴な血筋に生まれる人間がいて、その血筋ゆえに彼らは、庶民よりも優れた人種だとみなされている。ホリーは幼いころからそう教わってきた。だが、ザッカリー・ブロンソンは生まれたときはなにひとつ人に勝るものを持っていなかったのに、自らの力で、一目置かれるところまで上りつめた。そしていまも、自分と家族をよりよい社会的地位へ押し上げようと、自らの粗野な一面を直そうと、必死に努力している。そんな彼が、本当にテイラー家の人びとよりも劣っているのだろうか？　あるいは、ホリー自身よりも？

ブロンソンの申し出を受けなかったら、けっしてこんなふうに考えたりはしなかっただろう。ブロンソン家での一年間は、彼らを変えるだけではなく、自分自身も変えることになる……ホリーは初めてそのことに気づき、そして、困惑した。ジョージは、彼女が変わることを許してくれるだろうか。

午後はローズと一緒に読書や庭で散歩をして過ごしたあと、ホリーはいま、ザッカリー・ブロンソンの帰宅を書斎で待っている。ローズは牛乳とバターを塗ったパンをもりもりと食べ終えて、床で遊んでいるところだ。ホリーは花柄の磁器のティーカップでお茶を飲んでいる。巨大な緑色の大理石の暖炉に燃えさかる炎の赤と、ベルベットのカーテンを通して射しこむ午後の陽射しが溶けあっている。

ブロンソンのどっしりと男性的な机にかけるのは気が進まなかったので、ホリーはそのそばのサイドテーブルにつき、階級に応じた呼称のちがいについてメモを書きつけた。呼称のちがいは貴族の家に生まれてもなかなか体得できないものだが、ブロンソンが上流社会の一員になるためには、しっかりと理解しておかねばならない課題のひとつだ。ホリーはメモをまとめるのに集中した。娘が歓声をあげなかったら、ブロンソンが部屋の入口に現れたことにも気づかなかっただろう。

「ママ、かえってきたわよ！」

顔を上げたホリーは、歩み寄ってくるブロンソンの姿に緊張を覚えた。一方で、喜びにも似た奇妙な感覚に胸を躍らせてもいた。彼は大きく、生命力にあふれ、おもての新鮮な空気をまとっていた。近くまで来たところで立ち止まり、おじぎをしてみせたとき、馬と糊づけされたリネンと汗の匂いが入り交じった、うっとりするほど男性的な香りが立ちのぼるのに気づかずにはいられなかった。褐色の肌ときらめく黒い瞳、きれいに剃りあげた頬にうっすらと伸びたひげのせいで、知り合いのどの男性よりも男らしく見えた。ブロンソンがほほえみ、日に焼けた肌に白い歯がいっそう白くきらめいたとき、彼がとてもハンサムなのにいまさらながら気づいた。古典的なハンサム、詩に描かれるような貴族的な面立ちというのとはちがうが……実に魅力的だった。

ホリーは自分の反応にまごついた。ジョージのような男性と出会い、愛しあった彼女にとって、ブロンソンに魅力を感じるのはまるで理にかなっていない。ジョージは大らかな自信に満ち、金色に輝く美貌の、いっさい欠点のない人だった。妻のホリーですら、周囲の女性が彼に見とれてうっとりするさまには感心しきりだった。だが彼をあれほどまでに魅力的に見せていたのは、あの目もくらむような美貌ではなかった。彼の真の魅力は、内面と言動が際立って洗練されている点にあった。夫は洗練の極みを尽くした、正真正銘の紳士だった。

そんなジョージとザッカリー・ブロンソンを比べるのは、王子と海賊を比べるに等しい。たとえ一〇年がかりでルールや礼儀作法をひたすらブロンソンの頭にたたきこんでも、誰もが一目で彼をならず者と見抜いてしまうだろう。黒い瞳に浮かぶいたずらっぽいきらめきも、粗野なのに惹きつけられずにいられないほほえみも、どれだけ手を尽くしても変えることはできまい。ブロンソンが素手でリングに立つ姿、上半身裸で敵を打ちのめす姿は、いとも簡単に想像できた。問題は、それを想像するだけで、まったくレディらしからぬ恥ずべき好奇心を駆りたてられてしまうことだ。

「こんにちは、ミスター・ブロンソン」ホリーは言い、となりにかけるよう身振りで示した。「今日のレッスンのあいだ、娘が隅で遊んでいてもよろしいかしら。静かに遊んでいると言っておりますから」

「もちろん、このようにかわいらしい方でしたら反対などしませんとも」ブロンソンは、おもちゃを手に絨毯敷きの床に座る幼女に向かってほほえみかけた。「お茶の時間ですか、ミス・ローズ」

「ええ、ミスター・ブロンソン。ミス・クランペットについでちょうだいってたのまれたところよ。あなたもいっぱいいいかが」ホリーが止める間もなく、ローズはブロンソンの親指のつめほどの大きさもないミニチュアのティーカップとソーサーを手に、彼に駆け寄った。「はい、どうぞ」ローズはわずかに眉根を寄せた。「ほんとはなあんにもはいってないけど、はいってるふりをすると、とてもおいしくかんじるのよ」

ブロンソンはいかにも恭しく茶器を受け取った。見えない紅茶を慎重に味見すると、「少し砂糖が足りないようですね」とまじめな顔で言う。

ふたりがブロンソンの好みに合わせて紅茶に砂糖を加えるさまを、ホリーはじっと見つめた。子どもと接するのがこんなに上手な人だとは、思ってもみなかった。ローズにとってはおじにあたるジョージの兄弟ですら、彼女とこんなふうに自然に遊ぶことはできなかった。子どもというものは、めったに大人の世界に入れてもらえない。とりわけ子煩悩な父親であっても、日に一、二回子どもの顔を見て、妻に成長ぶりをたずねるのがせいぜいだ。

ホリーのほうをちらりと見やったブロンソンは、当惑の表情に気づいたらしい。「エリザベスがローズくらいのころに、しょっちゅうお茶会ごっこを強要されましてね。といってもリジーの場合は、ソーサーの代わりに板切れ、磁器のカップの代わりに古ぼけた錫《すず》のカップを使っていましたが。いつかちゃんとしたおもちゃのティーセットを買ってやろうと、何度も自分に誓ったものです。なのにようやく買えるようになったときには、リジーはもうこういう遊びをする年ごろではなくなっていましたよ」

メイドが書斎に入ってきた。お茶や軽食を用意するよう指示してあったのだろう、ブロンソンは期待に両手をもみあわせている。メイドはコーヒーのセットと砂糖菓子を盛った皿をのせた大きな銀のトレーを持ったまま、ぎこちない手つきでポットや皿をサイドテーブルに並べようとしている。

ホリーは小声でメイドに名前をたずね、正しい給仕の仕方を教えた。「グラディス、トレーはサイドボードに置いてもいいのよ。そうすればいっぺんにお皿を運べるでしょう。それと、給仕はお客様の左側からね」

思いがけず指導を受けたことに驚いたのだろう、メイドは不審そうな顔であるじを見つめた。するとブロンソンは笑いをかみ殺し、大まじめに言った。「レディ・ホランドのおっしやるとおりにしなさい、グラディス。誰も、このわたしですら、彼女には逆らえないのだからね」

グラディスはすぐさまうなずき、指示どおりに給仕を始めた。驚いたことに、目の前に並べられた皿には、薄ピンク色のアイシングがかかった小さな丸いケーキが山と積み上げられていた。

ホリーは非難の目でブロンソンを見つめた。彼女のために用意されたものなのは明らかだった。「ミスター・ブロンソン」ホリーは呼びかけつつ、今朝の彼との会話を思いだしていた。「どうしてケーキなんて用意なさったのかしら」

ブロンソンは悪びれる様子をいっさい見せず、ゆったりと椅子の背にもたれた。「あなたが誘惑と闘うところを見たかったからですよ」

ホリーはこらえきれずに噴きだした。なんて尊大で、いたずらな人！「いじわるがお好きなようね」

「ええ」ブロンソンは即答した。

笑みを浮かべたまま、ホリーはフォークを二本取り、はさみのように広げて片手に持ち、やわらかそうなケーキの形が崩れないよう器用に小皿に取り分けた。小皿を手渡されたローズが歓声をあげ、むしゃむしゃと食べ始める。自分とブロンソンの分も取り分けてから、ホリーは用意しておいた数ページのメモを彼に渡した。

「今朝の妹さんのレッスンが上々だったので、すっかり意欲がわいてしまったわ。だから、とりわけ難しい課題のひとつから始めてみようと思っています」

「貴族の爵位とルール」ブロンソンはつぶやくような声で読み、美しい筆跡で書かれた長いメモを凝視している。「まいったな」

「これを頭にたたきこみ」ホリーはつづけた。「カドリールをそれなりに踊れるようになれば、ほとんど勝負はあったようなものよ」

ブロンソンはピンク色のアイシングがかかったケーキを指でひとつつまみ、ほとんど一口でほおばると、ケーキをかんでいないほうの口の端だけで「ま、せいぜいがんばりましょう」と応じた。

あの野蛮な食べ方についても後日注意しなければ……頭のなかでメモを取りつつ、ホリーは説明を始めた。「公爵、侯爵、伯爵、子爵、男爵、この五種類の爵位はもうご存じね」

「ナイトは？」

「ナイトは爵位ではないわ。准男爵もそう」ホリーはフォークを口元に運び、やわらかなケーキをほんの一片、口に入れた。薄いアイシングが舌の上であっという間に溶けていく喜びを、目を閉じて味わった。紅茶を一口飲み、そこでブロンソンが、妙な目つきでこちらを見ているのに気づいた。ブロンソンの穏やかな表情にふいに緊張が走り、コーヒーのように真っ黒な瞳が、芝生に隠れた獲物を見張る猫のように光る。

「レディ・ホランド」という彼の声はかすかにかすれていた。「砂糖が口に……」とだけ言うと、なにかよほど心奪われたことでもあるのか、唐突に言葉を切った。

ホリーは舌先で口の左端をなめ、わずかに砂糖の甘みが残っているのに気づいた。「ありがとう」とつぶやくように言い、ナプキンを口元にそっと押しあてる。先ほどまでと同じ事務的な口調で説明を再開しながら、心のなかでは、ミスター・ブロンソンはなにをそわそわしているのかしらと思っていた。「爵位の話に戻りましょう。本来、爵位と呼べるのは、その時点での爵位保持者に与えられた肩書きだけです。それ以外の肩書きは、たとえ貴族の長男であっても儀礼的なものにすぎません。メモの三ページ目に表にまとめておいたので、それを見ればよくわかるのではないかと……」彼女は腰を上げ、ブロンソンのかたわらに立つと、彼がめくっているページを肩越しにのぞきこんだ。「ここです。どうでしょう、これでわかるかしら。それとも、かえって混乱してしまいますか」

「いえ、これでちゃんとわかります。ただ……どうしてこの二カ所だけ儀礼的な肩書きがないのですか」

ブロンソンが手にしているメモに、ホリーはなかなか意識を集中できなかった。ふたりの顔があまりにも近いので、つい、彼の髪に触れてみたい誘惑に負けそうになる。くしゃくしゃの豊かな髪は、ちゃんとブラシで梳かし、ポマードでまとめなければいけない。とくにこの、あさっての方向を向いて額にたれる前髪がくせものだ。ジョージのシルクのような金髪とは全然ちがう。ブロンソンの髪は闇夜を思わせる漆黒で、ジョージのよりも少し硬く、毛先と襟足のところがゆるくウエーブしている。それにしても、なんて太くて筋肉質な首なのだろう。鉄のように硬そうだ。ホリーは危うく、その首を指先でなぞってみたい衝動に負けそうになった。そんな自分にぎょっとして、こぶしを強く握りしめてから彼の質問に答えた。

「公爵や侯爵や伯爵の子どもは『卿』や『レディ』といった儀礼的な肩書きで、子爵や男爵の子どもは単なる『ミスター』『ミス』の敬称で呼ばれるのです」

「あなたの夫君のように」ブロンソンはメモから目を上げずにつぶやいた。

「そう、とてもいい例ね。夫の父親は子爵でした。生前はウエストブリッジ子爵テイラー卿、あるいはもっと簡単に、アルバート・テイラー卿と呼ばれていました。義父にはウィリアムとジョージとトーマスという三人の息子がいて、三人とも呼称は『ミスター・テイラー』でした。数年前に義父が亡くなったあとは長男のウィリアムが爵位を継承し、いまはウィリアム・テイラー卿となっています」

「つまり、ジョージと弟のトーマスがテイラー卿と呼ばれることはない」

「そのとおり、ふたりはミスター・テイラーと呼ばれます」

「ではなぜ、あなたはレディ・ホランドと呼ばれるんですか」

「それは……」ホリーは言葉を切り、苦笑した。「ますます難しい話になってしまったわね。わたしの父は伯爵なのです。だから、儀礼的な肩書きは生まれたときから『レディ』なの」

「それは、ジョージと結婚しても変わらないわけですか」

「ええ。貴族の娘は、貴族でない男性と結婚しても、儀礼的な肩書きを維持することができるのよ。つまり結婚後も、わたしの階級はジョージではなくて父に由来することになるの」

ブロンソンが横を向き、顔をまじまじと見つめてくる。彼の謎めいた瞳をあまりにも近くで見たせいで、ホリーはかすかな、胸がぽっと温かくなる感覚に襲われた。闇夜を思わせる漆黒のなかに、茶色い光がぽつぽつと見える。「つまり、あなたのほうが夫君よりも階級が上だったわけですね。あなたは、階級が劣る相手と結婚をした」

「厳密に言えばそういうことです」

ブロンソンはいまの話についてじっと考えこんでいる様子だ。なぜかホリーには、彼が喜んでいるように見えた。「もしもあなたが、庶民と結婚したら階級はどうなるんです？」彼はさりげなくたずねてきた。「たとえば、わたしみたいな男と」

質問にまごついたホリーは、彼のかたわらを離れて自分の椅子に戻った。「それは……それでもレディ・ホランドのままでしょうけど、名字はあなたのものを名乗るはずではないかと」

「レディ・ホランド・ブロンソン」

テイラー以外の名字で呼ばれるのはなんだか妙な感じがして、ホリーはかすかな驚きを覚えたが、「そうですね」と穏やかに応じた。「理屈では、そういうことになります」

彼女はもじもじとスカートをいじり、ブロンソンの視線を感じて、くしゃくしゃになったスカートを直した。顔を上げると、彼の瞳はいかにも男性的な好奇心で輝いていた。不安のようなものに駆られて、心臓が早鐘を打ち始める。いままでこんなふうに男性に見つめられたことがあっただろうか。彼女を抱きしめるとき、ジョージの青い瞳には愛情と慈しみが浮かんでいた。異性を品定めするような、熱っぽい欲望をうかがわせることはけっしてなかった。

ブロンソンの視線がホリーの口元から胸へと下りていき、ふたたび顔に戻る。ホリーは肌がほてってくるのを感じた。これはレディに対する紳士の目つきではない。きっと彼はわたしを狼狽させようとして故意にやっているのだ。わざと困らせておもしろがっているのにちがいない。だが、おもしろがっているようには見えなかった。彼の太い眉のあいだにぎゅっとしわが寄る。まるで、彼女よりもずっと狼狽しているかのように。

「ママ！」ローズの笑い声が気づまりな沈黙を破った。「ほっぺがまっかよ！」

「あら、そう？」ホリーはおろおろと言い、冷たい指を頬にあてた。「きっと暖炉のそばに座っているせいね」

ローズはミス・クランペットを脇に抱いてブロンソンに歩み寄った。「わたしはただの『ミス』よ」先ほどの説明を聞いていたのだろう、自分のことを話しだした。「でも、いつかおうじさまとけっこんするから、『プリンセス・ローズ』になるの。そうしたら、『ひでんか』ってよんでね」

ブロンソンは声をあげて笑った。一気に緊張がほぐれたようだ。「いまだってプリンセスみたいなものですよ」と言うと、幼女を抱き上げて自分の膝の上に座らせた。

ローズはびっくりした顔できゃっきゃっと笑った。「うそばっかり！　だってわたし、かんむりをかぶってないわ！」

ブロンソンは幼女の指摘を真剣にとらえてしまったらしい。「では、どんな冠がいいですか、プリンセス・ローズ」

「えぇっと……」ローズはじっと考えるように、小さな顔をしかめている。

「銀ですか」ブロンソンは促した。「それとも金？　色石がついているのがいいですか、真珠のほうがいいかな」

「ローズには冠は必要ありません」ホリーは警戒するように口を挟んだ。ブロンソンのことだ、本気で子どもに高価な冠を買おうとしているのにちがいない。「ローズ、あなたは向こうで遊んでいなさい。それともお昼寝にする？　だったら呼び鈴を鳴らしてモードに来てもらいましょう」

「いやよ、おひるねなんかしたくない」ローズはすぐにブロンソンの膝の上から滑り下りた。

「ねえママ、もうひとつケーキをたべてもいい？」

ホリーは優しくほほえんで、首を振った。「だめよ。夕食を食べられなくなってしまうでしょう？」

「おねがい、もうひとつだけ。あのちいちゃいのでいいから、ね？」

「だめと言っているでしょう、ローズ。さ、ミスター・ブロンソンとママがレッスンのあいだ、静かに遊んでなさい」

しぶしぶ従いながら、ローズはブロンソンを振りかえった。「どうして、おはながまがってるの、ミスター・ブロンソン」

「ローズ」ホリーはぴしゃりとたしなめた。「人様の外見についてあれこれ言ってはいけないと、教えたでしょう」

だがブロンソンは、にやりと笑いながら答えた。「ちょっと鼻をぶつけたことがあるんですよ」

「とびらに？　それとも、かべ？」

「強烈な左フックです」

「ひだりフック？」ローズは難しい顔でブロンソンを見つめた。「それってなあに？」

「けんかのときに使う言葉ですよ」

「けんかはわるいことよ」ローズはきっぱりと言った。「とってもわるいことなんだから」

「そうですね」ブロンソンは反省するように頭をたれてみせたが、心から反省しているとはとうてい思えない。

「ローズ」ホリーは諭す声で呼んだ。「レッスンの邪魔はそれくらいにしてちょうだいね」

「はあい、ママ」幼女は素直に部屋の隅に向かった。椅子の後ろを歩くローズに、ブロンソンがこっそりとケーキを手渡す。ローズはそれを受け取ると、リスのようにこそこそと隅のほうに走って逃げた。

ホリーは咎めるようにブロンソンをにらんだ。「娘を甘やかさないでください。あなたの贅沢に慣れてしまったら、一年後、元どおりの生活に戻るのに苦労するのはあの子なんですから」

隅で遊ぶいたずらっ子に配慮して、ブロンソンは小声で応じた。「少しくらい甘やかしてもどうってことありませんよ。子ども時代は短いんですから」

「ローズには、貴族社会の厳しさを知り、責任をまっとうすることをきちんと学ばせて――」

「最近の子育てというのはそういうものなのですか」ブロンソンは面倒くさそうに応じた。

「だからわたしが目にした貴族の子どもの多くは、無表情な青白い顔で、感情の起伏に乏しかったわけですね。ちびどもに、貴族社会の現実とやらを見せすぎなんじゃないんですか」

むっとしたホリーは反論しようと口を開いたが、残念ながらかえす言葉がなかった。テイラー家の人びとは子育てにおいて「社会に出るときの準備」を整えておくことを重んじ、ホリーにもローズをそのようにしつけるようたびたび注意した。規律を教え、絶えず道徳心を養わせ、過度の愛情を注がないこと。従順で礼儀正しい子どもに育てるには、それが一番だと諭された。もちろん、そんな子育てがうまくいくわけなどなかった。実際、テイラー家の子どもたちはみな手のつけようのないわがままばかりだ。テイラー家の言いつけどおりローズにもっと厳しく接していたら、娘だってあんなふうになっていたかもしれない。とはいえ、彼らのような考え方は貴族の家庭ではごく一般的で、上流階級に属する人びとのあいだではおおむね共通認識となっている。

「子ども時代は楽しくなくちゃいけません」ブロンソンはぶっきらぼうに言った。「余計な心配なんてなにもしなくていい。とにかく幸せに暮らせばいい。そんなんじゃだめだという人は、勝手にそう思っていればいい。できることならわたしだって……」彼はふいに、手元のメモに視線を落とした。

「あなただって？」ホリーは身を乗りだして促した。

ブロンソンはうつむいたままつづけた。「リジーにもそういう子ども時代を送らせてやりたかった。妹の子ども時代は、それはみじめなものでしたからね。貧しくて、不潔で、絶えず腹を空かせていた。わたしは、妹の期待に応えてやれなかった」

「でも、エリザベスとそう年がちがうわけでもないのでしょう」ホリーはつぶやくようにたずねた。「あなただって、まだほんの子どもだったはずよ。それなのにそんな大きな責任を負うのは無理だわ」

ブロンソンはホリーの意見をはねつけるように手を振った。自分のしたことに言い訳など無用、そう思っているのだろう。「わたしは妹の期待に応えられなかった」彼はうなるようにくりかえした。「だからいまは、妹にできるかぎりのことをしてやりたい。自分の子どもを持ったら、その子たちにもそうします」

「それまでは、わたしの娘をむやみに甘やかすつもりなの？」ホリーは口元に小さく笑みを浮かべていた。

「たぶん、あなたのことも」というブロンソンの声音にはからかうような響きがあったが、視線には挑発的な光が宿っていた。ホリーは当惑し、どうかえせばいいのかわからなかった。彼を叱責あるいは非難すれば、ますますからかわれるだけだろう。こんなふうに彼のたわむれの相手をしていてはいけない。相手の気持ちをもてあそぶような会話は苦手だし、気楽に楽しむことなどできない。

ホリーは歯切れのよい、落ち着いた口調で応じた。「そういうことなら、あなたにはもう十分なお給金を約束いただきましたから。上流社会の礼儀作法のすべてをお教えして、給金に値する仕事をしますわ。さてと、メモの二ページ目にまいりましょうか。手紙や会話のなかで用いる、相手に合わせた正しい呼称について学びましょう。たとえば、男性に対して面と向かって『閣下』と呼ぶことはできませんが、手紙であれば――」

「次回にしましょう」ブロンソンはさえぎり、引き締まったおなかに長い指を組み合わせて置いた。「頭のなかが爵位のことでいっぱいです。今日はもう無理ですよ」

「わかりました。では、あとはひとりにしてさしあげたほうがいいかしら」

「ひとりにしたいんですか」ブロンソンは優しくたずねた。

ホリーは質問に狼狽し、やがて、笑いがこみあげてくるのを覚えた。「ミスター・ブロンソン、そうやって人を困らせるのはいいかげんにしてください！」

からかうような笑みがブロンソンの瞳に浮かぶ。「つまらない質問に、なにをそんなに困るというのです？」

「だって、『はい』と答えれば失礼にあたるでしょうし、『いいえ』と答えれば――」

「わたしと一緒にいたいという意味になる」ブロンソンはあとを引き継ぎ、白い歯をのぞかせてにやりとした。「もう下がってくださって結構ですよ。あなたにそのようなことを言わせるつもりはありませんから」

ホリーは立ち上がらなかった。「鼻を折ったときの話を聞かせてくださるのなら、ここにいるわ」

ブロンソンはほほえんだまま、昔を思いだすように鼻の曲がったところに指で触れた。

「トム・クリブという男との試合中に折ったんです。クリブは石炭の運搬人だったので、石炭《ブラック・ダイヤモンド》というあだ名で呼ばれていました。ハムのかたまりみたいに大きなこぶしの持ち主で、彼に左フックをお見舞いされたときには目の前に星が散りましたよ」

「どちらが勝ったの」ホリーは思わずたずねていた。

「二〇ラウンドでようやく挽回し、最後には彼をノックアウトしました。その試合以降、わたしにも食肉解体人ブロンソン《ブロンソン・ザ・ブッチャー》というあだ名がついたんです」

彼がそのあだ名をいかにも自慢げに告げるのに、ホリーはかすかな嫌悪感を覚えた。「よかったわね」とそっけなく言うと、彼は笑いだした。

「でも、顔のほうは大してよくなりませんでした」ブロンソンは言い、親指と人差し指で鼻梁を撫でた。「もともとハンサムじゃありませんしね。でもおかげで、絶対に貴族とまちがわれることはなくなった」

「いずれにしても、まちがわれないわ」

ブロンソンはやられた、という顔をしてみせた。「いまの一発は、リングでお見舞いされたどのジャブよりも効きましたよ。つまりあなたは、鼻の曲がったこの顔があまりお気に召さないわけだ」

「ご自分が魅力的なのはよくわかってらっしゃるはずよ。貴族的とは言いがたいけれど。たとえば、あなたはとても……なんというか、たくましすぎるわ」ホリーは筋肉が盛り上がった上着の袖や肩のあたりを指差した。「気楽な貴族は、そんな腕はしてないもの」

「仕立屋にもそう言われます」

「そういう筋肉というのは……小さくはできないものなのかしら」

「どうでしょうね。後学のために訊きますが、紳士として通用するにはどのくらい小さくすればいいですか」

ホリーは声をあげて笑い、首を振った。「外見についてはそれほど気になさらなくても大丈夫よ。必要なのは威厳です。あなたは少しざっくばらんすぎるわ」

「でも、魅力的なんでしょう？　さっきそうおっしゃいましたよ」

「そうだったかしら。手に負えないと言ったはずだけど」

ふたりはほほえみあった。とたんにホリーのなかに、喜びとぬくもりがわきおこる。彼女は慌てて視線を膝に落とし、少し速くなった息を整えようとした。妙な感じだった。なんだかひどくそわそわして、胸に渦巻く興奮のせいで椅子から飛び上がりそうになってしまう。ブロンソンの顔を見る勇気がない。見たらなにをしてしまうかわからない。彼と一緒にいると、ほしくなってしまう……なにがほしいのかは、自分でもわからないけれど。でも、ひとつだけはっきりしていることがある。彼との口づけの記憶、甘く、熱く重ねられた唇の記憶が突然、鮮やかに脳裏に浮かんだことだ。ホリーは真っ赤になって両手をぎゅっと組み合わせ、必死に気持ちを落ち着けようとした。

「拳闘家としての生活は長くはつづきませんでした」ブロンソンが言うのが聞こえた。「そもそも、汽船の共同所有権を買う金を得るのが目的でしたからね」

「本当に？」ホリーはたずねた。ようやく彼の顔を見ることができるようになっていた。

「好きでやっていたのかと思ったわ」

「好きでしたとも。闘うのは気持ちがいい。勝つのもです。でも、あれほどの痛みにしては、得られる賞金は大した額ではなかった。やがて、両手を血に染めずとも相手を倒す方法があることを学んだんです」

「まさか、これからもずっと誰かに勝つことを目的に生きていくつもり？」

「ほかにどうしろというんです」

「少しのんびりして、自分の成し遂げたことについて満足してもいいのではないかしら」

ところどころ茶色く光るブロンソンの黒い瞳が、からかうようにきらめいた。「子どものころ、お山の大将ごっこをしたことがありますか。たぶんないでしょうね。あれは貴族の女の子がする遊びではありませんから。泥やごみの山を見つけたら、誰が一番に頂上までたどりつけるかみんなで競争するんです。とはいえ、頂上にたどりつくまでは簡単だ」

「難しいのは？」

「ずっとそこに居座ること」

「あなたなら、日の出から日暮れまで頂上を守りつづけたでしょうね」ホリーは穏やかにかえした。「あなたに取って代わろうとする男の子たちを、たたいたり、蹴飛ばしたりして」

「昼までがせいぜいでしたよ」ブロンソンはふっと笑った。「いつも空腹に耐えられなくなって頂上から下りてしまうんです」

ホリーはレディらしからぬ爆笑をこらえることができなかった。笑いの発作は一向におさまらず、しまいには驚いたローズが椅子のかたわらまでやってきた。「どうかしたの、ママ」

「いいえ。ミスター・ブロンソンに、小さいころのお話をうかがっていただけよ」

ローズはなにがおかしいのかまるで理解できないようだったが、一緒になって笑いだした。

ふたりの様子を見つめるブロンソンの黒い瞳には、なぜか温かなぬくもりが浮かんでいる。

「あなたたちみたいにかわいらしい母娘は、見たことがないな」

ホリーが笑みを消していきなり立ち上がると、ブロンソンも礼儀正しく立った。ここにいてはいけない。ホリーはそう思った。どんな餌で釣られようと、彼の下で働くことに同意などするべきではなかった。自分がどんなに温室育ちの世間知らずな人間か、彼女はいまさらながら気づかされた。そうでなかったら、こんなふうに簡単にブロンソンの言葉に狼狽するわけがない。彼と距離を置くようにしなければ、ますます心を乱されることになる。でも、彼に優しくされて狼狽するのは、長いこと男性とのつきあいがなかったせいなのだろうか。それとも、彼がほかの男性とあまりにもちがうからなのか。

ホリーはいたたまれなかった。彼との時間を楽しむのも、彼の男らしい粗野な魅力を好ましく思うのも、すべてジョージへの裏切りになるのだ。

一瞬、夫が亡くなった直後の絶望と、胸を埋めつくした暗い切望が脳裏をよぎった。あのときホリーは、夫と一緒に死んでしまいたいと心から願った。正気を失わずにすんだのはひとえに、幼い娘への愛情と心配ゆえだった。生きていこうと決めたあとも、生涯ジョージだけを愛し、彼と彼の願いだけを心に留めようと自分に誓った。あの誓いを守ることが困難になる日が来るなんて、まさか思いもしなかった。けれども目の前に立つ他人は、優しい声で語りかけ、徐々に彼女から慎みを奪っていってしまう。

「ミスター・ブロンソン」ホリーはわずかに声を震わせた。「ゆ、夕食のときにまたお会いしましょう」

ブロンソンはホリー同様、神妙な面持ちになっている。「ローズも一緒に食べさせてやってください。上流階級の子どもは、絶対に家族と夕食を一緒にとらないものなのですか」

長い沈黙ののち、ホリーはようやく答えた。「田舎のほうでは、家族と食事をともにする子どももいます。ですが、多くの裕福な家庭では、子どもは子ども部屋で食事をするのが決まりになっています。ローズもテイラー家ではそうしつけられていましたので、慣れ親しんだ習慣を変えるのはあまり――」

「でも、あちらでは一緒に食事をする子どもがいたのでしょう?」ブロンソンは指摘した。「わが家ではひとりぼっちで食事をすることになってしまいますよ」

ホリーは娘の小さな顔をじっと見つめた。ローズは息を詰め、大人と一緒に食事をする権利を彼が勝ち取ってくれるのではないかと、興奮の面持ちで待っている。大人と子どもは別々に食事をするもの――そのしきたりを主張するのは、ホリーにはたやすいことだ。だが、期待をこめたまなざしでブロンソンとローズに見つめられると……彼女は半分やけになりながら、またひとつ規則が破られてしまったことに気づくのだった。

「わかりました。ローズがお行儀よくしていられるなら、今夜からみんなと一緒に食事をとってもいいことにしましょう」

驚いたことにローズは、歓声とともにブロンソンに駆け寄り、彼の脚に両腕でしがみついた。「ミスター・ブロンソン！」ローズは金切り声をあげた。「ありがとう！」

ブロンソンは笑いながら小さな腕を脚から引きはがし、その場にしゃがみこんだ。「お礼なら母上に言ってください、プリンセス・ローズ。わたしはお願いしただけです。お許しを下さったのは、母上ですよ」

ローズはホリーに飛びつき、顔中にキスをした。

「さあ、ローズ」ホリーはつぶやくように呼び、必死に真顔を作った。「二階に戻ってエプロンドレスを着替えましょうね。夕食の前に顔も洗わなければいけませんよ。こんな汚いお顔ではみなさんの前に出られませんからね」

「はあい、ママ」ローズは小さな手で母の手を握りしめ、スキップしてはしゃぎながら母を引っ張っていった。

7

ホリーは数人の友と手紙のやりとりを再開した。ジョージの葬儀以降、会うこともなくなっていた人たちだ。ホリーがザッカリー・ブロンソンのロンドンの屋敷に住みこんで家庭教師をしていると知ったときの彼女たちの反応は、実に予想外なものだった。もちろん大部分は非難めいたことを書いてきたし、そこまで貧窮しているのなら、わが家に居候してもかまわないとまで言ってくれる人もいた。驚いたのは、ホリーの新しい環境に大いに関心を示し、屋敷にうかがってもいいかとたずねる人が大勢いたことだ。どうやら、是非とも彼の邸宅を見てみたい、当のブロンソンと会ってみたいというレディは少なくないようだった。

ホリーからそのことを聞かされたブロンソンは少しも意外そうな様子は見せず、「よくある話ですよ」と皮肉めかした笑みを浮かべて言った。「貴族階級に属する女性は、わたしのような雑種と結婚するくらいなら断頭台の露と消えたほうがまし……のはずなのに、びっくりするほどたくさんのレディがわたしのお友だちになろうとする」

「つまりあなたと、いい仲になりたがると言いたいの……?」ホリーは愕然として言葉を失った。「まさか既婚女性も?」

「既婚女性のほうが積極的です」ブロンソンはあっさりと言い放った。「あなたがテイラー家でさびしく喪に服していたころ、わたしは大勢のレディたちとシーツにくるまっていましたよ」

「紳士はそういうことを自慢するものではありません」ホリーは顔を真っ赤にしてたしなめた。

「自慢じゃありませんよ。事実を述べているだけです」

「胸に秘めておいたほうがいい事実だってあるんです」

いつになくきついホリーの口調を、ブロンソンは心底おもしろがっているようだ。「レディ・ホリー、変な顔をしてどうしました？」彼は猫撫で声を出した。「まるで嫉妬してるような顔だ」

いらだちのあまり、ホリーは息が詰まりそうになった。ザッカリー・ブロンソンほど、いとも簡単に彼女をいらだたせる人はこの世にいない。「誰が嫉妬なんか。わたしはただ、そんなふうに情事にふける人は、いままでにいったいどんなおぞましい病気に感染したのかしらと考えていただけです」

「情事にふける」ブロンソンはくすりと笑った。「なかなか素敵な表現だ。幸い、女性を買って梅毒だのその他の感染症だのをもらったことは一度もありません。男の場合は自衛手段があるので――」

「もうやめてください！」ホリーはぞっとした表情を浮かべ、両耳を手のひらでふさいだ。

ブロンソンほど性にあけすけな人を彼女は知らない。紳士なら知って知らぬふりをするべき親密な話題を、彼は喜んで口にしようとする。「あなたの倫理観念は崩壊しているのだわ」

恥じ入るどころかブロンソンはにやりとしてみせた。「そういうあなたは、とんでもないお澄まし屋さんだ」

「ありがとう」ホリーはつんとして言いかえした。

「いまのはお世辞じゃありませんよ」

「あなたの非難の言葉は、すべてお世辞として受け取ることにします」

ブロンソンはいつものように声をあげて笑った。倫理観念についてホリーがわずかでも指導を試みようとするたび、そうやって笑うのだ。彼が関心を示すのは、紳士らしい立ち居振る舞いなど、ごく表面的なことばかりだった。それにも気がのらないときには、行儀のいいふりさえあっさりやめてしまう。だがホリーは、いくらがんばっても彼を嫌いになれなかった。

ブロンソン家に滞在して数週間が経つころには、ホリーは雇用主である彼についてさまざまなことを学んでいた。彼には賞賛すべき長所もたくさんあった。たとえば、自分の欠点を素直に認めたし、生まれ育ちの悪さや教養のなさを隠すこともなかった。変に謙遜するところもあり、生まれながらに備わった驚くほどの知性や、数々の成功を常に軽んじた。彼のいたずらに、ホリーは始終笑わされていた。ブロンソンのほうも、からかわれたホリーがついには感情をあらわにするのを見るのが楽しいらしく、それで彼女も腹を立てつつ最後には笑ってしまう。

ホリーはしばしばブロンソン家の人びとと夕食をともにした。ときには足元でローズが遊んでいることもあった。エリザベスとポーラが先に休んでから、ブロンソンとふたりだけで夜中まで話しこむことさえあった。石炭が赤々と燃える暖炉のかたわらで、彼はホリーのグラスに高いワインをせっせとつぎ、品のない、けれども実に愉快な思い出話で楽しませてくれた。彼はホリーの幼少時代について聞きたがった。自分の平凡な子ども時代の話などつまらないだろうと思ったが、しつこくせがまれて、けっきょく、幼いころのあれこれを話した。いたずらないとこに長い髪を椅子の背に結わかれてしまった話、二階のバルコニーからわざと、従者の頭に濡れたスポンジを落っことした話。

ジョージのことを訊かれることもあった。ふたりの結婚生活について、あるいは……出産についてまで。

「そういうお話をあなたとするわけにはまいりません」ホリーは抗議した。

「どうして？」ブロンソンの鋭い瞳が、炎に照らされていつもより和らいで見える。ふたりは居間でくつろいでいるところだった。こっくりとした黄褐色のベルベットに彩られた、宝石箱のような居心地のよい部屋だ。この小さくて優雅な部屋にいると、おもての世界がとても遠いものに思えてくる。こんなふうに親密な空間でふたりきりで過ごしてはいけない。ホリーにもそれはわかっていた。ふたりの距離があまりに近いし、ひどく秘密めかした感じがする。それなのに、なぜか自室に下がることができない。頭では理解していても、自分のなかの御しにくい一面がここにいることを望んでいた。

「無作法な質問だと、ご自分でもわかってらっしゃるはずよ」ホリーはブロンソンを諭した。「そういう質問をしてはいけませんとこれまでに何度も注意したでしょう」

「いいじゃありませんか」ブロンソンは気だるげに促し、口元にワイングラスを運んだ。「勇敢な兵士のようだったんですか、それとも、バンシーみたいに大声で叫んだんですか」

「ミスター・ブロンソン！」ホリーは彼をきっとにらみつけた。「あなたには慎みというものがないのですか。わたしに対して敬意のかけらも持ってらっしゃらないの？」

「この世の誰よりも、あなたを尊敬していますよ」ブロンソンは即座にかえした。

ホリーは首を振り、口元に苦笑が浮かびそうになるのをやっとの思いでこらえた。「勇敢な兵士というわけにはいきませんでした。痛みがひどくて、本当につらくて。しかも、一二時間もかかったのに誰もが安産だと言って、ちっとも同情してくれなかったんです」

彼女が哀れな声で不満を口にすると、ブロンソンはどこかうれしそうに笑った。「ジョージが生きていたら、もっと子どもがほしかった？」

「もちろん。既婚女性に、その点で選択肢などありませんし」

「ないんですか」

ホリーは当惑し、笑いを含んだブロンソンの瞳を見つめかえした。「それは……どういう意味です？」

「望まぬ妊娠を避ける方法なら、いくらでもあるでしょう」

ホリーは言葉を失い、愕然としてブロンソンの顔を見た。わきまえた女性は、けっして人とこのような話をしない。禁忌といってもいいほどで、ジョージとのあいだですら話題になったことはない。もちろん、ほかの女性が噂しているのをうっかり耳にしてしまったことはあるが、ホリーはそのような話題からはすぐに距離を置くよう心がけていた。それなのに彼は、不謹慎にも面と向かってこのようなことを！

「今度こそはご機嫌を損ねてしまったようですね」ブロンソンはすまなそうな顔をしてみせた。だがホリーは、後悔の表情の下に笑いが潜んでいるのを見逃さなかった。「申し訳ありません。この世には世間知らずな人もいるってことを、つい忘れてしまうもんですから」

「今夜はもう休みます」ホリーは威厳をもって言った。このような不快な会話は、なかったことにしてしまうしかない。「おやすみなさい、ミスター・ブロンソン」彼女が立ち上がると、ブロンソンもすぐさま立った。

「ひとりにしないでください」ブロンソンはなだめるように言った。「これからは行儀よくしますから。約束します」

「もうこんな時間ですので」ホリーはきっぱりと言い放ち、扉のほうに向かった。「あらためて、おやすみなさい、ミスター――」

気づいたときには、彼のほうが先に扉の前にたどりついていた。ちっとも慌てたそぶりなど見せなかったのに……。彼は大きな手を軽く扉に添えると、静かにそれを閉めた。「ここにいてください。この前、とてもおいしいと言ってらしたライン地方のワインを開けますから」

ホリーは眉をひそめて彼を仰ぎ見た。レディが下がりたいと言ったら紳士は引き止めたりしないものだ、そもそも扉を閉めた部屋にふたりきりでいるのは不適切だ――そう注意しようと思ったのに、からかうような黒い瞳と見つめあったとたん、気持ちが和らいでいくのを感じた。「いてもいいけれど、まじめな話題を探さなければいけませんよ」彼女は苦笑交じりに言った。

「あなたの望む話題ならなんでも」ブロンソンは即答した。「税金でも、社会問題でも、天気のことでも」

彼が温和な表情を必死に作るさまに、ホリーはほほえみたくなった。まるで羊のふりをする狼だ。「それなら、わかりました」長椅子に戻ると、ブロンソンが新しいワインを用意した。濃厚な色合いのフルボディの赤だ。ホリーは豊かな風味を味わった。彼女はブロンソンの所有する非常に高価なワインが大好きになっていた。だが、いずれ飲めなくなるのだと思うと、好きになどなるのではなかったと悔やまれた。それでも、ここにいるあいだだけでも、贅沢を楽しめばいいとも思った。ワインや素晴らしい絵画、そして、最も罪深い贅沢……彼とのひとときを。

数年前の彼女なら、ザッカリー・ブロンソンのような男性とふたりきりになるなど、ありえなかっただろう。彼は、父や求愛してきた礼儀正しい青年たちや非の打ち所のない夫のように、優しく守るように接してはくれなかった。彼女の目の前で乱暴な言葉を使い、レディなら関心を持つはずもない話題を口にし、人生に暗部があることを隠そうとすらしなかった。

話をつづけながら、ブロンソンが気前よくワインをグラスに注ぐ。夜が更けるにつれ、ホリーは徐々に長椅子の隅に丸くなっていき、しまいには肘掛けに頭をもたせる体勢になってしまった。いやだ、飲みすぎたみたい……彼女は自分に驚いた。だが、酔ったことに気づいても、嫌悪感や不快感は覚えなかった。レディはけっして飲みすぎたりしないものなのに。水で薄めたワインをたまに、ほんの数口たしなむのが常識なのに。

ほとんど空のグラスを不思議そうに見つめ、ホリーはそれを長椅子の脇の小卓に置こうと身を起こした。すると突然、部屋がぐらりと揺れたように感じ、手にしたグラスが傾いた。ブロンソンが即座に手を伸ばし、傾いたグラスの脚をつかんで小卓に置く。ホリーはハンサムな顔を見つめた。なんだか頭が朦朧として、口がちゃんと閉まらない。それになぜか、とりわけきついドレスを寝る前にモードに脱がせてもらっているときのように、安堵感と解放感につつまれてもいる。

「ミスター・ブロンソン」ホリーは呼びかけた。言葉が自然と口からこぼれてしまうようだ。「あのワインをわたしにたっぷり飲ませたのでしょう……あんなふうにレディに飲ませるのは、とてもいけないことなのよ」

「それほど飲んでませんよ」ブロンソンは愉快そうに口元をほころばせた。「いつもよりもちょっとばかり気分がほぐれているだけです」

まったくでたらめな言い分なのに、なぜかホリーはほっとした。「そろそろ寝なければ」

と告げ、長椅子からよろよろと立ち上がろうとする。すると部屋がぐるぐると回転を始め、崖から飛び下りて落ちていくような感覚に襲われた。ブロンソンが手を伸ばし、軽々と体を支えて、倒れそうになったところを助けてくれる。「いやだわ——」ホリーは支えてくれる腕をつかんだ。「ちょっとふらっとしてしまって。どうもありがとう。きっとなにかにつまずいたのね」彼女はしゃがみこみ、絨毯をぼんやりと見つめて、なにに足を取られたのかと探した。ブロンソンがくすくす笑っているのが聞こえる。

「なにを笑ってらっしゃるの」ホリーは詰問しながら、彼に支えられてふたたび長椅子に腰を下ろした。

「ワイン三杯でこんなに酔っぱらう人を初めて見たもんですから」

ホリーは立ち上がろうとした。ブロンソンがとなりに座って、彼女がのろのろと逃げようとするのを妨害する。危ういくらい彼が近くにいるので、ホリーは思わず長椅子の背に体を押しつけて小さくなった。

「いてください」ブロンソンはつぶやくように言った。「どっちにしろもう遅い」

「ミスター・ブロンソン？」ホリーはいぶかるようにたずねた。「わたしの体面を傷つけようとしているのですか」

ブロンソンがにっと笑い、白い歯が光った。からかうような笑みだが、瞳がぎらついており、ホリーは落ち着かないものを覚えた。「そうかもしれません。あともう少し、ここで一緒に過ごしてもいいでしょう？」

「お話をして？」ホリーはぼんやりとたずねた。

「お話と、ほかにもいろいろ」ブロンソンの人差し指が顎に触れてきて、敏感な曲線に炎を灯していく。「あなたも楽しんでくださるはずだ。楽しんだあとは、ワインのせいにすればいいんです」

まさかそこまで呆れ果てたことを言われるなんて。「ワインのせいにするですって」ホリーは憤慨しておうむがえしに言い、ふいにくすくすと笑いだした。「同じせりふを、これまでに何回口にしたの？」

「今夜が初めてですよ」ブロンソンはすらすらと答えた。「なかなかいいせりふだと思いませんか」

ホリーは眉根を寄せた。「相手をまちがえたようよ、ミスター・ブロンソン。お断りする理由ならいくらでもありますから」

「たとえば？」ブロンソンはいたずらっぽく、黒い瞳を誘うように光らせた。

方向の定まらない指をブロンソンの顔に向け、ホリーは理由をあげていった。「倫理、良識、自尊心、娘に手本を見せる義務……第一、あなたとふたりきりでいるのは思慮に欠けます。だからお断りするのです」

「なるほど」ブロンソンは考えこむように言った。彼がわずかに身を乗りだしてきて、ホリーは背をそらした。頭が長椅子の肘掛けにぶつかり、彼におおいかぶさられるような格好になってしまった。

「なにがなるほどなんです」ホリーは問いただし、深呼吸を一回、二回くりかえした。居間の空気がやたらと暑く感じられる。彼女は妙に重たい腕を上げ、汗ばんだ額にかかる髪をかきあげた。その腕を、じっとりとした手のひらを上にして額にのせたままでいた。今夜は飲みすぎた……すっかり酔っぱらってしまった……いまはそんなことはどうでもいいような気持ちだが、頭の片隅では、ひどく後悔することになるのだろうとわかっていた。

「肝心の理由をおっしゃいませんでしたね」と言うブロンソンの顔と、それから唇が、いやに近くにある。ホリーはこんなに魅惑的な唇は見たことがないと思った。大きくて、厚くて、意志の強さを感じさせる唇だ。その唇が、頰に息がかかるくらい近くにある。ブロンソンの息は、ほのかなワインの香りと彼の匂いがした。「あなたがほしくないからだ、そうおっしゃらなかった」

「それは……い、言うまでもないからだわ」

「本当に?」ブロンソンは気分を害したというより、どこかおもしろがっている顔だ。「レディ・ホリー、あなたをその気にさせることは可能なのかな?」

「そんなこと……」ホリーは言葉を失い、小さく息をのんだ。ブロンソンの顔が下りてきて、体がうずき始める。彼女はぎゅっと目を閉じて待った。ひたすら待っていると……唇が手首の内側の柔肌に触れるのを感じた。ベルベットのような感触に、エロチックな震えが腕に走り、思わず指が小刻みに動いてしまう。やわらかな肌に唇がずっと押しあてられているせいで、小さく脈打っていた手首の血管が狂ったように脈を打ち始める。ホリーは全身を弓のようにそらせて固まっていた。膝を上げて、彼の腰に脚をからませたいと思った。自分の唇がやわらかさとぬくもりを帯びてきて、口づけを受けるときを待ちかねている。ところが彼は顔を上げると、地獄の業火を思わせる真っ黒な瞳でじっと見つめてきた。

近くのなにかに手を伸ばし、それをホリーのほうに差しだす。クリスタルのワイングラスが、暖炉の明かりを受けてきらめいた。底のほうに暗紅色の液体が少しだけ揺れている。

「飲み干してください」彼は優しく言った。「飲んだあとは、あなたをわたしの好きなようにさせてほしい。朝になったら、なにもなかったように振る舞えばいい」

罪深い誘惑に強く引かれる自分に、ホリーは愕然とした。からかっているだけよ、と上の空で思った。わたしを本気で誘うわけがない。なんと答えるかが知りたいだけなのだ。そしてどう答えたとしても、それをからかいの種にするつもりなのだ。

「とんでもない方ね」ホリーはささやき声でかえした。

ブロンソンの瞳から笑みが消えた。「ええ」

震える吐息をもらしながら、ホリーはワインがもたらした霧を追い払うように、片手でまぶたをこすった。「わたし……もう部屋に戻ります。ひとりで」

長い沈黙が流れ、やがてブロンソンが気さくな口調で「わたしの手をとって」と申し出た。熱っぽさはいっさい感じられない声だった。

彼の手が両肘に添えられ、立ち上がるのを支えてくれる。床にしっかり足をついてみると、もう部屋は揺れていなかった。安堵したホリーは、たくましい、誘うような体から身を離し、ひとりで扉のほうに向かった。「ひとりで部屋まで戻れますから」そう言って、懇願するようにブロンソンを見やった。

「わかりました」ブロンソンが扉に歩み寄り、ホリーのために開けてから、彼女の乱れた姿を上から下まで眺めまわす。

「ミスター・ブロンソン……明日の朝までには、このことは忘れてください」ホリーは問いかけるように、不安げな声で訴えた。

彼は小さくうなずいた。ふらつく足で懸命に自室へと急ぎながら、ホリーは背中に彼の視線を感じていた。


「なにをやってるんだ、おれは」ザッカリーはホリーの姿が視界から消えるとすぐにひとりごちた。今夜はやりすぎた。頭ではいけないとわかっていたのに、ふたりのあいだに立ちはだかる見えない障壁をつい乗り越えてしまった。どうしても自分を止めることができなかった。彼女を求める気持ちを、抑えられないようだった。彼女のように貞節な女性を前にして耐えるのは、苦痛以外のなにものでもない。唯一の救いは、すっかりとりこになっている事実を当の彼女に知られていないことだ。

ザッカリーは先ほどの状況を脳裏に浮かべては、いらだち、思い悩んだ。あんなふうに振る舞ったことはついぞなかった。相手がどんな階級の女性だろうと、ほしいと思えば確実に落とす絶対の自信がある。ホリーのことだって、十分に時間をかけて鎧《よろい》をはがしてやればべッドに誘うことができるだろう。だがその一夜は、彼女を失うことを意味する。ベッドをともにしたあと、ここを去る彼女を止めることはまず不可能だろう。驚くべきことにザッカリーは、その一夜よりも、彼女と一年間ともに暮らすことをより強く望んでいた。

彼はしばしばホリーのことを夢想してきた。夢想するたびに、頭も心も、起きているあいだの意識はすべて、彼女のことでいっぱいになった。そうして彼は思う……ベッドのなかで彼女は、大胆に、奔放に、彼の欲望を満たしてくれるはずだと。自分が慎み深い未亡人に骨抜きにされる日が来るなどとは思ってもみなかった。いったいどんな手段を使っているのか、彼女はザッカリーに甘美なる麻薬のごとき作用をもたらす。そして彼女の不在は、麻薬が切れたときのように、空虚と切望だけを与える。

だが彼は愚か者ではない。自分がレディ・ホリーにふさわしい男ではないことくらいよくわかっている。手を伸ばせば手に入る、そんな果実を選ぶほうが賢明だ。レディ・ホリーという名の果実は、そこにたわわに実ってはいても、けっして手が届くことはない。

このどうしようもない切望を癒すすべを、ザッカリーはほかの女性に求めることにした。街一番のばかみたいに高級な会員制売春宿の常連である彼は、どんな美しい娼婦との一夜でも買うことができる。最近では、ほとんど毎晩のようにその宿に通う始末だ。

夕食からその後の時間にかけてザッカリーはホリーとともに過ごし、彼女の顔を見、耳に心地よい声を聞き、煮えたぎるほどの喜びを味わう。やがて彼女がひとりぼっちの寝室に下がってしまうと、ロンドンまで馬車を走らせ、放蕩のかぎりの数時間を過ごす。だが娼婦たちの技術は、一時的に欲望を満たしてくれるだけだった。ザッカリーは生まれて初めて、真の情熱は容易に満たされるものではないこと、肉体的な欲望と精神的な欲望はちがうものであることを知りつつあった。それは、うれしくない発見だった。

「また家を建てるのですか」ホリーは書斎の大きなテーブルの脇に立ち、仰天してたずねた。ブロンソンはそのテーブルに設計図を広げ、四隅に真鍮の重しを置いている。「でもどこに……それに、いったいどうして」

「英国一の華麗なるカントリーハウスがほしいんですよ。デボンシャーに土地を買いました。三つの土地をあわせて、ひとつにするんです。建築家が設計図を書いてくれたので、あなたにも見ていただこうと思って」

ホリーは苦笑交じりにブロンソンの顔を見つめた。彼女はまるで臆病者のように、前夜の奇妙な、魅惑的なひとときを忘れたふりをしていた。幸いブロンソンも、なにか不適切なことが起きたのを言葉や目つきで示唆したりはしなかった。代わりに彼は、目下進行中の数ある計画のひとつについてこうして話題を振ってきた。ホリーは内心で、前夜の驚くべき自分の振る舞いはワインを飲みすぎたためだと結論づけ、今後は絶対にあのようにはなるまいと誓った。「それは是非拝見したいものですが、あいにく、そちらの方面にはまるで疎いのです」

「そんなことはありませんよ。あなたは貴族がどのような屋敷を好むかご存じだ。さあ、ご意見を聞かせてください」

ブロンソンは大きな手を設計図の上に這わせ、しわをきれいに伸ばして、重しの位置を直した。ホリーはさまざまな意匠を凝らした設計図を念入りに見ながら、かたわらに立つブロンソンを意識していた。彼は両手を設計図について、身を乗りだすようにして立っている。ホリーは設計図に意識を集中させようとした。だが、となりにいるブロンソンのせいで気が散って仕方がなかった。上着の縫い目がはちきれんばかりに盛り上がった腕の筋肉や、襟足でウエーブした豊かな黒髪や、きれいに剃ったひげ跡と浅黒い肌に、つい気をとられてしまう。ブロンソンはめかしこんでいる感じはないのにとてもおしゃれで、コロンではなくシャツの糊と石鹼の香りがした。服はとても上等な仕立てだが、紳士らしからぬ筋肉を隠すために意図的に少しゆったりとした作りにしてある。上流社会に完璧に溶けこむのは無理でも、その男らしさは人びとを強く引きつけるにちがいない。

「どう思います？」彼がまじめな声でたずねた。

長い沈黙の末にようやく、ホリーは「そうですね」とゆっくり口を開いた。「建築家の方は、あなたが望むとおりに設計されたようですね」

その屋敷はいやに立派で、どこもかしこも贅沢で、極端に格式ばったデザインだった。デボンシャーの景観にはまるで不釣合いだ。たしかに華やかではある。壮大な屋敷なのはまちがいない。だが、伝統的な建築様式をむやみに礼賛するがごときデザインは、「優雅」あるいは「穏当」といった褒め言葉からはほど遠い。「とても大きな屋敷だわ」彼女はつづけた。

「目にした人はひとり残らず、大金持ちの屋敷だと思うでしょう。でも……」

「あなたはお好きではない」

並んで立つふたりの視線がからみあう。黒い瞳にじっと見つめられて、ホリーは胸の内に温かなものが広がっていくのを感じつつ、「あなたはお好きなの、ミスター・ブロンソン」とやっとの思いでたずねた。

ブロンソンはにやりとし「わたしは悪趣味ですから」とにべもなく言った。「自分でそれをわかっているのがせめてもの救いです」

そんなことはないわ、と言おうとして開いた口を、ホリーはつと閉じた。たしかにブロンソンは、こと暮らしぶりに関していえばひどい趣味をしている。

彼女の表情を見て、ブロンソンは喉の奥で笑った。「では、どこに変更を加えればいいと思われますか、レディ・ホリー」

ホリーは一枚目の設計図の端を持ち上げ、その下にある、ただただ広いばかりの一階の設計図をしげしげと眺め、力なくかぶりを振った。「どこから始めればいいのか、わからないわ。第一、この設計図を書いてもらうだけでもずいぶんかかったはず――」

「そんなもの、このいまいましい家を建てる費用に比べればなんでもありません」

「それなら……」ホリーは困ったように言葉を切り、唇をかんで、どう言えばいいだろうかと考えた。ブロンソンの視線を口元に感じる。彼女は堅苦しい口調で始めた。「ミスター・ブロンソン、別の建築家を紹介するのは、厚かましすぎますか。ちがう発想で新たな設計図を起こし、どちらのほうがいいか決める方法を取るのがいいように思うのです。遠いいところに、ジェイソン・サマーズという建築家がいるのですが、最近めきめきと知名度を上げつつあります。現代的なセンスのある若い建築家で、このように大掛かりな建物を手掛けた経験はたぶんまだないと思うのですが」

「いいでしょう」ブロンソンは即答した。視線はホリーの口元に注いだままだ。「ただちにミスター・サマーズをデボンシャーに送り、どんなデザインにするか見せてもらいましょう」

「ただ、すぐにはあなたの要請に応じられないと思うのです。聞くところによると、ずいぶんと依頼が増えて、スケジュールが常にいっぱいだという話ですから」

「あなたがわたしの名前を出してくだされば、すぐにデボンシャーに赴いてくれますとも」ブロンソンは皮肉めかした。「わたしのようなパトロンをつかまえるのは、あらゆる建築家の夢ですからね」

ホリーは思わず笑った。「傲慢もほどほどになさったら？」

「まあ見てのお楽しみですよ。ミスター・サマーズは二週間以内に設計図を完成させるはずです」

ブロンソンが予言したとおり、ジェイソン・サマーズは驚くほど短期間（正確に言うと一六日）のうちに大量のスケッチと設計図を完成させ、早々に屋敷を訪れた。

「エリザベス、申し訳ないけど今朝のレッスンは早めに切り上げなくてはいけないようよ」ホリーはつぶやくように言い、窓の外に目をやった。サマーズの簡素な黒塗りの馬車が、屋敷につづく私道をやってくるのが見える。いとこは巧みな手さばきで、自ら手綱を操っていた。「建築家のミスター・サマーズが到着したようだから。あなたのお兄様から、話し合いに同席するよう言われているの」

「それなら仕方ないわね……」エリザベスは見るからに残念そうな表情を作り、肩をすくめた。

ホリーは笑いをかみ殺した。残念そうな顔がまったくの演技だとわかっているからだ。エリザベスは目下の課題である手紙の書き方の練習に、ほとんどやる気を見せなかった。エネルギーにあふれ、乗馬やアーチェリーといった運動が大好きな若い女性にとって、紙にペンを走らせるなどという行為は極めて退屈なものにちがいない。

「あなたもミスター・サマーズに会ってみる？」ホリーは提案した。「素晴らしい仕事をするのよ。お兄様も反対なさらないはず――」

「遠慮しておくわ。お年寄りの退屈な建築家が書いたスケッチだのなんだのを見るより、もっと楽しいことがあるから。今日はいい天気だし、乗馬にでも出かけようかしら」

「そう。では、お昼にまたね」

エリザベスにあいさつをしてから、ホリーは意気揚々と大階段を下りた。遠いいとこに会えるのが楽しみで、思わずほほえんでいた。最後に彼と会ったのは五年前、一族の集まりの場でのことで、当時ジェイソンは二〇歳になったばかりだった。優しく、ユーモアのセンスがあり、笑顔が魅力的なジェイソンはみんなの人気者だった。子どものころから四六時中、絵を描いてばかりいたので、指先にインクの染みをつけてはしょっちゅう怒られていた。だがその甲斐あって、景観に溶けこむかのような独自の「自然な」設計に対する評価は、近ごろ目覚ましい高まりを見せている。

「ジェイソン」ホリーは大きな声をあげ、到着したばかりのいとこを玄関広間で出迎えた。

彼はホリーを見るなり破顔し、立ち止まって脱帽すると、なめらかな動作でおじぎをした。数年会わないうちにすっかり魅力的な青年に成長したのを見てとり、ホリーはうれしくなった。ぼさぼさだった栗色の髪はさっぱりと刈られ、緑色の瞳には知性が輝いている。まだ若いので体つきは少々細身だが、二〇代半ばにしては驚くほど成熟した男らしさをかもしだしている。

「レディ・ホリー」ジェイソンは耳に心地よい乾いたバリトンで呼びかけ、ホリーが差しだした手を優しく握った。それからふっとほほえみを消し、すまなそうな表情になると静かにつづけた。「ご主人のご葬儀にうかがえなかったこと、お詫びが遅くなってしまって本当にすまなかったね」

ホリーは愛情をこめて彼を見つめた。ジェイソンが謝る必要などないのだ。彼は当時、大陸を旅している途中だったのだから。旅程はとても長く、葬儀のために帰国するのは無理だったため、彼は代わりに悔やみ状を送ってくれた。優しさと、大げさなくらいの真情にあふれ、心からの思いやりがつづられた手紙に、ホリーは大いに感動したものだった。

「謝る必要なんてないわ」彼女は穏やかに応じた。

メイド長のミセス・バーニーが現れ、ジェイソンの帽子と上着を受け取る。

「ミセス・バーニー」ホリーは小声で問いかけた。「ミスター・ブロンソンがどちらにいらっしゃるかわかる?」

「書斎かと思いますが」

「では、わたしがミスター・サマーズをそちらにご案内するわね」ホリーはいとこの腕をとり、空いているほうの腕に設計図を抱える彼を書斎へといざなった。

ジェイソンは周囲に目をやりながら、驚きと嫌悪がないまぜになったため息をもらしている。「すごいな……過剰にもほどがある。ねえレディ・ホリー、ミスター・ブロンソンの好みがこういうものなら、別の建築家に依頼したほうがいいと思うよ。この手のデザインを手掛ける気はないから」

「ともかく、ミスター・ブロンソンと話だけでもしてみて」ホリーは懇願した。

「わかったよ」ジェイソンは彼女と並んで歩きながら笑みを浮かべた。「わたしがここに呼ばれたのは、きみのおかげなんだろう? チャンスを作ってくれて感謝しているよ。でも、訊いてもいいかな……いったいどうして、彼のために働くことになったんだい」彼の口調には、かすかに好奇心がにじんでいる。「きみも当然わかっているだろうと思うけど、一族の人間はおおむねこの話を歓迎してはいないよ」

「母から聞いているわ」ホリーは苦笑いで応じた。

両親は、ホリーがブロンソンの申し出を受けたとの知らせを聞くと、はっきりと非難の意を伝えてきたのだ。母などは正気なのかとホリーにたずね、喪に服す期間が長かったせいで理性的な判断ができなくなっているのではないかとまで言った。一方、父は極めて現実的な考え方をする人なので、ブロンソンがローズのために信託財産を用意してくれたと説明するとすぐに異議を唱えるのをやめた。四人の娘を持ち、しかも三人がまだ未婚という状況にある父は、莫大な持参金がどれほど重要かよくわかっていた。

「それで？」ジェイソンが促す。

「どうしても断れなかったの」ホリーはそっけなく答えた。「あなたにも、すぐにわかるわ」

ホリーはブロンソンが待つ書斎にジェイソンを案内した。巨大な椅子から立ち上がる筋骨隆々たるブロンソンを前にしても、さすがにジェイソンは怖気づく様子さえ見せなかった。ホリーもそうだったが、初対面のブロンソンは相当に強烈な印象を与える。彼ほどの存在感を漂わせている男性はそうそういない。なんの先入観もなく彼に出会っていたなら、ホリーはきっと直感的に彼のことを、自分だけではなく他人の運命までをも決めてしまう人だと思っただろう。

ジェイソンはブロンソンの射るような黒い瞳をしっかりと見つめながら、握手を交わした。

「ミスター・ブロンソン」と気さくな調子で呼びかける。「まずはお招きいただいたこと、設計図をお見せする機会をくださったことに、心からお礼申し上げます」

「礼ならレディ・ホリーに言いたまえ。彼女に推薦されなかったら、きみに頼んだりはしなかったろうからな」

ホリーは驚いて目をしばたたいた。ブロンソンのいまのせりふから、彼女の提案や意見をたいそう重んじている印象を受けたからだ。困ったことに、ジェイソンもブロンソンの妙な物言いに気づいたらしい。彼はいぶかしむ目を一瞬だけホリーに向け、すぐにまたブロンソンに視線を戻した。

「レディ・ホリーの信頼にかなうといいのですが」ジェイソンは言い、腕に抱えた設計図の束をわずかに持ち上げてみせた。

ブロンソンは、きれいに片づけられた巨大なマホガニーの机を身振りで示した。磨き上げられた机の上にジェイソンが設計図を広げる。

いとこの設計図に対してとくに賛意は示すまい。そう思っていたのに、ホリーは身を乗りだしてそれを目にした瞬間、うれしい悲鳴を抑えることができなくなってしまった。ジェイソンの設計した屋敷は、全体がロマンチックなゴシック様式でまとめられており、チャーミングでありながら洗練を極めていた。壁面にずらりと並ぶいくつもの窓――あたかも一枚の大きなガラスのように見える――は、周囲の景観を邸内に招き入れる役割を果たすのだろう。広々とした主室と開放感あふれる温室は、パーティーなどの折りに大いにその効果を発揮するはずだ。その一方で別棟も配置し、住人のプライバシーも守れるよう配慮してある。

ブロンソンがこの気取りのない設計のよさを理解し、優雅と華美を混同していたことをわかってくれるといいのだが。少なくとも、近代技術が随所に取り入れられている点は賞賛してくれるはずだ。なにしろジェイソンの設計は、全階に水道を完備し、水洗トイレとシャワー付きの浴室を複数設け、冬場の寒さに備えて壁に温風の送管も配してある。

だがブロンソンは、とくに表情を変えることなく設計図をまじまじと眺め、ひとつふたつジェイソンに質問をしただけだった。その質問に、ジェイソンがすかさず答えをかえす。しばらくすると、誰かが書斎に入ってくる気配があった。エリザベスだった。緋色の縁取りをほどこした薔薇色の上品な乗馬服に身をつつんでいる。シンプルだが粋なカットの乗馬服は、襟元にあしらった純白の繊細なレースとあいまって、彼女にとてもよく似合っていた。きっちりと編んでまとめた黒い巻き毛、緋色の帽子、濃く長いまつげ。エリザベスは若く、きらきらして、驚くほど魅力的だった。

「出かける前にやっぱり一目、設計図を見ておこうかしらと……」彼女は途中まで言いかけ、ジェイソンが振りかえっておじぎをするとふいに口を閉じた。ホリーはすぐにふたりを紹介した。エリザベスのおじぎは完璧で、内心で誇らしく思った。あいさつがすむと、ふたりはほんのつかの間、強烈な好奇心を宿した目で互いを見つめあったが、ジェイソンはすぐに机に向きなおり、ふたたびブロンソンの質問に答え始めた。エリザベスのことなど、まるで知らん顔をしている。

いとこの見るからに冷たい態度に、ホリーは首をかしげた。健康な若い男性が、エリザベスの目もくらむような美貌に心奪われないはずはないのに。だがエリザベスが机のかたわらにやってきたとき、ジェイソンが彼女の全身にさっと視線を走らせるのをホリーは見逃さなかった。ホリーはなんだかわくわくした。やはりジェイソンはエリザベスに興味を抱いている。その気持ちを隠したほうが賢明だろうと判断しただけだ。

一方のエリザベスは、ジェイソンの無関心な態度に少々気を損ねた様子で、彼とホリーのあいだに立ち、設計図をにらんでいる。

「ごらんのとおり」ジェイソンがブロンソンに説明する。「周囲の景観に調和する設計を心がけました。別の言い方をすれば、この屋敷はほかの場所に移してしまったら、もうそこにふさわしい家には見えない――」

「調和の意味くらいわかるよ」ブロンソンは苦笑交じりに言い、設計図に視線を走らせつづけた。鋭い視線は、どんな細部も見逃さないはずだ。ホリーは彼の驚くべき記憶力を多少なりとも知っている。きっとものの数分で、ジェイソン並みにこの設計図の細部まで頭にたたきこんでしまうだろう。彼がその抜群の記憶力を発揮するのは、関心のある分野にかぎられているのだ。

やはり真剣な表情で設計図を見ていたエリザベスがふいに、ベルベットのような黒い瞳を非難がましく細めた。「これはなに」と設計図のある箇所を指差してたずねる。「なんだか変じゃないかしら」

答えるジェイソンの声は、いつもよりほんの少し深みを増しているようだ。「おそれいりますが、指をどけていただけますか、ミス・ブロンソン」

「ええ、でもこれはなんなの？　対称じゃないじゃない、この出っ張りはいったいなに――」

「翼《よく》です」ジェイソンは簡潔に答えた。「ちなみにこの小さな四角形は、建築用語で窓、扉と呼ばれるものです」

「東翼と西翼が対称じゃないわ」

「いずれ是非、理由をご説明しましょう」ジェイソンは口先だけで応じた。

「なんだか、いびつじゃない？」エリザベスがしつこく言い募る。

ふたりの挑むような視線がからみあった。この会話を楽しんでいるようにも見える。

「リジー、ミスター・サマーズに突っかかるのはよしなさい」ブロンソンはホリーのことだけを見ており、ふたりの声にならぬやりとりには気づいていないようだ。「こちらのデザインについて、どう思われますか、レディ・ホリー」

「素晴らしい屋敷になると思います」

ブロンソンはきっぱりとした表情でうなずいた。「では、これでお願いしましょう」

「わたしが気に入ったと申し上げたからではないといいのだけど」ホリーはわずかに警戒して言った。

「いけませんか？」

「ご自分の好みで決めなくては」

「わたしもいいデザインだと思います」ブロンソンはまじめな声音で応じた。「ただ、こことここに塔があったほうがいいかな。それに銃眼も――」

「塔は無理です」ジェイソンは慌ててさえぎった。

「銃眼ですって」ホリーも同時に問いただしたが、ブロンソンの瞳がきらめいているのを見て、からかわれたのだと気づいた。

「設計図のとおりで結構ですよ」ブロンソンはにやりと笑ってジェイソンに言った。

「このとおりで？」ジェイソンはブロンソンの決断の速さに少々驚いているようだ。「あとでお時間のあるときに、ゆっくり検討してみなくてもよいのですか」

「必要な部分は全部検討したよ」ブロンソンは請けあった。

いとこが仰天する様子に、ホリーは笑みをもらさずにはいられなかった。ザッカリー・ブロンソンのようにごく自然にその力を行使できる男性に、ジェイソンはいままで会ったことがないはずだ。ブロンソンは何事においても即断を好み、たとえ難題でも無駄に時間を費やして考えることをしない。ホリーは彼からこんなふうに聞かされたことがある。すべての判断のうち、一割が失敗に終わり、二割が当たり障りのない成果しか上げなかったとしても、残りの七割はおおむね望ましい成果を上げるものなのだと。どこからそのような数字を導きだしたのかはわからないが、ブロンソンならば実証することもできるはずだ。彼にはそんなふうに、何事にも確率や割合を当てはめたがる奇妙な癖があった。一度など、エリザベスが公爵と結婚できる可能性は一割だと予測したこともある。

「どうしてたったの一割なの」ちょうどその会話が終わるころに部屋に現れたエリザベスは、

生意気に問いかえした。「どんなお相手だって手に入れてみせるわ」

「結婚相手になりそうな公爵の数をまず数えたんだ。年寄りや病弱なのは除いてね。それから、おまえが社交界に出ても恥ずかしくないレディに成長するまでに、レディ・ホランドに受けるべきレッスンの回数も考慮に入れた。結婚市場でおまえと競いあう、若い女性の数もちゃんと計算に入れたよ」ブロンソンはそこでいったん言葉を切り、いたずらっぽく妹を見やった。「あいにく、おまえの年齢を考慮したら可能性が少し下がってしまった」

「わたしの年齢ですって」エリザベスは憤怒の声音を作って叫んだ。「わたしが適齢期を過ぎたとでも言いたいの？」

「だって、もう二一だろう？」ブロンソンは指摘し、妹が頭めがけて投げつけた小さなベルベットのクッションを巧みに受け止めた。

「エリザベス、紳士に不快なことを言われてもレディはものを投げたりしてはだめよ」ホリーは言い、騒々しい兄妹を笑った。

「嫌みな兄の頭を火かき棒で殴るのなら大丈夫？」エリザベスは怖い顔で、兄のほうに近寄った。

「残念だけどそれもだめよ。第一、ミスター・ブロンソンの頭は硬いから、火かき棒で殴ってもほとんど効き目はないと思うわ」

ブロンソンは傷ついた表情を作ったものの、その表情はあっという間に笑みに取って代わられた。

「だったら、レディはどうやって復讐をするの？」

「冷たくしてあげるの」ホリーは穏やかに応じた。「顔も見ないでね」

エリザベスは椅子にどさっと腰を下ろした。長い脚はスカートの下で乱暴に広げたままだ。

「もっと痛みを伴う復讐がいいのに」

「火かき棒で殴られるのなんか、ちっとも怖くないが」ブロンソンは低い声で笑った。「レディ・ホリーに冷たくされるのはなあ……」まるで冷たい突風に吹かれたようにぶるっと震えてみせる。「世の男どもは、とうてい耐えられないだろうなあ」

ホリーは呆れて首を振りつつ、内心、あなたのような男性に冷たくできる女性などいないわと思っていた。

だが、ブロンソンとの生活は笑いが絶えない日ばかりというわけにはいかなかった。日によっては、彼は怒りっぽく、頑固で、周囲の誰かれかまわず当たり散らすこともあった。そういうときの彼は、悪魔にそそのかされているかのようだった。ホリーにしても、彼からあざけりや皮肉の言葉をまったく投げられないというわけにはいかなかった。しかも、彼女が冷たく、礼儀正しく接するほど、ブロンソンのいらだちの炎はますます燃えさかった。たぶん彼は、なにかを求めながらそれがけっして手に入らぬものだと結論づけ、そのなにかがなんであるにせよ、苦い切望にひどく苦しんでいるのだろう。「なにか」の正体が果たして社交界に受け入れられることなのか、それともどこかの会社との契約なのかはわからないが。ともあれ、孤独に苦しんでいるのでないことだけはたしかだった。女性に不自由している様子はなかったからだ。屋敷中の誰もが知っているように、ホリーもまた、彼が夜な夜な出かけるのに気づいていた。彼は深夜にたびたび外出した。とりわけ激しい夜を満喫した翌日には、飲酒と放蕩のかぎりを尽くしたことがはた目にもわかるほどだった。

娯楽と女性に対するブロンソンの飽くなき欲望に、ホリーは徐々にいらだちを募らせつつあった。こういうことに関しては男性はみな似たようなものなのだから仕方がないと、自分に言い聞かせようともした。貴族のなかにだって、もっと浅ましい行いで知られる男性は大勢いる。夜どおしどんちゃん騒ぎをして、遊びすぎたせいで夕方までベッドを出られないような人たちだ。ブロンソンが深夜まで街で遊びながら、日中は仕事に励んでいられるのは、それだけのエネルギーがあるという証拠だろう。だがホリーは、彼の女遊びをあっさりやり過ごすことができなかった。ときどき、自分の心に正直になって考えてみると、このいらだちは倫理観念よりもむしろ、個人的な感情から来るものだと気づいたりもした。

ブロンソンがよその女性の腕のなかにいると思うと、なぜか悲観的な気持ちになった。一方で、激しい好奇心を覚えもした。彼が女遊びのために夜中に屋敷をあとにするたび、想像力はふくらむばかりだった。ホリーは直感で、ベッドのなかの彼があらゆる意味でジョージとちがうだろうこと、それがけっして甘く優しい営みではないだろうことに気づいていた。ジョージはホリーが初めての相手ではなかったが、そういう方面での経験はごくかぎられたものだったようだ。夫は貪欲というよりもむしろ優しく、愛情深かった。情熱的な一面はあったが、夜の営みに関しては、おぼれてはならない快楽とみなしていたのだろう。妻の寝室を訪れるのも週に一回を超えることは絶対になかった。だがたまにしか味わえないからこそ、ふたりはそれを当然の行為とは思わなくなり、ときどき過ごす夜はますます甘美で特別なものとなった。

だがザッカリー・ブロンソンの自制心は、雄猫並みらしい。温室でのあの口づけが、彼がホリーやジョージよりもずっと経験豊富であることを如実に物語っている。彼のそういう一面に、不快感を覚えるべきなのは自分でもわかっている。あの夢さえ見ることがなければ……。夫を亡くして以来ずっと悩まされている夢、なまめかしくエロチックな夢に、ときどき夜中に目覚めてしまうことさえある。夢のなかで彼女は、触れられ、口づけられ、一糸まとわぬ姿で知らない男の人に抱かれている。最近では、夢はますます心乱すものとなっていた。見知らぬ男性の顔が見えるようになったからだ。それはザッカリー・ブロンソンだった。浅黒い顔がホリーの上にある。熱い唇が重ねられ、両手が熱っぽく体に触れてくる。

そうした夢から目覚めるたび、ホリーは体中にびっしょりと汗をかき、動揺している自分に気づいた。夢を見た翌日は、ブロンソンを見てひとりで真っ赤になった。自分にそのような欲望はないと思っていた。肉体的な高ぶりを自制できない人には同情すら覚えたし、そうした欲求に悩まされたことなど一度もなかったからだ。だがこの感覚は、ほかの言葉では呼びようがない。甘いうずきに、彼女はときおり途方に暮れた。いやになるほど頭のなかがいっぱいになった。彼が欲望を満たすために会いに行く大勢の女性のひとりになりたかった。

8

今日もホリーのドレスは灰色だが、襟元と袖口にラズベリー色の縁取りがほどこされているので、多少は味気なさが和らいでいる。とはいえ全体のカットは尼僧衣のようで、唯一のちがいはハイネックに五センチほどのスリットがあることくらいだ。鍵穴を思わせるそのスリットからは、やわらかそうな白い肌がのぞいている。たったそれっぽっちの素肌を目にしただけで、ザッカリーの想像力はどこまでも暴走した。女性の首にここまでくぎづけになるのは初めてだ。その甘美な隙間に唇を押しつけ、匂いをかぎ、舌を這わせ……堅苦しい灰色のドレスに隠されたしなやかな肢体のイメージが脳裏に浮かび、ザッカリーは危うくわれを忘れそうになった。

「ミスター・ブロンソン、今日はなんだか上の空ね」というホリーの声に、ザッカリーは視線をドレスから温かな茶色の瞳へと移した。まるで汚れのない瞳……きっと彼女は、自分が目の前の男にどんな影響を与えているのかちっとも気づいていないにちがいない。

ホリーのやわらかそうな唇が笑みをたたえる。「気がのらないのはわかります。でも、ダンスもしっかり練習して上手にならなければ。プリマス家の舞踏会が二カ月後に迫っているのですからね」

「プリマス家の舞踏会」ザッカリーはおうむがえしに言い、あざけるように眉をつりあげてみせた。「そいつは初耳だ」

「あなたの社交術をみなさんに披露するちょうどいい機会になると思うわ。プリマス卿ご夫妻が毎年、社交シーズンたけなわのころに開くパーティーなんです。夫妻とは古いつきあいで、ご家族のみなさんも本当にいい方々なの。招待状をくださるよう、これから夫妻に控えめにお願いしてみるわ。エリザベスのデビューもその晩にしましょう。それとあなたは……舞踏会には上品な若いお嬢さん方がたくさんいらっしゃるはずだから、どなたかがあなたの心を射止めるかもしれないわ」

ザッカリーは反射的にうなずいた。だが内心では、レディ・ホランド・テイラーのように心奪われる女性に出会えるわけがないとわかっていた。そんな思いから、つい眉をひそめるか、むっとした表情を浮かべるかしてしまったのだろう。ホリーは安心させるようにほほえみ、「そんなに難しくないから大丈夫」と請けあった。どうやらダンスのレッスンに不安を感じていると勘ちがいしたらしい。「少しずつ覚えていきましょう。やはりわたしには荷が重いとわかったら、ムッシュー・ジロードに相談してみますね」

「ダンスの名手はお断りだ」ザッカリーはぶっきらぼうに言い放った。ジロードのことは初対面から気に食わなかった。前日の朝、エリザベスとのレッスンの様子を見物したのだが、ありがた迷惑にもジロードは、ザッカリーを熱心にレッスンに誘いこもうとしたのだ。

ホリーはいらだったようにため息をもらした。「妹さんは気に入っているようよ。それにムッシュー・ジロードは、素晴らしい先生だわ」

「わたしの手を握ろうとしたんだ」

「カドリールのステップを教えるためで、ほかの意図なんかないでしょうに」

「男の手など握りたくない。それにあのちびのフランス野郎ときたら、わたしの手を握ってうれしそうにしてたんだ」

ホリーは呆れ顔でザッカリーの言い分を無視した。

ザッカリーとホリーはふたりきり、薄緑のシルクの豪華な壁布で彩られ、きらびやかな金色の彫刻がほどこされた舞踏室に立っている。ロシアの宮殿を思わせる深緑色の孔雀石《マラカイト》の柱が何本も並び、そのあいだには高さ五メートルほどもある金縁の鏡が据えられている。天井からは、よくぞその重みに耐えられるものだと感心するくらい巨大な、荷馬車一台分ほどのクリスタルが輝くシャンデリアが六つぶら下がっている。各種ダンスの基本ステップを学ぶのに音楽は不要なので、後方の楽団用の空間には誰もいない。

ザッカリーは周囲の鏡に映ったホリーの姿を見つめていた。灰色のドレスは、飾りたてた舞踏室とまるで不釣合いだ。そういえば、舞踏会のドレスを着た彼女はどんなふうなのだろう。胸元を大きく刳り、肩をあらわに露出し、薄いレースの縁取りをほどこした最近流行りのイヴニングドレスに彼女が身をつつむさまを想像してみる。かわいらしい丸みを帯びた胸は高く持ち上げられ、白い肌にはダイヤモンドがきらめき、茶色の髪はアップにまとめられて、小さな耳たぶの耳飾りが……。

「昨日話した、舞踏室でのルールは覚えてますか」とたずねるホリーの声に、ザッカリーはレッスンに意識を戻した。

「若いレディにダンスを申しこんだら」と一本調子に答える。「お目付け役のもとに彼女を帰らせるまで、けっしてひとりにしてはいけない。ダンスが終わったら、レディになにか飲み物でもどうかとたずねる。レディが『いただきます』と答えたら、休憩室に案内して椅子に座らせ、彼女がほしいと言うものをなんでも用意し、彼女が戻りたがるまでずっと一緒にいる」彼はいったん口を閉じ、かすかに眉根を寄せて訊いた。「もしもその女性が、一時間もそこにいたがったらどうするんです？　あるいは、もっと長くいたがったら？」

「彼女が満足するまで一緒にいてあげてください。そのあとはお目付け役のもとまで送り届け、おじぎをして、ともに時間を過ごしていただいたお礼を言ってください。それから、ダンスの相手に美しいレディばかりを選んではいけません。同じ相手と二度以上踊るのもいけません。晩餐会も兼ねた舞踏会の場合には、お目付け役も食堂までエスコートし、できるだけ愛想よく、楽しい会話を心がけてください」

ザッカリーは重たいため息をついた。

「さあ、幕開けのマーチの練習に移りましょう」ホリーはきびきびと告げた。「ご自身で主催した舞踏会でマーチを先導する場合は、ゆったりとしたペースで威厳を失わぬようステップを踏むのが重要です。壁に沿って進み、コーナーでチェンジステップです」彼女はわずかにザッカリーに身を寄せ、内緒話をするような口調になってつづけた。「マーチの目的はあくまで、舞踏室をぐるりとまわってレディのドレスや宝石を披露することです。その点を誤解しないでくださいね、ミスター・ブロンソン。それぞれのカップルの先に立って舞踏室をまわったら、中央に戻ってきます。少し仰々しいくらいの動作がいいのですけど、その点はお手のものね」

ホリーにやんわりとからかわれると、ザッカリーのなかで喜びがわきおこった。お上品で仰々しいマーチを踊るなど、考えるだけでばかばかしくなる。だが、ホリーのような女性を腕に抱き、舞踏室をまわって見せびらかせばいいのなら……マーチも捨てたものではなさそうだ。彼はそんなふうに所有権を誇示するのが好きだった。

「それと、マーチではなにがあっても絶対に一度にふたりと踊らないでください」

「どうして？」

「ひとつには、コーナーでチェンジステップができなくなるからです。それから……」ホリーは途中で言葉を切った。ザッカリーと目があった瞬間、なにを言おうとしていたのか忘れてしまった、そんな感じだった。彼女はどこか上の空で目をしばたたき、ようやく説明を再開した。「紳士とレディが一対一で踊るという決まりだからです」彼女は手を伸ばすと、ザッカリーの腕を軽くとった。「最初のコーナーまでやってみましょう」

ふたりは大いに仰々しくステップを踏んでいった。ザッカリーはばかみたいに、磨き上げられた寄せ木張りの床を踏む自分の靴音に耳をそばだてていた。コーナーまで来たところで、いったん立ち止まり、ホリーがチェンジステップについて説明を始める。「ここでわたしがあなたの腕を放し、手をとります。そうしたらあなたはわたしを、自分の左側から右側に……」説明しながら実際にその動きをしてみせる彼女にあわせ、ザッカリーも体を動かした。ふたりの手が触れあう。手のひらに小さな冷たい指が滑りこんでくる感触に、彼は呼吸すら忘れた。

ホリーが明らかに当惑した表情で動きを止め、小さく息をのんで、手を引き抜く。触れた瞬間のあのぞくぞくする感覚に、彼女も気づいたにちがいない。ザッカリーはうつむいたホリーの頭をじっと見つめた。つややかな茶色の髪を両手につかみ、彼女の顔を上げさせたいと強く願った。彼女との口づけは、永遠に忘れることができないだろう。重ねられた唇、舌でまさぐったやわらかな口のなか、その口からもれたひそやかな吐息……。

「手袋を……」ホリーは震える声で言った。「手袋をはめておくべきでしたね。紳士淑女は、ダンスでは手袋を欠かしませんから」

「誰かに取ってこさせましょうか？」ザッカリーは言いながら、いらだった自分の声に驚いた。

「いいえ……その必要はありません」ホリーは大きく深呼吸をし、落ち着きを取り戻したようだ。「舞踏会には必ず、一組余分に手袋を持っていくといいでしょう。万が一、手袋が汚れた場合、その汚れた手袋のままレディを誘ってはいけないのです」

ホリーはザッカリーの顔は見ずにふたたび手をとった。ほんの一瞬だけ指先がからみあい、彼女がチェンジステップの動きへといざなう。

「とても久しぶりなので」彼女がほとんどささやき声で言うのが聞こえた。「踊り方を忘れてしまったようだわ」

「ジョージが亡くなってからダンスもしていないのですか?」

ホリーは無言でうなずいた。

こいつは地獄の責め苦だな……ザッカリーは胸の内でつぶやいた。マーチのレッスンが進むにつれ、心も体もすっかり高ぶってしまっていた。ズボンの前までおおう裾が長めの流行の上着を着ていて、本当によかった。彼はひどく興奮し、いまにもホリーを抱き寄せ、手や唇やそのほかのありとあらゆる部分を使って純潔を奪いそうになっている。そのことに少しでも気づいたなら、彼女はきっと悲鳴をあげ、走って舞踏室から逃げだすだろう。

とはいえ、マーチはカドリールほど難しくはなかった。ただひたすら、格好つけてグリッサードとシャッセをくりかえせばいいのだから。世の男ども(あるいは女たち?)が発明した最もつらい責め苦は、ワルツだった。

「女性の体の少し右寄りに向かいあったら」ホリーは濃いまつげを伏せて説明を始めた。「右腕を女性のウエストにまわします。しっかりと、ただし、あまり力を入れすぎないように」

「こんな感じかな」ザッカリーはほっそりとしたウエストに慎重に腕をまわしつつ、ひどく落ち着かない気分を覚えていた。この程度のことにはすっかり慣れているはずなのに、いままでとはまるでちがう経験に感じられる。彼女ほど洗練された女性に触れたことなどなかったし、ひとりの女性を喜ばせたいと、ここまで強く願ったこともなかった。ザッカリーは彼女の気持ちをはかりかね、自分なんかにこんなふうに身を寄せて不快に感じていないだろうかと思った。なにしろ彼女が踊ってきた相手といったら、ほっそりと優雅な腕の貴族の男どもばかり。自分のように筋肉が発達した粗暴な男は、相手にしたこともないはずだ。手が豚のひづめのように、足が重たく巨大な馬車の車輪のように感じられてくる。

やがてホリーの左手が、ザッカリーの右肩にそっと置かれた。仕立屋は、彼が少しでもスマートに見えるよう、上着の肩の詰め物をすべて取り除いてくれた。だがそこまでしても、けものめいた筋肉の盛り上がりを隠すことはできなかった。

ホリーの右手が彼の左手をとる。彼女の指は折れてしまいそうなくらいきゃしゃだった。腕に抱いた彼女はとても軽く、いい匂いがして、痛いほど切望感が募ってくる。「男性が左手でパートナーをリードします」ホリーは顔を上げて説明した。「あまりきつく指を握らないでください。しっかりと確実に、ただし優しく握るのがこつです。それと右腕は、もう少し深く背中にまわしてください」

「あなたの足を踏んでしまいそうだ」ザッカリーはつぶやいた。

「互いの距離を保つことに意識を集中させてください。近くに抱き寄せすぎると、わたしが自由に動けなくなります。でも離れすぎると、あなたの腕にしっかり支えてもらえなくなる」

「やっぱり無理だ」ザッカリーはかすれ声で訴えた。「マーチはもう教わったし、カドリールもなんとかできるところまでいった。もうこのくらいでいいじゃないですか」

「でも、ワルツは必須なのよ」ホリーはなだめるように言った。「ワルツが踊れなかったら、女性にきちんと求愛することもできないわ」

彼のごく簡潔な返答に、ホリーがふいに心を決めたように眉根を寄せる。

「いくらでもそういう乱暴な言葉をお使いになるといいわ。わたしは絶対に、あなたにワルツを教えるのをあきらめませんから。協力してくださらないのなら、ムッシュー・ジロードを呼びますからね」

ジロードの名に、ザッカリーはしかめっ面をした。「ちぇっ、わかりましたよ。次はどうすればいいんです？」

「ワルツのステップはふたつ、それぞれ三拍ずつ置いて踏みます。まずは左足を後ろに引いて。ほんの少しでいいですよ。それから、右足を左よりやや後ろに引き、右にターンして……」

控えめに言っても、最初のうちはそれはもう無様なものだった。だがホリーの指導に意識を集中させ、魔法にかけられたように彼女の動きにあわせてステップを踏むうち、ぎこちない動きが徐々に安定していった。ホリーが彼の腕のなかでゆったりとステップを踏み、ターンするときにわずかに手に力をこめてくれるおかげだった。彼女がワルツを楽しんでいるように見えるのも心強かった。とはいえ、どうして自分なんかと下手なワルツを踊って楽しいのかは謎だが。

「腕の位置がずれないように」ホリーが注意する。こわばった表情のザッカリーを見上げた瞳はきらきらと輝いている。「ポンプの柄を押すみたいにぐいぐい動かさないで」

たぶん彼女はわざとおふざけを言ったのだろう、案の定ザッカリーは、頭のなかでリズムを数えることができなくなってしまった。彼は片眉を上げ、ホリーをじろりとにらんだ。普通ならこれだけで相手はたじろぐはずだ。「いっぺんにあれこれ言わないでください。あなたの足を踏んづけないよう注意するだけで、精一杯なんですから」

「あら、とってもお上手なのに。これまで一度もワルツを踊ったことがないなんておっしゃらないでね」

「一度も踊ったことがない」

「だったらよほど勘がいいのね。初心者は普通、かかとに体重をかけすぎてしまうものなの」

「拳闘のおかげかな」ザッカリーは言いながら、またハーフターンをした。「リングでは、軽やかにステップが踏めないとすばやくパンチをかわせませんからね」

冗談を言ったつもりではなかったのに、ホリーは満面の笑みになった。「ミスター・ブロンソン、ダンスのレッスンには拳闘家としての技術をあまり応用なさらないようお願いしますね。いつの間にかあなたと殴りあいになっていたなんて、いやだもの」

笑みの浮かんだホリーの薔薇色の頬を見つめながら、ザッカリーは痛いほどの甘美なおの

いる。いざというときには必ず彼女に頼ってもらえた。そしていまもまだ、彼女に愛されていた。しい嫉妬心が募ってくる。テイラーは、好きなときにホリーに触れ、口づける権利を有して性には出会ったことがない。またしても、そんな彼女に愛されたジョージ・テイラーへの激のきを覚えていた。その痛みは、体ではなく胸の内に広がっていった。彼女ほど愛らしい女

耳にしたあらゆる噂から、ジョージ・テイラーが完璧な男だったことがうかがえた。ハンサムで、裕福で、高潔で、人びとに尊敬され、礼儀正しく、そして思いやり深い男だったテイラー。まさにホリーのような女性にふさわしい男に思える。対するザッカリーは、彼女にふさわしくない男の典型だ。自分がテイラーのような人間になれないのはわかっている。ザッカリーがホリーに与えられるものはすべて、彼の心でさえも、汚れているのだから。

「もしも……」という言葉だけは、絶対に使いたくない。だがその言葉は、無情にも彼の頭のなかで鳴り響きつづける。もしもわたしが、もしも……。

ザッカリーの頭からワルツのリズムがかき消えた。彼がふいに足を止めたせいで、ホリーが胸にぶつかってくる。彼女はかすかに息を荒らげながら、小さく笑った。「びっくりした、いきなり止まるんだもの――」

もぐもぐと謝罪の言葉を口にしつつ、ザッカリーは両手でホリーの体を支えた。勢いあまった彼女は、小さな体を投げだすようにこちらにもたれかかっていた。灰色の分厚いドレス越しに感触が伝わってきて、荒々しい喜びに胸がわきかえる。ザッカリーは彼女を離そうと

した。腕の力をゆるめようとした。だが筋肉がいうことをきかず、いっそう強く抱き寄せてしまった。ダンスのせいで彼女の呼吸は少し速くなっており、やわらかな胸が上下するのが胸板に感じられる。ときが止まったように思えた。彼女がこれを終わらせてくれるのを、手を離してと抵抗してくれるのを待った。だが彼女は、なぜか黙ったままだった。絹の扇のごとき長いまつげが持ち上がり、打ちひしがれたような瞳がこちらを見上げる。抱擁としか呼びようのない格好でじっと抱きあったまま、ふたりはただ魅了されたように見つめあった。

やがてホリーが先に目をそらしたとき、彼女の温かな息がザッカリーの顎を撫でた。彼は自分の口が妙に熱く、乾いているのに気づいた。その口を、彼女に重ねてしまいたかった。肩に置かれた小さな手が動き始めるときを待った。彼女の片手がうなじまで移動し、顔を引き寄せようとしてくれたなら……。あなたがほしい、その気持ちを彼女がほんの少しでも示してくれたなら……。だが彼女は、ザッカリーの腕のなかで固まったまま、身を縮めて逃げようとするわけでも、彼をそそのかすわけでもない。

ザッカリーはとぎれがちにため息をもらし、やっとの思いで腕の力を抜いた。だが体は責め苦を受けているかのように、声にならぬ抗議の声をあげていた。かすかに視界がぼやける。いますぐ彼女を、どこにでもいいから奪い去りたい……この気持ちにひょっとして彼女は気づいているだろうか。知りうるかぎりのあらゆる欲望が自分の体の一カ所に集まり、そこを熱くうずかせているのがわかった。彼女を組み敷き、彼女のなかで喜びを味わいたかった。だがそれ以上に、彼女の愛情を受け、耳元で愛の言葉をささやかれてみたかった。けっして手に入らないものを無謀にも求めている自分。ザッカリーはかつてここまで己を愚かしく思ったことはなかった。

だしぬけに、冷徹で明晰な声が頭のなかに聞こえてくる――ホリーから得られないのなら、ほかの女から得ればいいじゃないか。ザッカリーが求めさえすれば、たっぷりと愛情を与えてくれる女などロンドンには何百人もいる。溺れかけていかだに手を伸ばす人のように、彼はその考えにしがみついた。レディ・ホランド・テイラーなど必要ない。もっと美人で、もっと利口で、それでいてホリーのように温かな目をした女を探せばいい。ホリーはちっとも特別な女ではない。身をもってそれを証明してやればいい。今夜、明晩……たとえ幾夜かかってでも。

「今日はこのくらいにしましょう」ホリーがまだどこか上の空な様子でつぶやいた。「ずいぶん上達しましたね、ミスター・ブロンソン。これならワルツもじきにマスターできるわ」

ザッカリーはおじぎでかえし、かしこまった笑みを浮かべてみせた。「お褒めいただきありがとうございます。では、明夕のレッスンでまた」

「今夜は、こちらで夕食はなさらないの？」

ザッカリーは首を振った。「街で友人と会う約束がありますので」

ホリーの瞳にかすかに非難の色が浮かんだ。彼が街で遊びほうけ、女たちと戯れるのを、不快に思われていることくらい百も承知だ。彼女がいらだっていると思うと、ザッカリーはふいに暗い喜びを覚えた。ホリーなど、貞節なるベッドで毎晩ひとり眠ればいいのだ。こちらは好きなときに快楽を味わえばいい。それでやましさを感じるいわれもない。

ホリーはのろのろとローズの部屋に向かった。いまごろ娘はモードと一緒に、本を読んだり遊んだりして午後の時間を過ごしているはずだ。ホリーの頭のなかは妙に混沌としていた。ザッカリー・ブロンソンの腕に抱かれ、鏡張りの舞踏室でゆっくりとターンし、踊るふたりが鏡に映るさまを眺めたひとときが、何度となく脳裏によみがえってくる。身を寄せあい、二時間以上も親密に言葉と笑みを交わしたせいで、胸の内は耐えがたいほどの混乱状態に陥っている。なぜかわからないが、ひどく動揺し、不安で、みじめな気分だった。今日のダンスのレッスンが終わったことに安堵を覚えていた。ブロンソンに抱き寄せられたとき、彼女はその甘美な感覚におののいた。彼にキスをされるかもしれないと思った。

もしもされていたら？　自分はいったいどのような反応を示していただろう。ホリーは答えを考えるのが怖かった。ブロンソンといると、心の奥深くにある原始的な感情が呼び覚まされそうになる。夫に対してすら性的魅力は隠さねばならないと教えられてきた彼女にとって、それはあってはならないことだった。

ブロンソンの粗野な一面に不快感を覚えるべきなのに、彼に惹かれている自分がいる。彼はホリーを壊れやすい人形のように扱おうとも、哀れみをもって彼女に接しようともしない。ホリーを挑発し、からかい、彼女にずけずけと話しかける。ホリーに生きていることを実感させる。もっと外の世界に目を向けるべきだという気持ちにさせる。ブロンソンに礼儀作法を教えるはずが、まったく逆のことが起きているのかもしれない。つまり、彼がホリーを変えようとしているのだ。しかもそれは、けっしていいほうにではなかった。

ホリーは弱々しく笑いながら、片手で両のまぶたを押さえた。目の奥がひどく痛む、と思った瞬間、まぶたの裏に閃光がぱっと広がり、息をのんだ。「いやだわ……」それは偏頭痛の予兆だった。例のごとく、突き刺すような痛みはこれといったきっかけもないのに訪れつつあった。それでも、冷たいタオルを額にのせてしばらく横になれば、痛みはひどくなる前におさまるかもしれない。

こめかみとうなじのあたりで痛みが増してくるのを感じて眉間にしわを寄せつつ、彼女は手すりにつかまり、階段を上っていった。自分たちの部屋のある廊下にたどりつくと、娘の声が聞こえてきた。

「……それははやあし《トロット》じゃないわ、モード！　それじゃおそすぎるの。トロットはこうよ」

扉の隙間から子ども部屋をのぞきこむと、ローズはおもちゃに囲まれて、絨毯にモードと座っていた。ブロンソンから贈られたおもちゃのひとつを手にしている。革張りの小さな馬だ。本物の馬の毛を使って精巧に作られた尾とたてがみも付いており、ガラス玉の瞳がきらきら輝いている。馬は人形を乗せたミニチュアの馬車を引いて、建物に見立てた積み木や本の前を走っていくところだった。

「どこかにお出かけ、ローズ？」ホリーは優しく娘にたずねた。「公園かしら。それとも、リージェント・ストリートでお買い物？」

ローズがにこっとして顔を上げ、茶色い巻き毛が大きく揺れた。「ママ！」と叫んでから、すぐに馬に意識を戻す。「せいてつこうじょうにおうむがえしに言ったところよ」

「製鉄工場」ホリーは感心したようにおうむがえしに言った。

モードが丸顔に苦笑を浮かべた。「そうなんですよ、奥様。ミスター・ブロンソンがこのごろ、労働者の暮らしぶりや、ご自分が経営なさっている精錬所や製鉄工場での仕事についてお嬢様に話して聞かせるものですから。子どもにそのような話を聞かせる必要はありませんと申し上げてるんですけど、わたしのいうことなんて知らん顔で」

メイドの話にホリーは最初、ブロンソンに対していらだちを覚えた。世間のことなどまだなにも知らない子どもに、労働者の苦労について聞かせる権利など彼にありはしないのに。だがホリーにしても、ローズになにも知らない女性になってほしくはなかった。世のなかには富める人と貧しい人が存在するという事実や、ある人は立派な屋敷に住み、ある人は空腹を抱えて街で寝起きする理由を、娘にも教えるべきだと考えていた。「そういう話を聞かせるのも」彼女は早口に言った。「いいんじゃないかしら。ローズも少しは世のなかのことを知っておくべきだわ。世の大部分の人たちが、わたしたちのような暮らしを送れるわけではないということを……」

突き刺すように絶え間なく襲う痛みに、ホリーは思わず額に手をあてた。この屋敷にやってきてすでにだいぶ経つが、いま初めて気づいたことがある。ローズにとってザッカリー・ブロンソンは、父親のジョージよりもずっと大きな存在感と影響力を持つ人間になりつつある。ブロンソンはローズと宝探しや隠れん坊で遊んでくれる。雨の午後には、ローズが料理人を手伝って一緒に作ったジャムの味見をし、炉辺で床に座ってトランプの家を作ってくれる。どれもこれも、ジョージが娘のためにしてやることはけっしてできない。

ブロンソンはローズをないがしろにすることも、娘の質問をくだらないと一蹴することもなかった。むしろ、この屋敷に住むほかの人びとと同じように（それ以上ということはないにせよ）重要な存在として接していた。大人は普通、子どもを半人前扱いし、相応の年齢になるまでは権利や特権を与えようとしないものなのに。それにブロンソンは明らかにローズを気に入っている様子で、ローズのほうも彼を好きになりつつあるようだ。そんなふうにふたりが意気投合している事実もまた、さまざまな意味でホリーを悩ませる、望ましくない側面のひとつだった。

「大変」モードがこちらを心配そうに見つめながら言った。「ひょっとしてまた偏頭痛ですか。お顔が真っ青だし、いまにも倒れそうじゃないですか」

「実はそうなの」ホリーはほとんど全体重を戸枠にかけ、娘に向かってすまなそうにほほえみかけた。「ごめんなさいね、ローズ。午後はお散歩をしましょうねって約束していたのに、今日は無理そうだわ」

「ぐあいがわるいの、ママ」幼女は心配そうに顔をしかめ、ぴょんと勢いよく立ち上がった。母親に駆け寄り腰に腕をまわして抱きつくと、「おくすりをのまなくちゃだめよ」とまるで大人のように諭す口調で言う。「カーテンをしめて、めをつぶってねてなさい」

痛みは激しさを増すばかりだったが、ホリーは思わず笑みを浮かべ、腰をつかんだ小さな手に導かれるまま自室に向かった。モードがすかさず、分厚いカーテンを閉めて光を遮断し、ドレスを脱ぐのを手伝ってくれる。

「ドクター・ウェントワースに前回処方していただいた薬はあるかしら」ホリーは低い声でたずね、ドレスの背中のボタンがひとつはずされるたびに眉間にしわを寄せた。ほんのわずかな動きでも、痛みが鋭さを増すのだ。テイラー家にいたころ、最後に偏頭痛の発作に襲われたときに一家のかかりつけの医師が処方してくれた薬は、すぐに心地よい眠りにいざなってくれた。

「もちろんですとも」モードはささやき声で応じた。ホリーの偏頭痛の発作に何度も出くわしてきた彼女は、そうやって声を潜める配慮を忘れなかった。「こちらのお屋敷に来るときにちゃんと持ってきました。ベッドにお入りになったらすぐにご用意しますからね」

「よかった」ホリーは安堵のため息をもらした。「あなたがいなかったら途方に暮れてしまうわね。ブロンソン家にまで一緒に来てくれて、本当にありがとう。テイラー家に残りたいと言われたら、わたしはあきらめるつもりだったのだけど」

「それで、奥様とお嬢様をこのけったいな屋敷にふたりきりで来させればよかったっておっしゃるんですか」モードは笑いを含んだひそひそ声で応じた。「正直に言いますけどね、わたしはこっちのお屋敷のほうが気に入ってるんです」

ドレスが床に落ち、つづけてコルセットと靴下が脱がされる。シュミーズとドロワーズだけになったところで、ホリーはベッドに潜りこんだ。痛みにうめきそうになるのを唇をかんでこらえ、枕に頭をのせる。「モード……今日は朝から忙しかったでしょう。薬は、少し具合がよくなってからでいいわ」

「そんなこと気になさらなくていいんですよ」ふくよかなメイドはなだめるように言った。「とにかく横になってください。すぐにお薬を持ってまいりますからね」

ぱりっとしたブルーの上着にグレーのズボン、おろしたての黒絹のクラヴァットというでたちで、ザッカリーは大階段を下りている。これから夜遊びに向かうところだ。心のなかは、期待というよりもむしろ決意に満ちている。午後のダンスレッスンが引き起こした興奮がまだ体のなかに渦巻いていて、満たされるときを待っている。今夜は積極的な女性を相手にたっぷり堪能させてもらい、そのあとは数時間ばかりカードと酒で楽しむつもりだ。ホリーを腕に抱いたときの気持ちを忘れさせてくれるのなら、どんな娯楽だってかまわなかった。だが早足に大階段を下りる途中、彼は踊り場で足をゆるめ、つと立ち止まった。絨毯敷きの階段に、ローズがつまらなそうに座りこんでいるのを見つけたからだ。ひだ飾りのあるモスリンのドレスに身をつつみ、ぷっくりとした脚には厚手の真っ白な靴下をはき、小さな手にはいつものボタンを握りしめている。澄まし顔の小さな人形のようなローズの姿に、ザッカリーは思わず笑みをもらした。エリザベスの幼いころとは大ちがいだ。ローズは行儀がよく、内省的な、きまじめな性格をしている。一方エリザベスは、元気いっぱいのわんぱく小僧のようだった。これまでのところ、娘を秩序ある安全な庇護の下で育てるというホリーの育児方針は非常にうまくいっているらしい。だがザッカリーは、ローズには父親の影響も必要だと感じていた。庭園の柵の向こう、れんがで囲まれた庭の向こうには、ちがう世界が広がっている。世のなかにはレースの襟など付いていない服を着た子どもたちや、パンを買うために汗水たらして働く人びとがいる。そうしたことを教えてくれる人が、ローズには必要なのだ。普通の暮らしとはどんなものか、ローズも知っておくべきだ。だがローズは彼の子どもではない。彼女の育て方について、意見を述べる権利はザッカリーにはない。

彼はローズが座りこんでいる段の少し下で足を止め、問いかけるように見つめた。「プリンセス・ローズ」と口元に笑みを浮かべてたずねる。「ひとりでこんなところに座って、どうしたんですか」

ローズはため息をつき、丸々とした指できらきら光るボタンを撫でた。一番のお気に入り、い、い、い、い、においつきのボタンのところで指を止め、鼻先に運んで匂いをかいだ。「モードをまってるの」という声には元気がなかった。「ママにおくすりをあげているところなの。そのあとはモードとふたりで、こどもべやでおゆうしょくよ」

「薬」ザッカリーはおうむがえしに言い、眉をひそめた。いったいなんの薬だろう。ほんの二時間前、ダンスのレッスンを終えたときには元気そうだったのに。どこかにけがでもしたのだろうか。

「へんずつうなの」幼女は両手に顎をのせている。「だからわたし、あそびあいてがいないの。モードがあいてをしてくれるだろうけど、今日はつかれているから、あんまりあそべない。きっとはやくねなさいっていわれるわ。ママがびょうきになると、とってもつまらない」

ザッカリーは難しい顔でローズを見つめた。わずか二時間のあいだに、いっさいなにもできなくなってしまうほどひどい偏頭痛の発作が起きるなんてことがあるのだろうか。あるとしたら、原因はいったいなんだ。彼の頭のなかからは、夜遊びのことなどすべて消え去っていた。「プリンセスはここで待っててください。わたしが母上の様子を見てきましょう」

「ほんとう?」ローズは期待をこめた目で彼を見上げた。「ママをげんきにしてくれるのね?」

幼女の信頼しきった口調に胸がちくりと痛むのを覚えつつ、ザッカリーは思わず笑みをもらした。手を伸ばして、小さな頭にそっと置く。「それは無理かもしれません。でも、母上に必要なものはなんでも用意しましょう」

ザッカリーはローズをその場に残し、一段抜かしに階段を駆け上った。ホリーの部屋の前にたどりついたとき、タイミングよくモードがなかから出てきた。メイドはひどく心配そうな顔をしており、彼の胸にも鋭い痛みのような不安が広がっていった。「モード」彼はうなるように問いただした。「レディ・ホランドの具合が悪いんだって?」

モードが慌てて口元に人差し指をあて、静かにするよう合図する。「いつもの偏頭痛の発作です」彼女はひそひそ声で説明した。「あっという間に猛烈な痛みに襲われるんです。発作が起きると、ちょっとした物音や匂いや光で痛みが増すとおっしゃって」

「原因はなんなんだ？」

「わからないんです。だんな様がお亡くなりになってから、ときどき発作を起こされるようになりました。だいたい一日か一日半くらい痛みがつづいて、あとはいつもの元気な奥様に戻られるんですけど」

「医者を呼ぶぞ」ザッカリーは断言する口調で告げた。

すかさずモードがかぶりを振る。「ありがとうございます、でも、その必要はございませんから。以前に専門の先生に診ていただいたことがあって、この手の偏頭痛には特効薬はない、とにかく横になって、薬を飲み、具合がよくなるまで寝ていなさいと言われてるんです」

「彼女の様子を見てみよう」

メイドはすぐに警戒する顔になった。「いいえ、どうか奥様の邪魔をなさらないでください！　いまは誰ともお話すらできる状態ではないんです。痛みに苦しんでらっしゃいますし、お薬のせいで少し朦朧としてますから。それに、あの、殿方にお会いするような格好では」

「邪魔などせん。きみはローズの面倒を見てやりなさい。ひとりぼっちで階段に座ってるぞ」メイドの抗議を無視して、ザッカリーは強引に寝室に入った。目をしばたたいて、暗闇に慣らす。ホリーの苦しそうな呼吸が聞こえた。甘ったるい、いやな臭いがして、興味をそそられかいでみる。ナイトテーブルに歩み寄り、薬瓶とねばついた液体の付いたスプーンを見つけた。スプーンに指で触れ、液体をなめてみて、阿片が混ざっているのだと理解した。誰かがいるのに気づいたホリーがシーツの下で身をよじる。額とまぶたをおおうように、濡れタオルが置かれているようだ。「モードなの？」

ザッカリーは一瞬躊躇してから、声を潜めて答えた。「ダンスのレッスンのあとで、足でも痛めたのかと思いましたよ。頭ではなくね」

低いかすれ声を耳にして、ホリーは顔をしかめた。「まあ……ミスター・ブロンソン。困りますわ、ひとりにしてください」阿片の影響だろう、彼女は力なく訴えた。「ド、ドレスを着ていないのです。それにこの薬を飲むとときどき……ふだんは言わないようなことまで口走ってしまうので……」

「今回は、わたしがあなたをひとりにしませんからね」

ホリーは弱々しい笑い声をもらした。「笑わせないで……頭が痛いの」

ザッカリーはベッドのかたわらに置かれた椅子に腰を下ろした。重みに椅子がきしみ音をたて、ホリーが顔をしかめる。ようやく目が闇に慣れてきたようで、輝くほど真っ白な肩や、首筋から胸元へと伸びるやわらかな曲線が見てとれた。「この薬には、阿片がたっぷり入っているようですね。こんなものを飲んでたら中毒になりますよ。世にも頑強な男が、阿片のせいで生ける屍のようになったのを見たことがあるんです」

「ほかに治療方法がないの」ホリーはつぶやいた。痛みと薬のせいで見るからに朦朧としている。「一日、二日こうして横になって、起きると偏頭痛が治っているの。ごめんなさい、明日のレッスンは無理ね……」

「レッスンなんかくそくらえですよ」ザッカリーは優しくささやきかけた。

「口を慎んでね」ホリーが弱々しく吐息をもらしてたしなめる。

「原因はなんなんです？　もしかして、わたしがなにか――」

「そうじゃないわ……原因なんてないの。最初はまぶたの裏に閃光が見えるの。それから、左右どちらかのこめかみか、うなじのあたりが痛くなって。やがて頭全体が痛くなり、吐き気がするくらい具合が悪くなるんです」

ザッカリーは慎重にベッドのほうに移動し、彼女のかたわらに座った。重みでマットレスが沈み、彼女が抗議の声をもらす。「お願いですから、そっとしておいて」

ザッカリーは彼女の首の下に手を差し入れた。うなじのあたりの筋肉が硬く張りつめているのが指先に感じられる。耐えがたい痛みにホリーがあえいだ。ザッカリーは両手の指先で、ごく優しく、張りつめた筋肉をもみほぐしていった。額に置かれたタオルの下から涙が一筋流れる。彼女は震える吐息をもらした。

「少しは楽になりましたか？」しばらくして、筋肉の張りがわずかに和らいだところで、ささやき声でたずねた。

「ええ、少し……」

「やめましょうか？」

すぐにホリーの片手が彼の手首に伸びてきて、細い指がからめられた。「いいえ、このまま」

ザッカリーは無言でうなじをもみつづけた。ホリーの呼吸が深く長いものになっていく。眠ってしまったのかと思っていたら、急にしゃべりだしたので、ザッカリーはびっくりした。彼女の声はやわらかく、眠たそうだ。

「ジョージが亡くなってから偏頭痛が始まったの。最初はお悔やみの手紙を読んでいるときだった。どの手紙も優しかったわ。ジョージとの思い出がたくさん書かれていて、みんなとても驚いたって。でも、一番驚いたのはわたし」まるで寝言のように、どこかうつろな、平板な口調だ。「だってあんなに健康だったんだもの。あなたほど頑強ではなかったけど、それでも……とてもたくましかったのよ。やがて高熱が出て、ジョージはお茶以外なにも口にできなくなった。一週間寝こんで、あっという間に痩せ細ってしまって。頰がこけるくらいに。二週間目に入るとうわごとを言い始めて、わたしは怖くてたまらなかった。自分がこれから死ぬことをわかっているようだった……死を迎える準備を始めたんだと思ったわ。ある日、小さいころからの親友のレイヴンヒルを呼びにやって、レイヴンヒルとわたしに約束してほしいって……」

ホリーはため息をついた。記憶のまにまに身をゆだねているようだ。

「なんの約束です?」ザッカリーはたずね、薄く開かれたままのホリーの唇を凝視した。

「なにを約束させられたんですか?」

「なんでもいいでしょう」ホリーはつぶやいた。「わたしは夫に『はい』と答えた。彼を安心させるためならなんでもするつもりだったから。最後にもう一度キスをしてとお願いしたら、夫は……とても甘い口づけをくれた。すっかり弱っていたから、抱きしめてはくれなかったけど。それから間もなく、彼の息づかいが変わって……お医者様が、ご臨終の兆候だとおっしゃった。わたしは両腕で夫を抱きしめ、夫の命が消えていくのを感じていた。冷たくなってしまうまで、ずっと腕を離さなかったわ」

ザッカリーはホリーのうなじから手を離し、あらわな肩にそっと守るようにシーツをかけた。「つらかったでしょう」

「あとから、夫に腹が立ったわ」ホリーが打ち明け、子どものようにザッカリーの手をつかんだ。「いままで誰にも内緒にしていたけど」

彼は身じろぎもせず、ただ彼女の指をそっと握りしめた。「どうして腹が立ったんです?」

「だってジョージは……これっぽっちも闘おうとしなかったのよ。なにもせずに逝ってしまった。死を受け入れたの……紳士らしく。おとなしく天に召され、わたしを置き去りにした。闘いなんて無縁の人だった。だからそのことで責めても仕方がないの。でも、わたしは彼を恨んだわ」

おれなら闘ったのに……ザッカリーはその言葉をぐっとのみこんだ。おれなら、あなたとローズとともにいるために、たとえ敵が悪魔でも一対一で闘った。大切なものを失ってしまう前に、吠えて、大暴れしてやった。

ホリーは口元に疲れた笑みを浮かべた。「あなたにもわかったでしょう……わたしって、悪い女なの」

ザッカリーはおおいかぶさるような体勢のまま、彼女が眠りにつくさまを見つめた。彼女以上の女性にはけっして出会えない。全身全霊が、たったひとつの思いで埋めつくされていく――あなたが二度と悲しい思いをしないよう、おれがなんとしてでも守ってみせる。わきおこるその愚かで優しい気持ちを、ザッカリーはなんとかして抑えこもうとした。だがそれはどこまでも広がっていき、ついには体の隅々まで浸透した。街に出かけて見知らぬ女の体に慰めを求めようなどという気持ちは、完全に消えうせている。いまの彼がほしいものはただひとつ。この暗い部屋で、亡き夫の夢を見るレディ・ホランド・テイラーが安らかに眠れるよう、見守ることだけだ。

心の底から当惑を覚えながら、ザッカリーはベッドを離れた。力を失ったホリーの手を衝動的にとり、恭しく自分の口元に持っていった。指の背と、やわらかな手のひらにそっと口づける。絹を思わせる素肌は、唇にえもいわれぬ感触を残した。

その手を極めて慎重にふとんの上に戻し、ザッカリーは部屋を出る前にもう一度だけ、未練がましくホリーを見つめた。ここを、この屋敷を出ていかねばならない。ここにいると、とらわれてしまったような、息苦しさを覚える。

「ミスター・ブロンソン？」モードが廊下の真ん中で待っていた。いかにも疑うような目つきで見つめてくる。

「ローズは？」ザッカリーはぶっきらぼうにたずねた。

「居間で、ミセス・ブロンソンとエリザベス様と一緒に遊んでいます」メイドは不安げに眉根を寄せた。「あの、おうかがいしてもよろしいでしょうか。こんなに長いあいだ、奥様のお部屋でいったいなにをされていたんでしょう」

「彼女の意識が朦朧としているあいだに、ちょっとベッドにね」ザッカリーは重々しい声音を作った。「思ったより時間がかかってしまった」

「ミスター・ブロンソン！」メイドは怒りをこめた声で叫んだ。「そのようなご冗談はやめてください！」

「落ち着きなさい」ザッカリーは小さく笑った。「レディ・ホリーのかたわらに座って、眠りにつくまで見ていただけだよ。彼女を傷つけるくらいなら、その前に自分の喉をかき切るさ、きみだってわかっているだろう」

モードはしばらく疑り深い目を向けていたが、やがて「ええ、わかってます」と応じた。「ミスター・ブロンソンは、奥様を傷つけたりしません」

メイドの言葉に、ザッカリーは落ち着かないものを覚えた。ひょっとして、ホリーへの思いを見破られているのだろうか。彼は内心で毒づき、メイドの脇をすり抜けるようにして大またにその場を立ち去った。早くここから逃げなければ――頭のなかにはそのことしかなかった。

9

ロンドンにはありとあらゆる種類のクラブがある。熱心なスポーツマンのためのクラブに、政治家、哲学者、酒飲み、ギャンブラー、あるいは女性好きのためのクラブ。金持ちが集まるところもあれば、新興成金や知識階級、貴族が集まる場所もある。ザッカリーも、実業家や大きな成功をおさめた商人や法律家や起業家を歓迎するあまたの店から、会員になるよう勧誘を受けていた。だが彼はそれらのどこにも属したいと思わなかった。彼が求めているのは、けっして彼を受け入れようとしないクラブ。極めて排他的かつ高級で、祖父の代から加入を許されている者しか足を踏み入れることのできないクラブだった。その願いが通じ、ようやく〈マーロウズ〉に出入りできるようになった。

マーロウズでは、客はなにかほしいものがあれば指をぱちんと鳴らせばよい。飲み物、キャビア、女性、あらゆるものが迅速かつ目立たぬよう客のもとに届けられる。品質は最高級、提供される場の雰囲気も申し分なく、客はいちいち好みを口にする必要すらない。クラブの外観はごく地味なものだ。場所はセントジェームズ・ストリートのはずれ。紳士の隠れ家がずらりと立ち並ぶ通りの一角にある。純白の石と化粧漆喰の正面玄関《ファアサード》は古典的なデザインで、ペディメントが頭上を飾り、建物全体は左右対称を成しており、これといった特徴はない。だがひとたび建物のなかに足を踏み入れると、そこはたっぷりと金をかけた完璧な英国様式のしつらえとなっている。壁と天井はすべてつややかなマホガニー張りで、床には真紅と茶色の大きな八角模様が交互に並ぶ高価な絨毯が敷きつめられている。革張りの家具は重厚かつ頑丈で、錬鉄のランプと燭台《しょくだい》が、温かな光で室内を控えめに照らしだす。まさに男性のくつろぎを追求して設計された趣であり、一輪の花も、一条の壁の装飾帯《フリーズ》も見あたらない。

マーロウズはロンドンのクラブの最高峰と言われる。なかには代々加入を要請していながら、その願いをかなえられずにいる一族もいる。ザッカリーもその敷居をまたぐまでに三年かかった。彼の存在を認めようとしない貴族たちに借金返済を迫ったり、金品を贈ったり、さまざまな裏工作を駆使して、やっと足を踏み入れることを認めさせた。とはいえ、会員としてではなく、半永久的に出入り自由な「終身ゲスト」としてだ。貴族のなかには、事業の上でザッカリーと密接な関係にある人間が大勢いる。ひとたびザッカリーが市場操作を画策すれば、彼らはたちまち財産を失うことになるのだ。ザッカリーはまた、一部の無鉄砲な紳士たちの借金を肩代わりしてやり、その恩義に報いるよう自ら迫ることすら厭《いと》わなかった。

すべてを失うか、それとも彼のような雑種をクラブの常連客として迎え入れるか。マーロウズの主だった会員を相手に、その選択肢をつきつけるのは実に愉快だった。大部分は彼を排除してやろうと誰もが考えていることだろう。だがザッカリーは気にしなかった。ほかの男ゲストとして受け入れることにしぶしぶ賛同した。もちろん内心では、なんとかして彼を排除してやろうと誰もが考えていることだろう。だがザッカリーは気にしなかった。ほかの男たちのように革張りの肘掛け椅子にゆったりと腰を下ろし、石造りの巨大な暖炉で足を温めつつ、新聞を大きく広げて読む。彼はそのくつろぎの時間に、暗い喜びを覚えていた。

今夜はとりわけ、周囲の男たちの渋面を見るのが愉快でならない。ザッカリーは内心、ジョージ・テイラーだってここには来られやしなかったんだ、とほくそえんだ。おそらくテイラー家は、加入の要請すらしなかっただろう。テイラー家は貴族だが、誇れるほどの血統というわけではないし、そもそもあまり裕福ではない。だがザッカリーはここに出入りする権利を得た。会員ではなく、「終身ゲスト」としてではあっても。こうして社交界の上層に無理やり割りこむことで、彼は自分の同類に、多少なりとも足がかりを作ってやったと言える。そしてそれこそが貴族連中の最も恐れていることだった。いずれ社交界は成り上がり者に侵略され、優れた血統だけでは特権的地位を維持できなくなる日がやってくるだろう。

暖炉の前の椅子にかけ、躍る炎を不機嫌な顔でじっと見ていると、三人の若い紳士が連れだって現れた。ふたりは近くの椅子に腰を下ろし、ひとりは片手を腰にあてた尊大な態度でザッカリーのかたわらに立った。ザッカリーはその男をちらと見やり、鼻で笑いそうになるのをこらえた。男はウォーリントン伯爵だった。横柄な性格で、優れた血筋のほかになにひとつ誇るものを持っていない。最近、父君が亡くなったために伯爵の位と呼称、ふたつの広大な領地、そして、多額の借金を引き継いだ。借金の大部分は、現ウォーリントン伯爵が若気の至りとやらでこしらえたものだ。亡くなった伯爵はおそらく、息子の浪費癖をなんとかするのは不可能だとあきらめていたのだろう。そうした無駄づかいのほとんどは、取り巻き連中にいいところを見せることが目的だったようだ。おかげでいまや若きウォーリントン伯爵は、絶えずおべっかを使う友人たちに囲まれ、大いに優越感を味わっている。

「やあ、ウォーリントン」ほとんど顔を上げようともせず、ザッカリーはつぶやくように呼びかけた。今夜の取り巻きはターナーとエンフィールドか、とつまらなそうに胸の内で納得する。

「やあ、ブロンソン。こんなところで会えるとはうれしいね」若き伯爵はとってつけたように気さくな声音で応じた。ウォーリントンは長身でたくましい体つきをしており、面長な顔はハンサムとは言いがたいものの、いかにも貴族的だ。立ち居振る舞いは、運動や狩猟が得意な男性ならではの自信に満ちあふれている。「ずいぶんとご無沙汰だったじゃないか。さぞかし忙しいのだろうなと噂していたのだよ、なんでもきみの屋敷では、ちょっとした変化があったそうだからね」

「いったいなんの話かな」訊くまでもないのだが、ザッカリーは穏やかな声でたずねた。

「なんの話って、きみの新しい情婦《シエール・アミ》、麗しのレディ・ホランドのことは、ロンドン中の誰もがもう知っているのだよ。是非ともきみに賛辞を贈らせてくれたまえよ。きみの素晴らしい、少々意外な、その趣味のよさに対して。ともあれ、おめでとう、幸運なるわが友」

「祝福は無用だ」ザッカリーは短く答えた。「そのような関係ではないし、今後もそうなる可能性はない」

嘘つきめ、とでもいうようにウォーリントンは黒い眉を上げた。「だが、あのレディはきみの屋敷に居候しているのだろう、ブロンソン？　見え透いた嘘を言って、われわれをばかにしているのかい」

「わが家で母と妹と一緒に暮らしている」ザッカリーは淡々と事実を告げた。だが胸のなかでは、怒りが冷たい炎となって燃えさかっていた。「わが家の人間に、指導をお願いしている関係でね」

ウォーリントンは下卑た笑い声をあげた。笑うと妙に長くて不揃いな歯がのぞいた。「つまり、いろいろな指導をお願いしているわけだろう？　たとえば、レディはベッドでどんなふうにかわいがられるのがお好みか、とか」

取り巻き連中が下品な冗談にくっくっと笑う。

胸のなかでは氷のごとき憤怒が暴れていたが、ザッカリーはゆったりと椅子に座った姿勢を崩さなかった。彼はまたもや、うれしくない発見をしていた。レディ・ホランド・テイラーをわずかでも侮辱したやつを、殺したくなるのだ。ゴシップのたねにされることくらい、このいまいましい契約をホリーと交わしたときからわかっていたはずだ。当のホリーでさえ、名誉が傷つけられることを覚悟していた。だがあのときは、それくらい大した問題ではないと思っていた。ほしいものが手に入りさえすれば、あとはどうでもいいのだと。だがいま、それは極めて重大な問題となっていた。ザッカリーは、目の奥で小さな炎が爆発するのさえ感じた。

「前言撤回しろ」彼は穏やかに命じた。「謝罪の言葉も必要だ」

予期どおりの反応を得たのだろう、ウォーリントンは満足げにほほえんだ。「いやだと言ったら？」

「ぶん殴ってでも謝罪させる」ザッカリーは本気だ。

「殴り合いの決闘かい？　上等じゃないか」どうやらウォーリントンは最初からそれが狙いだったらしい。「わたしが勝ったら、きさまはこのクラブに二度と現れるんじゃない。だがもしもきさまが勝ったら、前言撤回して謝罪しよう」

「もうひとつ条件がある」ザッカリーはウォーリントンの上等そうな上着の胸元で光るボタンをにらんだ。ボタンはいずれも大きな金無垢で、伯爵家の紋章が刻まれている。一番上のボタンだけは、きらめく大ぶりなホワイトダイヤモンドがあしらわれていた。少なくとも二カラットはあるだろう。「わたしが勝ったら、そのダイヤのボタンももらおう」

「なんだって？」ウォーリントンは当惑の表情を浮かべた。「妙な物をほしがるものだな。いったいなんのためだ？」

「記念品とでも言っておこうか」

頭がおかしいんじゃないか、とでもいいたげな顔でウォーリントンはかぶりを振った。

「いいだろう。決闘は明朝で異存ないな？」

「いいや」ザッカリーは即答した。このうぬぼれ屋とその取り巻き連中に、決闘の話をロンドン中に広める時間を与えるわけにはいかない。レディ・ホリーの名誉を傷つける言葉を、あと一言たりとも吐かせるつもりもない。いますぐこの場で決着をつける必要がある。ザッカリーは立ち上がると、こぶしを振るうときを待ちかねるように指を鳴らした。「いますぐ決着をつけよう。ここの地下室で」

ザッカリーの冷ややかで落ち着きはらった態度に、ウォーリントンはしばしとまどった様子を見せた。「準備もなしにいますぐここでというわけにはいかない。正式な決闘と路上の殴り合いは別物だ。まあ、きさまにはそのようなちがいなどわかるまいが」

ザッカリーはふいに笑みを浮かべた。「拳闘の腕前を見せびらかし、わたしをこのクラブから追放したいのだろう？　そのチャンスをやろう、ウォーリントン。ただし、いますぐこの場で。それがいやなら、わたしの不戦勝だ」

「ばかを言うな」ウォーリントンは鋭く言い放った。「きさまが望む場所で、いつでも応じてやる」と言い添え、取り巻きのひとりに向きなおる。「エンフィールド、介添え人を頼むぞ」

頼りにされたのがうれしいのか、エンフィールドはすぐさまうなずいた。

ウォーリントンがもうひとりの取り巻きに顔を向ける。「ターナー、おまえはブロンソンの介添え人をやれ」

ずんぐりとした体格に丸顔、赤みがかった茶色のぼさぼさの髪を肩にかかるくらい伸ばしたターナーは、眉根を寄せ、短い腕で腕組みをした。こんなやつの介添え人としてかたわらに控え、励ましたり手助けしたりするなんてまっぴらだ――そう思っているのが表情からありありとわかる。

ザッカリーは小ばかにするような笑みをターナーに向けた。「あなたの手をわずらわせるつもりはありませんよ。介添え人など無用だ」

そこへ突然、新たな声が割って入るのが聞こえた。「わたしがきみの介添え人になろう、ブロンソン」

静かな落ち着きはらった声のほうに振り向くと、隅の椅子に男がひとり座っていた。男は刷りたてのタイムズ紙を脇に置き、すっと立ち上がって、ザッカリーに歩み寄った。背が高く、すらりとしていて、髪は金髪。貴族の典型とでも言うべき容貌だが、実際にこのような貴族にお目にかかれることはめったにない。ザッカリーは男をじろじろと観察した。マーロウズでは一度も見かけたことがない顔だった。冷静そのものの灰色の瞳、まじりけのない金髪、完璧に整った顔立ち。男は、「王子のよう」という形容詞をつけてもいいくらいのハンサムだった。落ち着きと用心深さと知性をたたえた顔は、金色《こんじき》の鷹を思わせた。

「レイヴンヒルだ」男は名乗り、片手を差しだした。

ザッカリーがその手を握ると、男はがっちりと力強く握りかえしてきた。男の名前に聞き覚えがあるような気がする。レイヴンヒル、レイヴンヒル……薬で朦朧とした状態のホリーが数時間前に、テイラーとの思い出を話してくれたときに口にした名前だ。テイラーの大切な親友という話だった。テイラーから全幅の信頼を受け、いまわの際にもホリーとともにいた男。目の前のこの男が、あのレイヴンヒルなのだろうか。だとしたらなぜ、ザッカリーの介添え人を自ら買ってでたりするのだろう。親友の愛する妻が、彼のような庶民に雇われている事実をどう思っているのだろう。ザッカリーはレイヴンヒルの超然とした、銀色がかった灰色の瞳にじっと目を凝らした。だが、かけらなりとも感情を読みとることはできなかった。

「介添え人を買ってでる理由を聞かせてもらおうか」ザッカリーは好奇心に負けてたずねた。

「理由などどうでもよかろう」

ザッカリーはレイヴンヒルをしばし見つめてから、短くうなずいた。「いいだろう、地下に行こう」

奇妙な成り行きに、ほかの客たちが顔を上げ、かさかさと音をたてながら新聞をたたむ。けんかが始まりそうだと見てとると、そのうちの数人が立ち上がり、クラブ裏手の階段を下りて地下室に向かうザッカリーたちについてきた。暗く狭い階段を下りるザッカリーの耳に、先に立ったウォーリントンと取り巻きが小声で話すのが聞こえてくる。

「あんな巨人みたいなやつを相手に決闘なんて、無茶だよ……」ターナーがつぶやく。

「どうせただのごろつき、技術も作戦もありはしないさ……」ウォーリントンがせせら笑う。

ザッカリーは内心でほくそえんだ。ウォーリントンはさぞかし技術や作戦に自信があるのだろう。おそらく何年も拳闘の訓練を受けてきたのではないだろうか。だがそんなものは、道端に立ち、どんな相手の挑戦も受けて立ったザッカリーの経験とは比べものにならない。わずか数シリングのために、いったい幾日、幾晩、街角で闘っただろう。万が一負けたら、母や妹に食べ物も寝る場所も与えられないのだ。拳闘におもしろみを感じたことなど、ザッカリーは一度もなかった。あれは生きるための手段だった。闘わなければ生きていけなかったのだ。だがウォーリントンにとって、拳闘はスポーツの一種にすぎない。

「見くびらないほうがいい」レイヴンヒルが背後から静かに忠告してくる。まるで、ザッカリーの心の内を読んだかのようだ。「ウォーリントンの右はかなりのものだ。意外にスピードもある。オックスフォードで数回、相手をしたことがあるが、毎回完璧にやられた」

一同は地下室にたどりついた。地下室はひんやりとしてほの暗く、かびくさかった。埃が積もった床はかすかに湿り気を帯び、石の壁はかびて、触ると指が滑った。空間の半分は数えきれないほどのワイン棚に埋められているが、殴り合いに十分な広さは確保できそうだ。

ザッカリーとウォーリントンが上着やベストを脱ぐかたわらで、介添え人がリングの位置を決め、中央に三〇センチの距離を置いて二本線を引いた。レイヴンヒルが手短に、決闘のルールを説明する。「ロンドン・プライズ・リングのルールに則り、各ラウンドは一方の体が地面についた時点で終了とする。各ラウンド終了時には、双方とも自分のコーナーにいったん戻り、三〇秒間の休憩をとる。休憩終了から八秒以内に中央のマークに戻る。自ら膝をついた場合は、敗北を認めたものとみなす」レイヴンヒルは無表情なザッカリーから、決然とした表情のウォーリントンへと視線を移した。「いまのルールで抜けはありますか、ご両人」

「あるとも」ウォーリントンがすかさず言った。こいつはずるをするに決まってる、とでもいいたげな顔でザッカリーをにらんでいる。「ヘッドロックは禁止だ」

レイヴンヒルがザッカリーに口を開くすきを与えずに即答する。「ヘッドロックはルールで認められています、伯爵」

「禁止でいい」ザッカリーは落ち着いた声で応じながら、クラヴァットをぐいと引っ張った。「彼がいやだというなら、ヘッドロックはしない」ウォーリントンがなにを恐れているかくらいわかる。腕で首を押さえこまれ、骨が折れるまで顔面を殴られるのが怖いのだ。

「紳士らしい譲歩だな、ミスター・ブロンソン」レイヴンヒルが言った。ザッカリーに対して「紳士」などという言葉を使えばウォーリントンがいらだつ、それを承知のうえでわざと言っているような感じだった。「では、ヘッドロックは禁止ということで」レイヴンヒルは言い添え、両腕でザッカリーのシャツや上着、ベスト、クラヴァットを受け取った。それらをまるで近侍のように丁寧な手つきでたたみ、ワイン棚に置いた。

上半身裸になった男ふたりが向き合う。ウォーリントンが心底驚いた顔で目をむく。「なんだこいつは！」大声をあげずにはいられないようだ。「おい、見てみろ、まるで猿だぞ」

ザッカリーはその手の侮辱には慣れているし、自分の体がどんなふうに見えるかもちゃんとわかっている。彼の上半身は筋肉が波打ち、ところどころに古傷も残っている。腕は樽のようで、首周りは四〇センチ以上、胸板は黒い胸毛でおおわれている。プロの拳闘家、あるいは農場や工場で重労働に携わる男の体だ。一方のウォーリントンは、引き締まってはいるがどちらかと言えば痩せ型で、肌には傷ひとつなく、ほとんど毛の生えていない胸には適度に筋肉がついているだけだ。

レイヴンヒルが初めて笑みを浮かべ、きれいに並んだ白い歯がのぞいた。「ブロンソンのあだ名は、猿ではなくてブッチャーだったはずですよ、伯爵」彼はウォーリントンに教えてからザッカリーに向きなおり、問いかけるように眉を上げて「ちがったかな」とたずねた。

一緒になっておもしろがる気分ではなかったので、ザッカリーは短くうなずくにとどめた。

レイヴンヒルがふたたびウォーリントンに顔を向け、先ほどよりも重々しい口調になって言う。「レディ・ホランドへの侮辱をこの場で撤回してくだされば、ミスター・ブロンソンを説得し、決闘をやめさせることも可能ですよ、伯爵」

ウォーリントンはかぶりを振り、せせら笑った。「あいつとひとつ屋根の下で暮らすレディなんぞに、敬意を払うつもりはない」

その言葉にレイヴンヒルは、頼んだぞというふうにいきなり鋭い視線をザッカリーに向けた。ホリーが侮辱されて、ザッカリーに負けないくらい憤っているようだ。ザッカリーの脇を通ってコーナーに向かうときには、「あいつの首をへし折ってくれ、ブロンソン」と歯ぎしりしながら声をかけた。

ザッカリーは無言でリングの中央に歩を進め、ウォーリントンが位置につくのを待った。ふたりは向かい合い、試合開始の体勢をとった。左足と左腕を前に出し、肘を曲げ、両のこぶしを目の位置に構える。

口火を切ったのはウォーリントンだった。鋭い左ジャブを繰りだしながら左にまわりこんで、ザッカリーを後退させる。さらに左ジャブを数発、つづけて右アッパーを一発。右アッパーは当たらなかったが、取り巻きふたりはウォーリントンの奮闘ぶりに興奮して大きな歓声をあげた。ザッカリーは相手のペースに合わせ、後退と防御に専念した。ウォーリントンがつづけざまにボディ攻撃を仕掛ける。こぶしが脇腹に入ったが、賞金稼ぎの拳闘家として二年間も闘ったザッカリーにとって、その程度の痛みはなんでもない。彼はお返しに敵のいらだちを誘う軽いジャブを数発だけ繰りだし、ついでに相手との距離を測った。

勝利を確信したウォーリントンが、汗ばんだ顔をにやつかせる。ターナーとエンフィールドもすでに勝ちが決まったかのようにはしゃいでいる。そこへザッカリーは、ワン・ツー・スリーのコンビネーションにつづけて、最後に強烈な右クロスを一発、ウォーリントンの目元にお見舞いした。

ウォーリントンの体が後ろによろめく。ザッカリーのパンチの威力とスピードに仰天している様子だ。ターナーたちはすぐに口をつぐんだ。ウォーリントンは足元をぐらつかせ、膝から崩れ落ち、立ち上がろうとした。

「第一ラウンド終了」というレイヴンヒルの掛け声で、ザッカリーは自分のコーナーに下がった。体を動かしたせいで汗ばみ始めている。彼は額にたれた濡れた髪をいらだたしげにかきあげた。「ほら」レイヴンヒルがワインボトルを拭くためのきれいなタオルを差しだす。

ザッカリーはそれを受け取り、汗を拭いた。

ウォーリントンもコーナーに下がり、エンフィールドに顔を拭いてもらったり、アドバイスを受けたりしている。

「わざと時間をかけて、あいつをおちょくるのはよせ」レイヴンヒルがささやきかける。顔は笑っているが、灰色の瞳は落ち着きをたたえたままだ。

ザッカリーはレイヴンヒルにタオルを返した。「どうしておちょくっていると思うんだ?」

「もう勝負はあったようなもの、きみなら好きなときにやつを仕留めることができる。だが、やるなら紳士らしくやったほうがいい。一発であいつにわからせてやるほうが得策だぞ」

三〇秒が経過し、ザッカリーは第二ラウンドに向けてリング中央に戻った。レイヴンヒルにいともたやすく心を見透かされたのがいらだたしかった。たしかにザッカリーは、この試合を長引かせようとしていた。強力なこぶしでウォーリントンを愚弄し、屈辱を味わわせてやるつもりだった。全身が青黒いあざでおおわれるまで、道楽者の貴族を強烈なパンチで延々と痛めつけてやろうと思っていた。だがレイヴンヒルは、さっさと決着をつけ、ウォーリントンにわずかばかりの誇りを与えてやれという。それが紳士のやり方なのは、ザッカリーだって承知している。だがそんなやり方では気がおさまらない。紳士らしく決着をつけたくなどない。ウォーリントンに残されたわずかな虚栄心すらも、容赦なく粉々にしてやりたい。

ウォーリントンは闘争心を取り戻した様子だ。両足をしっかりと踏みしめると、右アッパーの連打でザッカリーの顎をとらえた。思わず半身をのけぞらせてから、ザッカリーはお返しに相手の脇腹に二度、こぶしを埋め、さらに鞭のごとき左フックをこめかみにお見舞いした。破壊的な一撃にウォーリントンはよろめいたが、すばやいツーステップで体勢を立てなおした。ザッカリーはわずかに後退し、まわりこみながら、敵の反撃を待った。ボディーブローの応酬になる。ザッカリーの鋭い左ストレートが相手の顎をとらえる。ウォーリントンは白目をむいて床にくずおれ、悪態をつきながらよろよろと立ち上がろうとした。

だがエンフィールドが第二ラウンド終了の掛け声をかけ、両者はそれぞれのコーナーへと戻った。

ザッカリーは湿ったタオルで顔を拭いた。明日はきっと体中が痛むことだろう。右目の周りはすでに黒ずんでいるだろうし、顎の左側にはあざができているはずだ。ウォーリントンの腕前はなかなかのものだった。リングでの機敏な動きや、あの精神力は賞賛に値する。だがザッカリーはパワーで彼に勝るだけではない。経験でも大いに勝る彼は、数は少なくともはるかに効果的なパンチを操ることができる。

「いい試合ぶりだ」レイヴンヒルが静かな声で言う。あんたの賛辞などほしくもないし、必要としてもいない――そう怒鳴りつけてやりたかった。あるいは、紳士らしい闘い方に関する指導など無用だと。だが彼は怒りを抑えこんだ。やがて怒りは、わきかえりつつも腹のなかに冷たくおさまった。

第三ラウンドが始まった。すでにだいぶ疲れた様子のウォーリントンが繰りだす的をはずしたせわしないパンチに、ザッカリーはひたすら耐えた。相手のパンチの半分くらいは完璧によけながら、懐かしい感覚につつまれるのを感じ始める。闘い進めるうちに心が静かになっていき、その状態が何時間とつづくのだ。かつて彼はこんなふうに、休憩をとらずに一日中闘いつづけたものだった。ウォーリントンが勝手に疲れて倒れてしまうまで、手を出させておくのは簡単だ。だがザッカリーは、ここでとどめを刺すことにし、五連発のコンビネーションで一気に敵を床に沈めた。

うろたえきったウォーリントンは、頭を振ってなんとか立ち直ろうとした。だが起き上がることができない。ターナーとエンフィールドが起きろと叫ぶ。ウォーリントンは血の混じった唾を吐き、両手を上げて降参した。「もう無理だ……立てない」エンフィールドが歩み寄り、起き上がらせてリングの中央に引っ張ろうとするのさえ拒む。

もっと痛めつけてやろうと思っていたのに、ウォーリントンのあざだらけのゆがんだ顔と、見るからに痛そうに脇腹を押さえる様子を目にして、ザッカリーの闘争心は萎えた。

「試合終了だ」ウォーリントンは腫れ上がった口の端だけ動かして言った。「ブロンソンの勝ちだ」

一、二分してようやく気力を取り戻すと、彼はザッカリーに歩み寄り、真正面から向かい合った。「レディ・ホランドに失礼なことを言って申し訳なかった」かたわらで取り巻きがこぼすのもかまわずつづける。「彼女についての発言はすべて撤回する」エンフィールドに向きなおる。「上着の一番上のボタンを取り、彼に渡してくれ」

「いったいなんのために?」エンフィールドがぶつぶつ言いながらザッカリーをにらむ。

「知るものか」ウォーリントンは取り巻きにぶっきらぼうに応じ、「いいから早くボタンを取れ」と命じると、ザッカリーに向きなおって片手を差しだした。「ブロンソン、きみの頭はまるで金床だな。その頭があれば、われわれともうまくやっていけるだろう」

ザッカリーは驚きを覚えつつ、ウォーリントンの瞳に気さくな笑みが浮かぶのを見つめた。ゆっくりと腕を伸ばし、相手の手をとる。痛むこぶしを握り合ったふたりは、同時に顔をしかめた。この握手によってウォーリントンは、ザッカリーを自分と対等の人間として、あるいは、少なくともこのクラブにふさわしい人間として認めたのだ。

「きみの右アッパーも大したものだ」ザッカリーはそっけなく応じた。「賞金稼ぎのために闘っていたころを思いだしたよ」

ウォーリントンは賛辞に気をよくしたのか、腫れ上がった口の端に笑みを浮かべた。

レイヴンヒルのかたわらに戻ったザッカリーは、タオルで汗を拭き、服を身に着けた。シャツのボタンがなかなか留められなかったので、ベストの前は開けたままにした。「手伝おう」レイヴンヒルが申し出たが、いらだたしげに首を振って拒否した。ザッカリーは同性に触られるのが大嫌いだった。近侍にすら、そうした奉仕はするなと命じてある。

レイヴンヒルはかぶりを振り、薄く笑みを浮かべて、「イノシシ並みに温和な男だな」と落ち着きはらった乾いた口ぶりで言った。「いったいどうやって、レディ・ホランドにイエスと言わせたんだ？」

「なんの話だ」ザッカリーはあえてたずねた。質問の意味はわかっている。

「わたしの知っている、三年前のあの内気な優しいレディなら、きみの下で働くことにけっして同意しなかったはずだ。きみのような人間のことを怖がっただろうからな」

「だったら彼女が変わったんだろう」ザッカリーは淡々と応じた。「あるいは、きみが自分で思っているほどには彼女を理解できていなかったのか」レイヴンヒルの超然とした灰色の瞳に反感が見え隠れする。とたんにザッカリーはふたつのなじみのない感情がわきおこるのを覚えた。ひとつは優越感だった。ホリーは彼とともに暮らしている。ホリーの人生はいまや彼の人生と密接に結びついている。レイヴンヒルにはけっしてかなわなかったことだ。もうひとつの感情は嫉妬。胸が痛くなるほどの苦い嫉妬だ。レイヴンヒルは、ザッカリーが彼女を知るずっと前から彼女のことを知っている。それに彼女とレイヴンヒルは言ってみれば同種で、ともに優れた血筋を誇り、洗練を身につけている。

ぶちのめされた顔を最後にもう一度タオルで拭いてから、ザッカリーは目の前のハンサムな貴族に向かって薄くほほえんでみせた。「ありがとう、レイヴンヒル。きみならいつでも、介添え人に歓迎するよ」ふたりは探るような視線を交わした。それは、敵意こそこもっていないが、好意的とはとうてい言えないものだった。レイヴンヒルはいまのホリーの生き方を認めていないのだろう。亡き親友の妻が、低俗な庶民に雇われている事実に気分を害しているのだろう。残念だったな……ザッカリーは内心で嫌みを言った。自分のなかで、あらゆる独占欲と原始的な本能がほかの感情を抑えつけ、おもてに表れようとしているのを感じる。彼女はもうおれのものだ。あんたにも、ほかの誰にも、もう手出しさせやしない。

偏頭痛が始まってからほぼ二四時間後、ホリーはようやくベッドから起き上がれる程度まで回復した。発作のあとはいつもそうだが、体がだるく、頭も少しぼんやりしている。すでに夕闇が迫っているようなので、ブロンソン家の人びとはいまごろ、居間で夕食の支度ができるのを待っているはずだ。「ローズは?」ベッドの上で起き上がるのを手伝ってくれるモードに、ホリーはまず娘のことをたずねた。

「下で、ミスター・ブロンソンとミセス・ブロンソンとエリザベス様と一緒にいますよ」モードは答え、枕を重ねてホリーの背中を支えた。「お三方とも、奥様が休んでいらっしゃるあいだ、お嬢様を猫かわいがりしてすごかったんですよ。一緒にゲームをしたり、甘いものをたんとあげたり。ミスター・ブロンソンなんて、今日は街に出かける用事があったのにわざわざ中止なさったんです。それで、午前中はずっとお嬢様を栗毛の小さなポニーに乗せて、囲い地で遊ばせてくださって」

「それはよくないわ」ホリーはすぐさま心配そうな顔になった。「ミスター・ブロンソンの仕事の邪魔をしたりしてはだめよ。娘の面倒を見てもらうだなんてそんな」

「でも、ご自分でそうしたいっておっしゃったんですよ。わたしもそれはちょっとどうかしらと思いまして、その必要はございませんって申し上げたんです。でもあの方、こうと決めたらもう人のいうことなんてききませんから」

「それはそうだけど」ホリーはため息をつき、まだ痛む額に手をあてた。「またあなたや周りの人に迷惑をかけてしまったわね……」

「奥様、あれこれ思い悩むとまた偏頭痛が始まりますよ」モードは慰めた。「お三方ともむしろ楽しんでらっしゃるんですから。お嬢様だってさんざん甘やかされて大喜びですしね。誰も迷惑だなんて思っちゃいません。それよりも、お食事はこちらに持ってこさせましょうか？」

「ありがとう。でも、下でみなさんと一緒に夕食にするわ。ずっと横になっていたし、ローズの顔も見たいから」

ホリーはメイドの手を借りて風呂に入り、簡素なデザインのやわらかなドレスに着替えた。茶色の畦織のシルクで、ベージュの小さなレース襟が付いており、袖口にもレースをあしらってある。偏頭痛の発作のあとでまだ地肌が敏感になっているため、髪はゆるく編んでうなじに二本のヘアピンで軽く留めるだけにした。見苦しくないかどうか化粧台の鏡で点検してから、ホリーは慎重な足どりで居間に向かった。

モードから聞かされたとおり、ブロンソン家の面々は居間に揃っていた。ザッカリーは絨毯にローズと並んで座り、カラフルな木製パズルに夢中になっている。エリザベスはなにかの短編集を朗読中だ。ポーラは大ぶりな長椅子の隅で満足げな表情を浮かべ、ローズの白いエプロンドレスを繕っている。ホリーが部屋に入っていくと、四人は一斉に顔を上げた。

ひどく疲れていたが、ホリーはなんとか申し訳なさそうな笑みを浮かべることができた。

「こんばんは、みなさん」

「ママ！」ローズが歓声をあげ、満面の笑みでホリーに駆け寄り、腰に両腕をまわす。「よくなったのね！」

「ええ、ローズ」ホリーはいとおしげに娘の茶色い巻き毛を撫でた。「寝てばかりいてごめんなさいね」

「ママがおねむのあいだも、とってもたのしかったからだいじょうぶよ」ローズは言い、昼間はポニーに乗せてもらったのだと熱心に話し始めた。

おしゃべりをつづけるローズをよそに、エリザベスが勢いよく立ち上がり、心配そうに声をかけながらホリーを長椅子のほうに連れていく。ホリーがまごついて遠慮するのもかまわず、ポーラが膝に毛糸のブランケットをかけようとする。「あの、ミセス・ブロンソン、ありがとうございます。でも、本当に結構ですから……」

女性陣が大騒ぎするかたわらで、ブロンソンも立ち上がり、歓迎するようにおじぎをした。探るような黒い瞳がこちらに向けられているのを感じ、ホリーはおずおずと笑みをかえした。「ミスター・ブロンソン、ご迷惑をおかけして――」彼女は仰天して言葉を失った。ブロンソンの目の周りは真っ黒で、顎にもけがをしている。「その顔は、いったいどうなさったのです？」

当人が答えようとする前に、大ニュースを伝えるときの子どもらしい自慢げな口調で、ローズが説明を始めた。「ミスター・ブロンソンはね、またひだりフックにおかおをぶつけたのよ。けんかをしたの。それで、これをおみやげにもらってきてくれたの」幼女はボタンの首飾りをエプロンドレスの大きなポケットから取りだし、ホリーの膝によじのぼって、新しく加えられたボタンを見せびらかした。

ホリーは娘を抱き寄せながら、しげしげとそのボタンを眺めた。深みのある輝きを放つ金無垢のボタンに、きらめく大ぶりなホワイトダイヤモンドがあしらわれている。ホリーはうろたえ、苦笑を浮かべるエリザベスから、ぎゅっと唇を引き結んでいるポーラ、そして最後にブロンソンの謎めいた黒い瞳へと視線を移した。「ミスター・ブロンソン、娘にこのような高価なものは与えないでください。いったいどなたのボタンなのですか。それに、どうしてけんかなどしたのです？」

「クラブでちょっと口論になりましてね」

「お金のことですか。それとも、女性のこと……？」

ブロンソンはいっさい表情を変えることなく、理由などどうでもいいとでもいうように、のんきに肩をすくめた。

どのような理由が考えられるだろう……ホリーは頭をめぐらせつつ、無言で彼を見つめつづけた。張りつめた沈黙が室内を満たす。と突然、彼女はひらめいた。「わたしのことね……」

ブロンソンは袖についた糸くずをのんびりとつまみあげた。「ちがいますよ」

彼が嘘をついているかどうかくらいわかる。そこまで彼を理解している自分に気づいて驚きつつ、ホリーは「いいえ、絶対にそうだわ」と決めつけた。「誰かがなにか不快なことを言った。そんな言葉は無視すればいいのに、あなたは受けて立つことにした。ミスター・ブロンソン、いったいどうしてそんなことをなさったりするの？」

彼女からの賞賛を期待していたブロンソンは、思いがけない非難の言葉に顔をしかめた。「見て見ぬふりをすればよかったとでも言うんですか。あの気取った野郎――」ローズが興味津々に耳をそばだてているのに気づいて、言いなおそうといったん口を閉じる。「あの気取った男が、あなたのことで根も葉もない噂を広めるのを」先ほどよりも穏やかな口調になってつづけた。「彼を黙らせる必要があったんです。わたしはただ、それをできる立場にあっただけだ」

「不快な発言への対処方法はただひとつ、無視することだけです」ホリーは厳しい声音で言った。「でもあなたは正反対のことをしてしまった。その不快な発言にわずかなりとも真実が含まれていたのかもしれないと、誤解した人がいるかもしれないわ。わたしの名誉のためにけんかする必要などないのです。どれほど侮辱的な言葉を聞かされても、わたしたちの関係になにひとつやましいことはないと、意に介さず笑っていればいいの」

「あいにくですが、わたしはあなたのためなら世界を敵にまわしてでも闘いますよ」ブロンソンは例のごとく、ぎょっとするようなせりふを冗談めかした口調でさらりと言ってのけた。

そこへエリザベスが、どこかおどけた笑みを浮かべて割って入った。「兄はけんかをするためならありとあらゆる言い訳を使うのよ、レディ・ホリー。こぶしを振るうのが大好きなの。なにしろ未開人なものだから」

「そういう一面を直しましょうという話だったはずだわ」ホリーが咎めるようににらむと、ブロンソンは声をあげて笑った。

タイミングよくメイドが現れ、夕食の支度ができたと告げる。ローズがうれしそうに飛び跳ね、「ローズマリーふうみのラムとポテトよ！」と歓声をあげた。料理長からすでに聞いているのだろう。「わたしのだいこうぶつ！　はやく、リジー、はやくいこ！」

笑いながらエリザベスが幼女の手をとり、引っ張られるようにして居間を出ていく。ポーラもほほえんで繕いものを脇にやり、ふたりのあとを追った。ホリーはのろのろと腰を浮かせた。ラムと聞いて、ふいに吐き気を覚えていた。メニューを聞いてもまるで食欲がわかない。偏頭痛の薬は深い睡眠をもたらしてくれるが、さまざまな副作用もあった。そのひとつが、食欲がなくなってしまうことだった。

一瞬だけ目を閉じ、すぐにまた開けたとき、かたわらにはブロンソンが立っていた。驚くべき速さで駆け寄ったようだ。「めまいですか」と静かにたずね、青ざめたホリーの顔を探るように見つめる。

「少し吐き気がして」ホリーはつぶやき、なんとかして立ち上がろうとした。「でも、なにか食べれば少しよくなりますから」

「つかまってください」ブロンソンがたくましく力強い腕を彼女の背中にまわし、体を支えてくれる。なじみのある腕の感触に、ホリーは甘いおののきを覚えた。あのダンスのレッスン以来、彼に支えられることにすっかり慣れてしまったようだ。彼の腕のなかにいるのが、極めて自然で、心地よいものに感じられる。

「ありがとう」ホリーはつぶやき、手を伸ばして、うなじに留めた髪の具合を確認しようとした。だいぶ乱れているようだった。ローズに抱きつかれたときに、ヘアピンがずれてしまったのだろう。そこへ彼女が手で触れたせいで、ヘアピンは完全に抜け落ち、ついには編んだ髪がはらりとほどけてしまった。ホリーはすぐさまブロンソンから身を引き、「どうしましょう」と小さく叫んだ。長い髪に腰までおおわれた姿など、レディは夫以外の男性にけっしてさらしてはならないのに。彼女はほどけた髪を慌てて手でまとめ、真っ赤になってブロンソンに告げた。「ごめんなさい。す、すぐに直しますわ」

ブロンソンは妙に押し黙っていた。すっかりまごついたホリーは彼の顔を見ることすらできなかったが、彼の呼吸がいつもより深く、速くなっているように感じた。両手が伸びてきて、髪に触れる。ホリーは彼が手伝おうとしているのだと思った。ところが彼は、ホリーの両の手首をつかんできた。長い指がそっと、ほっそりとした手首に巻きつき、彼女の腕を下に下ろさせる。

ホリーは息をのみ、浅黒い顔を見上げた。「髪を直さなければ……ミスター・ブロンソン、放して……」

だが彼は放さなかった。握りしめる手は温かく、優しく、ホリーは空気をつかむように手を開いたり閉じたりした。

波打つ茶色の髪はきらめきを放ちながら彼女の肩と上半身をおおっている。ランプの明かりを受けて、幾筋かが金色や赤に輝く。ブロンソンは彼女をじっと見つめるばかりだ。そのまなざしが髪の流れをたどって下に下りていき、やがて、胸のふくらみをおおっているところで止まった。ホリーは恥ずかしさに頬を真っ赤に染め、あらためて手首を引き抜こうとした。ふいに手が放されて、彼女は二、三歩後ずさった。だがブロンソンはすぐに歩み寄ってきた。

乾いた唇をなめ、ホリーは必死に、ふたりのあいだに渦巻く沈黙を破るものはないかと探した。「モ、モードから聞きました。ゆうべ、わたしが薬を飲んだあと、し、寝室に入ったそうですね」

「あなたのことが心配で」

「たとえ親切心であろうと、そのようなことをしてはいけません。わたしは人と会えるような状態ではなかったのです。あなたがいらしたことを覚えていないし、じ、自分がなにを話したかも――」

「なにも。あなたは眠ってらした」

「で、でも――」壁に肩がぶつかり、それ以上後ずさることはかなわなくなった。「ザッカリー……」

彼の名前を呼ぶつもりなどなかったのに。彼のことを夢想するときですら、名前を呼んだことなどなかったのに。気づいたときには口走っていた。そんなささいなことに、ホリーは衝撃を覚えた。たぶんブロンソンも同じ気持ちだったのだろう。彼はしばらく目を閉じ、やがてまつげを持ち上げたときには、黒い瞳に鮮やかな、熱い炎が灯っていた。

「まだ本調子ではないのです」ホリーは全身に震えを感じながらつぶやいた。「薬のせいで、まだ少し――」

「しーっ」ブロンソンは彼女の髪に指先で触れ、肩から持ち上げた。シルクのような感触を親指でそっと撫でて楽しんでいる。まるで夢のなかにでもいるかのように、ゆっくりとした動き。彼は手のなかできらめく髪をじっと見つめてから、口元に持っていき、唇を寄せた。

ホリーは膝が萎えてしまって、立っていることすらおぼつかなかった。慈愛と敬慕に満ちた口づけと、ひどく慎重に髪を肩に戻すその手つきに心底驚いていた。

ブロンソンが大きな体をかがめる。どこも触れているわけではないのに、彼をあまりにも近く感じて、ホリーは壁に背をつけて縮こまった。大きな手がゆっくりと近づいてきて、頭の両側の板張りの壁にあてられる。ホリーは不規則に息を吐いた。

「み、みんなが待っているわ」彼女は弱々しく訴えた。

だがブロンソンは聞いていないようだ。キスしようとしているのだわ……ホリーは思った。彼の匂いがじらすように鼻腔をくすぐる。深く息を吸うと、ぴりっとした心地よい男性的な匂いが口と鼻腔を満たした。ホリーは両手を握ったり開いたりをくりかえし、彼の顔を自分のほうに引き寄せてしまいたい衝動に駆られておののいた。まごつき、甘い苦悶を覚えながら、唇が下りてくるときを待った。頭のなかでは、早くして、早く……という思いが駆けめぐっている。

「ママ？」ローズの驚いたような笑い声が、ふたりをつつむ沈黙を破った。どうしてふたりが食堂に来ないのかと、様子を見に戻ってきたのだろう。「むかいあってなにしてるの？」

「か、髪がほどけてしまったのよ、ローズ。それで、ミスター・ブロンソンに手伝っていただいていたの」ホリーは自分の声がとても遠くから聞こえるように感じた。

ローズが床にしゃがみこんでヘアピンを見つけ、ホリーに手渡しながら「はいどうぞ、ママ」と元気に言う。

ブロンソンが壁から片腕を下ろし、ホリーはようやく自由になれた。だが彼の視線はじっとこちらに注がれたままだ。彼女は深呼吸をし、腕のなかから逃れると、ブロンソンのほうをあえて見まいとした。「ありがとう、ローズ」と言って身をかがめ、娘を軽く抱き寄せる。「助かったわ」

「はやくいこ、ママ」髪をねじり、ヘアピンで留めるホリーをローズはせかした。「おなかすいちゃった！」

食事の席ではとくにこれといった出来事は起きなかった。だがザッカリーは、いつもの旺盛な食欲がすっかり失せてしまっていた。テーブルの先頭についた彼は、ホリーができるだけ遠くの席を選んだのに気づいていた。彼は理性をかき集め、なんでもない会話をつづけ、あたりさわりのない話題を選ぶことに必死に意識を集中させた。だが実際には、ホリーとふたりきりになることしか頭になかった。

まったく……彼女のせいで、いまやザッカリーは食べることも眠ることもままならない。賭博場や売春宿に行く気もいっさい起こらない。欲求のすべてがホリーに注がれてしまっている。静かな居間で夜まで彼女と一緒に座っているほうが、ロンドン一扇情的な娼婦との一夜よりも興奮させられる。ホリーは彼に、信じられないほどみだらなことを夢想させる。おかげで彼は、ホリーの手や体や唇を目にするだけで、激しく欲情してしまう。だが彼女を前にして夢想するのは、それだけではない。かつてあざ笑った穏やかな家庭生活までを、ザッカリーは夢見ていた。

以前のように親密な夜をもう一度ホリーと過ごしたい。家族が寝静まってから、暖炉の前でグラス片手におしゃべりを楽しみたい。だが今夜の彼女ははためにも疲れているのがわかった。彼女は食事がすむとすぐ、ザッカリーのほうを見ようともせず、まだ夜が始まったばかりだというのに自室に下がってしまった。

代わりに、なぜかポーラが食堂に残っていた。食堂にはふたりきりで、ポーラは紅茶を、ザッカリーは真紅のポートワインを飲んでいる。ザッカリーは母に向かってほほえみかけた。上等な仕立てのブルーのシルクのドレスをまとい、去年のクリスマスに贈った真珠のブローチを襟元につけた母の姿に、深い満足を覚える。母がかつて擦り切れた古いドレスを着ていたことや、幼い子どもたちのために昼も夜もなく働いてくれたことを、ザッカリーはけっして忘れないだろう。裁縫、洗濯、ぼろ布売り、母はいくつもの仕事を抱えていた。だがようやく、こうして母の面倒を見ることができるまでになった。もう二度と、母にわずかなりとも不自由を感じてほしくない。

もちろん、母がこの新たな環境に気づまりを覚えているのは承知している。田舎の小さなコテージに住み、料理をしてくれるメイドがひとりいるくらいがちょうどいい、母はそう思っているにちがいなかった。だがザッカリーは、母に女王のような暮らしをさせてやりたかった。それ以下の生活など絶対に認めたくなかった。

「なにかおっしゃりたいことがあるんでしょう、母上」ザッカリーはグラスを回しながら促し、口の端だけ上げて短く笑ってみせた。「顔を見ればわかりますよ。けんかについて、またなにかお説教ですか？」

「けんかのことではないわ」ポーラは言い、湯気をたてるティーカップを荒れた手でつつみこんだ。探るように見つめてくる穏やかな瞳には、息子への愛情のほかに、咎めるような色が浮かんでいる。「乱暴なところはあるけれど、あなたは素晴らしい息子だわ、ザック。それに、とても誠実な人間でもある。だからわたしは、あなたが娼婦やろくでなしとおつきあいしても、恥ずべきことを平気でやっても、黙って見守ってきたの。でも今回ばかりは黙っているわけにいかないわ。わたしがこれから言うことを、すべて肝に銘じてちょうだい」

ザッカリーはふざけて動揺した表情を作りつつ、話のつづきを待った。

「レディ・ホリーのことよ」

「彼女のこと？」用心深く問いかえす。

ポーラは張りつめたため息をついた。「ザック、あの人を手に入れることは、あなたにはできないのよ。なんとしてでも彼女への思いを頭から追いだしなさい。さもないと、彼女の人生を台無しにしてしまうわ」

　ザッカリーは無理やり笑ってみせたが、その声はまるでうつろだった。母は無教養だし、礼儀作法も知らないが、頭はいい。そんな母の言うことを一蹴することは彼にはできない。

「彼女の人生を台無しにするつもりなんてありませんよ。指を触れてもいないんですから」

「母親というものはね、息子のことはなんでもわかるの。彼女と一緒にいるあなたを見てわかったわ。世界中の人たちを騙せても、母親を騙すのは無理よ。ザック、絶対にいけませんよ。あなたと彼女は一緒になってはいけないの。まるで……ロバがサラブレッドとつがいになるようなものだわ」

「息子をロバ呼ばわりか」ザッカリーはぽつりとつぶやいた。「せっかく母上が急におしゃべり好きになったんだ、ついでに聞かせてもらいましょうか。だったらどうして、わたしが以前に良家のお嬢さんと結婚するんだと言ったときには反対しなかったんです」

「良家のお嬢さんと結婚するのはかまわないわ。あなたがそうしたいのならね。でも、レディ・ホリーはあなたにふさわしくないの」

「彼女のなにが気に入らないんです？」

　ポーラは極めて慎重に言葉を選びつつ答えた。「あなたやわたしには……リジーにも……無慈悲な一面があるわ。だからこそわたしたちは、イーストエンドで生き延びることができた。でもレディ・ホリーにはそんな要素はこれっぽっちもない。彼女が再婚するとしたら、相手の方はやっぱりどこまでも優しい人でなければいけないの。彼女の亡くなったご主人のように、本物の紳士でなければだめなのよ。でもあなたは、けっして本物の紳士にはなれない。爵位があって、しかもあなたに似合いそうな女性はちゃんといるわ。そういう女性を選びなさい。そしてレディ・ホリーのことは、そうっとしておいてあげなさい」

「彼女が嫌いなんですね」ザッカリーは静かに問いただした。

「彼女が嫌い？」ポーラは驚いた表情でおうむがえしに言い、息子の顔を凝視した。「好きに決まってるじゃないの。あんなに心が広くて、優しい女性には会ったことがありませんよ。初めて本物のレディに会ったと言ってもいいくらいだわ。彼女のことが好きだからこそ、こうしてあなたに忠告してるんじゃないの」

沈黙が流れ、ザッカリーはワインを飲み干した。母は本音で話してくれているのだ。そんな母と、この件についてじっくり話し合いたい気もしたが、それは自分自身まだ認めていない思いを口に出して認めることにもつながる。仕方なく彼は、無言で短くうなずいた。おそらく母の言うとおりなのだろう……苦い思いが胸のうちをよぎる。

「ああ、ザック」ポーラは愛情をこめて息子を呼んだ。「どうしてすでに手にしたものでは満足できないの？　そろそろあなただって、満足することを学んでもいいころでしょうに」

「無理ですね」ザッカリーはきっぱりと否定した。

「あなたのような男性にぴったりの形容詞がたしかあったわね、あなたのように上を目指してばかりいる男性を形容する言葉よ……なんと言ったかしら」

胸には重たい憂鬱がのしかかっていたが、ザッカリーはほほえんだ。「さあ、わたしも知りません。でも、母上にぴったりの形容詞ならわかりますよ」

「どんな形容詞?」ポーラは咎める口調になり、警告するように指を立てつつ問いただした。

ザッカリーは立ち上がり、母のところまで行って、白髪交じりの頭のてっぺんに身をかがめてキスをした。「賢明です」

「では、レディ・ホリーのことは忘れるのね?」

「忘れなかったら、よほどの愚か者ということでしょうね」

「それは、忘れるという意味なの?」母があらためて問いかける。だがザッカリーはその問いには答えず、笑いながら食堂をあとにした。

10

偏頭痛の発作から回復して数週間経ったころ、ホリーはブロンソン家にいくつかの変化が起きていることに気づいた。最も目立った変化は、使用人たちの態度だった。以前はぞんざいで一貫性がなく、心のこもらない仕事ぶりだったのが、自分たちの仕事にある種の誇りを抱きつつあるようだった。使用人になにを求めるべきか、ホリーがブロンソン家の人びとに辛抱強く説きつづけた効果が表れだしたのだろう。

「気が引けるのはわかります」ある日の午後、ホリーは紅茶の入ったポットを前にポーラに言った。メイドが運んできた紅茶は生ぬるく、ミルクはまるで香りがなく、ケーキはぱさぱさに乾いていた。「でも、これは厨房に戻してもらわなければ。おいしくなさそうなものを出されて断るのは、悪いことではないのですから」

「だけど、ただでさえたくさんの仕事をしてもらっているのに」ポーラは反論し、これで本当に十分だとでもいうように紅茶を用意し始めた。「いま以上に忙しくさせるなんてできませんよ。それに、それほどまずそうというわけではないのだし」

「見るからにまずそうだわ」ホリーは言い張り、苦笑をこらえた。

「だったら、あなたがメイドに頼んでちょうだいな」

「ミセス・ブロンソン、ご自分の使用人なんですから、指示の出し方を学ばないと」

「できないの」驚いたことにポーラはいきなりホリーの手をとり、きつく握りしめてきた。「だって、昔はぼろ布売りをしていたのよ……厨房の流し場担当よりもさらに下の仕事だわ。しかも、わが家の使用人はみんなわたしの昔の仕事を知っているの。それなのに指示なんて出せるもんですか」

ホリーは考えこむ顔になってポーラを見つめた。家族以外の人たちに対するポーラの控えめすぎる態度の理由をようやく理解し、彼女に深い同情を覚えていた。貧しくみじめな生活があまりにも長かったため、いまのような暮らしぶりに自分はふさわしくないと感じているのだろう。希少なタペストリーや美術品が飾られた立派な屋敷も、上等なドレスも、贅沢な食事も、高価なワインも、すべてがかつてのつましい暮らしを思いださせるものでしかないにちがいない。けれども、元の生活に戻ることはもうできない。彼女が期待も想像もしなかったくらい裕福な生活を、ザッカリーは家族のために可能にしてしまった。だからポーラはいまの環境に自分を合わせるすべを学ぶしかない。そうでなければ彼女は一生、この新しい生活に心地よさも幸福も見いだすことはできないだろう。

「でも、もうぼろ布売りではないでしょう」ホリーは断固として主張した。「いまのあなたは裕福な婦人なんですよ。あのミスター・ザッカリー・ブロンソンの母親なんです。あなたはふたりの素晴らしいお子さんを、誰の助けも借りずにここまで育てた。まともな頭の持ち主なら、あなたの成し遂げたことを賞賛するのが当然だわ」彼女はポーラの手を強く握りかえした。「ご自分にふさわしい敬意を求めなくては」当惑したポーラの茶色の瞳をまっすぐにのぞきこむ。「とくに使用人に対しては、絶対に敬意を求めなくてはだめ。あなたとはほかにもたくさん、話し合わなければならないことがあるけれど、ひとまず……」いったん言葉を切り、事の重要性を伝えるのにちょうどいい悪態がなかったかしらと考える。「このいまいましいトレーを厨房に戻すのよ！」

ポーラが目をまん丸にし、口元を手で押さえて、噴きだしそうになるのをこらえる。「レディ・ホリー、あなたの口から悪態なんて初めて聞いたわ」

ホリーはほほえみかえした。「わたしが悪態をつけるんだもの。あなたも呼び鈴を鳴らしてメイドを呼び、ちゃんとした紅茶を用意するよう伝えられるはずよ」

ポーラは決意を固めるように背筋をしゃんと伸ばした。「そうね。やってみるわ！」と言い、気が変わらないうちにと急いで呼び鈴に駆け寄った。

さらにブロンソン家の人びとと使用人の関係を改善すべく、ホリーはメイド長のミセス・バーニーと毎日、短い打ち合わせを行うことにした。ポーラとエリザベスも同席するよう説得したものの、ふたりはなかなかうんと言わなかった。ポーラは依然としてミセス・バーニーに指示を出すのにかなり遠慮を感じているようだったし、エリザベスは家のなかのことにほとんど興味を持っていなかった。だが、ふたりは学ばなければならないのだ。「家事の管理はレディの大切な仕事なのです」ホリーはふたりをそう諭した。「毎朝ミセス・バーニーと打ち合わせをし、その日の食事のメニューを決めたり、絨毯掃除や銀器磨きなど、使用人にしてもらうべき雑事がないか相談したりしなければなりません。そして一番大事なのが、家計の管理です。家計簿をつけ、必要な品の購入を手配するのもレディの役目です」

「そういう仕事は、ミセス・バーニーがやってくれるのだとばかり思ったわ」毎日そのような面倒なことをしなければならないのかと、エリザベスは不機嫌そうな表情を浮かべた。

「いいえ、あなた方の仕事よ」ホリーはほほえんだ。「あなたもお母様と一緒にいまのうちに学んでおくといいわ。いずれ自分の家庭で、家計管理をすることになるんだもの」

その後、意外にも、ポーラとエリザベスの努力はきちんと報われた。使用人たちの仕事ぶりは見ちがえるようだった。ポーラは相変わらず使用人たちに指示を出すことに抵抗を覚えているようだが、指示の出し方が徐々に的確になり、それに伴って本人も自信がついてきたように見える。

もうひとつの著しい変化は、ブロンソン家のあるじの日常生活だった。ザッカリーがどんちゃん騒ぎを求めてロンドンと屋敷を毎夜行き来するのをきっぱりやめたことに、ホリーも気づき始めていた。さすがのホリーも彼にだけは変わるよう言うことができなかったのだが、以前に比べると物静かになり、穏やかさも増したようで、冷笑したり、粗野な言葉を口にしたりする回数も減っていた。よこしまな黒い瞳でじっと見つめることも、挑発的な言葉を投げることも、危うく唇を重ねそうになることも、困惑するほどのお世辞を言うこともいっさいない。レッスン中も礼儀正しく、彼女の教えにおとなしく従った。ダンスのレッスンのときですら落ち着きはらった態度だった。困ったことに、未来の紳士ブロンソンは、ならず者ブロンソンよりもずっと魅力的だった。いまではホリーは、彼が冷笑の仮面の下に隠したさまざまな側面を知っている。彼女は夢にも思わなかったくらい、深い敬服の念をブロンソンに抱きつつあった。

彼は貧しい人びとへの支援に情熱を注いでいた。しかも、金銭的な援助だけではなく、自活のためのチャンスも与えていた。ほかの裕福な紳士たちとちがい、彼は下層階級の人びとの心をきちんと理解できるようだった。彼らがなにを必要とし、なにに不安を抱いているかを理解し、現状改善のためにさまざまな手を打った。労働者の一日の作業時間を一〇時間に短縮する法案を可決させるため、政治家たちとの話し合いを数えきれないくらい持ち、彼らが進めている運動に惜しげもなく投資をした。自ら経営する工場では子どもの就労を禁止し、従業員のために未亡人や高齢者の年金を含む福利厚生基金を設けた。

周囲の経営者たちは、そのような対策を自社に導入するのは無理だ、従業員に還元する余裕はないと突っぱねた。だがブロンソンは、まさにそのやり方で巨万の富を築いてきた。その成功ぶりこそが、従業員を動物ではなく人間として扱うべきだという彼の主張の最高の裏づけとなった。

ブロンソンは経営する会社を通じて、庶民の暮らしを改善するための商品を輸入したり、開発したりもした。石鹸やコーヒー、キャンディー、生地、食器類などを大量生産し、庶民が購入しやすい低価格を実現した。だがそうした彼の事業戦略に対し、周囲の人間は賞賛を贈るのではなく、敵対心を示すばかりだった。貴族たちは、ブロンソンは階級間の格差をなくそうとしている、貴族にだけ与えられた正当なる権威を奪おうとしていると非難の声をあげた。そしてほとんど誰もが、彼がいずれ失敗することを期待しつづけた。

どれだけ洗練を身につけたところで、彼は上流社会ではけっして歓迎されず、しぶしぶ存在を認められるのがせいぜいだろう。彼がいずれ、甘やかされた女子相続人と結婚するのだと思うと、ホリーは心から同情を覚えた。彼の妻は夫を単なる金づるとみなし、影で夫を蔑むだろう。せめて、彼と同じように理想に燃えた活発な女性、彼のような知性と精力にあふれた男性との結婚生活に幸福を感じられる女性がどこかにいればいいのだが。ブロンソンなら、自分に敬意を払ってくれる妻に最高の暮らしを与えられるだろうに。それに彼との結婚生活はきっと、とても個性的な、笑いと情熱にあふれた生き生きとしたものになるはずだ。

三人の妹たちのひとりを彼に紹介することも、ホリーは考えた。妹たちならブロンソンとさほど年齢差もないし、彼の財産を考えれば一家にとっても望ましい結婚だ。けれども、彼が妹に求愛するところを想像すると、嫉妬にとてもよく似た深い胸の痛みを覚えた。それに世間知らずの妹たちでは、ブロンソンをうまく操るのは難しいかもしれない。ひとたび彼が身勝手な態度に出たときには、いまだにかなり厳しく叱責する必要があるくらいなのだから。

ドレスの一件がいい例だ。

ホリーがエリザベスとポーラを連れ、ドレスメーカーを訪れたときのことだ。ふたりのために、ふだん着ているものよりもエレガントなデザインのドレスを注文するホリーをブロンソンは隅に呼び寄せ、驚くべきことを言いだした。

「あなたも新しいものを何着か注文するべきです。グレーだの、茶色だの、藤色だの、半喪の装いばかり見るのはもううんざりだ。もう誰も、あなたにそんな格好をしろなんて思っていませんよ。好きなだけ注文してください。代金はわたしが払いますから」

ホリーは口をあんぐりと開けて彼を見つめた。「わたしの服装について不満を述べるばかりか、代金まで払うと言いだすとは、人を侮辱するにもほどがあります」

「侮辱したつもりなどありませんよ」ブロンソンは用心深く反論した。

「紳士たるもの、けっしてレディに装飾品を買ってはいけないとご存じのはずよ。手袋一組だっていけないのです」

「だったら、ドレス代はあなたとの契約金から天引きしましょう」ブロンソンは言い、おだてるようにほほえんだ。「あなたほどの美貌の女性は、美しいものを身に着けるべきです。翡翠色、いや黄色のドレスを着たあなたが見てみたい。待てよ、赤もいいな」すっかり想像力をかきたてられてしまったらしく、彼は興奮気味につづけた。「真っ赤なドレスのあなたほど、美しい女性は想像できませんね」

だがそのようなお世辞にのせられるホリーではない。「いいえ、新しいドレスは注文いたしません。わざわざ色のことまでご助言いただいて、感謝しますわ。真っ赤なドレスだなんて！　そのようなドレスを着たら、わたしの名誉がどうなるかわかるでしょう？」

「とっくに傷ついていますよ」ブロンソンは指摘した。「だったらいっそ、楽しんだほうが得でしょうに」ホリーが言葉を失うほど怒っているのを見ておもしろがっているらしい。

「あ、あなたなんか……」

「くたばれ、ですか？」

ホリーはすぐさまその言葉に飛びついた。「そうよ、いますぐくたばればいいわ！」

だがホリーが甘かった。ブロンソンは彼女の拒絶など無視し、新しいドレスを数着、こっそり注文していた。ドレスメーカーが彼女のサイズや好みを把握していたので、彼がひとりで注文するのはしごく簡単だっただろう。

注文の品々が入ったたくさんの箱がようやく届いた日、ホリーはその三分の一が自分のものであるのに気づいて青ざめた。ブロンソンは、母や妹のために注文したのと同じくらい多くのドレスをホリーのために注文していた。しかも、ドレスに合わせた手袋や靴や帽子まで。

「わたしはどれも着ません」ホリーは宣言し、そびえるように重ねられた箱の陰からザッカリーをにらみつけた。「どうして無駄づかいをするのです。あなたと一緒にいて、こんなに腹が立ったのは初めてだわ。いいですか、この箱に入っているリボン一本、ボタンひとつたりとも身に着けることはありませんからね」いらだつ彼女を見てブロンソンは笑い、だったら全部燃やしてしまいましょうか、それで気がすむなら、と言ってからかった。

それらのドレスを妹たちに譲ることもホリーは考えた。サイズや体つきはだいたい一緒だ。だが、独身の彼女たちは純白以外のドレスはめったに身に着けない。ブロンソンの注文した品々はどれも大人の女性のもの、世間を知っている女性が着るものばかりだった。ホリーはひとりきりのときにこっそり、贅を尽くした美しいドレスを部屋で広げてみた。どれもみな、ずっと着ていた喪服や、ジョージと暮らしていたころに愛用した簡素なドレスとは大ちがいだった。色鮮やかで、カットも女性的かつ華やか。彼女の曲線を際立たせるようなデザインばかりだった。

翡翠色のイタリアンシルクの品は長袖で、三角形にカットされた袖口が手の甲をおおうしゃれたデザインだ。緋色の波紋絹の散歩用ドレスは、繊細な純白のレースを縁にあしらったつば広の帽子が合わせてあった。薄紫色のストライプのハウスドレスは、ぴったりとした純白の袖にフラウンススカートというデザイン。黄色のシルクのドレスは、袖と裾にこまかな薔薇の刺繍がほどこされている。

そして、真紅のシルクのドレス。一分のすきもないシンプルでエレガントなそのイヴニングドレスを着ることはけっしてないだろうと思うと、ホリーは思わず悲嘆に暮れた。大胆にカットされた襟ぐり、なんの装飾もない身ごろ。スカートはあたかも荘厳な赤い滝が流れているかのようで、もぎたてのりんごのような、希少なワインのような、なんともいえない陰影を織りなしている。唯一の装飾的デザインは、シルクのフリンジがたれた真紅のベルベットのサッシュだけ。ホリーはこれほど美しいドレスは見たことがなかった。もう少し地味な色だったら、せめて落ち着いたダークブルーだったら、彼女はブロンソンからの贈り物を受け入れ、その結果、たしなみを失うことになっていただろう。だがブロンソンは、彼女が絶対にこのような色のドレスを着ないと知っていてわざと注文したのだ。彼はいつもそうだった。山盛りのケーキをメイドに持って来させたときとまったく同じだ。彼はホリーを誘惑して楽しんでいる。彼女が良心と闘うのを見て、おもしろがっている。

だが、今回はあのときのように屈したりはしない。ホリーは一枚も試着しなかった。モードに言ってすぐに衣装だんすにしまわせた。いずれなにかの折りに、誰かに譲ればいい。

「これでいいわ」衣装だんすの鍵をかちゃりと音をたててかけつつ、ホリーはつぶやいた。「あなたの悪魔のような誘惑に、ときには負けることもあるかもしれない。だけど、少なくとも今回はわたしの勝ちよ!」

ホリーがブロンソン家に住むようになってからほぼ四カ月が過ぎ、いよいよ、忍耐強い指導の成果を試す日がやってきた。プリマス家での舞踏会の夜だ。エリザベスにとっては社交界にデビューする日であり、ザッカリーにとっては上流社会にその洗練された礼儀作法を披露する日である。ホリーの心は誇りと高まる期待でいっぱいだった。今夜はきっと社交界の大勢が、うれしい驚きとともにブロンソンを迎えることになるだろう。

ホリーの提案で、エリザベスは淡いピンクのレースでたっぷりトリミングをほどこした純白のドレスを着ていくことになった。ウエストと結い上げた巻き毛には、摘みたてのピンクの薔薇を一輪ずつ飾った。エリザベスはみずみずしく優美だった。ほっそりとして背が高いので、王女のような雰囲気さえ漂っている。彼女は兄から贈られた宝石をいくつも持っているが、ホリーはその見事なダイヤモンドやサファイアやエメラルドは独身女性が身に着けるには重厚で高価すぎると考えた。代わりに彼女が選んだのは、細い金鎖に真珠が一粒だけついた首飾りだった。

「あなたにはこれだけで十分」ホリーはエリザベスに真珠の首飾りをつけながら言った。「このほうがすっきりして、あなたの美しさが損なわれないでしょう。贅沢な宝石は、わたしくらいの年になったときのためにとっておきなさい」

エリザベスは化粧台の鏡に映る自分とホリーの姿を見つめ、「ご自分のことを老婦人みたいに言うのね」と笑った。「今夜のレディ・ホリーはこんなにきれいなのに！」

「ありがとう、リジー」ホリーは彼女の両肩をぎゅっと抱きしめると、にこやかにポーラを振りかえった。「せっかくお世辞を言われたのだから、わたしもどなたかを褒めなくっちゃ。ミセス・ブロンソン、今夜は本当におきれいよ」

襟元と袖にきらめくビーズ刺繍をほどこした深緑のドレスに身をつつんだポーラは、緊張気味にうなずき、ほほえんだ。形式ばった舞踏会などに行くよりも、家であれこれ家事をしていたいにちがいない。

「わたし、自信がないわ」エリザベスも鏡の前で不安そうにつぶやく。「大失敗してしまうかも。ひどいエチケット違反をして、みんなに噂されるかもしれないわ。ねえレディ・ホリー、やっぱり今夜は出かけるのはよしましょうよ。また別の機会にしましょう、もっとたくさんレッスンしてから」

「舞踏会やパーティーや夜会はね、どんどん出席したほうが慣れるものなの」ホリーはきっぱりと言った。

「きっと誰からもダンスに誘われないわ。だってみんな、わたしがどこの誰だか知っているもの。妹をこんな目に遭わせるなんて、お兄様もお兄様よ！　今夜はきっと壁の花になるにちがいないわ。舞踏会のドレスなんてわたしには全然似合わない。どこかでじゃがいもの皮をむいているか、歩道を掃いているほうがずっと――」

「あなたはきれいよ」ホリーはエリザベスを抱きしめた。エリザベスは鏡に映る自分の不安そうな顔をじっと見ている。「本当にきれいよ、リジー。礼儀作法も完璧だし、あなたはとても裕福な家庭のお嬢さんなのよ。大丈夫、絶対に壁の花になんかならないわ。あなたを一目でも見たら、殿方の誰ひとりとして、じゃがいもの皮でもむいていればいいなんて思わなくなるから」

ひたすら説得したり、頑固に主張したりして、ホリーはふたりを部屋の外に出すことに成功し、やっとの思いで大階段を下りさせた。母娘とともに階段を下りながら、内心では不安におののいているだろうに気丈に振る舞うエリザベスを見て、格別誇らしく思った。

ブロンソンは玄関広間で三人を待っていた。金銀の格間天井とシャンデリアがふんだんに放つきらめきに、黒髪が輝いて見える。黒と白の正装に身をつつんで立派に見えない男性などいないが、ブロンソンの場合、服装による効果はまさにてきめんだった。いっさいの装飾を廃した黒の上着は、最新流行のデザインで仕立てられたもので、襟の高さは控えめ、袖はぴったりと腕に沿い、下襟はウエストのあたりまである。そびえるような長身と広い肩と引き締まったウエストのおかげで、流行のデザインがとてもよく似合っている。細めの純白のクラヴァットとぱりっとした白のベストも、きれいにひげを剃った褐色の肌によく映えていた。丁寧に撫でつけた黒髪から、磨き上げた黒の革靴の先まで、完璧な紳士そのもののようだ。それでもなお、どこか粋《いき》な、危険な雰囲気が漂うのは……おそらくあの、黒い瞳に宿る不遜な光と、挑発するような笑みのせいだろう。

ブロンソンはまずエリザベスに視線を向け、愛情と誇りに満ちた笑みを浮かべた。「見ちがえるようだな、リジー」とつぶやいて妹の手をとり、ピンク色に染まった頬に軽くキスをする。「こんなにきれいなおまえは初めて見るよ。舞踏会が終わっておまえが帰るときには、傷心の男どもが列をなしているはずだ」

「それを言うなら傷ついたつま先だわ」エリザベスはそっけなく応じた。「わたしをダンスに誘うような、おばかさんがいたらの話だけど」

「もちろんいるさ」ブロンソンはつぶやき、安心させるように妹のウエストをぎゅっと抱き寄せた。それから母親に目を向けて美しい装いを褒め、最後にホリーのほうを向いた。

あれだけ厳しく指導してきたのだ。ホリーは彼から、今夜の装いについて礼儀正しい言葉を聞けるものと期待していた。紳士たるもの、こういう場面では必ずレディにちょっとした褒め言葉をかけなければならない。ホリー自身、今夜のファッションはまんざらでもないと思っている。かすかに光沢のある淡いグレーのシルク地でできたお気に入りのドレスは、襟元が深く刳られた身ごろに銀色のビーズ刺繡がほどこされており、袖は軽い羽毛でふくらみをもたせた短めのパフスリーブだ。スカートが大きく広がるよう、下にたっぷり糊を効かせたペチコートもはいている。ドレスメーカーに説得されて、軽めと言いながらもウエストが五センチも細くなるコルセットまで着けた。髪はモードに手伝ってもらって丁寧に巻き、真ん中で分けてぴったりと後頭部にまとめ、首筋に数束の巻き毛をたらす流行のスタイルに結ってある。

ホリーはかすかに笑みを浮かべて、頭のてっぺんからつま先までまじまじと眺めているブロンソンの無表情な顔を見つめた。だが彼の口から出てきたのは、期待していた紳士らしいお世辞ではなかった。

「そんな格好で行くんですか」ブロンソンはぶっきらぼうにたずねた。

「ザック！」ポーラがぎょっとした顔で息をのみ、息子をたしなめる。エリザベスも、失礼よというふうに兄の脇腹をつついた。

ホリーは当惑して眉根を寄せた。胸には突き刺すような失望と、いらだちを感じていた。なんてぶしつけで、傲慢な人なのだろう。身なりのことで男性からこのように失礼な言葉を浴びせられるのは初めてだ。ファッションセンスには自信があったのに……まるでふさわしくない格好をしているかのように言われるなんて！

「今夜の行き先は舞踏会です」ホリーは冷ややかに応じた。「このドレスは舞踏会用のもの。ええ、ミスター・ブロンソン、今夜はこの格好でまいりますわ」

ふたりは挑むように長いことにらみあった。いたたまれなくなったポーラとエリザベスは、手袋に染みを見つけたのを口実に広間の向こうに行ってしまった。ホリーはふたりがいつの間にかいなくなったことにも気づかぬまま、不快感もあらわに早口でまくしたてた。

「わたしの今夜の装いに、いったいどんなご不満があるというのです？」

「別に……まだジョージの喪に服していると世間に宣伝したいのなら、そのドレスで完璧なんじゃないですか」

腹立ちと奇妙な胸の痛みを覚えつつ、ホリーは彼をきっとにらみつけた。「このドレスのどこが舞踏会にふさわしくないと言うのですか。ご自分が贈ったドレスでないのが気に入らないだけなのでしょう！　まさか、あのなかのどれかをわたしが着るとでも思っていたの！」

「喪服以外のドレスは……いや、半喪服か、まあ呼び名なんてどうでもいいんですが、あれしかありませんからね。着てくださるんじゃないかと思っていました」

ブロンソンとこんなふうに本気で口論するのは初めてだ。ホリーの心の奥に潜む激しい感情が、火薬に火がつくように爆発する。これまでは言い争いになっても、冗談交じりだったり、からかい半分だったり、なにかをほのめかすようだったりで、こんなふうに本気で彼に腹を立てたことはなかった。ジョージはブロンソンのようにずけずけと手厳しく意見を言ったりはしなかった。意見するときは必ず、できるだけ優しい言葉を選び、心から彼女のためによかれと思って言ってくれた。ホリーは怒り心頭に発しつつ、どうしてブロンソンと夫を比べてしまうのだろう、どうして彼の意見にここまで感情をむきだしにしなければならないのだろうと考えずにはいられなかった。

「これは喪服ではありません」彼女はいらだたしげに言った。「まるでグレーのドレスを見たことがないような口ぶりね。売春宿にいりびたりで、普通の女性がどのようなドレスを着ているかわからなくなってしまったのかしら？」

「あなたがそれをどう呼ぼうと」というブロンソンの声は、静かだが非難の気持ちがにじんでいる。「一目で喪服とわかります」

「そう、でもわたしがこれから五〇年間喪服を着つづけたところで、あなたにはなんの関係もないことだわ！」

ブロンソンは広い肩をぞんざいにすくめた。そのしぐさに彼女がますます怒りを燃え上がらせるとわかっているのだ。「カラスみたいな格好のあなたを見て、世間の連中はさぞかし感服することでしょう――」

「カラスですって！」

「でも、悲嘆の気持ちをひけらかすのはどうかと思いますけどね。公の場ならなおさらだ。ご自分の感情は心の奥にしまっておいたほうがいい場合もあるんじゃないですか？　とはいえ、あなたがどうしても他人の同情を買いたいとおっしゃるなら――」

「ぶしつけにもほどがあるわ！」ここまで怒ったのは生まれて初めてだと思うくらい、ホリーは激しく腹を立てていた。同情を買うために喪服を着ているですって。ジョージの不在を悲嘆する気持ちが、心からのものではないとでもいうの。怒りのあまり頭に血が上って、体が熱くなり、全身が紅潮する。ブロンソンをたたいてやりたい、傷つけてやりたいと思ったが、怒りをぶちまければ彼がますます喜ぶのはわかっている。どうしてそんなことで彼が喜ぶのかわけがわからないが、黒い瞳にはたしかに、冷たく満足げな光が浮かんでいる。ほんの数分前には彼の紳士らしい身なりに大きな誇りを覚えていたのに、いまではほとんど憎しみすら感じている。

「喪に服すということがどういうものか、知りもしないくせに」ホリーは震え声で責めた。相手の顔を見る気にはなれなかった。「わたしがジョージを愛したように、誰かを愛したことなどないくせに。誰かに心を捧げたことなんてないのでしょう？　そういう自分を、あなたは人より優れた人間だと思いこんでいる。かわいそうな方ね」

それ以上一秒たりとも彼といることに耐えられず、ホリーは足早にその場を離れた。ごわごわしたペチコートが両脚にあたる。ポーラとエリザベスが心配顔でいぶかしむように問いかけてくるのも無視し、重たいスカートを引きずって可能なかぎり急ぎ足に階段を上る。肺がまるで穴の開いたふいごのように感じられた。

ホリーが立ち去ったあとも、ザッカリーはその場に立ちつくしていた。彼はだしぬけに始まった口論に仰天していた。けんかをするつもりなどなかった。むしろ、彼女を見た瞬間にわきおこる喜びさえ感じていた……ドレスがグレーだと気づくまでは。影のごとき、いまだ消えることのないジョージ・テイラーの思い出が投げかける帳《とばり》のごときグレーのドレス。それを目にした瞬間、ザッカリーは悟った。舞踏会の夜ですら、ホリーは一分一秒たりとも夫の不在を嘆かずにはいられないのだ。テイラーの亡霊から彼女を奪おうと、これから数時間も奮闘するなどまっぴらだ。銀色がかったグレーのドレスはたしかに美しいが、彼の目には、雄牛を挑発するために掲げられた旗にしか見えない。どうしてたった一晩、ふたりのあいだに深々と打ちこまれた悲嘆という名の楔《くさび》に邪魔されることなく、ともに過ごすことができないのだろう。

そんな思いから彼は軽率な、いや、ひどく残酷ですらある言葉をホリーに投げてしまった。頭のなかがいらだちと失望でいっぱいになり、自分がなにを言っているのか考えることすらできなかった。

「ザッカリー、彼女にいったいなにを言ったの」母が問いただす。

「さすがね」というエリザベスの皮肉めかした声。「たった三〇秒でせっかくの夜を台無しにできるのはお兄様だけだわ」

一部始終を見ていた数人の使用人がそそくさと、命じられてもいない仕事に手をつけ始める。怒ったあるじの、やつあたりの標的になりたくないのだろう。だがザッカリーはもう怒りを覚えていなかった。ホリーがかたわらからいなくなったとたん、彼の心はなじみのない鬱々とした思いで満たされてしまった。かつて一度も味わったことのないその感情がいったいなんなのか、彼は頭をめぐらせた。拳闘家だったころにひどくやられたときだって、これほど重苦しい感情にとらわれたことはない。腹に大きな氷のかたまりを抱えているような、その冷たさがどんどん広がっていって、指先やつま先まで達するような感じだ。ふいに、ホリーに嫌われたのではないかという不安が脳裏をよぎる。ホリーはもう二度と、彼にほほえむことも、触れることもないかもしれない。

「様子を見に行ってみるわ」という母の声は穏やかで母性愛に満ちている。「でもその前に、いったいなにを話していたのか教えてちょうだい――」

「だめです」ザッカリーは静かにさえぎり、母を制するようにすばやく片手を上げた。「わたしが行きます。わたしが彼女に話して――」彼は途中で言葉を失った。生まれて初めて、女性と向き合うのに躊躇している自分に気づいていた。「くそっ」と吐き捨てるようにつぶやく。誰になにを言われようと一度も気に病んだことのない自分が、あんな小さな女性の言葉にすっかりしりごみしている。いっそのこと罵られたほうがずっとましだった。あるいはなにかを投げつけられるか、頰を打たれたほうが。それだったら耐えることができたはずだ。だがホリーの静かだが蔑みのこもった声は、彼を完璧に打ちのめした。「二、三分して、彼女が落ち着いたころに話しに行ってみます」

「さっきのレディ・ホリーの様子から判断すると」エリザベスが辛辣な口調で指摘する。「少なくとも二、三日してからでないと、お兄様の顔も見たくないと言うんじゃないかしら」

ザッカリーが痛烈な皮肉をお見舞いしようとする前に、ぶすっとした娘の腕をポーラがとり、家族用の居間のほうに引っ張った。「いらっしゃい、リジー。ふたりでワインでもいただいて、気持ちを落ち着けましょう。そうしたほうがいいわ」

エリザベスはため息をつきながら、かんしゃくを起こした八歳の少女のように、ドレスに隠れた足を踏み鳴らして母のあとについていった。いまのように心かき乱されていなければ、ザッカリーはその様子に思わずほほえんだことだろう。彼はアルコールで気を落ち着けようと思いたち、書斎に向かった。サイドボードのところで立ち止まり、デカンタの中身をグラスに注いだ。味わうこともせずに飲み干し、おかわりを注ぐ。だがアルコールは、冷えきった胸の内を温めてはくれなかった。彼は次から次へとわいてくる言葉を頭のなかで選り分け、すべてを元どおりにしてくれる謝罪のせりふを見つけだそうとした。真実以外のことなら、なんだってホリーに言える。だが、ジョージ・テイラーへの嫉妬心を打ち明け、亡き夫のために悲嘆に暮れるのはもうよせと訴えることだけはできなかった。彼女が残りの人生を夫との思い出に捧げるつもりなのはわかりきっている。ザッカリーはうめき声とともにグラスを置き、やっとの思いで書斎をあとにした。靴の底が鉛でできているかのように足が重い。その足を引きずるようにして、彼は大階段を上り、ホリーの部屋に向かった。

危うくつまずきそうになりながら自室の敷居をまたぎ、ホリーは部屋に入った。隣室で安らかに眠るローズのことを思い、音をたてないように扉を閉める。彼女は強く自分を抱きしめるように体に腕をまわし、じっと立ちつくした。たったいまザッカリー・ブロンソンと交わした言葉の一言一言が、頭のなかで鳴り響いている。

最悪なのは、彼の言葉にも一理あることだ。グレーのドレスが今夜にふさわしいと言えるのは、あくまで彼がほのめかした理由で着ている場合だけだ。たしかにデザインはエレガントで洗練されている。けれども、ジョージが亡くなって三年目、半喪期間に着ていたドレスと大した差はない。だが誰も、彼女自身の悩める良心ですら、いまだにこのようなドレスを着る彼女を咎めることはできないはずだ。彼女はひとりでふたたび俗世界に戻っていくのが心底怖かった。だから人びとに、そして自分自身に、自分が何者だったかを思いださせるには、こうするほかないと考えた。ジョージと過ごした日々のわずかな名残りを失いたくなかった。すでに幾日も、亡き夫のことを考えずに過ごしてしまっている。幾度となく、夫以外の男性に激しく惹かれている。かつてはジョージにしか感情を揺さぶられることはないと思っていたのに。いまではなにかの判断を下すときも、ジョージはこれを望むかしら、許してくれるかしらと考えたりせず、自分ひとりで決めるのがまるで当たり前になっている。いつの間にか芽生えていた自立心が、喜ばしくもあり、恐ろしくもある。

この四カ月間の振る舞いは、自分がもはや家族や友人たちから思われているような世間知らずの若婦人でも、貞節で慎み深い未亡人でもなくなったことを、まざまざと示している。彼女はまるで別人になりつつあるのだ。

すっかり動転していたホリーは、声をかけられるまでモードがそこにいることにさえ気づかなかった。「奥様、ドレスになにかおかしなところでもありました？　ボタンが取れたとか、トリミングが――」

「いいえ、そういうわけではないの」ホリーは深呼吸をし、もう一度深呼吸をし、すっかりかき乱された感情を落ち着けようとした。「ミスター・ブロンソンが、このグレーのドレスをお気に召さないようなの。喪服のようだから、もっと別のがいいとおっしゃるのよ」

「そんなずうずうしいことをあの方が……」モードは驚きの声をあげた。

「ええ、そうなの」ホリーはさりげなく応じた。

「でも奥様……言われたとおりになさるおつもりじゃありませんよね？」

ホリーは手袋をはずし、床に落とすと、銀色の履き物を蹴るように脱いだ。怒りのかけらが胸の内で飛び跳ねている一方で、いままで感じたことのない、神経を揺さぶられるような興奮も覚えている。「ぎゃふんと言わせてあげるだけよ」ホリーはぶっきらぼうに応じた。

「人のファッションに意見したことを、後悔させてあげるだけ」

モードはホリーの顔を他人でも見るような目つきで見つめた。雇い主の顔に、復讐の色が浮かぶところなど見たことがなかったからだ。「奥様」おずおずと呼びかける。「少々気が動転してらっしゃるのでは？」

ホリーはメイドにくるりと背を向けると衣装だんすに歩み寄り、小さな鍵をまわして扉を開けた。あの真紅のドレスを取りだし、さっと振って、布地にすばやく空気をまとわせる。

「急いで、モード」彼女は言い、メイドに背を向けてずらりと並ぶボタンを示した。「早くこれを脱ぐのを手伝って」

「で、ですけど……」モードはおろおろした。「そのドレスになさるんですか？ ちゃんと空気にあててませんし、アイロンもまだ――」

「どこも問題なさそうだから大丈夫よ」ホリーは腕に抱えたきらめく真紅の大滝のようなシルクのドレスを点検した。「ボールみたいに大きなしわがあってても別にかまやしないわ。今夜はこのいまいましいドレスを着ていくことにしたから」

断固反対といった表情を浮かべていたモードが、ホリーの固い決意を見て、大きくため息をついてからグレーのドレスの背中のボタンをはずしにかかる。清楚な純白のシュミーズが真紅のドレスの深い襟ぐりからのぞいてしまうと判断したホリーがすばやくシュミーズを脱ぎ捨てると、モードはぎょっとして息をのみ、「い、いいんですか」とたずねた。

モードには着替えの手伝いで一糸まとわぬ姿だって見られている。だが今回ばかりは、ホリーも胸がピンク色に染まるくらい全身を紅潮させた。「だって、このドレスの下に着られるような襟ぐりの開いたシュミーズはないでしょう」真っ赤なドレスを胸元まで引き上げると、モードが慌てて手を貸してくれた。

ようやくボタンをすべて留め、真紅のベルベットのサッシュをきちんと巻き終えると、ホリーはマホガニーの枠の鏡に歩み寄った。楕円形の鏡を三枚並べた鏡に全身が映しだされる。豊かな色合いのドレスに身をつつんだ自分を見て、彼女は仰天した。鮮やかな赤が白い肌を引き立てている。このように大胆なドレス、雪のように白い胸のふくらみと、背中の上三分の一があらわになったドレスを、ジョージのために着たことはなかった。一歩足を踏みだすたび、ひとつ息をするたび、スカートが流れるように大きく波打つ。ひどく無防備な、すべてをさらけだしているような心もとなさを感じる一方で、なぜか、軽やかな解放感にも襲われる。禁じられた白昼夢のなか、退屈な日常生活から逃れたいと願っていたときに着ていたドレスが、ちょうどこのような品だった。

「最後に行った舞踏会で」ホリーは鏡に映る自分を見つめながらつぶやいた。「これよりももっと大胆なドレスを着たレディを何人も見たわ。背中が完全にあらわになっている人だっていた。それに比べれば、これは上品と言ってもいいわね」

「でも、奥様らしくないです」モードはきっぱりと否定した。「色だって」

ホリーは鏡を見つめ、ドレスだけで十分に華やかだからこれ以上の装飾品は必要ないだろうと判断し、宝石類をすべてはずした。ローズが生まれたときにジョージが贈ってくれたダイヤモンドの腕輪も、両親から結婚のお祝いにもらったきらめく耳飾りも、結い上げた髪を飾るきらきら輝く髪飾りも。簡素なデザインの金の結婚指輪以外はすべて。彼女はそれらをメイドに手渡した。「二階の居間に花束があったわね。あのなかに摘みたての赤い薔薇もあるはずよ。一輪持ってきてくれる、モード?」

メイドは一瞬ためらってから従った。「奥様」と静かに呼びかける。「別人のように見えますよ」

ホリーは笑みを消し、深呼吸をした。「それはいい意味なの、それとも悪い意味かしら? ジョージがわたしのこんな姿を見たら、いったいなんて言ったかしらね」

「だんな様も、奥様が真っ赤なドレスをお召しになるところを是非見たかったと思いますよ」モードはまじめな声で答えた。「だんな様だって、男の人ですもの」

11

ホリーの部屋の扉に歩み寄ったザッカリーは、右手の人差し指と中指の関節でおずおずとノックをした。なんの物音も返答も聞こえない。ため息をつき、もう休んでしまったのだろうかと考える。今夜はもう彼に会いたくないと思うのが当然だ。ザッカリーは無言で自分を叱りつけ、どうしてあのとき黙っていられなかったのだろうと悔やんだ。女性受けがいいとは言えないにせよ、女性の扱いはそれなりに心得ている。ホリーの身なりについて、否定的な意見を口にするなどどうかしていた。きっと彼女はいまごろ部屋の片隅で、心痛と怒りのあまり舞踏会どころではないと涙に暮れているはず——。

そのとき、扉が静かに開き、あらためてノックしようとしていたザッカリーの右手は宙に浮くかたちになった。そこにはホリーがひとりで立っていた。まるで液体の炎のような真紅のドレスに身をつつんで。

思わず仰向けに倒れそうになり、ザッカリーは戸枠をつかんでこらえた。じろじろとホリーを眺めまわし、仔細残らず貪欲に目に焼きつける。真紅のシルクの身ごろで寄せて持ち上げた真っ白な胸、繊細な曲線を描く鎖骨、やわらかにカーブした首筋……すべてがあまりにも官能的で、口のなかに生つばがわいてくる。驚くほどシンプルなデザインの真紅のドレスは、エレガントだが挑発的で、適度にのぞく抜けるように白い素肌に危うく正気を失いそうになってしまう。これほど躍動感にあふれ、ありえないくらい美しい女性には出会ったことがない。ザッカリーのなかにあった氷のかたまりは、燃えさかる炎のような欲望に満たされるにしたがって溶けていった。自制心が、あたかも急激な温度の変化に耐えかねたガラスのように、いまにも粉々に砕け散ろうとしている。

ザッカリーはベルベットを思わせるホリーの茶色の瞳をのぞきこんだ。今夜にかぎってなぜか、彼女の心の内が読めない。一見すると穏やかそのもので機嫌もよさそうなのに、ひとたび口を開くと、その声音は冷ややかだった。

「お気に召しまして、ミスター・ブロンソン?」

しゃべることができず、ザッカリーはやっとの思いでこくりとうなずいた。まだ怒っているのだ、としびれたような頭で考える。どうして彼女は真紅のドレスを着る気になったのだろう。きっと、それが彼にとって最も厳しい罰になると考えたにちがいない。彼女を求める気持ちがあまりにも激しくて、全身に……とりわけある特別な場所に、痛みすら覚える。ホリーに触れたい。両手と唇で彼女のやわらかな肌に触れ、小さな胸の谷間に鼻をうずめたい。いまこの瞬間に、彼女をベッドに連れていくことができるなら。思う存分に彼女を賛美し、喜びを与えることを許してもらえるなら。

ホリーが値踏みするようにザッカリーを見つめ、やがて頭で視線を止めた。「部屋に入ってください」と言い、身振りで入るよう示す。「髪が乱れています。出かける前に、直しておかねば」

ザッカリーはのろのろと従った。彼女の部屋に招き入れられるのはこれが初めてだ。部屋でふたりきりになるのがいけないこと、適切とは言えない行為なのは承知しているが、わけのわからないことばかり起こる夜なので、これもそのひとつなのかもしれない。ほっそりとした体をシルクにつつんだ彼女について甘い香りのする部屋へと足を踏み入れたとたん、ふたたび頭がまともに働きだし、自分は謝罪に来たのだと思いだす。「レディ・ホリー」彼は呼びかけ、声が上ずっているのに気づいて咳払いをし、もう一度呼びかけた。「下であなたに言ってしまったことですが……あのようなことを言ったりして後悔を……」

「ええ、後悔してもらわねばなりません」というホリーの声は辛辣だが、もう怒りはこめられていない。「あなたは傲慢で厚かましい人。そんなあなたからあのような言葉を聞かされても、なにも驚く必要などなかったのだわ」

いつものザッカリーなら、彼女のこうした厳しい言葉に冗談交じりでやりかえしていただろう。だがいまの彼は、慎み深くうなずくことしかできない。ホリーが歩くときにスカートがたてるしゅっしゅっという音や、波打つシルクに隠された脚が動くさまに、頭のなかが熱い陶酔をもたらす霧につつまれてしまっているからだ。

「そこにかけてください」ホリーは化粧台のとなりに置かれた小さな椅子を示すと、持ち手が銀のブラシを取り上げた。「立ったままだと、手が届きませんから」

ザッカリーはすぐさま言われたとおりにした。すると、きゃしゃで小さな椅子は彼の重みに耐えかねてかしぎ、いやな音をたてた。最悪なことに、座ったら目線がちょうど彼女の胸の位置に来てしまった。彼は目をつぶってそのみずみずしいふくらみを見まいとしたが、思わず身もだえしたくなるイメージは、どうやっても脳裏から消え去ってはくれない。手を伸ばせばすぐに彼女の体を両手でつかまえ、やわらかな胸に顔をうずめることができる。そう思ったらどっと汗が噴きだしてきた。胸が高鳴り、彼女を求めて体中が熱い。彼女がしゃべるたび、優しい声がうなじと下半身に凝集していくかに思える。

「わたしも、後悔していることがあります」ホリーは静かに告げた。「さっきあなたに言ったこと、あなたには人を愛せないなんて……ごめんなさい。腹が立って、思わず口にしてしまったの。きっとあなたにも、いずれどなたかに心を捧げる日が来るわ。お相手がどなたかは、想像もつかないけれど」

あなただ。ザッカリーは強烈な切望感に胸を打たれつつ思った。相手はあなたなんだ。彼女にはこの気持ちがわからないのだろうか。彼にとって自分は気まぐれな欲望の対象にすぎない、ほかの女性と同じ、特別な存在でもなんでもないとでも思っているのだろうか。

張りつめたような沈黙のなか、ザッカリーは目を開けると、ホリーがガラス瓶を取り上げて手のひらに透明な液体を数滴たらすさまを眺めた。「なんですか、それは?」

「ポマードよ」

「ポマードは嫌いなんです」

「ええ、知っています」というホリーの声はどこか愉快そうだ。彼女は両手をこすりあわせて、指と手のひらにまんべんなくポマードを広げた。「少ししかつけませんから安心して。そもそも、そんなふうに前髪を額にたらして公の場に出てはいけないのですからね」

ザッカリーは抵抗するのをあきらめ、おとなしく頭を出した。湿った指先が髪をかきあげ、その下の熱い地肌を優しく撫で、なかなかいうことをきかない黒髪にポマードをなじませていく。「ブロンソン家のみなさんは、髪の質がそっくりね」というホリーの声が笑いを含んでいる。「まるで髪が意志を持っているみたい。エリザベスの髪なんて、おとなしくさせるのにヘアピンをまるまる二箱使ってしまったわ」

心地よさと、えもいわれぬ緊張に、ザッカリーはなにも言葉をかえせなかった。頭に触れてくる両手の感触も、優しくマッサージする指先の動きも、拷問としか思えない。櫛で丁寧に髪を梳かし、額から後ろに撫でつけてもらうと、ザッカリーの髪は奇跡のようにきれいにまとまった。「できあがり」ホリーが満足げに言う。「これで紳士らしくなったわ」

「彼にもこんなふうにしたんですか」ザッカリーは自分がかすれ声でそうたずねるのを聞いた。「ジョージにも?」

ホリーが手を止める。ふたりの視線がからみあい、ザッカリーは彼女の温かな茶色の瞳に驚きが浮かぶのに気づいた。彼女はかすかにほほえんだ。「いいえ。夫の髪が乱れていることなど、一度もありませんでしたから」

そうだよな……ザッカリーは思った。ジョージ・テイラーの完全無欠ぶりを示すもうひとつの事実――彼は髪さえも紳士的だった。ザッカリーはうずいてこわばった体に力を入れ、やっとの思いで立ち上がると、上着のボタンがちゃんと留まっているかどうか、すっかり大きくなってしまった部分が見えないかどうか確認した。それから、ホリーが手についたポマードを洗い流し、肘までおおう純白の手袋をはめ終えるのを待った。なんてかわいい肘なんだろう。ごつごつしたり、尖ったりしていなくて、ほんの少し丸みを帯び、かじりつくのにちょうどよさそうだ。

結婚すると、こういう特権が得られるのだろうか。結婚すれば、夜の外出のために身支度を整える妻の姿を、こうして見つめることができるのだろうか。見ているだけでとてもくつろいだ気分になり、あまりの切望感にうつろになってくる。

そのときふいに、息をのむ声が聞こえてきた。声のしたほうを向くと、ホリーのメイドが開いた扉の向こうに立っていた。青い瞳をディナープレートのようにまん丸に見開いている。力を失ったメイドの指から、みずみずしい真紅の薔薇が絨毯の上に落ちた。「あの……わたし、気づきませんで……」

「入って、モード」ホリーが穏やかに促す。まるで、ザッカリーが部屋にいるのが日常茶飯事だとでもいうように。

メイドはわれにかえると、床に落とした薔薇を拾い、ホリーのもとに持っていった。しばしふたりで相談しあってから、メイドが器用な手つきで、いい香りのする薔薇をきらめく茶色の髪に挿す。ホリーは満足げに鏡をのぞきこみ、軽く薔薇に手を触れてから、ザッカリーに向きなおった。

「まいりましょうか、ミスター・ブロンソン？」

申し訳なさと安堵感につつまれつつ、ザッカリーは彼女をエスコートして部屋を出た。内心では相変わらず、荒れ狂う欲望を抑えつけるのに苦労していた。とりわけ、手袋をした彼女の手が腕に置かれたときと、彼女の脚の周りでシルクのスカートがじらすようにかさかさと音をたてたときには、たまらない気持ちになった。ホリーは蠱惑的《こわくてき》な女性ではないし、男性経験がごく限られたものであることはザッカリーも承知している。だが、彼女ほど心をそそられる女性はいままでいなかった。もしもこれが金でどうにかできる話なら、彼女のために国という国を買ってもいいくらいだ。

しかし残念ながら、話はそう簡単ではない。ザッカリーには彼女に、テイラーが与えたような生活、彼女にふさわしい、彼女が必要としている洗練された暮らしをけっして与えることができないのだ。万が一奇跡が起きて受け入れてもらえたとしても、何度となく失望させた挙句に、憎まれるようになるのは目に見えている。じきに彼女はザッカリーの粗野な面をすべて知り、だんだん嫌悪を催すようになるだろう。口実を作っては、ベッドに近寄らせまいとするだろう。たとえ最初はうまくいったとしても、最後には不幸な結末が待っているのだ。なぜなら、賢明なる母が指摘したとおり、サラブレッドとロバはつがいにはなれないからだ。ホリーのことはそうっとしておき、もっと自分にふさわしい女性に求愛したほうがいい。

それが可能ならば。

ザッカリーは大階段の途中でホリーを立ち止まらせ、彼女と目線が合うよう自分だけ二段下りた。「レディ・ホリー」と真剣な口調で切りだす。「喪服について言ったことですが……申し訳ありませんでした。あのように意見する権利はわたしにはありませんでした」言葉を切り、やっとの思いでぎこちなく息をする。「お許しいただけますか？」

ホリーはふっと笑って彼を見つめた。「まだ許さないわ」

その瞳には、まるでじらすような、からかうような色が浮かんでいた。ザッカリーはふいにわきおこる喜びとともに、彼女は主導権を握ることを楽しんでいるのだと悟った。その笑みがあまりにも生意気そうで、愛らしくて、その場で抱き寄せて気絶するまで口づけてしまいたい衝動をなかなか抑えられない。「では、どうすれば許してくださいますか」ザッカリーは優しくたずねた。ほほえみながら彼女と見つめあったその一瞬は、彼の人生で最も甘美なひとときだった。

「思いついたら、わたしのほうからお伝えするわ」ホリーは階段を二段下り、ふたたび彼の腕をとった。

プリマス家の舞踏会では、ブロンソン家の面々はたいそうな人気だった。ホリーは正直言ってその人気ぶりに驚かされたが、けっしてそれを表には出すまいとした。彼らが成功をおさめたこと、とりわけ、周囲の人びとに難なく溶けこめたことに興奮を覚えていた。彼女の指導のおかげで、三人は社交界に気後れすることなくなじんでいる。社交界のほうも、三人に大いに感銘を受けているようだ。「例のミスター・ブロンソンだけど」と年配の婦人がかたわらの婦人に言うのが聞こえる。「なんだか以前よりも洗練されたようね。出世ぶりは存じ上げていたけど、今夜こうして会ってみるまでは、立場に見合った礼儀作法は身につけてらっしゃらない方だとばかり思っていたわ」

「まさか、お嬢さんのお相手になんて考えてらっしゃるわけではないでしょうね」かたわらの婦人が仰天した声音でたずねる。「だって、しょせんは平民ですわよ」

「もちろん考えてみますとも」最初の婦人が断固とした口調で応じる。「礼儀作法を身につけるために、さぞかし努力したにちがいありませんよ。素晴らしい成果じゃないの。それに、たしかに生まれは平民かもしれないけれど、財産は平民並みではありませんからね」

「おっしゃるとおりですわ」別の婦人がどこか上の空でうなずく。三人は扇で顔を隠し、離れて立つブロンソンをあたかも標的を狙う兵士のように凝視している。

彼が人びとと談笑しているあいだ、ホリーはエリザベスとポーラの相手をした。エリザベスはダンスが始まる前にすでに一〇人以上の男性から声をかけられていた。どの男性も彼女の目もくらむほどの美しさにまいっている様子だった。細い手首にピンクのリボンで結ばれた、紙のように薄い銀のケースに入れられたダンスカードは、すでにほとんど埋まっているだろう。ホリーは事前に、何枚かは空白にしておきなさいねと助言しておいた。「ダンスの途中でたいてい休みたくなるものなの」ホリーはエリザベスの耳元でささやいた。「それに、踊ってみたいと思う殿方に出会うかもしれないでしょう」

エリザベスは場の雰囲気に少々ぼうっとした様子で、おとなしくうなずいた。プリマス家の洞窟を思わせる舞踏場には、少なくとも三〇〇人は招待客が集まっている。隣接する応接間やギャラリーにも、さらに二〇〇人ほどいるだろう。屋敷はプリマス・コートの愛称で知られている。果樹や異国の花々で埋めつくされた石と大理石の華麗なる中庭《コートヤード》を囲むように建てられているためだ。歴史のある、どっしりとした建物で、かつては砦《とりで》の役割を担っていたが、一八世紀になってから徐々に拡張され、いまのような壮大で豪奢な屋敷へと生まれ変わった。舞踏場では、頭上のシャンデリアが放つありあまるほどの光と、巨大な大理石の暖炉で燃えさかる炎が投げかける光が、あんず色の壁に反射している。人びとをつつむきらめきには、金銀財宝の輝きですらかなわないかもしれない。年配の婦人と緊張した面持ちの若い娘たちは、紋織絹の張りぐるみの金張りの椅子にかけている。友人同士でかたまって、色褪せてはいるが高価なフランドル・タペストリーを背にたたずむ娘たちもいる。

　懐かしい舞踏会の匂いがホリーの鼻腔をくすぐる。蠟と牛乳で磨き上げた床の香ばしい匂いと花々の香りに、コロンや汗やポマードや蜜蠟蠟燭の匂いもかすかに混ざっている。三年も社交界から離れているあいだにこの匂いもすっかり忘れていたが、ひとたびかいでみると、かつての自分やジョージの楽しい思い出がいくつもよみがえってきた。

「まるで現実とは思えないわ」また新たに別の殿方から自己紹介とダンスの申しこみを受けたエリザベスがささやいた。「なんて素晴らしい舞踏会……それにみなさんとても優しいわ。お兄様の財産目当ての貧窮した殿方が、ここにはよほど大勢いるのね」

「あなたをダンスに誘うのも、声をかけるのも、それだけが目的だと思っているの？」ホリーは愛情をこめてほほえみかけた。「みなさん、ミスター・ブロンソンのお金目当てだって？」

「もちろん」

「あなたに声をかけた紳士のなかには、貧窮からはほど遠い方もいらっしゃるのよ。たとえばウルリッチ卿や、あのお優しいミスター・バーカム。おふたりとも、それは裕福な一族の方なの」

「だったらどうして、わたしなんかを誘うのかしら」エリザベスは心底当惑した声でつぶやいた。

「あなたがきれいで、知的で、朗らかだからでしょう」ホリーが言うと、エリザベスは信じられないというふうに目を丸くした。

またひとり男性が近づいてくる。今度は見知った顔、ホリーのいとこの建築家、ミスター・ジェイソン・サマーズだった。最近ではブロンソン家の別邸建設のため、設計図や材料の相談に毎週のように屋敷を訪れている。そうした折りにはエリザベスもしばしば話し合いに同席し、請われてもいないのに意見を言っては、ジェイソンから皮肉めかした言葉をかえされていた。ホリーは内心、そんなふたりのやりとりをおもしろがっていた。ふたりの口論は、惹かれあう気持ちを隠すためのものにちがいない。ブロンソンも薄々気づいているだろうかと思いつつ、まだ確認したことはなかった。

幸いブロンソンは、ジェイソンの建築家としての才能は大いに評価しているようだ。だが人柄については、褒めるところもけなすところも聞いたことがない。果たして彼は義弟としてふさわしいと認めてもらえるだろうか。もちろん大丈夫に決まっている。ジェイソンはハンサムで才能があり、家柄もいい。だが彼は職業人で、莫大な財産を持っているわけではない……いまのところはまだ。その才能にふさわしい富を得るまでには時間と、大掛かりな仕事をいくつもこなした実績とが必要だろう。

ジェイソンはホリーとポーラとエリザベスに礼儀正しくおじぎをした。ただそのまなざしは、ふいに頬を染めたエリザベスだけに注がれていた。ぱりっとした黒の正装に細身の体を優美につつんだジェイソンは目を見張るほどハンサムで、きらめくシャンデリアの光を受けた栗色の髪がところどころ茶色や金色に輝いている。生き生きとした緑色の瞳には特別な感情は表れていないが、エリザベスを見つめながら頬骨のあたりと鼻梁をかすかに赤く染めるのをホリーは見逃さなかった。エリザベスにすっかり魅了されているようね。ホリーがそう思いながら、ポーラも気づいたかしらとふと横を向くと、彼女は小さくほほえんでこちらを見つめかえした。

「ミス・ブロンソン」ジェイソンがごくさりげない口調でエリザベスに呼びかける。「楽しんでらっしゃいますか?」

エリザベスは指先でダンスカードをもてあそび、これみよがしに手首のリボンを直している。「ええ、とても」

つややかな黒い巻き毛をきれいにピンで留めたエリザベスのうつむきかげんの頭を見つめながら、ジェイソンはどこかぶっきらぼうに言った。「あなたのダンスカードがすべて埋まってしまう前に声をかけるべきだったんですが……もう手遅れですか？」

「そうね、どうかしら……」エリザベスは銀のふたをぱちんと開けると、わざとのろのろとカードをめくり始めた。ホリーは笑いをかみ殺した。エリザベスは助言どおり、このような場合に備えて数枚のカードを空白のままでとっておいたようだ。「どこかに割りこませることもできると思うけど」と言って、考えこむように唇を引き結ぶ。「二回目のワルツではいかが？」

「二回目のワルツですね。あなたのダンスの実力が、建築に関する知識に勝ることを期待していますよ」

彼の軽い冗談に、エリザベスは怪訝そうに目を丸くしてホリーに向きなおりたずねた。「レディ・ホリー、いまのは当意即妙な応答というものかしら？　それとも、その手の応答はこのあとに期待したほうがいいのかしら？」

「そうね」ホリーは優しく笑った。「ミスター・サマーズは、あなたを怒らせようとして言ったのだと思うわ」

「やっぱり」エリザベスはふたたびジェイソンに顔を向けた。「いまのような言葉で何人もの女性の気を引くことなんてできますの？」

「何人もの女性の気を引くつもりなんてありません」ジェイソンはふっと笑みを浮かべた。

「実は、目当てはひとりだけなんです」

ホリーはほほえんでエリザベスを見つめた。そのひとりというのは、わたしなのかしら。そう思っているのがありありとわかる。

ジェイソンがポーラに視線を向け、なにかお飲み物をお持ちしましょうかと申してる。ポーラが恥ずかしげにほほえんで断ると、彼はエリザベスに向きなおった。「ミス・ブロンソン、飲み物のテーブルまでエスコートいたしましょうか？　ダンスが始まる前に、パンチでも飲まれるといい」

エリザベスはうなずいた。ジェイソンの腕をとるとき、彼女の首筋が脈打つのがはためにもわかった。

歩み去るふたりを眺めながら、ホリーはなんてお似合いなのかしらと思った。どちらも魅力的で、背が高くほっそりとしている。ジェイソンならあの若いエネルギーと自信に満ちあふれた男らしさで、エリザベスの心をうまく引き立ててくれるかもしれない。エリザベスには夢中になれる相手、彼女を愛し、魅了してくれる相手が必要だ。皮肉屋な一面を消し去り、誰かに愛されるにふさわしい女性だという自信を与えてくれる相手が。

「ごらんになって」ホリーはポーラにささやきかけた。「なんてお似合いなのかしら、ね？」

ポーラは不安と希望が入り交じった表情を浮かべた。「でも、あのように立派な方がリジーのような娘との結婚を望まれるかどうか」

「そうなることを信じましょう……いいえ、きっとそうなるわ。まともな頭の持ち主なら、エリザベスのように素晴らしいお嬢さんを求めないわけがないもの。それにわがいとこ殿は愚か者ではないわ」

　そこへ、薔薇色の頬をしたふくよかなレディ・プリマスが陽気な歓声をあげながらこちらに歩み寄ってきた。「はじめまして、ミセス・ブロンソン」ふっくらとした手でポーラの手をとり、親しみをこめて握りしめる。「レディ・ホランドを奪いに来たわけではないのよ。あなたをちょっとあちらまでと思って。ご紹介したいお友だちがいるの。そのあとはもちろん、なにか飲み物でもいただきましょうね。途中で十分に栄養をとらないことには、こうした集まりはへとへとになってしまいますもの」

「レディ・ホランド」ポーラは手を引っ張られながら、肩越しに振りかえって頼りなげに呼びかけた。「あの、よろしいんでしょうか……?」

「もちろん」ホリーは笑みを浮かべてみせた。「エリザベスが戻ってきたら、わたしが一緒にいますから」ホリーのなかで、レディ・プリマスへの感謝の念がわいてくる。先ほどこっそり、ポーラを歓迎してくれそうなレディに紹介してほしいと頼んでおいたのだ。「ミセス・ブロンソンは本当に恥ずかしがりやな方で」ホリーはそう説明した。「でも、それはもう感じのいい方なんです。常識があって、誠実で。ですから、あなたが後ろ盾になって、みなさんに紹介していただければあとは大丈夫だと思うんです」そんな彼女の懇願に、優しいレディ・プリマスは心を打たれたのだろう。それにレディ・プリマスは、ザッカリー・ブロンソンの母親に親切に振る舞い、彼のような男性から感謝されることに、みじんも嫌悪を感じない人でもある。

やがて、ホリーがひとりになったのに気づいたらしく、少なくとも三人の紳士がすかさず部屋のあちこちから彼女のほうに向かってきた。たかが真紅のドレスくらいで、これまで経験したことがないくらいちやほやされるとは思ってもみなかった。「ありがとう、でも遠慮しておきますわ」さまざまなダンスに誘われるたび、彼女はくりかえしそう断った。手袋におおわれた手首を上げて、ダンスカードを着けていないのも見せた。「今夜は踊りませんの。でも、お誘いくださってありがとう。心からうれしく思いますけど……」だが男性陣は、どんなにきっぱり断ろうとその場を去らなかった。さらにふたりの男性が、喉が渇いたのではありませんかとパンチの入ったグラスを手にやってくる。また別の男性が、食べ物で釣ろうと小さなサンドイッチをのせた皿を持って近づいてくる。ホリーの関心を引こうとする男性たちはあっという間に勢いづき、できるだけ彼女のそばに近寄ろうとして肘でこづきあったり、押しのけあったりし始めた。

最初のうちは驚いているだけのホリーだったが、次第に警戒心を募らせていった。こんなふうに男性に囲まれるのは初めてだ。若いころ、純白のドレスをまとっていたころは、お目付け役から男性とのつきあいに関してことこまかに注意を受けていたし、結婚してからは常に夫に守られていた。男性たちは真紅のドレスを着た彼女を目にして、そして、おそらくはブロンソン家に住んでいる状況について噂やあてこすりを耳にして、彼女への興味を大いにかきたてられたにちがいなかった。

この人たちを追い払うことができるのは、ただひとり。そのとき突然、押しあいへしあいする男性陣を肩で押しのけるようにして、ザッカリー・ブロンソンが現れた。ブロンソンはありえないくらい大きく黒く、少々いらだった表情を浮かべていた。大勢の男性たちのなかに立つ姿を見て初めて、ホリーは彼がその立派な体格だけで周囲の人間を威圧できることに気づいた。わがもの顔に彼女の腕をとったブロンソンが、群れなす男性たちをにらみつける。彼女はいけないことと知りながら甘く胸を高鳴らせた。

「レディ・ホリー」ブロンソンがぶっきらぼうに呼びかける。冷ややかな瞳は周囲の人びとを見据えたままだ。「お話ししたいことがあるのですが」

「ええ、かまいませんわ」ホリーは安堵のため息をつきつつ、彼に手を引かれるまま、比較的静かな部屋の隅に向かった。

「ジャッカルどもめ」ブロンソンがつぶやく。「そのくせ連中ときたら、このわたしを紳士ではないと陰口をたたくんだ。少なくともわたしは、公衆の面前で女性を見て荒い息を吐いたり、よだれをたらしたりはしないのに」

「おおげさよ、ミスター・ブロンソン。どなたも、よだれなんてたらしてらっしゃらなかったわ」

「それにあのハロウビーの目つきときたら」ブロンソンはいらだたしげにつづけた。「いまにも筋をちがえそうな勢いで首を伸ばして、あなたのドレスの胸元をのぞきこんでいやがった」

っていたが、ひょっとして彼はやきもちを焼いているのだろうか。もちろん、そうだったとしても、うれしがったりしてはいけないとわかっている。「それに、このドレスを着ることになったのはあなたのせいなんですからね」

「乱暴な言葉はだめよ」ホリーはぴしゃりと言ったが、内心では笑いをこらえるのに必死だった。ひょっとして彼はやきもちを焼いているのだろうか。もちろん、そうだったとしても、うれしがったりしてはいけないとわかっている。「それに、このドレスを着ることになったのはあなたのせいなんですからね」

二階の物陰に控えた楽士たちが軽快な音楽を奏で始め、旋律が舞踏場をつつんでいく。

「もうじきダンスの時間だわ」ホリーは事務的な声音を作った。「お嬢さん方のダンスカードにもう名前は書いていただけた？」

「まだです」

「では、すぐに書いていただかないと。何人かあなたにふさわしい方を教えておきましょうね。まずは、ミス・ユージニア・クレイトン。そうそう、レディ・ジェーン・カークビーとは是非踊らなければだめよ。それから、あちらにいらっしゃるお嬢さん、レディ・ジョージアナ・ブレントンも。彼女は公爵様のお嬢さんなの」

「誰かに紹介してもらったほうがいいんですか」ブロンソンが質問する。

「公式な舞踏会ではね。でも今夜は個人の舞踏会だから気にしなくても大丈夫。それにあなたは招待客のひとりだから、それだけで相応の立場にある男性という証明になるわ。お嬢さん方とおしゃべりするときは、話題がまじめすぎたり、平凡すぎたりしないよう注意してくださいね。芸術の話がいいわ。あるいは、愛読している雑誌のこととか」

「雑誌なんて読みません」

「では、尊敬する著名人とか、最近気になる社会動向とか……あら、そういえばあなたは、ちょっとしたおしゃべりは得意分野のはずね。よくわたしに、あれこれお話ししてくれたもの」

「それとこれとは話が別です」ブロンソンはつぶやき、警戒心を隠そうともせず、純白のドレスをまとった大勢の乙女たちを眺めた。「あなたは女性だ」

ホリーは噴きだした。「では、ここにいるほかの方々は？　女性ではないのなら、いったいなにかしら」

「知るもんですか、くそっ」

「悪態はつかないで。それと、お嬢さんたちに無神経なことは言わないよう気をつけてね。さあ、いってらっしゃい。そうだわ、これも忘れないで。人気のあるお嬢さんばかり選ばず、壁際の椅子にかけているおとなしい方たちもお誘いしなくちゃだめよ」

ずらりと並ぶ暗い表情の壁の花を見やって、ブロンソンはため息をついた。未熟なひな鳥を妻にめとり、自分好みの女性に育てるのが名案だなどと、一度でも思ったのが信じられなかった。庶民の血にいくばくかの名声を与えてくれる上流階級の妻を戦利品として得たい、かつてはそう思っていた。だがここにいるようなお上品な娘たちの誰かとこれから生涯をともにするのかと思うと、心底ぞっとした。「みんな同じに見えます」ブロンソンはつぶやいた。

「同じなわけがないでしょう」ホリーはたしなめた。「結婚市場に飛びこむのがいったいどんな気持ちがするものか、わたしもよく知っているわ。わたしだって当時は、どんな殿方と出会うのかしらと不安で仕方がなかった」言葉を切り、ブロンソンの腕に軽く触れる。「ほら、あちらの列の端に腰かけているお嬢さんが見えるでしょう？　茶色の髪に、ブルーのトリミングのドレスを着たチャーミングな方。ミス・アリス・ワーナーよ。ご家族のことはよく存じ上げているわ。ミス・アリスもお姉様方と同じような人柄のお嬢さんだったら、きっと楽しいひとときが過ごせるはずよ」

「だったら、どうして彼女はひとりでいるんです？」ブロンソンは陰気にたずねた。

「六人姉妹なのよ。だから結婚するときに持参金をほとんど持たせてもらえないの。野心家の若い男性にとっては、それだけで腰が引けるでしょうね。でも、あなたにはそんなことなんの支障にもならない」ホリーはそっと彼の背を押した。「さ、彼女をダンスに誘ってきて」

ブロンソンはなおも抵抗した。「その間、あなたはなにを？」

「エリザベスは飲み物のテーブルに行っているし、ポーラもたぶんそちらに向かっているはずよ。だからわたしも、ふたりと合流するつもり。さ、行って」

ブロンソンは皮肉めかした目つきで彼女を見てから、狩りに追いたてられる猫のようにしぶしぶその場を立ち去った。

彼女がふたたびひとりになったのを確認して、数人の男性が集まり始める。また彼らに囲まれてしまう。ホリーはすぐさま、そこを離れることにした。歩み寄ってくる男性陣には気づかないふりをして、舞踏場の入口のほうにしずしずと進む。隣接するギャラリーか応接間に逃げ場を探せばいいだろう。だが逃げることに必死になるあまり、目の前を大柄な人影が横切るのに気づかなかった。男性のたくましい体にどしんとぶつかる。ホリーは驚いてきゃっと叫んだ。すると手袋をした手が両肘をつかんで、バランスを崩した彼女を支えてくれた。

「ごめんなさい」ホリーは慌てて謝り、目の前の男性を見上げた。「ちょっと急いでいたものですから。ごめんなさい、ちゃんと前を向いて……」ぶつかった相手に気づき、そのあまりの驚きに、やがて言葉はかき消えた。

「ヴァードン……」

レイヴンヒル伯爵ヴァードンの姿を目にしただけで、思い出が恐ろしい勢いでよみがえってきた。一瞬、喉が詰まって言葉を発することも息をすることもできなくなる。彼と会うのは三年ぶり、夫の葬儀以来だ。あのころよりも年をとって、威厳を増した感じがする。目じりには、かつてはなかったしわが刻まれている。以前よりもいっそうハンサムに見えるのに、成熟がその温和な面立ちにいかめしさを加えていた。

まじりけのない金髪は以前と同じ髪型で、灰色の瞳も記憶のなかのまま、ひどく冷ややかで鋭い。だがひとたび笑みを浮かべると、その瞳にぬくもりときらめきが宿り始める。「レディ・ホランド」レイヴンヒルは静かに呼びかけた。

ふたりはいくつもの思い出で結ばれている。けだるい夏の午後を、いったい幾度三人でともに過ごしただろう。パーティーや音楽の夕べを、いったい幾度三人で楽しんだだろう。ホリーとジョージはよく、どんな女性と結婚するべきかふざけてレイヴンヒルに助言したものだった。ジョージとレイヴンヒルで連れだって拳闘の試合を見に行き、大いに飲んで帰宅したこともある。そして、ジョージが腸チフスにかかったとレイヴンヒルに告げた、あの悲劇的な夜。彼は親友が病の床についているあいだだけではなく、死の間際にすら、ずっとホリーの支えとなってくれた。ふたりは兄弟のように仲がよかった。だからホリーも彼のことは家族のように思っていた。三年前に目の前から消えてしまった彼とこんなふうに再会したことで、夫が生きていたころは毎日がどんなふうだったか、甘く、やるせなく思いだされてくる。一瞬、朗らかに笑って気の利いた冗談を言いながら、レイヴンヒルの後ろを歩く夫の姿が見えるような気がした。だがもちろん、そこに夫はいない。彼女とレイヴンヒルだけが、残されてしまったのだから。

「今夜ここに来たのは、レディ・プリマスからあなたが出席されると聞いたからです」彼はささやくように言った。

「本当に久しぶりね――」ホリーは言葉を失った。彼を間近に見て、頭のなかが真っ白だった。夫のことや、この三年間をお互いにどんなふうに暮らしていたか、話がしたかった。

レイヴンヒルがほほえみ、こぼれるような笑顔に白い歯が輝いた。「向こうで話しましょう」

ホリーの手がごく自然に彼の腕に置かれる。まるで夢のただなかに足を踏みだすように、彼女はなにも考えずに歩きだした。レイヴンヒルは無言で彼女を連れて舞踏場をあとにすると、玄関広間を横切り、フランス戸がずらりと並ぶほうへと向かった。そこから中庭に出る。

中庭はむせかえるような果物と花々の匂いに満ちあふれていた。錬鉄の花綵《はなづな》装飾がからまる外灯が、生い茂る緑の木々に光を投げかけ、空を暗紫色に照らしだす。ふたりは邪魔の入らない場所を探して、中庭の端から、屋敷裏手の広大な整形庭園へと向かった。低い生垣で半分陰になった、小さな石の長椅子が円形に並んでいるのを見つけると、そこに腰を下ろした。

不安げな笑みをたたえたレイヴンヒルの影につつまれた顔を、ホリーはじっと見つめた。彼が同じ気持ちでいるのがわかる。彼もホリー同様、まごつきながらも、旧交を温めたいと願っているはずだ。こみあげる親愛の念と懐かしさに、彼を抱きしめたい強烈な衝動に駆られたが、なにかがそれを押しとどめた。レイヴンヒルの顔に浮かぶもの。それは、嫌悪、困惑、あるいは恥辱を催させる隠された事実を知っているという表情だ。彼は手袋の上からホリーの手に触れようとして、その手を引っこめ、広げた膝の上に両の手のひらを置いた。

「ホランド」とつぶやくように呼びながら、彼女をまじまじと見つめる。「こんなに美しいきみは見たことがないよ」

彼女もレイヴンヒルをまじまじと見つめ、そして彼がひどく老けて見えるのに気づいて驚いた。かつて金色に輝いたハンサムな顔がすっかりやつれている。人生とは予期せぬ出来事に備えておかねばならないものであるという、苦い事実を知ってしまったためだろう。特権階級に生まれ育ったことで培ったあの不遜なまでの自信すら、もはや失ってしまったようだ。けれども不思議なことに、そのせいでますます魅力が増している。

「ローズは元気かい」彼は優しくたずねた。

「元気よ。明るい、美しい子に育っているわ。ああ、ヴァードン、ジョージにもいまのあの子を見せてあげられたら！」

レイヴンヒルは言葉が出ないようで、庭のどこか遠くをただひたすら凝視している。喉が詰まるのか、彼は何度かつばを飲みこんだ。

「ヴァードン」長い沈黙の末にホリーは呼びかけた。「いまもまだ、ジョージのことをよく思いだす？」

彼はうなずき、自嘲気味にほほえんだ。「周囲の人間は時が癒してくれると言ったが、ほとんど効き目はなかったようだ。ああ、いやになるくらい始終彼のことを思いだしているよ。彼が亡くなるまで、大切な人やものを失ったことはなかったからね」

彼の気持ちが痛いほどよくわかる。彼女の人生も、かつては奇跡かと思うくらい完璧だった。若いころの彼女は喪失感や痛みとは無縁で、この幸せは生涯変わることはないのだと愚かにも信じていた。未熟ゆえに、自分の愛する者がいなくなるなどとは考えもしなかった。

「小さいころから、ジョージはいたずら好きでわたしは責任感の強い人間だと、周囲の誰もが思っていた。でもそれは表面しか見ていない人の言うことだった。実際にはジョージのほうがしっかりしていた。ユーモアがあって、ありえないくらい高潔な男だった。わたしは父が酔っぱらいの偽善者だし、きみも知ってのとおり、兄弟とのつきあいはほとんどない。学校でできた友だちも、気取り屋や浪費家ばかりだった。心から尊敬できたのはジョージだけだったよ」

せつない胸の痛みに、ホリーは彼の手をとり、きつく握りしめた。「ええ」とささやきながら、愛情と誇りをこめてほほえんだ。「彼は素晴らしい人だったわ」

「彼が亡くなって」レイヴンヒルがふたたび口を開く。「わたしは自分がばらばらになったような気がした。苦しみを和らげるためにあらゆることをしたが無駄だった」自己嫌悪に襲われたように口の端をゆがめる。「酒を飲むようになった。浴びるほど飲んだよ。堕落した男に成り下がり、やがて、しばらくひとりになって頭のなかをすっきりさせようと思いたち、大陸に渡った。だが、ますます落ちぶれていくばかりだった。それまでやってみようとも思わなかったことにまで手を出した。この三年のあいだにわれわれが会うことがあっても、きみにはわたしだとわからなかったろうな。離れて暮らす時間が長くなれば長くなるほど、自分が恥ずかしくて、きみに会うことができなくなった。わたしはきみを捨てたんだ。ジョージと約束したのに——」

ホリーは手袋をしたままの指先で彼の唇に唐突に触れ、あふれるように口からこぼれるみじめな言葉を閉じこめた。「あなたにしてもらえることなんて、なかったんだもの。わたしに必要だったのは、ひとりで喪に服す時間だけよ」思いやり深く彼を見つめる。彼が不適切な、不名誉な振る舞いに及ぶところなど想像もできない。レイヴンヒルが無鉄砲な行為にふけるところなど見たこともない。泥酔するところも、女性を追いまわすところも、賭け事を楽しむところも、けんかをするところも、どんなことであれ度を超すところは見たことがない。何年も英国を離れて暮らすあいだにいったいどんなことをしていたのか、まるで理解が及ばない。だが、そんなことはどうでもいい。

誰かの死を悼む方法は人それぞれのはずだ。ホリーは自分の殻に閉じこもって悲しみに暮れたが、レイヴンヒルはきっと、ジョージの死によってしばらくのあいだ自分を見失ってしまったのだろう。大切なのは、こうして戻ってきてくれたことだ。ホリーは彼に再会できて、心からの喜びを感じていた。

「どうして会いに来てくださらなかったの？　帰国していたなんてちっとも知らなかったわ」

レイヴンヒルは自虐的に笑った。「死の床にある親友と交わした約束を、ひとつも守れずにいたわたしだよ。だが、今後あの約束を守っていかないことには、もう自分に耐えられないと思った。そのために最初にするべきことは、きみに許しを請うことだと思った」

「許しを請う必要なんてないわ」ホリーはさらりと応じた。

その答えにレイヴンヒルは、ほほえんで首を振った。「相変わらず、レディらしい答えだな」

「でもきっと、以前ほどレディらしくはなくなったと思うわ」ホリーは皮肉めかした。

レイヴンヒルがじっと見つめてくる。「ホランド、きみがザッカリー・ブロンソンに雇われている話を聞いたよ」

「ええ。ミスター・ブロンソンと、彼の素敵なご家族に社交界のマナーを教えているの」

「わたしのせいだ」レイヴンヒルは、ホリーの誇らしげな返答をありのままには受け止めなかったようだ。「わたしさえ約束を守っていれば、きみにここまでさせることはなかっただろうに」

「いいえ、ヴァードン」ホリーは慌てて口を挟んだ。「わたしのほうこそ彼らから学ぶことがたくさんあるの」必死に言葉を探す。どう言えば、ブロンソン家の人びととの関係を彼に伝えることができるだろう。「彼らと暮らすようになって、以前よりも正しい人間になれた気がするの。うまく説明できないけれど、いろいろな意味で彼らに助けられているのよ」

「きみは、仕事などしてはいけない人だ」レイヴンヒルは静かに指摘した。「ジョージが生きていたらどう思うか、きみだってわかっているはずだ」

「ジョージがわたしになにを望んでいたかはよくわかっているわ。でもね、ヴァードン――」

「ホランド、わたしたちはいろいろと話し合わねばならないようだね。いまこの場で話し合うわけにはいかないが、ひとつだけ聞かせてくれないか。あの日のジョージとの約束……きみはまだ、あの約束を守る気はあるのかい」

一瞬ホリーは、答えようにも息すらできなかった。抗うことのできない大波となった運命に飲みこまれるかのような、めまいにも似た感覚に襲われる。それと同時に、なすすべもなく状況を受け入れねばならないかのように、奇妙な安堵と物憂さを覚える。「ええ」彼女は静かに答えた。「もちろん、まだ守るつもりはあるわ。でも、あなたがそれを望んでいないのなら――」

「あのとき、わたしは自分の意志で約束をした」レイヴンヒルは決然としたまなざしで彼女をとらえた。「いまも自分がなにを望んでいるかくらいわかってる」

後悔の痛みにつつまれるのを感じながら、ふたりはしばらく無言で座っていた。言葉などいらなかった。ふたりの住む世界では、幸せは自分自身のために手に入れるものではない。それは、名誉ある行いに対する褒美としてときおり与えられるものだった。たしかに義務感はしばしば苦痛と不幸をもたらすが、高潔に生きることができたという事実に救われるときはいつかきっとやってくる。

「では、またあらためて話しましょう」ホリーはやっとの思いでつぶやいた。「ブロンソン家に会いにいらして」

「舞踏場までエスコートしようか？」

ホリーは慌ててかぶりを振った。「先に戻ってもらってもいいかしら。ひとりでここに座って、静かに考えてみたいの」彼の瞳に抗議の色が浮かぶのに気づいて、なだめるようにほほえむ。「大丈夫、あなたのいないあいだに、どなたかに言い寄られる心配などないわ。お屋敷だってすぐそこなのだし。だから先に行って、ヴァードン」

彼はしぶしぶうなずき、ホリーの手をとると、手袋の上から甲に口づけた。彼がいなくなってしまうと、ホリーはため息をついた。ジョージとの最後の約束を守ることに、どうしてこんなふうに悩んだり心を痛めたりする必要があるのだろう。「あなた」彼女はつぶやき、目を閉じた。「あなたはいつも、わたしにとってなにが正しい選択肢かご存じだったわね。

そんなあなたをいまも信頼しているし、あなたとの約束を守るべきなのもわかっているの。でも、もしもまだあの約束を守ってほしいと願っているのなら、わたしに合図をください。そうしたら喜んで、これからの生涯をあなたの望むとおりに生きるわ。それを犠牲だなんて思ったりしない。でも――」

心をこめた彼女のつぶやきは、いらだたしげな声によって唐突にさえぎられた。

「こんなところでいったいなにをしてるんです？」

男気にあふれ、負けん気の強い性格のザッカリーは、以前にも嫉妬くらいしたことがある。だが、これほど強烈な嫉妬を感じるのは初めてだ。怒りと恐慌に、はらわたが千切れそうだ。彼は愚か者ではない。だから舞踏場でホリーがレイヴンヒルを見つめる様子を目にして、すぐにすべてを悟った。ふたりは同じ階級に属し、彼とはいっさい関係のない過去を共有している。ふたりは絆と思い出で結ばれているだけではない。お互いになにを期待すればいいのかわかっているという、安心感によっても結ばれているのだ。ザッカリーのなかで唐突に、レイヴンヒルに対する恐怖にも似た激しい憎悪がわいた。自分はけっしてレイヴンヒルのような人間にはなれない。いまも、これからもずっと。

いまが未開の時代だったらいいのに。野獣のごとき肉体がすべてを凌駕した時代、自分のものだと主張すればほしいものが手に入った時代だったらいいのに。いまいましい貴族どもだって、元をたどればそういう野獣のような人間から生まれたはずだ。闘いで血を流して地位を得た戦士たちを近親交配し、骨抜きにしてできたのが貴族だ。かつての野獣は何代にもわたって特権的で気楽な生活に浴しつづけ、それによってすっかりおとなしく、つまらない、お上品な生き物に生まれ変わった。しまいには甘えた貴族どもは、恐れるべき先祖たちによく似た男たちを蔑むまでになった。

生まれた時代がまずかったのだ。ザッカリーはようやくそのことに気づいた。生まれてくるのが何世紀か遅かったのだ。どう考えても自分には不釣り合いな洗練された社会に、気取ったり威張ったりして居場所を探す必要などなかった。闘うことで相手を征服すればよかったのだ。

ホリーが小さな手をレイヴンヒルの腕に置き、舞踏場をあとにする姿を目にしたとき、ザッカリーは意志の力を総動員しなければ冷静さをよそおうことすらできなかった。彼女を腕に抱きしめ、野蛮人のようにどこかにさらいたい衝動をほとんど身を震わせてこらえた。

頭のなかに残っていた理性が、ホリーのことはそうっとしておけと彼に命じた。そもそも自分のものではないのだから、失うもなにもないのだ。彼女にとってなにが正しい選択肢なのか、なにが好ましい選択肢なのか、彼女自身に決めさせればいい。彼女にふさわしい平穏な人生を探させればいい。

ああ、そうしてやるさ。ザッカリーは憤怒に駆られながら思いつつ、ふたりのあとをつけた。餌を求めるトラのように、なにものにも横取りはさせないと固い意志をもって追った。

そうしていま、ホリーがぼんやりと夢見心地の表情で、庭にひとりで座っているのを見つけた。そんな彼女をザッカリーは、髪がほどけて滝のように肩にかかり、歯がガチガチと鳴るまで揺さぶってやりたいと思った。

「なにをやってるんです？」ザッカリーは問いただした。「エリザベスがうまく舞踏会になじめるように手を貸し、わたしにどの娘とダンスをすればいいか助言してくれるはずじゃなかったんですか。庭でレイヴンヒルをうっとり見つめているとは、いったいどういうことなんです？」

「うっとり見つめてなんかいないわ」ホリーはむっとして言いかえした。「ジョージのことを思いだしていただけよ。それから……いけない、エリザベスのところに戻らなくては」

「まだです。その前に、あなたとレイヴンヒルの関係について説明していただきます」

ホリーの小さな白い顔に驚いたような表情が浮かぶ。「込み入った話なのよ」

「じゃあ簡単な言葉で説明したらいい」ザッカリーは嫌みたらしく言った。「そうすればわたしにも理解できる」

「話ならあとにしましょう」

「いまです」ザッカリーは手袋の上から細い両肘をつかみ、長椅子から立ち上がる彼女の月明かりに照らされた顔をにらみつけた。

「あなたが怒ることではないでしょう」彼女は乱暴に扱われて小さく息をのんだ。

「怒ってなんかいない。わたしは……」肘をつかむ手に力をこめすぎたのに気づいて、慌てて手を離す。「レイヴンヒルとなんの話をしていたのか、答えてください」

痛むほど強くつかんだわけでもないのに、ホリーは両肘をそっとさすった。「あなたに会うずっと前にした約束の話」

「つづけて」彼女が言葉を切ると、ザッカリーはつぶやいて促した。

「ジョージが亡くなった日のことよ。夫は、ローズとわたしの将来が心配だと言いだしたの。妻と子が生きていくのに十分な財産を残せないことは、彼自身もわかっていたわ。テイラー家の人びとがわたしたちの面倒を見ると夫に言ってくれたけれど、心配でならないようだった。わたしがなにを言っても、心が休まらないようだった。小さな声で何度もくりかえし言ったの。ローズには守ってくれる父親が必要だ、わたしにも……ああ、あなた」つらい思い出にホリーは身を震わせ、ふたたび長椅子に腰を下ろすと、あふれそうになる涙を押しとどめようと目をしばたたいた。うつむいて、目じりに流れた涙を手袋の先でぬぐう。

ザッカリーは悪態をついてから、上着の内側にいくつもついているポケットに順番に手を入れ、ハンカチを探した。懐中時計、予備の手袋、札束、金無垢のたばこ入れ、短い鉛筆。ハンカチはなかなか出てこなかった。ホリーも彼がなにを探しているのか気づいたらしい。ふいに涙声でくすくす笑い始めた。「ハンカチを忘れないようにねって言ったのに」

「どこにしまったかわからないだけです」ザッカリーは予備の手袋の片方を手渡した。「そら、これを使ってください」

ホリーが濡れた頰と鼻をふき、手袋をぎゅっと握りしめる。となりに座ってと言われてもいないのに、ザッカリーは彼女のほうを向いて長椅子にまたがり、うつむいた頭をじっと見つめた。「つづけて」とぶっきらぼうに促す。「ジョージになんと言われたんです」

　ホリーは深くため息をついた。「わたしの行く末を夫はひどく案じていたわ。夫を亡くしてひとりぼっちになってしまうから、男性に導かれ、愛される必要があるって。軽率な判断を下すようになったり、誰かに利用されたりするのではないかって。それで夫はヴァードンに……レイヴンヒルに頼んだの。夫は誰よりもレイヴンヒルを信頼していて、彼の判断力やユーモアのセンスにも一目置いていたから。レイヴンヒルは一見冷たそうな人だけど、本当は優しくて、公平で、寛大で——」

「レイヴンヒルの美点はもういい」彼への嫉妬心がふたたび燃え上がってくる。「ジョージがなにを望んだのかだけ聞かせてください」

「夫は……」その言葉を口にするのがよほど難しいのか、彼女は息を深く吸い、鋭く吐いた。「自分が死んだら、ふたりで結婚しろと」

　胸焦がされるような沈黙が流れるなか、いまのはおれの空耳だよな、とザッカリーは心のなかでつぶやいた。ホリーは視線を合わせようとしない。

「わたしはレイヴンヒルに、無用な負担は押しつけたくなかった」ホリーがようやく、ささやくように言った。「でも彼は、それは賢明な考えだ、むしろ申し出を歓迎すると言ったの。わたしたちが結婚すれば、ジョージの思い出を大切にしていけるし、三人にとって、つまりわたしとローズと彼にとって、素晴らしい未来が築けるからって」

「そんなばかげた話は聞いたことがないな」ザッカリーはうなるように言い、頭のなかですばやく、ジョージ・テイラーに対する考え方をあらためた。「だがその後あなた方は理性を取り戻し、約束を破ることにしたわけでしょう。それこそ賢明ですよ」

「それが、約束を破ったわけではないの」

「なんですって」自分を抑えきれず、ザッカリーは片手で彼女の顎をつかむとぐいっと上を向かせた。涙はすでに乾いており、紅潮した頬に濡れたあとが残り、瞳がうるんでいるだけだ。「どういう意味ですか、破ったわけではないというのは。まさか、そんな結婚生活がうまくいくなんてばかなこと、本気で信じているわけじゃないでしょうね」

「ミスター・ブロンソン――」ホリーは気まずそうに顔をそむけた。彼の反応に驚いているようだ。濡れた手袋を彼に戻す。ザッカリーはそれをポケットに押しこんだ。「舞踏場に戻りましょう。この話はまた別のふさわしい機会を見つけて――」

「舞踏会なんてくそくらえ。いまこの場で話すんです！」

「わたしに怒鳴らないで、ミスター・ブロンソン」ホリーは立ち上がると、つややかな真紅のスカートの埃を払い、身ごろを直した。真珠のような輝きを放つ胸元で月明かりが躍り、みずみずしい谷間にかすかな影を作っている。彼女のあまりの美しさと、彼女に対する腹立たしさに、ザッカリーは両手を握りこぶしにしなければ、いまにもつかみかかってしまいそうだ。長椅子をまたいだまま自分も立ち上がり、片脚を軽々と引き戻す。怒りと興奮を同時に覚えたことなどこれまでなかった。なじみのない感覚だが、不快ではない。

「どうやらレイヴンヒルは、そのとき口にしたほど望ましい申し出だとは思っていなかったようですね」ザッカリーは低くかすれた声で指摘した。「ジョージが亡くなってもう三年も経つのに、まだ式を挙げていない。彼が結婚を拒んでいる明らかな証拠なんじゃないんですか？」

「わたしもそう思っていたの」ホリーは打ち明け、こめかみをもんだ。「でもさっきの話でわかったわ。ヴァードンは自分の頭のなかを整理するのに時間がかかっただけで、いまもまだ夫の希望に敬意を払うつもりでいるんだって」

「そりゃそうだ」ザッカリーは乱暴に言い放った。「真っ赤なドレスのあなたを見たら、気も変わりますよ」

ホリーは目を大きく見開き、不快げに頬を紅潮させた。「いまの言葉は聞き捨てならないわ。ヴァードンはそのような人ではない――」

「そうかな？」ザッカリーは自分が醜い嘲笑を浮かべているのを自覚しながら吠えた。「断言できますよ、レディ・ホリー。舞踏場にいる男どもは、レイヴンヒルも含めてみんな、あなたのスカートの下に潜りこみたいと思っているんだ。彼があなたを求める気持ちに、敬意なんて関係あるものか」

乱暴な物言いにおびえたホリーが長椅子の端にすばやく逃れ、彼をにらみつける。頬を張りたいのか、手袋につつまれた指先がぴくぴくと動いている。「レイヴンヒルではなくて、ご自分のことを言っているのではないの？」そう口走ってから、ホリーは自分がなにを言ったのか気づいたように片手でさっと口を隠し、無言で彼を見つめた。

「痛いところをつかれましたね」ザッカリーはゆっくりと大またに彼女に近づいていった。

「そうです、レディ・ホリー……わたしがあなたを求めているのは、もう秘密でもなんでもない。わたしはあなたがほしい。あなたの気持ちをわかっている。あなたのことが好きだ。くそっ、こんなことを女性に言うのは初めてだ」

明らかに警戒した様子で、ホリーがくるりと背を向けて庭園の小道を駆けだす。屋敷ではなく、庭園のさらに奥の闇につつまれた芝地、誰かに見られたり声を聞かれたりすることのない場所に向かっている。しめた。ザッカリーは原始的な満足感を覚えた。理性などすべて吹き飛んでいた。彼は大して急ぎもせずにホリーを追った。長い歩幅でやすやすと、もつれる足で駆ける彼女に追いついた。

「わたしのことなど、なにもわかっていないくせに」ホリーが息を切らせながら肩越しに叫ぶ。「わたしがなにを必要とし、なにを求めているか、これっぽっちも知らないくせに」

「レイヴンヒルの千倍はよくわかっていますよ」

そんなの信じるものですか、というように彼女が笑い、スピードを上げて彫刻庭園へと向かっていく。「ヴァードンとは長いおつきあいなのよ。でもあなたとわたしは、知り合ってからたったの四カ月半だわ。それでどうして、ヴァードンの知らないことを知っているなんて言えるの」

「知っていますとも、たとえば、あなたは舞踏会で見知らぬ男とキスをする女性だ。それも二度も」

ホリーはぴたりと歩を止め、直立不動になった。「なんてこと」と小さくつぶやくのが聞こえる。

　ザッカリーはホリーの背後で立ち止まり、彼女が勇気を振り絞ってこちらを振り向くのを待った。

「知ってたのね」震える声が言う。「あの晩、キスをした相手だとずっと知ってたのね。それなのにあなたは、なにも言わなかった」

「あなたもです」

　彼女が振り向き、意を決したようにザッカリーを見上げた。その顔は恥辱で真っ赤に染まっていた。「気づかれないことを祈っていたからだわ」

「死ぬまで忘れるものですか。あなたの感触も、匂いも、味も――」

「やめて」ホリーは仰天したように息をのんだ。「そんなことをここで口にするのは――」

「あのときからずっと、いままで誰にも感じたことがないくらい、あなたがほしくてたまらなかった」

「世の女性を全部自分のものにしたいくせに」彼女は叫んだ。このすきに逃げようというのだろう、さっと背を向けると、白い大理石の彫像の背後にまわりこんだ。

　ザッカリーは落ち着いた歩調で追った。「わたしが毎晩遅くまで遊び歩いていた本当の理由もわからないんですか。あの腹立たしい居間に座って、あなたが詩を朗読してくださるのを聞いているほうがずっと満足できた。ロンドン一の技巧を誇る娼婦と一夜を過ごすよりもずっと――」

「いいかげんにして」ホリーは小ばかにするように言った。「そんないやらしいお世辞は聞きたくないわ。あなたのそういう粗野な一面に魅力を感じる女性もいるのでしょうけど、わたしはちがうの」

「魅力的に思ったこともあるはずですよ」ザッカリーはやりかえし、ホリーに歩み寄った。彼女が砂利に足をとられてよろめく。ザッカリーは後ろから抱きすくめ、ほっそりとした腕を両手でつつみこんだ。「わたしを見るときのあなたのまなざしにも、わたしが触れたときのあなたの反応にも、わたしへの嫌悪はこれっぽっちもなかった。それにあなたは、温室で出会った晩、口づけをかえしてくれた」

「ふい打ちだったからよ！　驚いていたからだわ！」

「では、もう一度キスをしたら」ザッカリーは声を潜めた。「口づけをかえしてはくれないんですか？　そういうことですか？」

ホリーの顔は見えない。だがザッカリーは、自らわなに飛びこんでしまったことを悟って、彼女が体を硬くするのに気づいた。「ええ、そういうことよ、ミスター・ブロンソン」と震える声が答える。「口づけなどかえしません。だからもう離して――」

ザッカリーは彼女の体をくるりとまわして自分のほうに向かせ、ぎゅっと抱きしめ、身をかがめた。

12

ホリーは驚きの声をあげ、体を硬直させた。全身を歓喜が駆け抜けていき、しびれたように動けない。ブロンソンの口づけは記憶のなかにあるとおり、衝撃的なものだった。ぴったりと唇を押しつけ、欲望をむきだしにした、飢えたようなキスを受けて、彼女は反応せずにはいられなかった。夜がふたりをつつんでいる。大理石の彫像は、邪魔者を追い払うために静かに控える見張り番のようだ。ブロンソンの浅黒い顔がときおり角度を変える。優しいけれども執拗な唇、深く、熱く探る舌。ホリーは自分の体が焼け焦げてしまうのではないかと思った。唐突に、もっと彼を近くに感じなければという思いに駆られて上着のなかに手を差し入れると、そこには彼の体から放たれた熱がこもり、幾層にもなったリンネルがぬくもりと男性の匂いを帯びていた。汗と肌の匂いと、コロンとかすかに鼻をつくたばこの匂い。これほどうっとりさせられる香りはない。すっかり興奮をかきたてられた彼女は、唇を離して胸元に頬を押しつけた。震える吐息をもらしながら、引き締まったウエストを両腕で抱きしめた。

「ホリー」とつぶやくブロンソンの声も同じように震えていた。「ああ、ホリー……」大きな手がうなじをつつみこみ、ゆっくりと撫でる。彼はホリーの顔を上げさせると、ふたたび唇を重ねた。彼女はもう、ただ口づけを受けるだけでは我慢できなかった。自分も彼を味わいたいと思った。ブランデーの香りがする熱い口のなかに舌を差し入れてみたが、それでもまだこれっぽっちも満足できなかった。彼女はあえぎ、つま先立ってさらに強く唇を押しつけようとしたが、相手の背が高すぎて届かず、かえっていらだちを募らせた。

するとブロンソンは、いとも軽々と彼女を抱き上げ、彫刻庭園のさらに奥へと向かった。なにか丸くて平らなもの、石のテーブルか、あるいは日時計のようなものが見える。彼はホリーを抱いたままそこに腰を下ろした。たくましい片腕で彼女の肩と首を支えつつ、むさぼるように、奪うように口づけをつづけた。ホリーはそれまで感じたことのない、生々しい肉体的な喜びにつつまれた。彼に触れたくてたまらず、乱暴に右手の手袋を脱ぎ、地面に落ちるに任せる。震える手でブロンソンの髪を探り、ウエーブした襟足をまさぐった。指の下でうなじの筋肉が盛り上がったり収縮したりするのが感じられる。やがてうなじは岩のように硬くなり、口づけたまま彼がうめくのが聞こえた。

ブロンソンが唇を離し、ホリーにおおいかぶさるようにして顎の下のやわらかな肌に鼻を押しつけ、首の横の感じやすい部分を探しあてる。舌が肌の上を這う心地よさに、ホリーは彼の腕のなかで身もだえし、全身を震わせた。唇は鎖骨のくぼみの、激しく脈打っているところから離れようとしなかった。

真紅のドレスはすっかり乱れ、胸元がずれて、いまにも胸の先が見えそうになっている。

シルク地が引き下げられるのを感じてはっとわれにかえったホリーは、仰天してつぶやきながら、いまにもあらわになりそうな胸を左手で隠した。「やめて……」自分の唇が熱を持ち、腫れたように感じられて、言葉がうまく出てこない。「こんなことをしては……それ以上はだめ！」

だがブロンソンは彼女の言葉など聞いていないようで、焦がすように熱い唇を胸元に這わせ始めた。鎖骨にかみつき、舌でなめ、その口を豊かな胸の谷間へと移動させていく。ホリーはやるせなさに目を閉じ、力強い指に身ごろを引っ張られるのを感じながら、唇をかんで抗議の声をのみこんだ。いますぐにやめさせなければと思うのに、耐えがたいほど甘やかなひとときを味わいたくて、体面も名誉もどうでもよくなっている。

けれども、いざ真紅のシルク地が引きはがされる段になると思わず息をのんだ。冷たい夜風に洗われて乳首が硬くなる。ブロンソンは手袋をはぎ取り、やわらかなふくらみを大きな手で優しくつつみこみ、硬さを増していく乳首を親指でなぞった。ホリーは目を閉じたまま、自分の身に起きていることを信じられずにいた。彼の唇が触れてきて、感じやすい乳首の周りに丹念に口づけていく。でも、じらすように周りを愛撫するばかりで先端には触れようとしない。ホリーは我慢できずにあえぎ、背を弓なりにして、自ら乳首を彼の唇に押しあてた。唇が開かれ、うずく乳首を口のなかに含んで吸い、舌先で巧みに撫でてくる。

ホリーは身もだえして背をそらし、両腕で彼の頭を抱いた。エロチックな快感が、体中のそこここで脈打っている。呼吸が小さなすすり泣きのようなものに変わり、コルセットに圧迫された肺が必死に空気を取りこもうとした。ドレスがいやにきつく感じられる。ホリーは彼の肌を素肌に感じたかった。彼に味わわれ、触れられたいと願った。これほど強くなにかを切望したことは、いままでなかった。

「ザッカリー」彼女はブロンソンの耳元で息を荒らげながら呼びかけた。「お願いだからもうやめて。お願いよ」

彼の手が胸元に下りていき、ふくらみを手のひらで優しくつつむ。彼の手はざらざらしていた。ふたたび激しく口づけられて、ホリーの唇はやわらかく濡れ、しなやかさを増していった。やがて彼はホリーをわずかに抱き上げ、耳元に唇を寄せてささやいた。その声は優しかったが、言葉はひどく荒々しかった。「あなたはわたしのものだ。誰にも、神にも亡霊にも、絶対に渡しはしない」

ザッカリー・ブロンソンとその力を多少なりとも知る者なら誰もが、いまのような言葉を聞かされたら動転することだろう。ホリーも恐ろしさに身を硬くした。とはいえ、彼にわがもの顔に扱われるのが怖かったわけではない。彼の言葉に、大きな喜びが胸の内にきざし始めたのが怖かったのだ。いままで彼女はずっと、平凡で思慮分別のある、洗練された暮らしを望んできた。このような日が来ようとは、夢にも思わなかった。

膝の上から逃れようとむきになって身をよじるホリーを、ブロンソンはなにも言わずに放した。自分の足でふたたび立ってみると、まるで足元がおぼつかなかった。膝に力が入らず、テーブルから下りたブロンソンが両手で腰を支えてくれなかったら、その場に倒れてしまうところだった。ホリーは顔を真っ赤にしてドレスの前を直し、月明かりを受けてきらめく素肌を隠した。

「よ、予期してしかるべきでした」必死に冷静さを取り戻そうとしながら告げた。「あ、あなたの女好きは知っています。だから、いつかわたしにも言い寄ろうとするのではないかと、頭ではわかっていました」

「わたしたちのあいだに今夜起きたことは、言い寄るとかそういうものではありません」ブロンソンは低い声で反論した。

ホリーは彼を見ようとしなかった。「今後もブロンソン家に滞在するのなら、この突発的な出来事は忘れねばなりません」

「突発的……」ブロンソンの声はあざ笑うようだ。「いいえ、これはわたしたちが初めて会ったときから、月日をかけて育まれていったものですよ」

「ちがいます」ホリーはやりかえした。激しく鼓動を打つ心臓が喉元までせりあがってきて、いまにも言葉を失いそうになる。「あなたを魅力的だと思う気持ちは否定しません。じょ、女性なら誰もがそう思うわ。でも、わたしがあなたの愛人になるなどと誤解してらっしゃるのなら――」

「いいえ」ブロンソンの大きな手が伸びてきて両の頬をつつみこみ、指先がうなじを撫でる。彼はホリーの顔を上に向かせた。情熱的な黒い瞳と見つめあったとたん、ホリーはしりごみした。「そんなことは考えていません」という声はかすれていた。「わたしがあなたに求めて

にして、ふたりともどうかしているのは、そんなことではない。わたしは――」

「その先は言わないで」ホリーは懇願し、ぎゅっと目をつぶった。「いますぐよ。そうでないと、もうあなたの家にはいられなくなってしまう」

そのくらいの言葉でどうにかできるとは思っていなかったのに、案に相違してそれは絶大な効果をもたらしたようだった。長い、張りつめたような沈黙が流れ、やがて、奪うように頬をつつんでいた両手が離れていった。「あなたがわが家を去る理由などありません。この問題については、あなたのおっしゃるとおりにします」

ホリーは喉元につかえていた恐れが消え去っていくのを感じた。「な、なにも起こらなかったことにしましょう」

「わかりました」ブロンソンは即答したが、そのまなざしは懐疑心に満ちている。「ルールを決めるのは、あなたですから」彼は身をかがめてホリーの手袋を拾い上げ、それを手渡した。ホリーは頬を赤らめて、ぎこちなくそれをはめなおした。

「レイヴンヒルとわたしのことに、けっして口出ししないと約束してください」彼女はやっとの思いで告げた。「彼にはブロンソン家の屋敷に訪ねてくるよう伝えてあります。彼が来たとき、その場で追い返したり、ぶしつけに扱ったりしないでほしいのです。自分の未来と……ローズの未来について決めるのに、あなたの手を借りたくない」

ブロンソンは顎をこわばらせ、歯を食いしばっている。「いいでしょう」という声は落ち着いていた。「でも、ひとつ言っておきますよ。レイヴンヒルは三年もヨーロッパで遊び暮らしていたんだ。当時の彼の頭のなかで、ジョージとのいまいましい約束が一番大きな位置を占めていたなんてありえない。あなただってそうだ。わたしの家庭教師役を引き受けたとき、約束のことなんて考えもしなかったはずだ。ジョージが生きていたら、けっして許さないとわかっていながらね。いまごろ彼は、墓のなかでおちおち眠っていられないにちがいありませんよ」

「仕事を引き受けたのは、レイヴンヒルにジョージとの約束を守る気があるのかどうかわからなかったからだわ。ローズの将来についても考えなければならなかった。あなたが現れたとき、レイヴンヒルは居場所すら知れなかった。だから、引き受けるのが最善の選択肢だと思った。そのことを後悔してはいません。でも、契約期間が終了すればわたしは自由です。ジョージとの約束を果たすことが一番いいと判断したら、そうします」

「実に賢明だ」ブロンソンは静かだが突き刺さるような声音になった。「じゃあ教えてください。レイヴンヒルと結婚したあかつきには、彼とベッドをともにするんですか」

ホリーは真っ赤になった。「そのような質問をする権利はあなたにありません」

「そういう意味で彼を求めてはいないんでしょう？」ブロンソンは淡々と質問を重ねた。

「結婚生活は、そういうことだけで成り立っているわけではないわ」

「ジョージがそう言ったんですか。ジョージの愛撫にも、わたしのときと同じように応えたんですか」

もう我慢の限界だった。気づいたときには、ホリーは生まれて初めて人の頬をはたいていた。まるで傍観者になったように、純白の手袋につつまれた自分の手が彼の頬を張るさまを見つめていた。いやになるくらい弱々しいたたき方だったが、非難の気持ちを伝えるには十分だったはずだ。だがブロンソンはまるで反省する様子がない。それどころか、瞳を満足そうに光らせている。その光を目にしたとたん、ホリーは質問に答えてしまったことを絶望のうちに悟った。彼女は悔しさに小さくうめき、脱兎のごとくその場から逃げだした。

ザッカリーはしばらくしてから舞踏場に戻った。必死に冷静をよそおいながら、実際には満たされぬ欲望に全身がうずくのを覚えていた。だがついに、彼女を腕に抱き、甘く口づけに応えてもらう感覚を知ることができた。ついに、彼女の素肌の味や、脈打つ血管の感触を知ることができたのだ。ザッカリーは通りがかった使用人のトレーから甘ったるそうな酒を上の空で取りつつ、部屋の隅にたたずんで群衆を見つめ、そのなかにホリーの鮮やかな真紅のドレスを探した。彼女はうそみたいにくつろぎ、落ち着いた様子で、エリザベスとおしゃべりをしたり、近づいてくる未来の求婚者にエリザベスを紹介したりしている。内心の動揺を物語るのは頬の赤みだけだ。

ザッカリーは彼女から視線を引きはがした。こんなふうにじろじろ見つめていたら、そのうち誰かになにか言われかねない。それに、ふたりのあいだを大勢の人間が行き交っているのに、彼女はまちがいなく視線に気づいている様子だった。彼はむきになって、手にしたパンチのグラスに意識を集中させた。薬のような味がする甘ったるい液体を、数口でせっかちに飲み干した。顔見知りの連中がかわるがわるとなりにやってくる。ほとんどは仕事で取引のある人間だった。彼は礼儀正しい会話に努め、ろくに聞いてもいない冗談に笑い、なんの話題だかよくわからないまま意見を述べた。だが心も、意識も、頑固な魂もすべて、レディ・ホランド・テイラーのことだけでいっぱいだった。

彼はホリーを愛していた。たとえ人生の夢や希望や野望を全部合わせても、胸の内で業火のごとく燃えさかるこの思いに比べればちっぽけな炎にすぎない。それくらい彼女は自分にとって大切な存在になっている……ザッカリーはその事実に気づいて恐ろしくなった。こんなふうに誰かを愛したいと思ったことはなかった。彼女への思いは、安らぎも幸福ももたらしてはくれない。そこにあるのは、ほぼ確実に彼女を失うことになるという、胸えぐる事実だけだ。彼女を手に入れることはできない、彼女をほかの男に、亡き夫の望みをかなえるために譲らなければならない……そう考えただけで、ザッカリーはくずおれそうになった。半狂乱の頭で、彼女の心を自分に引き寄せる方法を考える。方法なんていくらだってあるはずだ。大理石でジョージ・テイラーの巨大な記念碑を立ててやったっていい。それで彼女に受け入れてもらえるのなら。

そんな思いで頭のなかがいっぱいだったため、彼は近くにレイヴンヒルがいることにしばし気づかずにいた。やがて、ほんの数メートル先に、金髪でハンサムな背の高い男が立っているのが徐々に意識されてきた。レイヴンヒルは舞踏会の喧騒のなか、ひとりで突っ立っていた。視線が合うと、ザッカリーは相手に歩み寄った。

「教えてくれ」と穏やかに問いただす。「自分が死んだら妻と結婚してくれと親友に頼むなんて、いったいどういう人間なんだ？　見たところ分別のありそうなふたりの男女にそんなばかげた約束を強いるなんて、どんな人間なんだ？」

レイヴンヒルは灰色の瞳で、値踏みするようにザッカリーを見つめた。「きみやわたしには生涯なれないくらい、立派な人間だ」

ザッカリーは思わず嘲笑を浮かべた。「どうやらレディ・ホランドのご立派な夫は、墓のなかからも妻を支配したいようだな」

「彼女を守ろうとしているだけだ」レイヴンヒルはとくに口調を荒らげもせずに反論した。

「きみのような男から」

相手の冷静さにザッカリーはいらだちを募らせた。いまいましいくらい自信に満ちた態度。まるで、己の敗北に気づかずになおも悪戦苦闘するザッカリーの横で、さっさと勝利を手中におさめたかのように自信満々だ。「彼女が本気でそうすると思っているのか？」ザッカリーはいらいらとつぶやいた。「ジョージ・テイラーに言われたからというだけの理由で、彼女が残りの人生を犠牲にすると？」

「ああ、思っている」レイヴンヒルは冷ややかに応じた。「きみも彼女をもっとよく知ってみれば、それが当然の選択肢だと思うだろう」

なぜだ？　ザッカリーは問いただしたかった。だが、その苦々しい問いかけを口にすることはどうしてもできなかった。彼女がそうするのは、自明の理だとでもいうのか。死んでもなおその呪縛から逃れられないくらい、テイラーを愛していたというのか。それともこれは、単に名誉のためなのか。義務感と道義心から、愛してもいない相手と本当に結婚できるのか。

「きみに言っておきたいことがある」レイヴンヒルは静かに告げた。「どんなかたちであれレディ・ホランドを傷つけたり苦しめたりしたら、ただではすまないと思え」

「そこまで彼女のことを思っているとは、いじらしいな。それにしては戻ってくるのが少々遅かったんじゃないか？」

レイヴンヒルの落ち着きはらった表情にひびが入る。相手がかすかに頬を紅潮させるのに気づいて、ザッカリーの胸は勝利の喜びに震えた。

「たしかにわたしは過ちを犯した」レイヴンヒルはぶっきらぼうな口調で認めた。「数えきれないくらい多くの過ちだ。ジョージ・テイラーの代わりになるのだと思うと、つい怖気づいた。誰だってそうなるだろうがな」

「だったらなぜ戻ってきたんだ」ザッカリーはつぶやいた。なんとかしてこいつを、ふたたび大陸の地に向かわせられないかと思っていた。

「レディ・ホランドと彼女の娘が、わたしを必要としているのではないかと思ってね」

「あいにくだったな。ふたりがいま必要としているのは、このわたしなんだ」

ザッカリーとレイヴンヒルのあいだには、最初から見えない一線が引かれていたのだ。いわば、戦場でにらみあう敵軍の司令官同士のようなものだ。レイヴンヒルの薄い、貴族的な唇が蔑むような笑みを浮かべる。「あのふたりがきみを必要とするはずがない。自分でもわかっているだろう?」

レイヴンヒルはそれだけ言うと立ち去った。ザッカリーはその場に立ちつくし、無表情に敵をにらんでいた。内心では激しい怒りに身もだえしながら。

アルコールに頼るしかない。ホリーは思った。大きなグラスにブランデーを一杯飲めば、張りつめた神経が和らぎ、多少なりとも眠れるはずだ。不眠に悩んでアルコールの力を借りるのはジョージの正喪期間以来だ。気持ちが不安定だったあのころ、医師は寝酒にグラス一杯のワインを飲むよう勧めたが、それっぽっちでは足りなかった。心を静めてくれるのは、アルコール度数の強いスピリッツだけだった。だからホリーはモードに頼んで、テイラー家の人びとが寝静まってからウイスキーやブランデーをこっそりグラスに持ってきてもらうようにした。だが、テイラー家の人びとはレディが習慣的に飲酒するのを嫌うだろうし、サイドボードのデカンタの中身が減っていることにじきに気づくはずだ。そこで彼女は、自室にアルコールを隠しておくことにした。モードを介して従者のひとりにブランデーを買ってきてもらい、化粧台の引き出しに酒瓶を忍ばせておいたのだ。いま彼女は、かつて引き出しにしまっていたあの酒瓶のことを思いつつ、寝支度を整え、ブロンソン家の人びとが寝静まってしまうときをじりじりと待っている。

プリマス家から帰る馬車のなかでの時間は、ほとんど悪夢のようだった。幸いエリザベスは、社交界デビューに成功し、ジェイソン・サマーズからちやほやされたおかげですっかり興奮しており、兄とホリーのあいだにいやな沈黙が渦巻いているのにまるで気づかなかった。ポーラはもちろん、張りつめた空気を敏感に感じとり、なんでもないおしゃべりで場をなごませようとしてくれた。ホリーはブロンソンの陰気なまなざしを懸命に無視しつづけた。ポーラと他愛のない会話に興じ、ほほえんだり、冗談を言ったり。だが内心では、神経がきしみをたてるのを感じていた。

やがて洞窟を思わせる屋敷に物音ひとつ聞こえず、人が動く気配も感じられなくなると、彼女は宝石をちりばめた小さな燭台を手に部屋を忍びでた。書斎のサイドボードを探すのがてっとり早いだろう。ブロンソンはいつもあそこに、フランスの高級ブランデーをしまっている。

はだしのまま大階段を下りる。燭台を高く掲げて持っていたせいで、小さな炎が金張りの壁に不気味な影を落とし、思わずひっと叫んでしまった。昼間は人びとが忙しく立ち働き、活気にあふれている広大な屋敷が、いまはまるで、誰もいない真夜中の博物館のようだ。足首をひんやりとした風が撫でる。ホリーは身震いし、薄いナイトドレスの上に羽織ったひだ飾りのある純白の化粧着のぬくもりに感謝した。

書斎に足を踏み入れる。おなじみの革と羊皮紙の匂いに鼻腔をくすぐられる。つやつやした巨大な地球儀の脇を通りすぎ、サイドボードに歩み寄る。磨き上げられたマホガニーの上に燭台を置き、扉を開けてグラスを探す。

そのとき、ホリーは書斎にいるのが自分だけではないことにふいに気づいた。物音を聞いたり、気配を感じたりしたわけではないのだが。そろそろと周囲をうかがい、息をのむ。大きな革張りの肘掛け椅子に、ブロンソンが脚を投げだすようにかけていた。へびのような目で、まばたきもせずにじっとこちらを見ている。舞踏会から帰ったときのままの格好だが、上着は脱いでおり、ベストの前をはだけて、ほどいたクラヴァットを首の横にたらしている。純白のシャツはみぞおちのあたりまでボタンがはずされ、そこから豊かな黒い胸毛がのぞいていた。片手にはいまにも床に落ちそうな空のブランデーグラス。おそらく、しばらく前からこうして飲んでいたのだろう。

ホリーの心臓は早鐘を打った。一瞬にして肺から空気が抜け、しゃべることもできなくなる。彼女はよろよろとサイドボードにもたれかかり、その角を両手でつかんで体を支えた。

ブロンソンがゆっくりと立ち上がり、歩み寄ってくる。サイドボードの開かれた扉を見て、彼女がなにを探しに来たのか瞬時に悟ったらしい。「おつぎしましょう」という低くなめらかな声が静まりかえった書斎に響いた。彼はブランデーのデカンタとグラスを取りだすと、グラスの三分の一までなみなみと注ぎ、脚の部分を持って蠟燭に近づけ、炎で温めた。器用にグラスを一、二回回してから、温まったアルコールを彼女に手渡した。

グラスを受け取ったホリーは、手が震えているのを悟られませんようにと祈りつつ、一気に中身を飲み干そうとした。一瞬、はだけられたブロンソンの胸元に視線が吸い寄せられる。ジョージは胸毛がなかった。彼女はずっとそれを好ましいと思っていたのだが、ブロンソンの胸を目にしたとたん、心かき乱すよからぬ思いで頭のなかがいっぱいになった。黒い巻き毛に唇と頬を寄せてみたい。あらわな乳房をそこに押しつけてみたい。

彼女は頭のてっぺんからつま先まで真っ赤になり、ブランデーにむせて咳きこんだ。

ブロンソンは椅子に戻ると、どかっと腰を下ろした。「レイヴンヒルと結婚するんですか」

ホリーは危うくグラスを落としそうになった。

「答えてください。彼と結婚するんですか」

「わからないわ」

「わかっているはずです。早く答えて」

「ええ……」ホリーは全身が萎えてしまったように感じた。「そういうことになると思うわ」

その返答をブロンソンは意外に思わなかったらしい。おもねるような、いやらしい声で急に笑いだした。「理由を聞かせてくださいよ。わたしみたいな野蛮人には、上流社会の方々の考えることはどうもよくわからない」

「夫と約束したからです」ホリーは慎重に切りだしつつ彼を見つめ、恐ろしいほどの不安に駆られた。闇につつまれて座っている彼はとても……そう、とても邪悪な生き物に見える。ハンサムな黒髪の、想像上の生き物。玉座にかけた堕天使のようだ。「わたしに多少なりとも尊敬に値する部分、好感を持てる部分があると認めているのなら、そのような評価にそぐわない振る舞いをわたしに期待しないはずよ。一度した約束はけっして破ってはいけない、わたしはそう教えられてきました。女性にとっての名誉は男性にとっての名誉ほど重要ではない、そんなふうに考える人も世のなかにはいます。でも、わたしはこれまでずっと――」

「名誉うんぬんの話じゃない」ブロンソンはいらだたしげにさえぎった。「わたしが言いたいのは……はっきりさせたいのは……そんな約束をジョージはあなたに強いるべきじゃなかったってことだ」

「でも彼に約束してほしいと言われたわ。そしてわたしはうなずいた」

「いとも簡単にね」ブロンソンは首を振った。「まるであなたらしくない。腹を立ててわたしに食ってかかる女性なんてあなただけだったのに、そのあなたがどうしてそんな」

「自分の死後に妻がどうなるか、ジョージはわかっていたんです。わたしが生涯未亡人として暮らすだろうと、わかっていたの。だから彼はわたしに夫という庇護主を、そして、ローズに父親を残したいと考えた。レイヴンヒルなら価値観や信念を共有しているし、親友だからわたしやローズを粗末に扱うことはないだろうと――」

「もういい」ザッカリーは声を荒らげた。「ご立派な聖ジョージの本心を教えてあげましょうか。彼はあなたに、二度と誰かを愛してほしくなかったんだ。あなたをレイヴンヒルのような冷血漢と結婚させることで、あなたのただひとりの男になろうとしたんだ」

非難の言葉にホリーは真っ青になった。「ひどい。あなたはまちがっているわ。夫のことも、レイヴンヒルのこともなにも知らないくせに――」

「レイヴンヒルに愛情などないのでしょう? 一生、愛するつもりなどないのでしょう? 愛してもいない男とそんなに結婚したいのなら、いっそわたしを選んでください」

まるで予期せぬ彼の言葉に、仰天したホリーはぎこちなくグラスを口元に運んで中身を飲み干し、空のグラスを背後のサイドボードに置いてから、ささやくようにたずねた。「わたしに結婚を申しこんでいるのですか」

ブロンソンがすぐ目の前まで近づいてくる。ホリーはサイドボードにぴったりと背を押しつけた。「いけませんか？　ジョージはあなたを守り、支える誰かが必要だと考えたんでしょう？　わたしならその誰かになれる。ローズの父親にも。あの子にとってレイヴンヒルは赤の他人だ。わたしなら、あなた方ふたりを大切にできる」ブロンソンはホリーの長い髪に片手をうずめ、そっと梳いた。ホリーは目を閉じ、唇をかんで、指先がうなじをつつみこむ心地よさにあえぎそうになるのをこらえた。全身が彼の指先に反応しているようだ。切望感に両脚のあいだが腹立たしいくらいうずく。強烈な欲望を感じている自分が恥ずかしい。いまこの瞬間ほど、誰かに奪われたいと強く願ったことはない。「これまであなたがほしいとすら思わなかったものだって、わたしなら与えられる」ブロンソンはささやきつづけた。「いまいましい約束など忘れてください、ホリー。あんなのは過去のことだ。これからは未来のことを考えてください」

ホリーは首を振り、反論しようと口を開いた。すかさず彼の顔が下りてきて唇を奪う。彼の舌に口のなかを深くまさぐられて、ホリーは快感にあえいだ。情熱的で巧みな口づけに、あらゆる理性的な考えが粉々に砕け散った。彼の唇はじらすように彼女の唇にまとわりついてくる。ホリーは思わずつま先立って口づけに応えていた。やがて、薄いモスリン地が幾層にも重ねられた上から、温かな両手が驚くほどの大胆さで触れてきた。乳房をつつみ、腰のくびれを撫で、お尻の丸みの上を移動していく。お尻を優しくつかまれ、彼の腰に押しあてられ、ホリーは思わず息をのんだ。彼は唇を重ねたまま、すっかり硬くなったものを押しつけてくる。ホリーはあまりの心地よさに気が遠くなりそうだった。夫からでさえ、こんなあからさまな愛撫を受けたことはなかった。

彼女は無理やり唇を引きはがした。「そんなことをされたら、考えがまとまりません――」「考えてほしくないんです」ブロンソンはすっかり力を失っているホリーの手をとり、硬く熱く張りつめたところに運ぶと、ズボンの上から触れさせた。ホリーはその感触に目を見開き、近づいてくる唇から逃れようとしてたくましい胸板に顔を押しつけた。すると彼はホリーの耳の裏のやわらかな部分に唇を押しあて、さらに首筋へと這わせていった。頭のなかにわずかに残っていた理性が、はしたないとたしなめる声がくりかえし聞こえてくる。けれどもホリーは誘うような胸毛に頬を寄せた。どこまでも男らしく、力強く、荒々しく、うっとりするようなその肉体に、心奪われていた。だが、自分は彼にふさわしくない。正反対のふたりが惹かれあうことはたしかにあるが、そういうふたりが幸せな結婚生活を送れるわけがない。人が結婚によって心の安らぎを得るには、似たような相手を選ぶしかないのだ。それに彼女は、死の床についた夫とけっして破ってはならない約束を交わした。

ジョージのことを思った瞬間、ホリーは急速に現実に引き戻され、身をよじるようにしてブロンソンから離れた。

よろめきながら椅子に歩み寄り、がっくりと腰を下ろす。脚が震えて力が入らない。幸いブロンソンは、近づいてこようとはしなかった。長い沈黙が流れ、聞こえるのはふたりの荒い呼吸音だけだ。「わたしたちが惹かれあっている事実を否定するつもりはありません」ホリーはいったん口を閉じ、震える声で笑った。「でも、わたしたちは合わないの！　あなただってわかっているはずよ。わたしにふさわしいのは静かで地味な暮らしだわ。あなたの生き方は、わたしにはあまりにも華やかで、めまぐるしすぎる。あなたはきっと、あっという間にわたしに興味を失う。そして、わたしから自由になりたいと願うようになる——」

「そんなことは願いません」

「わたしもきっと、あなたのような欲望と野心に満ちた人との暮らしに疲れきってしまう。どちらかが変わらなければならないという話になり、やがて相手を恨むようになり、ふたりの結婚生活は苦い結末を迎えるんだわ」

「そうなるとはかぎらないでしょう」

「危険を冒すことはできないの」ホリーはきっぱりと言いきった。

闇の向こうからブロンソンがじっと見つめてくる。第六感かなにかで彼女の心のなかを探ろうとするように、彼の頭がわずかにかしげられる。やがて彼はホリーの目の前までやってくると、その場にひざまずいた。驚いたことに、彼はホリーの握りしめられた冷たく小さなこぶしをとり、親指でゆっくりと関節を撫で始めた。「あなたはわたしになにかを隠している……不安を……いえ、恐怖すら覚えているのでしょう？　わたしが怖いのですか？　わたしの過去のせいですか？　わたしがかつて拳闘家だったからですか、あるいは――」

「いいえ」笑い飛ばそうとしたが、喉がつかえてうまく声が出ない。「もちろん、あなたを怖いなんて思っていないわ」

「目を見ればわかるんです」

ホリーはかぶりを振って、会話に応じるつもりがないことを彼に伝えた。「今夜のことは忘れましょう。さもないと、ローズを連れてすぐに出ていかなければならなくなります。できることなら、あなたやご家族といまの状態でお別れしたくありません。できるだけ長くこちらに滞在し、仕事をやり遂げたいのです。だから、このような話は今後いっさいしないことにしましょう」

ブロンソンの瞳に黒い炎が灯る。「そんなことが可能だと思うんですか」

「可能でなければ……お願い、ザッカリー。やってみると言って」

「やってみます」というブロンソンの口調はまるで感情がこもっていない。

ホリーは震える吐息をもらした。「ありがとう」

「あなたはもう戻ったほうがいい」ブロンソンが無表情に告げる。「ナイトドレスのあなたを前にして、頭がどうにかなってしまいそうだから」

これほど悲嘆に暮れていなかったら、ホリーは彼のせりふに思わず笑いだしたことだろう。ナイトドレスも化粧着もひだ飾りが幾重にもついており、ふだん着ているデイドレスと露出度の低さではほとんどちがいがない。頭にすっかり血が上っているから、彼はこんな地味な格好にまで欲望を覚えてしまうのだ。「あなたももう寝室に戻るのでしょう?」ホリーはたずねた。

「いいえ」ブロンソンはグラスにおかわりをつぎに行き、肩越しにつづけた。「もう少し飲みたいので」

言葉にならない思いに胸がえぐられる。ホリーは無理やり笑みを浮かべてみせた。「では、おやすみなさい」

「おやすみ」ブロンソンは振りかえらなかった。ホリーが書斎を出るときにも、こわばった背中をこちらに向けたままだった。

13

舞踏会の翌日から二週間、ホリーはブロンソンの姿をほとんど目にしなかった。以前の友情をふたたび築けるようになるまで、意図的に距離を置こうとしているのだろう。彼は日がな一日、仕事に没頭し、市街の各所にある事務所に通い、夕食時にもめったに帰宅しなかった。夜もすっかり更けたころに帰ってきて、朝はやつれた表情に充血した目で起きてくる。仕事ずくめの毎日について、エリザベスや使用人たちがなにか言うことはなかったが、ポーラだけは理由を承知しているようだった。

「ミセス・ブロンソン、どうかわかっていただきたいのですが」ホリーはある朝、慎重にポーラに切りだした。「ご家族のどなたからも、意図的に安らぎや幸福を奪うつもりはけっしてないのです」

「あなたのせいではありませんよ」ポーラは彼女らしい率直さで応じると、ホリーの手をとり、愛情をこめて軽くたたいた。「息子が心の底から求めながら手に入れることができなかったのは、あなたが初めてなの。思うに、これであの子もようやく自分の限界を知ることができたのではないかしら。ザックにはいつも、自分の身の丈を知るようにと言ってきたのですよ」

「彼からわたしのことを聞いてらっしゃるんですか」ホリーはたずね、耳たぶに熱を感じるほど頬を真っ赤に染めた。

「いいえ、一言も。でも聞かなくてもわかるわ。母親ですもの」

「彼は素晴らしい人です」ホリーは心からそう言った。彼を拒絶するのは社会的地位や家柄のせいではないのだと、ポーラにわかってほしかった。

「ええ、本当に」ポーラは淡々と応じた。「でも、だからといってあの子があなたに合うわけでも、あなたがあの子に合うわけでもないわ」

どうやらポーラは、息子のいまの状況についてホリーを責めるつもりはないらしい。ホリーはそれを知って安堵感を覚えるはずだった。だが、そうはならなかった。ブロンソンと顔を合わせるたび、それがどんなにつかの間の、偶発的なものであっても、彼女の胸の内は圧倒的なまでの切望に満たされた。これから契約が満了するまでのあいだ、このような状態のままでここに滞在しつづけられるのだろうか。ホリーは日々、ローズの面倒と、ポーラとエリザベスへのレッスンで、できるだけ忙しく過ごすようにした。幸い、やるべきことはたくさんあった。エリザベスが社交界デビューを果たした直後なのでなおさらだ。屋敷の大広間には薔薇や春の花々の花束が絶えず届けられ、扉近くの銀のトレーには毎日のように、未来の求愛者たちからのカードがうずたかく積み上げられた。

ホリーの予測どおり、エリザベスの美貌と財産、そしてあのなんともいえない魅力に惹かれ、好ましくない血筋に喜んで目をつぶろうとする男性は大勢いた。ホリーとポーラが交代でお目付け役を担当しなければならないくらいだった。毎日誰かしらが屋敷を訪れては、馬車の遠乗りやピクニックにエリザベスを誘った。そんななかでも、あるひとりの男性がとりわけ強く彼女の心をとらえたようだった。建築家のジェイソン・サマーズだ。

たくさんの訪問者のなかに血筋や財産でジェイソンに勝る男性は大勢いたが、彼ほどの自信と魅力を兼ね備えた人はひとりもいなかった。人並みはずれた才能と野心に恵まれ、強い精神力の持ち主でもあるジェイソンは、エリザベスの兄にどこか似ていなくもない。おそらくジェイソンなら、その確固たる精神力で、エリザベスのあふれんばかりの情熱を受け止めてくれるだろう。すべてがホリーの望むとおりに話が進めば、ふたりはまさにお似合いの、幸福を約束されたカップルになれるはずだ。

ジェイソンがいつものように朝のうちにブロンソン家を訪れたある日、ホリーは偶然、庭の散策から戻ってくるふたりの姿を目にした。

「……それに、あなたはわたしには少し背が低いのではないかしら」エリザベスが快活に笑いながら言うのが聞こえた。ふたりはフランス戸から邸内に入り、大理石の彫像が並ぶギャラリーへと歩みを進めるところだ。たまたま散歩中でギャラリーの反対端にいたホリーは、その場で歩を止めた。ちょうど、ローマの神を模した翼のある巨大な彫像の陰にいるので、向こうからは姿が見えない。

「背が低いなんて初めて言われました」ジェイソンがやりかえす。「どう見てもあなたより五センチは高いですよ」

「嘘ばっかり!」

「嘘なものですか」ジェイソンが言い張り、息をのむエリザベスをいともたやすく自分のほうに引き寄せた。エリザベスのほっそりとした体が、ジェイソンのたくましい体にぴったりと抱き寄せられる。「ほらね?」というジェイソンの声が先ほどとは打って変わってかすれていた。エリザベスは笑みを消し、ふいに黙りこんで、抱きしめてくる相手の顔をじっと見つめた。瞳にはためらいと不安が浮かんでいる。ホリーは一瞬、ふたりのあいだに割って入るべきだろうかと悩んだ。エリザベスは男性からこのように好意を示されることにまだ慣れていない。けれどもジェイソンの表情に視線を移してみると、そこにはいままで見たことのない、深い慈しみと欲望が浮かんでいた。彼がうつむいて、エリザベスの耳元に何事かささやきかける。彼女は頬をピンク色に染め、ジェイソンの肩におずおずと片手を伸ばした。

ふたりきりにしてあげよう。ホリーは少々顔を赤らめつつ、その場からそっと立ち去った。ジョージにもまさにあのように求愛された。なにも知らず、希望だけに満ちていたあのころが、とても昔に感じられる。いまや記憶はすっかり薄れ、思い出をたどってももう喜びは感じられない。ジョージとの日々は遠い夢になってしまった。

沈んだ心のまま、ホリーはお昼までの時間をローズとともに過ごしたあと、モードに娘の面倒を頼んだ。気持ちがふさいで食事をとる気になれず、昼食は断って、書斎で借りた小説を手に庭を歩いた。曇り空で、冷たい霧交じりの風が吹いている。彼女はぶるっと身を震わせて、茶色のカシミアの肩掛けの前をかきあわせた。読書にちょうどよさそうな場所を探して、石のテーブルでいったん立ち止まり、花々が咲き誇る壷のかたわらの長椅子で立ち止まり、ようやく具合のいいところを見つける。奥行き四メートルほどの広さがある離れ屋だ。窓には小さな木の鎧戸がついており、なかに入ってみると、クッションが置かれた長椅子が数脚あった。長椅子は座面と背面に重厚な緑色の綾織が張られており、少々かびくさいが、不快な臭いというわけではない。

彼女はクッションに腰を下ろし、スカートのなかで脚を折って椅子に背をもたせ、小説を読み始めた。よりによって悲恋ものだったが、すぐに物語に引きこまれ、雷が鳴るのにも気づかなかった。空の色が銀色がかった白から灰色に変わり、やがて、芝地と舗装された小道を雨が勢いよくたたき始めた。雨滴が鎧戸の隙間から吹きこんできて、ホリーの肩に落ちた。そのときになってようやく彼女は、空模様がすっかり変わってしまったことに気づいた。小説から顔を上げ、眉をひそめる。

「困ったわね」彼女はつぶやいた。本を読んでいる場合ではなさそうだった。いまのうちに母屋に戻ったほうがいい。だがすでに本降りで、当分、雨脚が弱まる気配はない。彼女はため息をついて膝の上で本を閉じ、壁に頭をよりかからせて、芝地や生垣を雨がたたくさまを眺めた。激しい春雨の鮮烈な匂いが、離れ屋を満たしている。

物思いにふけっていた彼女を、誰かが扉を乱暴に開ける音が現実に引き戻した。その誰かは肩で扉を押し開けるようにしてなかに入ってきた。

驚いたことに、それはザッカリー・ブロンソンだった。大きな体をつつむ厚地の外套が濡れている。雨交じりの新鮮な空気を連れて離れ屋に足を踏み入れた彼は、鎧戸のついた扉を足の裏で蹴って閉めた。口のなかでぶつぶつと悪態をつきながら、雨滴がしたたる大きな傘を不器用にたたもうと格闘している。ホリーはクッションに背をもたせて、悪戦苦闘する彼を見つめた。笑みが広がっていくのが自分でもわかった。彼ったらハンサムな悪魔のようだわ。かすかな喜びとともに思い、雨に洗われた顔や、コーヒーのように真っ黒な瞳、形のいい頭に張りついたきらめく黒髪に視線を走らせた。

「街に出かけているのだと思っていたわ」長く尾を引くような雷の音に負けじと、ホリーは少し声を張りあげた。

「予定を変更したんです。おかげで嵐が来る直前に屋敷に戻れました」

「どうしてここにいるとわかったの?」

「モードが心配していたので。庭のどこかにいるはずだと言っていました」ブロンソンは勝ち誇ったような顔で傘のボタンを留めた。「居場所を探すのはそう難しくありませんでしたよ。雨をしのげるところはそう多くありませんから」黒いまなざしをホリーの顔にぴたりと合わせ、そこにほほえみが浮かんでいるのに気づくと、まばゆい笑みで応じた。「というわけで、あなたを救出にまいりました」

「助けを求めた覚えなんてちっともないけど。すっかり読書に熱中してしまって。雨もじきにやむのではない?」

皮肉で応じるかのように空の色がさらに暗さを増し、耳をつんざく雷鳴が響き、急変する空に稲妻が走る。ホリーは噴きだして、ほほえむブロンソンを見やった。「母屋までお送りしますよ」と彼が言う。

彼女は身震いして、激流と化した雨を見つめた。母屋までの道のりがひどく遠いものに思える。「びしょ濡れになるわ。それに芝地は水浸しでしょう。雨がやむまで、ここで待ったほうがいいのではないかしら」ドレスの袖から乾いたハンカチを取りだし、椅子から立ち上がると、つま先立ってブロンソンの顔から雨滴を拭いた。彼はふいに表情を消し、ホリーにされるがまま、じっと立ちつくしている。

「数時間はやみませんよ。それにわたしは、あなたとふたりきりでいて五分以上正常でいられる自信がありません」彼は外套を脱ぎ、ホリーの肩にかけた。外套は笑ってしまうくらい大きかった。「離れ屋でわれを忘れるのはお望みではないはずだ」とぶっきらぼうな口調で、見上げるホリーに向かって言う。「だから早く行きましょう」

だがふたりとも動こうとしなかった。

ホリーはハンカチを彼の顎に押しあて、きれいにひげを剃った肌にしたたる最後の数滴の雨粒を拭いた。レースの縁取りのある湿った布を握りしめ、肩から落ちそうになった外套を手でつかんで押さえた。ふたりきりになれただけでこれほどまでの喜びを感じるのはなぜなのか、彼を目の前にし、声を耳にするだけでこれほどまでに深い安堵と興奮を覚えるのはなぜなのか、自分でもよくわからない。ふたりの人生が交わるのはしょせんつかの間なのだと思うと、胸が締めつけられる。彼はあまりにも急速に、驚くほど自然に、ホリーにとって大切な存在になっていた。

「さびしかったわ」彼女はささやいた。声に出して言うつもりはなかったのに、言葉は気づいたときには口からこぼれでて、鳴りやまぬ雨音につつまれた離れ屋にゆったりと漂っている。飢えよりも深く、痛みよりも鋭い切望に、いまにも頭がどうかしてしまいそうだ。

「あなたに近づくわけにはいかなかった」ブロンソンはつっけんどんにつぶやいた。「近づいたらきっと……」言葉を失い、恐ろしいほどの絶望が浮かぶ瞳でホリーを見つめた。彼女が肩から外套を落としても、胸に寄り添っても、両腕を首にまわしても、彼はじっと立ちつくしたままだった。ホリーは湿ったシャツの襟元に頬を寄せ、しゃにむに彼を抱きしめた。何日かぶりで深く息を吸うことができ、胸にのしかかる孤独の鈍い痛みがようやく消え去った気がする。

ブロンソンは押し殺したうめき声をもらし、身をかがめて、唇をぴったりと重ねた。両腕をホリーの体にまわし、しっかりと抱きしめた。ホリーの視界に映る離れ屋がぼやけ、雨の匂いに代わってザッカリーの肌から立ち上る男性的な匂いが鼻腔を満たす。両手で彼の熱い頬や首に触れると、抱きしめる腕に力がこめられた。まるでそのまま彼女とひとつになろうとするかのように、押しつぶしてしまいそうなくらい強く。

一度だけ……禁断の思いがホリーの心をとらえて離そうとしない。たった一度だけでいい……これからの一生をその思い出とともに、遠い過去となる若かりしころを記憶のなかにたどり、味わって生きていけばいい。誰にもそれを知られることはない。

木造の離れ屋をたたく雨音など、ホリーの激しい鼓動に比べたらなんでもない。彼女はあわただしくクラヴァットの結び目を引っ張ってゆるめると、つづけてベストとシャツのボタンをはずした。ザッカリーは立ちつくしたままだが、どこか苦しげに深呼吸するたびにたくましい胸板が上下している。

「ホリー……」と呼ぶ声は低く、震えていた。「ご自分がなにをしているのか、わかってるんですか」

乱暴にシャツの前をはだけ、首から臍《へそ》まであらわにすると、ホリーは目にしたものに息をのんだ。筋肉と腱をきつくよりあわせて作った芸術品のごとき、美しい肉体。彼女は畏怖の念に打たれつつその体に触れ、両手を広げて、胸毛をかきわけるようにしてその下に隠された強靭な筋肉をなぞり、筋肉が小刻みに動く引き締まったおなかを撫でた。臍を囲む縮れ毛を探しあてると、指先で優しくまさぐった。ザッカリーの口から、苦しげな歓喜の声がもれる。だが彼はホリーの手首をつかみ、胸から引き離して、じっと見つめてきた。「もう一度触れられたら……自分を抑えられなくなる。この場であなたを奪ってしまう。それでもいいんですか」

ホリーは彼のあらわな肌に身を寄せ、胸をおおう豊かな黒い巻き毛に顔をうずめた。やがて彼の全身から抵抗力が薄れていき、ホリーを抱きしめながら大きな体を震わせるのがわかった。彼の唇が切迫感とともにホリーの唇を探し、どこまでも甘い口づけの陰に潜む激しい欲望を引きだす。ドレスの身ごろに並ぶ精巧に彫刻されたボタンが、すばやく、軽やかに引っ張られる感じがし、つづけてドレスが肘まで引き下ろされた。ザッカリーはコルセットの留め具をはずすと、シュミーズの胸元の紐を手にとり、指先にからめて引っ張った。真っ白な胸があらわになる。ピンク色のつぼみは、離れ屋を満たす冷たい空気ですでに硬くなっている。彼は重みのあるやわらかな丸みを両手でつつみこみ、感じやすい乳首を手のひらでもてあそんだ。

「早く」ホリーは興奮して訴えた。「ザッカリー、お願い。あなたが……ほしいの」ついに彼女は情熱にわれを忘れた。恥も慎みもすべて捨てていた。彼を自分の上に、なかに感じたい。彼の熱で満たしてほしい。

ザッカリーは口づけで彼女を黙らせ、肩をすくめてシャツとベストを脱ぎ、彫像を思わせるきらめく上半身をあらわにした。緑色のクッションに腰を下ろすと、膝にホリーを抱き寄せた。スカートの下に手を差し入れ、彼女の膝を広げ、太ももの上にまたがらせる。ホリーは高ぶりと不安に頬を赤く染めた。太ももの上にのると、ズボンのなかで彼が硬く張りつめているのが感じられた。薄いドロワーズ越しに、熱くたける大きなものを感じとることができた。ザッカリーは彼女の脇の下に手を入れて、体を自分のほうに引き寄せ、胸の谷間にキスをした。ホリーは両腕で彼の頭を抱き、小さくふくらんだつぼみが口に含まれる感覚に息をのんだ。舌が優しく、熱くなめてくる。彼の口が反対の胸に移動し、うずく乳首を歯でそっとかむ。

ホリーは押し殺した小さなあえぎ声をとぎれとぎれにもらし、わずかに身を下げて、濡れた乳房を巻き毛におおわれた胸板に押しつけた。少し硬いシルクのような毛にこすれて、ますます興奮が呼び覚まされる。彼女は歓喜の声をあげながら胸をこすりつけた。自分のみだらな振る舞いを、あとで思いだして恥ずかしさに駆られるかもしれない……だがそれはずっとあとの話だ。いまここにあるのは、ザッカリーと、彼のなめらかな引き締まった体と、なまめかしく奪う唇だけ。ホリーは彼との一瞬一瞬を味わいつくすつもりだ。

彼の両手がまたスカートのなかに入ってきて、お尻の丸みを撫でる。触れ方が優しさとけだるさを増し、いやになるくらいゆっくりとホリーの体を自分のほうに引き寄せていく。ホリーは身を震わせて彼をせきたてながら、強烈な切望感に頭の片隅で驚きを覚えてもいた。ザッカリーがふいに喉の奥のほうで低く甘い笑い声をあげ、ドロワーズの紐をほどき、ウエストから引き下ろす。脱がせやすいように不器用に腰を浮かしながら、ホリーはめまいのようなものに襲われるのを感じた。

「ど、どうすればいいか教えて」彼女は愛の営みについてあまり知識がない。午後の嵐のなかでわれを忘れて交わるのは、ジョージとの穏やかな夜のひとときとはまるでちがう。ザッカリー・ブロンソンはこういうことに飽きるほど経験豊富なはずだから、彼を満足させることなど自分には不可能かもしれない。

「わたしを喜ばせる方法ですか？」唇が耳たぶにそっと触れてくる。「あなたは、なにもしなくていい」

ホリーは上気した顔を彼の肩にうずめ、とぎれがちに息をした。彼の太ももの上で、さらに膝が広げられていくのを感じる。雷鳴がとどろきつづけているのに、もうその音に驚くことすらなかった。意識のすべてが、抱きしめてくるザッカリーと、たくましい体と、優しく愛撫する男性的な手だけに注がれているようだ。指先が脚の付け根の繊細な部分、さらにやわらかな秘所へとつづく部分を撫でてくる。羽毛のような巻き毛をかきわけ、その下に隠された裂け目を探し……切望感にしっとりと濡れた小さな秘密のくぼみを探りあてる。ホリーは全身の筋肉をこわばらせて、身震いするほどの驚愕につつまれながらかすかに腰を浮かせ、がっしりした肩に額を押しあてて、くぐもった声で彼の名を呼んだ。

彼女は寝室でのエチケットについていっさい人から教わったことがない。でもジョージとのあいだでは、一般的な夫婦の営みに関する暗黙の了解のようなものがあった。紳士は常に、たとえ愛の営みのあいだであっても、最大限の敬意をもって妻に接しなければならない。だから彼は、荒々しく触れることも、妻の情熱をかきたてようとすることもなかった。妻の人格はけっして汚してはいけないものだった。紳士たるもの、愛する女性にはベッドのなかでも優しく接するのが当然だが、彼の場合は興奮を呼び覚ますために触れたり、言葉をかけたりすることもなかった。

どうやらザッカリー・ブロンソンには、そうしたたしなみを教えてくれる人がいなかったらしい。彼は容赦なくホリーに愛撫を加えながら、愛の言葉や欲情をかきたてる言葉をささやいた。指先は絶えず、やわらかな花弁に隠された小さな硬い花芯を撫でつづけた。ホリーはうっとりし、全身に汗をにじませながら大きな手に自分を押しつけ、太い指がなかに入ってくる感覚に息をのんだ。

それまで味わったことのない熱いおののきが、体のなかに広がっていく。彼女は身をよじって、たくましい肩を強くつかみ、あるいは離し、口づけを求めて開いた唇を彼の首筋に押しあてた。彼の喉の奥から低いうめき声がもれるのが聞こえた。抱きしめた体は信じられないくらい硬く、あふれんばかりのエネルギーに筋肉が隆起していた。ホリーに不安を与えまいとしているのか、彼はいやにゆっくりと指を引き抜くと、ズボンの前を開いた。硬く大きなものがまろびでるのがわかる。その熱いものに初めて触れた瞬間、ホリーは思わずしりごみした。さらに大きく膝を割られ、湿った秘所へと彼が押し入ってくる。

ゆっくりと挿入され、やわらかな肉が押し広げられる感触に、ホリーは身を震わせ、食いしばった歯のあいだからかすかなあえぎ声をもらした。

「痛みますか?」ザッカリーが闇夜を思わせる瞳で見つめてくる。彼の手がつながった部分に触れ、そこを撫で、広げて、濡れそぼった巻き毛の下でうずく花芯に直接触れてくる。あまりにも親密な瞬間に、ホリーはいまにもすすり泣きをもらしそうになった。やがて体から余計な力が抜けていき、きつく締めつける感じが消えて、ふいに痛みが薄れ、歓喜だけがあふれだした。彼女はわれを忘れてザッカリーを抱きしめ、両脚を腰にからませた。

ザッカリーは両目を閉じ、かすかに眉間にしわを寄せている。片手をホリーの後頭部に添えて顔を引き寄せると、飢えたように唇を押しつけた。もう一方の手はお尻をつかんでおり、執拗なリズムで深く挿入をくりかえされたホリーはなすすべもなく身をよじった。彼は何度も何度も口づけた。その唇が与え、奪い、彼女を熱で焼きつくす。

ふたりの体のあいだに挟まったもつれた衣服が邪魔だ。ホリーはドレスを脱ぎ捨ててしまいたかった。ブロード地のズボンの上からではなく、彼の素肌に直接触れたかった。体のなかで官能が高まっていき、切望感にあふれた声が喉の奥からもれる。奇妙な、荒々しい熱が全身をつつみ、いっそう強く身を寄せずにはいられない。毛におおわれた肌の感触も、力強くなかを突いてくるものも、乳房をつかむ大きな手もいとおしくてならない。やがて唐突に、ホリーは動けなくなった。焼けつくような歓喜が体の中心で花開き、全身に広がっていく感覚に、なかがぎゅっと締まる。頭のなかが真っ白で、ホリーは唇をかんでうめき、体のあちらこちらに炎が灯るのを、歓喜が爆発するのを感じた。

いったいなにが起きているのか、自分でもよくわからなかった。だがザッカリーはきちんと理解したらしく、優しくささやきかけながら彼女を抱きしめ、規則的に腰を突き上げつづけた。やがてホリーの全身が震えだし、なかが心地よい収縮をくりかえし始める。その感覚にザッカリーもまたわれを忘れ、身を震わせ、吐息をもらしながら、最後にもう一度深く自分を沈めた。両手で彼女のお尻をつかみ、しっかりと腰を引き寄せて、できるかぎり奥へと突き立てた。

ホリーは酔ったように彼の胸にぐったりと体をもたせかけた。つながった部分がまだ、熱を持ち脈打っている。笑いたい気持ちと泣きたい気持ちが同時に押し寄せてきて、口を開くと神経質なかすれ声がもれた。ザッカリーがなだめるように、あらわになった背中を撫でてくれる。ホリーはたくましい肩に頬を押しあてた。

「ジョージとのときは、感じたことがなかったんですね」ザッカリーが問いかけるのではなく、断言するようにささやいた。

ホリーは呆然としたままうなずいた。彼の熱を体の奥深くに感じたまま、こんな会話を交わしていることが信じられない。だがおもてではまだ大嵐がつづいており、暗い空と雨につつまれた空間にはふたりきりだ。彼女は自分が朦朧とした声で答えるのを聞いた。「夫との営みはかけがえのないものだったわ……いつだってとても心地いいものだった。でも彼はけっして……だからわたしも……だってそうでしょう、そういうのは適切とは言えないから」

「なにが適切じゃないんです？」ザッカリーは彼女の髪から数本のヘアピンを引き抜き、ぬくもりを帯びた髪をほどいた。つややかな茶色の巻き毛が、カーテンのように裸の背中に広がった。

適当な言葉を探そうとして、ホリーはゆっくりとつづけた。「男性の野蛮な衝動をたきつけるのではなく、和らげるのが女性の務めだわ。以前あなたにも話したことがあったはずよ、愛の営みというものは――」

「崇高なる愛情表現」ザッカリーは髪をもてあそびながらつぶやいた。「魂と魂の触れあい」

彼が覚えていたことを知り、ホリーは驚きにつつまれた。「そのとおりよ。みだらな行為におとしめてはいけないものなの」

頬に寄せられた彼の顔に、笑みが浮かぶのが感じられる。「ときには、少しばかりみだらになってもいけないことはない」

「もちろん、あなたはそれでかまわないのでしょうね」ほほえんでいるのを気づかれたくなくて、ホリーは豊かな胸毛に顔をうずめた。

「つまりいまのあなたは、自分が堕落の道をたどり始めたと感じているわけだ」

からかうような口調だったが、ホリーは笑みを消した。「離れ屋で雇い主と禁じられた関係を結んでしまったんだもの。そのような振る舞いを、人格者のあかしと思う人はまずいないはずよ」ザッカリーの身を押しのけようとして、大きく硬いものが引き抜かれる感覚に彼女は思わず息をのんだ。あふれでた体液は脚のあいだを濡らした。耐えがたいほどの恥ずかしさを覚えながら、なにか拭くものはないかと手探りしていると、ザッカリーが脱ぎ捨てられた外套から今回はすかさずハンカチを取りだした。それを彼女に差しだしながら、優しい笑いを含んだ声でささやいた。「頭のてっぺんからつま先まで真っ赤になった女性など、初めて見ましたよ」

うつむいて見ると、あらわになった肌の隅々までピンクや薔薇色に染まっていた。ホリーは彼の手からハンカチをひったくり、長椅子の端に移動すると、背を向けて体を拭きつつ、「自分のしたことが信じられないわ」と押し殺した声でつぶやいた。

「わたしはこれからずっと、今日の午後のことをかみしめて生きていきますよ。この離れ屋は金色に塗って、扉に盾でも飾ろうかな」

ホリーは勢いよく振りかえった。本気で言っているのだと思ったのだ。ところが彼の瞳には笑みが躍っていた。「よくも笑い話になんてできるわね」ふたたびさっと背を向け、ドレスを引き上げようとする。だがたっぷりとした生地は腰のあたりでくしゃくしゃに丸まってしまっていた。

「ほら、じっとしていてください」ザッカリーは手際よく下着を引き上げ、コルセットの留め具をはめ、ドレスに袖を通すのを手伝ってくれた。女性の着るものに彼がそこまで精通していることに気づいて、ホリーはなぜかがっかりした。きっと何人もの女性と、こんなふうにあいびきを楽しんだにちがいない。彼女はその長いリストの一番下に新たに名を連ねただけだ。

「ザッカリー――」ホリーは言いかけて、彼が片手で髪をつかみ、首筋に唇を押しつけてくる感触に目を閉じた。唇がベルベットのように肌を撫でていき、鳥肌がたつ。彼女はこらえきれずにあえぎ、背をそらしてたくましい胸板にもたれた。「あなたといると、どうしてこんなに弱い人間になってしまうのかしら。でもあなたのことだから、もう何人もの女性から同じせりふを聞かされているわね」

「ほかの女性のことなんか忘れました」

信じられない、というふうにホリーは笑った。ザッカリーが彼女を自分のほうに向かせ、大きな手をわがもの顔に腰から脇腹、背中へと這わせていく。「わたしたちがたったいま共有したもの……あれが魂と魂のふれあいだったのかどうか、確信は持てません。でも、かぎりなくそこに近づけたのではありませんか？」

「夢のなかでのひとときだったのよ」ホリーは彼の胸に視線を注ぎつづけた。手が自ら意志を持ったように、硬く引き締まった筋肉と、それをおおう胸毛を撫でる。「現実の人生とはいっさい関係のないこと。するべきではなかったと思うわ……でも、一度でいいからあなたとともに過ごしたかった。求める気持ちがあまりにも強くて、ほかのことはもうどうでもよくなってしまったの」

「そしていまは、何事もなかったかのようにこれからも過ごしていこうと考えているわけですか」ザッカリーが愕然とした声で問いただす。

ホリーは息をのみ、かぶりを振った。彼の裸の胸に飛びこみ、子どものように泣きたい衝動と必死に闘っていた。「いいえ、もちろんそんなふうには思っていないわ。こ、こんなことになって、お屋敷にいつづけることはできません」

「まさか、あなたが出ていくのを許すとでも思ってるんですか」ザッカリーは彼女を抱き寄せ、何度も口づけた。

喜びと痛みがないまぜになった感覚がこの世にあることを、ホリーは初めて知った。彼女はザッカリーにぴったりと身を寄せて、ほんのつかの間、愛撫に応えることを自分に許した。心からの愛情をこめて口づけをかえし、最後にもう一度だけ、一生分にも値するくらいきつく抱きしめた。それから意を決して身を引きはがすと、長椅子から立ち上がり、たっぷりとしたスカートの生地を引っ張って形を整えた。脱げた靴を探し、片方を離れ屋の中央に、もう一方を長椅子の下に見つける。ザッカリーが背後で服を身につける気配が感じられた。ため息とともに、雨がたたきつける窓の外の遠くの一点をじっと見つめる。背の高い生垣が雨にかすんで見えた。「いずれ出ていかねばならないと、前から思っていたわ」ホリーは背を向けたまま告げた。「でもこうなってしまった以上はもう、あなたとひとつ屋根の下で暮らすことは不可能ね」

「行かせたくない」

「あなたへの気持ちがどんなものだろうと、生き方を変えることはできないの。ちゃんと説明したはずよ」

ザッカリーはたっぷり一分間、無言のままだった。彼女の言葉の意味を考えていたのだろう。やがて口を開いたが、その声にはまるで抑揚がなかった。「まだレイヴンヒルと結婚するつもりでいるんですね。こんなことになってもまだ」

「いいえ、そうではないわ」ホリーは耐えがたい寒さに襲われていた。ザッカリーとのひときがくれた脈打つようなぬくもりは、すべて消え去ってしまっていた。頭のなかでいくつかの選択肢を考えてみる。けれども、どの選択肢も空虚と恐れしかもたらしてくれなかった。いままでどおりの暮らしに戻り、遠い昔に父が、そしてジョージが選んでくれた道を行くのが、やはり一番なのだ。「レイヴンヒルとのことは、これからどうなるかわたしにはわからない。彼にその気があるかどうかさえ、わからないのだもの」

「あるに決まってるさ」ザッカリーはいきなり彼女を自分のほうに向かせた。褐色の肌にたくましい体の彼が、あきらめと怒りのこもった瞳で見つめてくる。「これまでずっと、闘うことでほしいものを手に入れてきた。でも、あなたを手に入れるために闘うつもりはない。あなたは自らわたしを求めてくれた。あなたを脅して、あるいは懇願してまで手に入れるなんてまっぴらだ。上流社会の連中はどうせ、わたしが百人かかってもレイヴンヒルに太刀打ちできないと考える。彼と結婚するあなたを誰も責めやしない。それがジョージの願いだったのならなおさらだ。あなただって、彼と結婚してしばらくは幸せを感じられるかもしれない。でも、いつかきっとご自分の過ちに気づくはずだ。気づいたときにはもう、どうすることもできなくなっているというのに」

ホリーは蒼白になりながら、なんとかして穏やかな声音を作った。「契約のことだけれど……お金は返すわ」

「ローズのためにとっておけばいい。母親が臆病者だからというだけの理由で、あの子の信託財産を半分にする必要などあるものか」

ホリーはうつむき、涙があふれる瞳でシャツの第三ボタンを凝視した。「どうしてそんな言い方をするの」

「あなたを失おうというときにまで、紳士らしく振る舞えというんですか。こんなときに上品ぶっていられるわけがないでしょう」

片手で涙をぬぐい、ホリーはやっとの思いで言った。「お屋敷に戻りましょう」

ザッカリーの外套を着せられ、大きな傘もあったものの、屋敷に戻ったころにはホリーは全身ずぶ濡れだった。彼はホリーを連れて、フランス戸から彫像が並ぶギャラリーへと入った。薄闇につつまれた細長い長方形の空間に、窓を流れる雨が作った銀色の筋が走っている。彫像も、灰色の雨滴の作る影でまだら模様だ。雨粒をしたたらせ、髪を頭に張りつかせたま、ザッカリーは目の前にいる頑固な女性をじっと見下ろした。ホリーはこわばった表情で身を震わせている。義務感と約束でがんじがらめの彼女が、とても遠くに感じられる。まるで、花崗岩の壁によって引き裂かれてしまったかのようだ。

青ざめた小さな顔の周りにほどけた茶色の髪がたれ、薄幸な人魚のように見える。そんな彼女を二階まで抱きかかえて運び、濡れて冷たくなったドレスを脱がせて、暖炉の炎で、自分の体の熱で温めてやりたい。「ポーラとエリザベスには明日、わたしから話します」彼女は震える声で告げた。「家庭教師としての仕事はもう終わったので、これ以上こちらに滞在する必要はないと言っておくわ。ローズとモードとわたしは、荷物をまとめ次第、今週中にも出ていきますから」

「わたしは明日、ダーラムに行きます」ザッカリーはつぶやくように応じた。「まるで何事もなかったみたいに、あなたを見送り、お元気でなんて言うのはごめんだ」

「そうね、そうして」ホリーは小さな体をこわばらせて、じっとその場に立ちつくしている。傷つき、悔やみ、さびしさにくずおれそうなのに、頑として主張を曲げようとしない。こんなにも彼女の愛を感じられるのに。それでも彼女は、いまいましいことに彼よりも名誉や常識を選んだのだ。やがて彼女は、意を決したようにザッカリーと視線を合わせた。その瞳に当惑と不安が浮かぶ。彼との未来を信じようとして、やはり躊躇したのだろう。しりごみする相手を巧みに説き伏せるのはザッカリーのお手のものだ。だが、そのような手管をホリーには使いたくない。彼女は自らの意志でザッカリーを選ばなければならない。けれども彼女は、けっしてそれを選ぶことはできまい。

苦い敗北感に襲われて、ザッカリーはいますぐ彼女の前からいなくなりたいと思った。そうしなければきっと、残酷な言葉や行動で、お互いの心に永遠に消えない後悔を残してしまう。「もうひとつだけ言っておこう」という自分の声は、意図したよりもはるかに険しかった。「わたしを置いていくなら、二度と目の前に現れるな。次のチャンスはないと思え」

ホリーの瞳から涙がこぼれ落ちる。彼女は慌てて顔をそむけると、「ごめんなさい」とささやき、その場を走り去った。

14

「どうして？」エリザベスは残念そうにつぶやいた。「わたしのせいなの？　教えても無駄だってわかったから？　もっと努力するわ、約束する。だからレディ・ホリー——」

「あなたのせいじゃないのよ」ホリーは慌ててさえぎり、エリザベスの手をぎゅっと握りしめた。ゆうべは一睡もできなかったが、充血した目で起きたときには、選んだ道を進もうとすっかり決意が固まっていた。そうしなければならないのだ。さもないと、すでに犯した過ちよりももっと不適切なことをしてしまう。離れ屋での出来事の余韻がたっぷり残った自分の体は、他人のもののように感じられた。愛の営みがどれほど甘美なものか、彼女はいままで知らなかった。愛の営みに、人生を狂わせ、家族をばらばらにし、聖なる誓いを反故にさせる力があるなどとは思ってもみなかった。男女が禁断の愛に走り、その愛のためにあらゆる危険を冒そうとするのがなぜなのか、彼女にもやっとわかった。

ジョージはきっと、ザッカリー・ブロンソンのような男性に身を捧げた女性と、愛する貞節なる妻とを同一人物だとは思うまい。いまの彼女を知ったら、激しいショックを受けるだろう。

起床後、ホリーは羞恥心と不安にまみれつつ、急いで荷物をまとめるようモードに伝えた。ローズにはできるだけ穏やかに、テイラー家の屋敷に戻ることになったと説明しようとした。だがもちろんローズは、話を聞くなり怒りだした。「だってわたし、ここがすきだもの！」幼女は大声をあげ、茶色の瞳に涙をいっぱいにためた。「わたし、ここにいたい。ママはかえればいいわ。モードとわたしはここにいる！」

「ここはわたしたちのお家じゃないのよ、ローズ」ホリーは娘を諭した。「一生こちらにいるわけにはいかないって、あなたもわかっているでしょう」

「いちねんかんのやくそくだっていったもん」ローズは反論し、人形のミス・クランペットを手にとると、守るように抱きしめた。「まだいちねんたってないわ。ぜんぜんたってない。それにママは、ミスター・ブロンソンにおさほうをおしえるやくそくでしょ」

「ママが教えるべきことは、もう全部教えてしまったのよ」ホリーは厳しい声音になった。「わがままを言わないで、ローズ。あなたが悲しむ気持ちはわかるわ。ママだって残念だもの。でも、だからといってブロンソン家のみなさんを困らせてはいけないのよ」

ローズが大暴れして広い屋敷のどこかに行ってしまったあとは、懸命に自分を鼓舞し、朝食後に居間で話がしたいとポーラとエリザベスに申しでた。明日か明後日にはこちらを去る——それをふたりに説明するのは容易ではなかった。驚いたことに、ふたりと別れねばならないとなると、思いがけないくらいのさびしさに襲われた。

「だったら、ザックのせいね」エリザベスが大声をあげる。「最近の兄はひどいもの。わなにかかった熊なみに不機嫌だわ。兄がなにか失礼なことを言ったのね。そうなんでしょう？それならわたしが、いますぐ兄のところに行って道理をわからせて――」

「静かになさい、リジー」ポーラは打ちひしがれた表情のホリーに優しいまなざしを注いだまま、娘をたしなめた。「あなたが騒いでもなんにもならないし、レディ・ホリーをますます困らせるだけですよ。彼女がここを出なければならないというのなら、愛情と感謝の気持ちで送りださねばね。親切をあだで返してはいけませんよ」

「ありがとうございます、ミセス・ブロンソン」愛を交わした男《ひと》の母親の目を、ホリーは見ることができなかった。勘の鋭いポーラのことだ、ザッカリーとのあいだになにが起きたのか、ひょっとすると気づいているかもしれない。

「やっぱり、わたしは反対だわ」エリザベスは頑固に言い張った。「さびしくて耐えられないもの。あなた以上のお友だちには出会ったことがないし、それに……ローズがいなくなったら、いったいどうすればいいの？」

「これっきり会えなくなるわけではないわ」ホリーは温かな笑みで応じながら、目の奥が痛むのを感じていた。「ずっといいお友だちでいましょう、リジー。いつでも好きなときに、わたしやローズに会いにきて」感情があふれそうになり、彼女は立ち上がって、神経質に手をもみあわせた。「ごめんなさい、荷物をまとめなくては……」

ホリーは涙を見られる前に急いで居間をあとにした。廊下に出たとたん、エリザベスが勢いこんで母を問いただす声が聞こえてきた。

「レディ・ホリーはザックとけんかをしたんでしょう？　だからザックはどこかに消えてしまうし、彼女は出ていくなんて言いだしたんだわ」

「そういう単純な話ではないのよ、リジー……」ポーラが慎重に応じる。

そう、単純な話ではないのだ。

ホリーは想像しようとした。ザッカリーと結婚し、彼の妻となり、めまぐるしく華やかな日々を送る。過去をすべて忘れ、別の人間として生きていく……。苦い切望に胸が痛む。彼女はザッカリーを全身全霊で求めている。けれども彼との未来を想像したとたん、自分のなかのなにかが躊躇し、怖気づく。それがどうしてなのか、彼女は必死に理由を探そうとした。いったいなにを恐れているのか突きとめようとした。だが真実は、どれだけ求めてもはっきりした姿を見せてくれなかった。恐れは彼女のなかのどこかに、とどまりつづけた。


敗北を受け入れる。それはザッカリーにとって生まれて初めての経験だった。多少の挫折なら我慢できる。大局的に見れば、必ずほしいものを手に入れられるとわかっているからだ。だが完璧な敗北、立ち直れないくらい打ちのめされるのは、今回が初めてだった。負けを悟ったとき、彼は逆上し、ひどく残忍な気持ちに襲われた。誰かを殺してやりたいと思った。泣きわめきたいとも思った。そしてなにより、くそいまいましい愚か者めと自分を笑い飛ばしてやりたかった。いつかの晩にホリーが朗読してくれたギリシャ神話に、ちょうどこんな愚か者が出てきた。好色で、軽率で、残酷な神々や人間たちはみな、高みを目指しすぎて罰せられるのだ。そういう分不相応な野望を持つことを、傲慢《ヒューブリス》というのだと彼女は教えてくれた。

たしかに彼は傲慢だった。そしていま、その罰を受けている。どう考えても自分にはもったいない女性を、求めたりするのではなかった。最悪なのは、彼女を脅し、彼女の心をかき乱し、金品を与えれば、ひょっとしたら手に入るかもしれないなどといまだに夢想していることだ。もちろん、現実にそのようなことをするつもりはないが。

ザッカリーがホリーに求めたのは、彼女がジョージに与えたような心からの、喜びにあふれた愛だった。彼のこんな願いを知ったら、世間の連中はみな笑うだろう。当のザッカリーだってばかげていると思うくらいだ。そもそもホリーにとって、聖人のごとき夫とザッカリーでは比べものにならないはずだ。ザッカリーはご都合主義の無頼漢で、礼儀作法も知らない虫けら同然の男――紳士からはまったくほど遠い。彼女がかつてのような人生を望むのなら、やはりレイヴンヒルが正しい選択肢、唯一の選択肢なのだ。

ザッカリーはしかめっ面で、ダーラムに持っていく書類や文書を探すため書斎に向かった。二階では使用人たちがあわただしく荷物をまとめる気配がしている。モードやほかのメイドたちはトランクや旅行かばんにドレスや身のまわり品を詰め、ザッカリーの近侍はあるじのダーラム行きのためにスーツやクラヴァットを用意しているのだろう。ホリーを見送る気はさらさらない。先にダーラムに出発するつもりだ。

デスクのところまでやってくると、彼は山のような書類から必要なものを選り分けていった。誰かが部屋にいることに最初は気づかなかった。やがて、大きな革張りの椅子のほうから、かすかなすすり泣きが聞こえてきた。くるりと振りかえり、誰だ、と問いただそうとして口を開く。

ローズだった。ミス・クランペットと一緒に、椅子の上で小さくなっている。涙で汚れて紅潮した頰や、ぐずぐずになった鼻を目にして、ザッカリーの心は沈んだ。

どうやらテイラー家のレディたちは、始終ハンカチを必要としているらしい。口のなかで悪態をつきつつ、ザッカリーは上着のポケットに手を入れたが、そこにハンカチはなかった。仕方なくリンネルのクラヴァットをゆるめて首から勢いよく抜き取り、ローズの鼻に押しあてた。「かみなさい」と言うと、幼女は勢いよく鼻をかみ、くすくす笑いだした。クラヴァットをハンカチ代わりに使うという斬新なアイデアがおかしかったらしい。

「クラヴァットではなをかむなんてへんよ!」

ザッカリーは幼女の前にしゃがみこみ、きちんと目線を合わせてから、愛情をこめてほほえみかけた。「どうしたんですか、プリンセス・ローズ」と優しくたずねる。もちろん、理由など訊かなくてもわかっている。

ローズはすぐさま打ち明けた。「ママがここをでていくっていうの。おじちゃまのいえに、もどらなくちゃいけないって。でも、でも、わたしはここにいたいの」悲しげに顔をくしゃくしゃにする。ザッカリーは目に見えないなにかに胸を衝かれ、その衝撃に危うく倒れそうになった。それはパニックであり、愛であり、苦悶だった。ホリーに別れを告げてもなお生きながらえた彼だったが、今度こそおしまいだ。この数カ月間で、彼はこのかわいらしい幼女を心から愛するようになっていた。砂糖でべたべたの手も、ちゃらちゃらと音をたてるボタンの首飾りも、もつれた長い巻き毛も、母親にあまりにもよく似た茶色の瞳も。もう一緒にお茶会ごっこで遊ぶことも、居間の暖炉の前に並んで座ることも、うさぎやキャベツやドラゴンや姫が出てくる物語を作ることもできない。その小さな、なんの疑いも持たない手で、しがみついてもらうことさえも。

「ママにいってよ。ママとローズはここでミスター・ブロンソンといっしょにいなくちゃいけませんって。ミスター・ブロンソンがおねがいすれば、ママはうんっていうから。ぜったいにうんっていうから！」

「ママはね、ローズのためにどうするのが一番いいかご存じなんだよ」ザッカリーはつぶやくように諭し、ほほえんでみせたが、心のなかはうつろだった。「だからいい子にして、ママのいうことをきこうね」

「ローズはいつもいいこだもん」幼女はまた鼻をすすり始めた。「ねえミスター・ブロンソン、わたしのおもちゃはどうなるの？」

「テイラー家のお屋敷に、全部送ってあげるよ」

「ぜんぶなんて、はいりきらないもん」ローズは頰を伝う涙をぷっくりした手でぬぐった。

「ここよりずっと、ずっとちいさいおやしきだから、むりだもん」

「ローズ……」ザッカリーはため息をついてローズの頭を自分の肩にもたせた。幼女の頭はとても小さくて、彼の大きな手のなかにすっぽりとおさまってしまう。ローズはしばらく頭をもたせたまま、身をすり寄せたり、少しひげの伸びた顎を触ったりしていた。やがて身をよじるようにして離れたと思うと、「ミス・クランペットがつぶれちゃう！」と怒りだした。「ごめんよ」ザッカリーは謝り、手を伸ばして、人形の小さなブルーのボンネットをまっすぐに直した。

「ミスター・ブロンソンとリジーにまたあえる？」ローズがさびしそうにたずねる。

嘘をつくことはできなかった。「しょっちゅうは無理だろうね」

「わたしにあいたくて、さびしくなってもしらないから」ローズがため息をつき、エプロンドレスのポケットのなかをごそごそと探りだす。

どうやら彼は目がどうかしてしまったようだ。視界がかすみ、まぶたの裏がちくちくして、まばたきしても直らない。「毎日さびしく思いますよ、プリンセス・ローズ」

やがてローズは、ポケットからなにか小さなものを取りだすと、それをザッカリーに手渡した。「あげるわ。においつきのボタンよ。さびしいときには、そのにおいをかげば、すこしはきもちがらくになるわ。わたしもいつもそうしてたの」

「ローズ……」声がかすれそうになる。「きみのお気に入りのボタンをもらうことはできないよ」ザッカリーはボタンを返そうとしたが、手を振り払われてしまった。

「ミスター・ブロンソンがもってたほうがいいの」ローズは頑として言い張った。「だからあげる。ぜったいになくさないで」

「わかったよ」ザッカリーはボタンを握りしめ、うつむいた。胸のなかで荒れ狂う思いを必死に抑えつけようとする。自業自得だ。彼は巧みな策略で、レディ・ホランド・テイラーを自分の屋敷に住まわせることにまんまと成功した。まさか、こんな結末が待っているとは思いもしなかった。こうなるとわかってさえいたら……。

「ないてるの、ミスター・ブロンソン」ローズが心配そうにたずね、ひざまずいた彼の横に立って、うつむいた顔をのぞきこんだ。

ザッカリーは懸命に笑みを浮かべてみせ、「心のなかでちょっとだけね」とかすれ声で応じた。頬に小さな手が触れてくる。彼は身じろぎひとつせず、幼女のキスを鼻の頭に受けた。

「さようなら、ミスター・ブロンソン」ローズはささやき、書斎をあとにした。ボタンの首飾りが、床にあたってさびしげな音をたてていた。


ダーラム行きの馬車の準備が整ったのは、まだ昼前の時間だった。これ以上出発を延ばす理由はない。あるとしても、それは彼の傷心だけだ。ホリーと交わした会話のすべてをいま一度反芻した彼は、やはりもうなにも言うことなどないと自分を納得させた。選択肢はほかにもあった。だがホリーには、彼に干渉されることなく自らの考えで、ここに残るか否かを選ぶ権利がある。

とはいえ、彼にはひとつ、ささやかながらやり残したことがある。ホリーがローズを連れて庭に出たのを確認してから、ザッカリーは彼女の寝室に向かった。メイドのモードがきれいにたたんだ衣類を腕に山のように抱え、衣装だんすからベッドの上に運んでいるところだった。モードは部屋の入口に彼が立っているのに気づくと、びっくりしてその場でわずかに飛び上がった。「な、なにかご用でしょうか」用心深く問いかけつつ、たたんだ衣類をトランクの隅に詰めこむ。

「きみに頼みがある」ザッカリーはぶっきらぼうに切りだした。

いったい何事かと、あからさまにいぶかしむ顔でモードは彼に向きなおった。彼と同じ部屋に、ホリーの衣類や持ち物がそこら中に広げられたこの部屋に、ふたりきりでいることに落ち着かないものを感じているようだ。見るとベッドの上にもさまざまなものが並んでいる。ヘアブラシ、櫛、象牙の箱、革のケースに入った小さな額。モードがかたわらにやってきて、額を彼の視界に入らないところに用心深く押しやったので、ザッカリーはふいにそれが気になりだした。「なにかお手伝いすることでも？」モードが不安そうにたずねる。「繕いものかなにかでしょうか、それとも——」

「いいや、そういうんじゃない」ザッカリーは額のほうに視線を移した。「あれは？」

「あれは、その……奥様の個人的な品で、奥様もあまり人に見られたくないのではないかと——」モードはしどろもどろになって、ザッカリーが手を伸ばし、額を荷物の山から取りあげるのを止めようとした。

「細密肖像画《ミニアチュール》か？」たずねながら、革のケースから手際よく中身を取りだす。

「はい、あの、でも、本当にごらんにならないほうがいいかと……ああ」モードはふっくらとした頬を真っ赤にして、彼が小さな肖像画を見つめる様子に大きなため息をついた。

「ジョージ」ザッカリーはつぶやいた。顔を見るのは初めてだった。見たいと思ったこともなかった。ローズと自分自身のために、ホリーが亡き夫の肖像画を持ってきているだろうことは容易に想像ができた。だがザッカリーは一度もそれを見せてほしいと頼んだことがないし、当然ながら彼女のほうも自分から見せようとはしなかった。テイラーの顔を見たらきっと憎しみを覚えるだろうと思っていた。だが意外にも、実際に感じたのは哀れみだった。

おそらく自分と同年代だろうとずっと思っていたのに、その顔は驚くほど若かった。両の頬に生やしたもみあげも、まだ産毛のようだ。亡くなったときにはいまのザッカリーよりも一〇歳は年下、おそらく二四、五歳だったのだろう。ホリーはこのハンサムな若者に求愛され、慈しまれた。きらめく金髪と一点の曇りもない青い瞳の、ちゃめっけのあるほほえみを浮かべたこの若者に。彼はろくに人生を味わうこともなく、自分よりもさらに世間を知らない娘を置いて、ひとり死んでいったのだ。

テイラーがホリーをなんとかして守ろうとし、自分の死後の段取りをつけ、幼い娘の幸福をたしかなものにしようとしたのもこれなら当然だ。よりによってザッカリー・ブロンソンのような男に妻が誘惑され、苦しめられたと知ったら、テイラーは悲嘆に暮れるにちがいない。「ばかやろう」ザッカリーはつぶやき、ミニアチュールを革のケースに戻すと、しかめっ面でベッドに置いた。

モードが不安げに見つめてくる。「あの、なにかわたしにできることがあれば」

ザッカリーはうなずいて、上着の内ポケットに手を伸ばした。「これを受け取ってほしい」とつぶやくように言いながら、金貨の入ったずっしりと重い小袋を取りだした。モードのような立場の人間にとってはとてつもない大金のはずだ。「受け取ってくれ。そして、もしもレディ・ホランドが困るようなことがあったら、わたしに知らせると約束してくれ」

モードは驚きのあまり呆然としている。小袋を受け取り、その重さを手のひらで確認し、目をまん丸にして見つめかえしてきた。「それだけのために、こんな大金をいただくわけにはいきません」

「いいから」ザッカリーはぶっきらぼうに言った。

メイドはしぶしぶ口元に笑みを浮かべ、エプロンのポケットに小袋を落とした。「いままでありがとうございました。奥様とミス・ローズのことは、どうか心配なさらないでください。わたしがしっかりお世話しますし、なにかあれば、必ずお知らせしますから」

「ああ」ザッカリーは彼女に背を向け、部屋を出ていこうとした。途中でつと歩を止め、思いつきで訊いてみる。「モード、どうしてあのミニアチュールを隠そうとした?」

メイドはかすかに顔を赤くしたが、誠実そうな、まっすぐな目で答えた。「ごらんになったら、きっとミスター・ブロンソンが苦しまれると思いましたので。奥様へのお気持ちは、存じ上げておりましたから」

「気づいてたのか」

メイドは大きくうなずいた。「奥様はお優しい、立派な方です。奥様を好きにならないのは、心が石でできてる男性だけです」それから、声を潜めてつづけた。「ここだけの話ですが、奥様がもし、ご自身のためにどなたかを選べる立場におありなら、きっとミスター・ブロンソンを選んだと思います。日に日に惹かれていかれるご様子でしたから。でもだんな様は、奥様のお心をお墓まで持っていってしまわれました」

「彼女はあのミニアチュールをしょっちゅう見ていたのか?」ザッカリーは必死に無表情をよそおった。

思いだそうとしてモードが難しい顔になる。「いいえ、こちらのお屋敷に移ってからはあまり。たぶん、ここ数カ月はまったくごらんになっていないんじゃないかと。さっきも、表面に埃までかぶってましたし」

それを聞いて、ザッカリーはなぜか心が軽くなるのを感じた。

「元気で、モード」メイドに別れを告げ、部屋をあとにする。

「ミスター・ブロンソンも、お元気で」メイドは優しく応えた。

庭から戻ったホリーが自室に向かうと、モードが丁寧にたたんだ靴下を選り分けているところだった。「素晴らしい進み具合ね」ホリーはかすかに笑みを浮かべ、メイドの仕事ぶりを褒めた。

「ええ、奥様。本当はもっと進んでいたはずなんですけど、途中でミスター・ブロンソンがいらしたもんですから」モードは忙しそうに手を動かしながら、何気ない口調で言った。

ホリーは驚いてぽかんと口を開けた。「彼が？」と弱々しくたずねる。「なんのためにわたしに用だったの？」

「いいえ、奥様とミス・ローズをよろしく頼むとおっしゃりに来ただけです。約束します、とお答えしておきました」

「そう」ホリーはリンネルのペチコートに手を伸ばし、手早くたたもうとしたが、うまくためずにただの布のかたまりのようにしてしまった。それをみぞおちのあたりに押しあて、「親切な方ね」とささやく。

モードが苦笑と、かすかな同情のこもった目を向けてくる。「親切心なんかじゃないと思いますよ。恋わずらい中の少年みたいでしたもの。ちょうどいまの奥様と同じ顔でした」モードはきれいにアイロンをかけたペチコートがホリーの手のなかでくしゃくしゃになっているのを見咎めると、歩み寄って手を伸ばした。

ホリーは素直にペチコートを差しだした。「モード、ミスター・ブロンソンがいまどちらにいるか、わかる？」

「もうダーラムに発たれたと思いますよ。一刻も早くここを出たいってご様子でしたから」

ホリーは窓辺に駆け寄った。そこからなら屋敷の正面を一望できる。ザッカリーを乗せた大きな黒塗りの馬車が、木々が立ち並ぶ広い私道を通りのほうへと走っていくのが見え、思わず悲嘆の声をもらした。冷たい窓ガラスに手のひらを強く押しつける。唇が震えだすのがわかる。ホリーは必死に感情を押し殺した。彼は行ってしまった。これから間もなく、自分もここを去る。それが一番いいのだ。自分自身のために、そして彼のために、最善の選択肢を選んだ。これで彼は、若く、汚れを知らない娘と結婚し、その女性とあらゆる「初めてのこと」を経験できるのだから。初めての誓いも、初めての夜も、初めての子どもも……。

彼女自身は、テイラー家の屋敷に戻り、生涯そこで暮らすことになるのだろう。レイヴンヒルに結婚の約束を守るよう強いるつもりはない。心から愛せる女性を探すチャンスを彼から奪う権利は、自分にはない。

「ふりだしに戻るだけよ」ホリーは弱々しい笑みを浮かべてつぶやいた。夫の家族との暮らしを再開するだけのこと。以前とちがうのは、悲しみの深さが増し、世間への見方が変わり、もはや一点の曇りもない高潔な人間ではなくなったことだけ。

やがて馬車が私道の終わりにたどりつき、うっそうとした木々のなかに消えてしまうまで、彼女はじっと見送りつづけた。

「奥様に必要なのは、ほんの少しの時間です」モードの淡々とした、心休まる声が背後から聞こえてくる。「時がすべてを解決してくれるって言いますからね」

ホリーはこみあげてくる思いをのみこみ、無言でうなずいた。だが内心では、モードのいまの言葉はまちがいだとわかっていた。どれだけ時が流れようと、心と体が激しく求めるこの気持ち、ザッカリーへの情熱は、消えることはないだろう。

15

テイラー家の人びとは、まるで放蕩娘の帰りを待ちわびていたかのようにホリーを迎え入れてくれた。もちろん、あれこれ言われはした。そもそもテイラー家を出ていったのが大きなまちがいだったのだという家族の総意を、彼らははっきりと伝えずにはいられなかったのだろう。テイラー家を出ていくとき、ホリーは社交界で曇りひとつない信望と賞賛と敬意を受けていたが、戻ってきたいま、その名声は大いに傷ついていた。ザッカリー・ブロンソンとの交流によって経済的には多くを得たものの、道徳的、あるいは社会的には多くを失ってしまった。

だがホリーは気にしなかった。世間の侮辱から、テイラー家の人びとが完璧にとは言わぬまでもある程度は守ってくれるだろう。それにローズにも、一八歳になって莫大な持参金を手にすれば、何人もの求愛者が現れるはずだ。そのころには母親の遠い昔のスキャンダルなど世間から忘れ去られている。

ホリーはあえてレイヴンヒルに連絡をとることはしなかった。こちらに戻ったとの噂は、あっという間に広まるに決まっているからだ。思ったとおり、テイラー家に戻って一週間と経たないうちに彼はホリーに会いに来た。そして、トーマスとウィリアムとその妻たちから熱烈な歓迎を受けた。長身、金髪、立派な身なりのレイヴンヒルは、嘆き悲しむ乙女を救いに現れた騎士のようだった。テイラー家の応接間でホリーは、助けは求めていないと彼に伝えようとした。だが彼は彼らしい的を射たやり方で、ジョージの最期の望みは自分の望みでもあるのだと訴えた。

「ようやく悪徳の館を出たわけか」真剣な面持ちながらも灰色の瞳にからかうような笑みをたたえ、レイヴンヒルは言った。

その無礼な物言いが意外で、ホリーは思わず噴きだし、さりげなく警告した。「わたしに会いにいらっしゃるときは気をつけたほうがいいわ。あなたの名誉まで損なわれるといけないから」

「大陸で三年間もやりたい放題の暮らしを送ったんだ。もう守るべき名誉など残っていないよ」レイヴンヒルはホリーのほほえみに柔和な表情で応えた。「きみがブロンソン家に厄介になったことだって、責めるつもりはない。そんなことになったのも、すべてわたしのせいなのだからね。もっと早くきみのもとを訪れ、ジョージと約束したとおり、きみを守るべきだった」

「ヴァードン、その約束のことなのだけど……」ホリーは言葉を切り、困ったように彼を見つめた。頭のなかが混乱してどう話せばいいのかわからず、頬を赤らめた。

「なんだい？」

「たしかに約束はしたわ」彼女は言いにくそうにつづけた。「でもやっぱり、その必要はないのではないかしら。だって、あなたとわたしは――」

レイヴンヒルの長い指が羽根のように軽やかに唇に触れてきて、優しく彼女を黙らせる。温かな手に両手をしっかり握りしめられると、驚きのあまり身動きもできなくなった。「親友同士のふたりが結婚するのだと思えばいい。どんなときもお互いに誠実であろうと約束しあい、同じ理想と目標を抱き、ともに過ごす時間を大切にし、尊敬しあえるふたりの結婚だ。わたしはそういう結婚を望んでいる。きみとならまちがいなく、そういう人生が送れると思っている」

「でもヴァードン、あなたはわたしを愛してはいないのでしょう。わたしだって――」

「わたしの望みは、結婚によってきみを守ることだ」レイヴンヒルはさえぎるように言った。「でも、そのくらいのことでスキャンダルや噂を帳消しには――」

「このまま放っておくよりはましだろう」レイヴンヒルは冷静につづけた。「それに、きみはひとつ勘ちがいをしている。わたしはきみを愛してる。きみのことは、ジョージと結婚する前から知っていた。きみ以上に尊敬し、好意を感じた女性はいない。さらにつけくわえるなら、友との結婚は最良の結婚、という格言を信じてもいる」

レイヴンヒルの言う愛は、ホリーのジョージに対する愛とはちがう。あるいは、ザッカリー・ブロンソンに対する情熱とも。これはまさに便宜上の結婚、お互いの義務を果たし、ジョージの最期の望みをかなえるためのものだ。

「でも、それで満足できなくなったときにはどうするの」ホリーは静かにたずねた。「あなたもいずれ、誰かと出会うわ。それがわたしたちの結婚から数週間後か、数年後かはわからないけれど、いずれそういう日が来る。その人のためなら死んでもいいと思えるような女性に出会う日が来るのよ。そしてその人と一緒にいたいと心から願うようになる。そのときわたしは、あなたにとって単なる重荷でしかなくなる」

レイヴンヒルはすぐに首を振った。「わたしはそういう人間じゃないんだ、ホリー。この世にたったひとりの人、心から愛せる人なんてものは、存在しないんじゃないだろうか。恋愛ならこの三年間でずいぶん経験した。恋愛にまつわるメロドラマや欲望や興奮や悲しみには、もううんざりしているんだよ。いまのわたしに必要なのは心の平穏だ」彼は口元に自嘲気味な笑みを浮かべた。「立派な既婚男性になりたいんだよ。まさかそんなふうに思う日が来るとは思っていなかったが」

「ヴァードン……」ホリーは金襴《きんらん》の長椅子に視線を落とし、金糸と暗紅色の糸でほどこされた百合の紋章《フルール・ド・リス》の刺繍を指先でなぞった。「ミスター・ブロンソンのところを急に出た理由を訊かないのね」

しばらく無言で思案する表情を浮かべてから、レイヴンヒルはふたたび口を開いた。「理由を話したいのかい?」という口調は、答えを知りたがっているようには思えない。

ホリーは首を振り、苦笑をもらした。「話したいわけではないわ。でも、あなたの申し出に対して、打ち明けるべきことがあるように思うの。あなたに嘘はつきたくないし、それに

――」

「打ち明け話なら必要ないよ、ホリー」レイヴンヒルは彼女の手をとり、ぎゅっと握りしめた。力強い手が安心感をもたらしてくれる。その悲しげな、暗い灰色の瞳をホリーがやっとの思いで見つめかえすと、彼はつづけた。「いや、聞きたくないと言ったほうがいいだろう。わたしもお返しに、打ち明け話をしなければならなくなるからね。そんな必要はないし、そもそも無意味だ。過去はきみの胸の内にしまっておきなさい。わたしもそうするから。誰にだって、ひとつやふたつ秘密はある」

ホリーのなかで、レイヴンヒルへの温かな好意がわいてくる。彼のような夫を持てたなら、どんな女性だって幸福になれるだろう。ホリーですら彼との結婚を夢想してしまうほどだ。友だち以上の、けれども恋人同士にはほど遠い関係ならば結べるだろう。だがそれはいかにも作り物めいた奇妙な関係に思われる。ホリーは眉根を寄せてレイヴンヒルを見つめた。

「正しい道を進みたいの。でも、どれが正しいのかわからない」

「絶対に正しい道なんてものがあると思うかい」

「ないわね」ホリーが正直に答えると、レイヴンヒルは小さく笑った。

「だったら、しばらくこうして会ってみないか。急ぐ必要はない。これが最善の選択肢だときみが納得できるまで待とう」レイヴンヒルは口を閉じると、彼女の両手を自分の肩に置き、そのままじっとしていて、というようにかすかに笑みを浮かべてみせた。ホリーはそのとおりにした。彼がなにをしようとしているのか気づいて、ふいに心臓が早鐘を打ち始める。

彼は身をかがめ、ほんの一瞬、軽く唇を重ねた。ちっとも情熱的なキスではなかったが、彼の経験豊富さと自信とを感じとることができた。ジョージもいずれ、こういう大人の男性になったのだろうか。レイヴンヒルのように洗練され、世慣れた人になったのだろうか。彼のように目じりにうっすらと笑いじわが刻まれ、若者らしいすらりとした体から、たくましく、蓄積された力強さを備えた体へと変化したのだろうか。

レイヴンヒルが身を引き、慌てて肩から手を下ろすホリーにほほえんだ。「明日の朝、会いに来てもいいね？　馬で公園にでも行こう」

「ええ……」

ひどく混乱したホリーは、いますぐ彼を玄関まで見送って、ひとりになりたかった。幸い、レイヴンヒルはテイラー家の人びとからの夕食の誘いを断ってくれた。彼の顔に一瞬浮かんだ皮肉めかした笑みから、義理の家族たちのおせっかいを少々うるさく感じているのがうかがえた。

レイヴンヒルを見送ったあと、ホリーが玄関広間にしばしたたずんでいると、トーマスの妻のオリンダがかたわらにやってきた。オリンダは背の高い、優雅な物腰のブロンドの女性だ。「レイヴンヒル卿って、あんなにハンサムだったのね」彼女はうっとりした顔で褒め称えた。「以前はジョージの影みたいな存在だったからちっとも気づかなかったけど、ジョージがいなくなってみると……」無神経な発言だったと気づいたのか、ふいに口をつぐむ。

「いいえ、彼はいまもジョージの影だわ」ホリーは義妹の言葉を静かに正した。けっきょくいまの状況は、ジョージの意図したとおりのものなのでは。そう、すべては夫の望むとおりに進んでいる。そのことに気づいて安堵を覚えるはずなのに、ホリーの心にはいらだちだけが渦巻いていた。

「そうね」オリンダが思慮深げな声で言う。「ジョージに勝る男性なんて、いないかもしれないわね。あらゆる点で秀でた人だったもの。誰も彼には勝てないんだわ」

ほんの数カ月前のホリーなら、考えるまでもなくうなずいていただろう。だがいまは、無言で唇をかむばかりだった。

その晩はなかなか寝つかれなかった。ようやく睡魔が訪れたと思っても、眠りは浅く不安定で、妙に鮮明な夢に悩まされた。夢のなかでホリーは薔薇園を歩いていた。砂利道を踏みしめ、まぶしい陽射しに目を細める。咲き誇るみずみずしい真っ赤な薔薇にうっとりとなりながら、そのうちのひとつに手を伸ばし、ベルベットを思わせる花弁を手のなかにつつみこむと、身をかがめて香りをかいだ。突然、指に刺すような痛みを感じ、慌てて手を引いた。隠れた棘が指の付け根に刺さったらしく、血がにじんでいた。ふと視線を上げると、近くに噴水があり、冷たそうな水が大理石の池でしぶきを跳ね上げている。ホリーはけがをした指を浸そうと思い、噴水に歩み寄ろうとした。ところが、薔薇の茂みがまるで奇妙な生き物のように枝を伸ばし始め、彼女を取り囲んだ。花が枯れて地面に落ち、鋭い茶色の棘の壁が出現して、どちらを向いても出口はない。絶望して叫び、ホリーは地面にうずくまった。棘だらけの枝がさらに伸びてくる。彼女は痛む手を、壊れそうなほど激しく鼓動を打つ胸に押しあてた。

夢はそこで一変する。今度はやわらかな草原に寝転んでいた。だがなにかが、あるいは誰かが上におおいかぶさっていて、空と雲が見えない。「誰……？　いったい誰なの……？」何度も問いかけるが、かえってくるのは煙のように体をつつみこむ低く優しい笑い声だけだ。やがて男性の手が近づいてきて、こわばった脚の上をスカートがそっと引き上げられていく。それと同時に熱く甘い唇が重ねられる。ホリーは組み敷かれながらあえぎ、体の力を抜いた。陽射しにくらんだ目が少しずつ元に戻り、じっとこちらを見つめるいたずらっぽい黒い瞳が見えてきた。「ザッカリー」彼女は息をのみ、四肢を広げて彼を受け入れた。彼の重みを感じて、喜びに身をよじった。「ああ、ザッカリー。そうよ、そのまま――」

ザッカリーはほほえんで、両手で乳房をつつみ、唇を重ねた。ホリーは快感にあえぎ、「ザッカリー」と名を呼び――。

彼女はがばっと身を起こした。眠りのなかで、自分の声に驚いて目を覚ましたのだ。荒く息を吐きながら、ぼんやりと周囲を見まわす。ベッドにはひとりだった。体の周りに枕がいくつも重なり、シーツが膝や足首にからみついている。夢の切れ端が消え、不快なほどの失望だけが残される。いまごろザッカリーはどこにいるだろう。ひとりベッドで眠りにつき、ほてった体を震わせた。彼女は枕をつかんでみぞおちに押しあて、横向きに寝て、ほてった体を震わせた。いまごろザッカリーはどこにいるだろう。ひとりベッドで眠りにつき、夢でも見ているだろうか。それとも、誰かの腕のなかで欲望を満たしているだろうか。醜い嫉妬心にのみこまれそうになり、ホリーは両手で頭を抱え、脳裏に浮かぶイメージを消し去ろうとした。どこかの誰かがザッカリーのたくましい体を抱きしめ、豊かな黒髪を指先にからませ、彼が身を震わせて喜びを解き放つのを味わっている。

「もうわたしには関係のないこと。そう決めたじゃないの」ホリーはいらいらと自分に言い聞かせた。「二度と目の前に現れるなと彼に言われたでしょう。もう終わったのよ……終わったの」


レイヴンヒルは自らの言葉どおり、ほとんど毎日のようにホリーに会いに来た。彼女とともに馬で公園に行き、テイラー家の人びとを交えたピクニックを楽しみ、親しい友人たちとの水辺でのパーティーに参加した。テイラー家の人びとのおかげで、そうした集まりで不愉快な出来事が起きることはなく、ホリーは無礼な言葉を聞かされずに過ごせた。ホリーに対する彼らの献身的な愛情は、まさに賞賛に値するものだった。彼らは一致団結して、懸命に彼女を守ってくれた。とはいえ、彼女の過去の振る舞いを認めたわけではない。一方、レイヴンヒルとの交流は公認してくれていた。ふたりの結婚がジョージの最期の望みだと知っている彼らは、あらゆる障害を取り除こうと努めてくれた。

「レイヴンヒルと結婚すれば」テイラー家の長であるウィリアムはある日、淡々とした口調でホリーに言った。「ブロンソンときみに関するさまざまな憶測を払拭できる。わたしがきみなら、なるべく早く話を進めるがね」

「そうね、お義兄様」ホリーはうなずきつつ、内心ではいらぬ忠告にむらむらと反抗心がわきおこるのを覚えていた。「ご忠告をいただいてありがとう。でもまだ、確実に彼と結婚すると決まったわけではないの」

「なんだって」ウィリアムはいらだたしげに青い瞳を細めた。「彼のほうがしぶっているのか？　だったらわたしが話をつけてこよう。大丈夫、心配無用だよ、ホランド。銃でも突きつければ、彼もすぐにうんと言うはずだ」

「そうじゃないの」ホリーは慌てて義兄を制し、ふいにおかしくなって口元を震わせた。「そんなことしなくていいのよ、お義兄様。レイヴンヒルはなにもしぶってなんかいないわ。しぶっているのはわたしのほうなの。彼は決心がつくまで待つと言ってくれているのよ」

「決心がつくまで？　きみが彼を待たせる理由など、いったいどこにあるというのだ」ウィリアムはいらいらとホリーを見やった。「いいかい、義理の家族がわれわれでなかったら、きみはいまごろ社会からつまはじきにされているのだよ。危うく身を持ち崩すところだったというのに。頼むからレイヴンヒルと結婚して、わずかなりとも残されている名誉を守ってくれ」

ホリーはまじまじと義兄を見つめ、ジョージとよく似た面立ちに気持ちがなごんでいくのを感じた。とはいえ義兄は、かつてはふさふさだった金髪の頭頂部がさびしくなっており、青い瞳からは快活さが失われて、厳格さが増している。ホリーは義兄に歩み寄ると、驚いた表情を浮かべる彼の頬に愛情をこめてキスをした。「お義兄様は本当に優しい方だわ。わたしのような一族の面汚しを守ってくださること、一生感謝します」

「どこが面汚しなのだ」ウィリアムはもぐもぐと言った。「単に道を誤っただけだろう。ホランド、きみには導いてくれる男性が必要だ。世の多くの女性同様、きみも夫から正しい判断と常識を教えてもらうべきだ。その点、レイヴンヒルなら安心だ。ああ、もちろん彼が大陸でずいぶん遊んでいたことは承知している。だが男というものは、いずれそのような若気の至りを経験するものだし、すべては過去のことだ」

ホリーは思わずほほえんだ。「ミスター・ブロンソンとわたしのことだけがスキャンダルと言われ、もっと不品行な暮らしをしてきたレイヴンヒルが若気の至りですまされるなんて、なんだか変ね」

「いまは言葉の使い方を議論している場合ではない」ウィリアムは短気そうにため息をついた。「問題は、きみが上流社会で暮らしつづけるには夫が必要だということだ。レイヴンヒルなら相手としてふさわしいうえ、本人もその気なのだろう？　それに、わが愛する弟が推薦した人間でもある。弟が彼のことをそこまで高く買っていたのなら、わたしも彼を認めようじゃないか」

義兄との会話をあとから思いだしてみると、たしかに彼の言うとおりに感じられた。レイヴンヒルの妻として暮らす日々は、スキャンダルにまみれた未亡人として暮らす日々よりもずっと快適にちがいない。それにレイヴンヒルに対する自分の気持ちは明白だ。ホリーは彼が好きだし、信頼している。長年のつきあいで気心も通じている。すっかり打ち解けた関係が、いまでは毎日のように会ってゆっくり散歩をしたり、のんびりと午後のひとときを共有したり、夕食をともにしたりすることで、ますます深まっているのも事実だ。ともに過ごすそうした時間、ふたりはきらめくクリスタルのワイングラス越しに、冗談を言い合ったり、個人的なことを話したり、ほほえみあったりしている。だがそういう時間にもホリーは内心で、そろそろ潮時だという言葉が聞こえてくるのをひたすら待っていた。ザッカリー・ブロンソンの思い出を頭からも心からも追い払い、ジョージの意志を継ぐべきときが来たという言葉が聞こえてくるのを。

けれどもザッカリーへの思いはけっして消えようとしなかった。驚いたことに、それはむしろますます強くなっていくばかりで、しまいには食事も睡眠もままならなくなってしまった。ここまで悲嘆に暮れるのはジョージが亡くなったとき以来だ。まるで視界が灰色の幕におおわれたようで、ローズと一緒に本を読んだり遊んだりするほかには、生きる目的などなにひとつなかった。一週間経ち、もう一週間経ち、やがてブロンソン家の人びとと別れてから丸一月が経過した。

またも眠れぬ夜を過ごし、ベッドから起きたホリーは窓辺に向かった。重たいベルベットのカーテンを開け、菫色《すみれいろ》の朝焼けに照らしだされた通りを見下ろす。石炭の煙がうっすらとした霧となって街をつつみ、大きな建築物や住居が作りだすでこぼこの地平線をぼかす。邸内ではすでに朝の支度を整える物音が聞こえ始めていた。メイドが鎧戸を開け、火をおこし、炉床を整え、朝食のトレーを用意している音。また一日が始まる……ホリーはぼんやりと考えた。これから風呂に入り、着替えをして髪を整え、食欲もないのに朝食を大儀そうに口に運ばねばならないのだと思うと、言いようもない疲れを覚えた。ベッドに戻り、頭までふとんをかぶってしまいたい。

「わたしは幸せよ」どうしてこんなに心がうつろなのか自分でもわからず、声に出して言ってみる。これまでずっと望み、頭に思い描き、享受してきたのと同じ秩序だった暮らしが、すぐ手の届くところにある。でも、もうそんな暮らしはほしくなかった。

脳裏にある記憶がよみがえる。ローズと一緒に靴屋に行ったときのことだ。洗練されたデザインの、あつらえの散歩靴を試着するためだった。いつもと同じ型紙で作ってもらったのに、ステッチの具合か、あるいは真新しい革が硬いせいなのか、その靴を履くと足が痛くてたまらなかった。「きつすぎるわ」ホリーが残念そうに言うと、ローズが誇らしげに歓声をあげた。「せいちょうしてるのね、ママ！」

テイラー家での暮らしに戻り、レイヴンヒルとの結婚について考えるのは、あのきつい靴を試し履きするのによく似ていた。よかれあしかれ、彼女はこうした暮らしにそぐわないほどに成長してしまったのだ。ブロンソン家での日々がいまの彼女を作った。以前よりも優れた人間とは言えないかもしれないが、少なくとも、ちがう人間に変えた。

これからどうすればいいのだろう。

思い悩みつつ、いつもの習慣でナイトテーブルに歩み寄ると、ジョージのミニアチュールを取り上げた。夫の顔を見れば、元気と力がわき、進むべき道が多少なりとも見えてくるはずだった。

けれども、若さにあふれる穏やかな夫の顔を目にしたとたん、驚くべき事実に気づかされた。ジョージの顔はもはや心の平穏をもたらしてはくれなかった。彼の腕や声やほほえみに、自分はもう焦がれていない。信じがたいことだが、彼女は別の人を愛し始めていた。夫に対して抱いていた愛よりもずっと深い愛を、ザッカリー・ブロンソンに注いでいた。生きていることを実感し、満たされていたのは、ザッカリーとともにいるときだけだった。彼との刺激的で率直な会話が懐かしい。ときおり皮肉めかした笑みや、怒りや、膝が萎えそうになるほどの欲望を浮かべるあの黒い瞳も。いるだけで部屋を満たしてしまうあのカリスマ的な存在感も。あとからあとからわいてくる、新しい計画やアイデアも。急流のように彼女を洗う果てしのないエネルギーも。彼のいない人生は単調で暗く、耐えられないくらい退屈だった。

　呼吸が妙に速くなっているのに気づいて、ホリーは口元に手をあてた。彼を愛している。そう思うと恐ろしくなった。この数カ月間、強さを増していくばかりの思いをはっきりと感じていながら、必死に抗ってきた。愛する人をふたたび失い、魂を引き裂かれる日がやってくるのが心底怖かったからだ。だから、もう誰も愛さないほうが楽だし安全だと思った。ザッカリーとのあいだに横たわる真の障害は彼女の恐れだ。ジョージとの約束でも、生まれや育ちのちがいでも、彼女が自らふたりのあいだに投げかけた瑣末《さまつ》な問題でもない。

　ミニアチュールをナイトテーブルに戻し、三つ編みをほどいて、もつれた髪を銀の持ち手のブラシでむきになって乱暴に梳かす。ホリーはザッカリーのもとにいますぐ行きたいという衝動に圧倒されていた。すぐに着替えて馬車を用意させ、一秒でも早く彼のもとに行きたい。そして、どうしてこんなことになってしまったのか、きちんと説明したい。

だが、ふたりが人生をともに歩むことが本当に最善の選択肢なのだろうか。ふたりは過去も未来への展望も性格も、あまりにちがいすぎる。物の道理をわかった人なら、けっしてふたりの結婚に賛成しないのではないだろうか。愛こそすべて、などというのは単なる愚かな常套句にすぎない。そのような単純な言葉で、複雑な問題に答えることはできない。けれども……単純な答えが最良の答えである場合もときにはある。些細な問題はいずれ解決できるかもしれない。真に重要なのは、自分の本当の気持ちだけかもしれない。

やはり彼に会いに行こう。ホリーは決心した。問題はただひとつ、彼との関係を自ら絶ってしまったことだ。彼ははっきりと、二度と目の前に現れるなと言った。きっと歓迎されないだろう。

慎重な手つきで化粧台にブラシを置き、鏡をのぞきこむ。青白い疲れた顔。目の下にくまでできている。いまごろザッカリーを取り囲んでいるにちがいない魅惑的な美女たちとは、まるで比べものにならない。それでも、ザッカリーのなかにまだ彼女を求める気持ちが残っている可能性はある。ならば拒絶を恐れてはいけない。

心臓が激しく高鳴り、全身から力が抜けていく。ホリーは衣装だんすに歩み寄り、彼に贈られたドレス、かつて着たこともなかった華やかなドレスの一枚を探した。もしも彼が受け入れてくれたなら、もう二度と灰色のドレスは着まい……そう心のなかで誓った。翡翠色のイタリアンシルクのドレスを探しだす。袖口が三角形にカットされたしゃれたデザインのドレスを軽く振って空気をまとわせ、ベッドの上にそっと広げた。洗いたてのリンネルの下着を探そうとしたとき、扉が静かにたたかれ、かちゃりと開いた。

「奥様?」モードが穏やかに呼びかけながら部屋に入ってきた。ホリーが起きているのを見て、驚きと安堵を同時に覚えたような顔をする。「ああよかった、もう起きてらしたんですね。五分ほど前にメイド長が呼びに来たんですけど、奥様にお客様だそうですよ。お目にかかれるまで待つとおっしゃってるそうで」

ホリーはいぶかしげに眉根を寄せた。「どなたなの?」

「ミス・エリザベス・ブロンソンですよ。あちらのお屋敷から馬に乗っていらしたんです。一〇キロはありますでしょうにねえ。それに、お供の馬丁もいないんですよ!」

「急いで着替えを手伝って、モード。きっとなにかあったんだわ。エリザベスがこんな時間にひとりで来るなんて変だもの!」ホリーはさっと椅子に腰を下ろすと、靴下に手を伸ばし、縫い目がまっすぐかどうかを気にもせずあわただしく身に着けた。

焦っているので、ドレスに着替えて髪をヘアピンでまとめるまでの時間が永遠のようにも感じられた。大急ぎで階段を下り、応接間に向かうと、来訪者のためにメイドがすでにコーヒーのトレーを用意してくれていた。幸いテイラー家の人びとはまだ誰も起きていないようだ。万が一ひとりでも起きていたら、おせっかいを焼きだすに決まっている。応接間を大またに行ったり来たりしている、エリザベスのすらりとした輝くばかりの姿を目にするなり、ホリーの胸は喜びに満たされた。どんなに彼女に会いたかったことか。「リジー!」

以前と変わらぬ躍動感にあふれた美しいエリザベスは、くるりと振りかえると、せかせかと大またに歩み寄ってきた。「レディ・ホリー……」と呼びかけてごく自然にホリーを抱きしめる。ふたりは抱き合ったまま笑い声をあげた。

「リジー、とても元気そうね」ホリーは言い、わずかに身を引いて、きらきらした黒い瞳とピンク色に染まった頰を見つめた。エリザベスは最新流行のスタイリッシュなデザインの青い乗馬服に身をつつんでいた。襟元には純白の薄いスカーフを巻き、青く染めた羽根を縁にあしらったベルベットの小さな帽子をかぶっている。相変わらず健康そのものといった感じだが、目のあたりに思い悩んでいる様子がうかがえ、抑えがたいいらだちを胸に抱えているのが明白だった。

「いいえ」いますぐに悩みを打ち明けてしまいたい、そんな顔をしてエリザベスは言った。「ちっとも元気ではないわ。みじめで暗い気分。いますぐにも兄を殺したいくらいで……」

ホリーの全身に視線を走らせて言葉を切る。「まあ、なんて疲れた顔をしているの。それに三、四キロは痩せたのではない？」

「あなたのお兄様が、レッスンのたびに山盛りのケーキを用意してくれることもなくなったからでしょう」ホリーは強いてさりげない声音を作り、一緒に長椅子にかけるよう身振りで示した。「座って。どうしてひとりで馬に乗って街まで来たりしたのか、ちゃんと話して。若いレディがお供の者もつけずに出かけてはいけませんって、何度も注意したはず――」

「礼儀作法なんてどうでもいいじゃない」エリザベスはいらだたしげに言い、瞳を光らせた。

「あなたの身の安全のために言っているのよ。もしも馬が石につまずいたらどうするの。見ず知らずの人に助けを求める羽目になって、もしもその人が――」

「身の安全もどうでもいいのよ」エリザベスはさえぎった。「なにもかもがめちゃくちゃなの。どうすれば元どおりになるのか、わからない。もう頼れるのはレディ・ホリーだけだわ」

不安に駆られて、ホリーの脈拍が不規則になる。「ミスター・ブロンソンがどうかしたの？　それともあなたのお母様のこと？」

「もちろん、兄よ」エリザベスは眉をひそめ、長椅子の上でそわそわしだした。立ち上がり、また部屋を行ったり来たりしたくてうずうずしているのだろう。「この一カ月、しらふの兄を見たことがないの。レディ・ホリーが出ていってから、兄はすっかり自分勝手な鬼になってしまったわ。誰かれかまわず当たり散らして、あれこれ命令して、絶対に満足しないの。毎晩どこかのやくざ者や、いかがわしい女の人たちと遊びまわって、朝から晩までお酒を飲んで、人を見るたびに愚弄するの」

「それは、まるで彼らしくないわね」ホリーは静かに応じた。

「それだけではないのよ。兄は誰のことも気にかけていないようなの。わたしのことも、母のことも、自分のことさえも。それでもわたしは我慢しようとしたわ。だけどあんなことが起きてしまったら、わたしもう――」

「あんなこと？」ホリーはたずね、早口でまくしたてるエリザベスの話に必死に追いつこうとした。

エリザベスの陰鬱な声音が、ふいに笑いを帯びる。「ミスター・サマーズに求婚されたの」

「本当?」たちまち喜びにつつまれて、ホリーはほほえんだ。「ついにそこまでこぎつけたわけね」

「ええ、そうなの」エリザベスは得意げにうなずいてから、照れくさそうにもじもじした。「ジェイソンはわたしを愛してくれているの。そしてわたしは、彼にその百倍の気持ちをかえしているわ。愛がこんなに素晴らしいものだなんてちっとも知らなかった!」

「ああ、リジー、わたしもとってもうれしいわ。ご家族もさぞかし喜んでらっしゃるでしょう?」

とたんにエリザベスが不快な現実に舞い戻り、暗い顔になる。「喜んでない人がひとりだけいるわ。兄が反対だっていうの。なにがどうあっても、ジェイソンとわたしの結婚は許さないって」

「なんですって」ホリーは呆れてかぶりを振った。「でも、どうして。ジェイソンは世間からも尊敬を集めている将来有望な男性だわ。いったいどんな理由で反対するというの?」

「わたしにふさわしくないっていうのよ! 爵位と財産のある男性と結婚しなくちゃだめだって。平凡な血筋のただの建築家なんかより、もっといい相手が見つかるって。あんな俗物根性丸出しのせりふを聞かされるなんて。しかも、よりによって実の兄から!」

ホリーは当惑して彼女を見つめた。「それで、あなたはなんて答えたの?」

エリザベスは決意をこめた硬い表情を浮かべた。「本当のことを言ってやったわ。お兄様に認められようと認められまいと関係ないって。わたしはジェイソン・サマーズと結婚しますって。兄が持参金を用意してくれなくてもちっともかまわない。ジェイソンもふたり分の生活費くらい問題ない、きみが相続人だろうと貧しかろうと関係ないって言ってくれたもの。幸せになるのに、馬車も宝石も大きな屋敷も必要ないわ。でもね、レディ・ホリー、こんなふうに結婚するのってどうなのかしら。母はひどく動揺しているし、兄とジェイソンはいがみあっているわ。家族がばらばらなの。そもそも原因は……」彼女は唐突に言葉を切ると、いらだちのあまり涙があふれそうになったのだろう、両手に顔をうずめてしまった。

「原因は?」ホリーは静かに促した。

涙で光る黒い瞳が、指のあいだから見つめてくる。「原因は……レディ・ホリーにあるのって言おうとしたの。責めてるように聞こえるかもしれないけど、もちろんそんなつもりはないわ。でもね、あなたが出ていってから兄が変わったのは事実よ。わたし、自分のことで頭がいっぱいで、ふたりのあいだになにが起きているのかちっとも気づかなかった。でも、いまならわかるわ。兄はあなたを愛しているんでしょう? でもあなたにはその気がない。わたしたちのもとを離れて当然よ。レディ・ホリーは分別のある賢い人だもの、あなたのような人には――」

「いいえ、リジー」ホリーはささやくように言った。「わたしは、分別もないし賢くもないわ」

「それに、亡くなったご主人はザックとは全然ちがうタイプの人だったのでしょう。だったら兄に同じような気持ちを抱けるはずがないわ。だけど、どうしてもあなたに頼まずにはいられなかった」エリザベスはうつむき、あふれた涙を袖口でぬぐいながら「兄に会ってやって」とかすれた声で訴えた。「話をしてあげて。正気に戻るように言ってください。兄のあんな姿は見たことがないの。兄が耳を傾けるのは、世界でただひとり、あなただけだわ。まともな兄に戻してくれるだけでいい。あなたが会ってくれなかったら、兄は大切に思ってくれる人間をみんな追い散らして、自滅してしまう」

「リジー……」ホリーはエリザベスの痩せた背中に腕をまわしていとおしげに抱きしめた。ふたりはしばらく、ただそうして座っていた。やがてホリーは静かに、ふたたび口を開いた。「彼はわたしに会いたがらないと思うわ」

「ええ」エリザベスがため息とともにうなずく。「あなたの名前を耳にすることさえいやがるんだもの。まるで、あなたがこの世に存在しないみたいに振る舞っているわ」

彼女の言葉に、ホリーは心がうつろになるのを感じ、恐れにとらわれた。「努力はしてみるけど、話したくないと拒絶されるかもしれない」

エリザベスはまたため息をつき、陽射しが入りつつある窓のほうを見やった。「そろそろ行かないと。朝食の前までに帰らなくちゃ。どこに行ってたのか、兄に怪しまれるといけないから」

「テイラー家の馬丁を誰かお供につけるわ」ホリーはきっぱりと言った。「ひとりで帰るのは危ないでしょう」

エリザベスはすまなそうに、弱々しい笑みを浮かべてうつむいた。「わかったわ。でも、わが家の私道の手前の、母屋から見えないところまでよ」それから、期待をこめた目でホリーを見つめた。「兄にはいつ会いに来てくださる?」

「わからない」ホリーは正直に答えつつ、興奮と恐れと希望が胸の内で渦巻くのを感じていた。「勇気をかき集めることができたら、かしら」

16

嵐のように渦巻く感情のせいで、ホリーはその朝、未来の婚約者であるレイヴンヒルと遠乗りに出かける約束をしていたことをすっかり忘れていた。エリザベスが帰ったあともずっと、さめたコーヒーを手に応接間に座っていた。生ぬるい薄茶色の液体を凝視しつつ、言葉を探す。ザッカリーに許しを請い、もう一度信頼を得るための言葉を。お上品に懇願したところで許してはもらえないだろう。ただただ彼の情けにすがりつき、祈るしかない。ホリーは暗い、皮肉めかした笑みを口元に浮かべた。上流社会のしきたりに関して彼女自身が受けたレッスンには、紳士を丁重に拒絶するさまざまな方法も含まれていた。だが、その人を取り戻す方法は教わったことがない。ザッカリーは極めてプライドが高く、警戒心もとてつもなく強い。そんな彼にふたたび心を開いてもらうのは容易ではないだろう。あんなふうに彼のもとを去った罰を与えられ、足蹴にされるかもしれない。

「きれいな顔にそんな陰気な表情を浮かべて、いったいどうした?」レイヴンヒルが応接間に現れた。引き締まった長身を黒の乗馬服につつみ、金髪で、さっそうとして、自信に満ちた無駄のない物腰の彼は、女性なら誰もが夢に見る理想の男性だ。苦笑交じりに彼を見つめつつ、ホリーは、いいかげんに一歩踏みださねばと思った。

「おはよう、ヴァードン」とあいさつして、となりにかけるよう身振りで示す。

「乗馬用の格好ではないね。来るのが早すぎたかな。それとも、今朝の予定について気が変わったのかい」

「いろいろなことについて、気が変わったみたい」

「なるほど。どうやらとてつもなく重大な話があるらしいな」レイヴンヒルはからかうような笑みを浮かべたが、灰色の瞳は用心深く光っていた。

「話を聞いたら、あなたはもうわたしと友人でいたくなくなるかもしれない」

彼はそっとホリーの手をとり、おもてにかえすと、身をかがめて手のひらにキスをした。

ふたたび視線が合ったとき、彼の瞳は真剣そのもので、優しく、穏やかだった。「愛するホリー、きみとは一生友人だ。きみがなにをしようと、なにを言おうと」

一カ月にわたる交流を通じて、ふたりのあいだには深い信頼が築かれている。ホリーは大切な友人にふさわしい誠実さで切りだした。「あなたと結婚しないことに決めたわ」

彼は目をしばたたくことも、かすかな驚きを見せることもなく、「それは残念だ」と静かに言った。

「あなたにふさわしいのは本物の愛だわ」ホリーは早口につづけた。「その人なしでは生きられないような女性との、心からの情熱的な素晴らしい愛だけ。わたしは……」

「きみは?」手をしっかりと握りしめながらレイヴンヒルが促す。

「わたしは、なんとかして勇気をかき集め、ミスター・ブロンソンに会って、妻にしてくださいと頼むわ」

長く重たい沈黙が流れ、やがてその言葉の意味を理解したレイヴンヒルが口を開いた。

「彼と一緒になったら、社交界の人間の多くは、完璧な堕落だと考えるだろう。二度ときみを認めようとしない人も――」

「そんなことはどうでもいいの」ホリーはいらだたしげに笑った。「曇りひとつないわたしの名誉など、ジョージが亡くなってからの数年間、なんの慰めにもならなかった。だから、愛を得るためなら喜んでそれを捨てるわ。ただひとつ残念なのは、本当に大切なものに気づくのにこんなに長くかかってしまったこと。ジョージを失ってからずっと、ふたたび傷つくことをずっと恐れていたの。だから自分にも、周囲のみんなにも嘘をつきつづけてきた」

「では、ブロンソンのところに行って、本当のことを言いなさい」

なんとも簡単な答えに驚き、ホリーは彼にほほえんだ。「どうするべきか、あなたから忠告を受けるだろうと思っていたのに。名誉のことや、ジョージへの忠誠心について」

「愛するホランド、もうジョージは帰ってこないんだ。きみはその洞察力で、自分とローズにとってなにが最善か決めなさい。ブロンソンに賭けてみようと決めたのなら、わたしはその選択を受け入れるよ」

「あなたには驚かされるわ、ヴァードン」

「わたしはきみに幸せになってほしいだけだ。幸福をつかむチャンスはそう多くはない。だからきみの行く手を阻むお邪魔虫にはなりたくないね」

レイヴンヒルの淡々とした口ぶりや、紳士らしく彼女の望みを受け入れてくれる包容力に、胸を万力のように押しつぶす痛みが和らいでいくようだ。ホリーは感謝の気持ちをこめ、にっこりと彼に笑いかけた。「誰もがあなたのように言ってくれるといいのだけど」

「無理だろうね」レイヴンヒルがあっさりと言う。ふたりはほほえんで手を握り合い、やがてホリーは自分の手を引き抜いた。

「ジョージが生きていたら、ミスター・ブロンソンに好感を持ったと思う？」とたずねる自分の声が聞こえる。

レイヴンヒルの銀色がかった灰色の瞳に、笑みが浮かんだ。「どうかな。好感を持てるほど共通点が多いとは思えん。ジョージの友になるには、ブロンソンは少々粗野で乱暴すぎる。でも、それが重要なことかい」

「いいえ。そうだとしても、やっぱりミスター・ブロンソンが好きよ」

レイヴンヒルは彼女の両手をとり、椅子から立ち上がらせた。「だったら行きなさい。でも行く前に、ひとつ約束してほしい」

「もう約束はよして」ホリーは苦笑した。「つらい思いをするだけだもの」

「いや、今回はきみがわたしに約束するんだ。万が一なにかあったら、わたしのもとに来てくれるね」

「わかったわ」ホリーはうなずき、目を閉じて、額に温かな口づけを受けた。「ねえヴァードン、わたしにとっては、あなたはジョージとの約束をしっかり守ったも同然よ。あなたは夫の最高の、本物の親友だった。そして、わたしにはそれ以上の素晴らしい友だちだわ」

　言葉で応える代わりに、レイヴンヒルは力強い腕をホリーの体にまわし、きつく抱きしめた。


　馬車がブロンソン邸の私道の終点で音をたてて停まったときには、ホリーの神経はすでにぼろぼろになっていた。従者が馬車の扉を開き、降りる彼女に手を貸してくれる。もうひとりの従者は屋敷に向かい、扉をたたいている。メイド長のミセス・バーニーの顔が玄関先に見えて、ホリーは妙な笑い声をもらしそうになった。彼女を見てこんなにうれしく感じる日が来るとは、思ってもみなかった。屋敷も、そこで働く人びとも、なんだかとても慣れ親しんだものに感じられる。まるで自分の家に帰ってきたような気分だ。だが、彼女の姿を目にしたザッカリーにすぐさま追い返されるのではないかと思うと、不安に胸が締めつけられるように痛んだ。

　メイド長は、はためにもわかるくらい弱りきった表情だった。ホリーに向かって丁寧におじぎをし、両手をもみあわせる。「レディ・ホランド、ようこそいらっしゃいました」

「ミセス・バーニー」ホリーはにこやかに応じた。「元気にやっているようね？」

　メイド長は曖昧にほほえみ、「ええ、まあ、ただ……」とつぶやいてから声を潜めてつづけた。「レディ・ホランドが出ていかれてから、なにもかもが変わってしまいまして。なにしろだんな様が……」ふいに言葉を切る。使用人はあるじのプライバシーを重んじなければならない、という教えを思いだしたのだろう。

「今日はミスター・ブロンソンに会いに来たの」そう言葉にするなり不安に駆られ、ホリーは十代の娘のように頬を赤らめて口ごもった。「じ、事前に訪問するとお知らせしなくてごめんなさい。しかもこんなに早い時間にうかがったりして。でも、ちょっと急いでいたものだから」

「レディ・ホランド」メイド長が申し訳なさそうに、静かな声で呼びかける。「なんと申し上げればよいか。実はその、だんな様が窓から馬車のご到着をごらんになっていまして……それで、つまりその、お客様にはお会いにならないと」彼女はほとんどささやき声になり、遠くに立つ従者を用心深い目で見やった。「あまり調子がよくないとおっしゃいまして」

「調子がよくない？」ホリーは仰天しておうむがえしにたずねた。「病気かなにかなの？」

「いえ、そういうわけでは」

つまり、ひどく酔っているということだろう。ホリーはうろたえ、どうしたものかと頭をめぐらせた。「それでは、出直したほうがいいかもしれないわね」と優しく言う。「ミスター・ブロンソンがしらふに戻ったころにでも」

ミセス・バーニーは弱りきったように顔をゆがませた。「いつになることやら」

ふたりは目を合わせた。ミセス・バーニーは意見や希望をあえて口にしようとはしない。だがその表情から、どうか帰らないでほしいと思っているのがうかがえた。「ミスター・ブロンソンのお邪魔はしないわ。でも実は、前回こちらに滞在したときに、ええと……お部屋にちょっと忘れ物をしてしまったの。それを捜してもかまわないかしら？」

メイド長はあからさまに安堵の表情になり、すぐにホリーの口実に飛びついて、「もちろんです」と答えた。「かまいませんとも。お忘れ物でしたら、是非捜してくださいませ。一緒にまいりましょうか、それとも、まだお部屋の場所は覚えてらっしゃいますか？」

「ええ、覚えているわ」ホリーはにっこりと笑った。「ひとりで上に行けるから大丈夫よ。ところで、ミスター・ブロンソンはいまどちらのお部屋にいるの？　お邪魔したくないから、聞いておかないと」

「ご自分のお部屋にいらっしゃるかと」

「ありがとう、ミセス・バーニー」

ホリーは霊廟《れいびょう》のごとき雰囲気につつまれた邸内に足を踏み入れた。そびえるような金色の柱が並び、金銀の格間天井が輝き、花の香りが漂う広々とした玄関広間は、きらめきに満ちていながらどこか薄暗い。贅を凝らした広間には人の気配すら感じられない。ポーラかエリザベスに会って、気をそらされては困るので、ホリーはできるだけ急いで大階段を上った。走ったのと、そしてもちろん内心の不安のせいで、心臓が激しく鼓動を打ち始め、しまいには手足にまでその振動が伝わりだす。ふたたびザッカリーに会えると思うと、興奮のあまり吐き気がしそうだ。彼女は全身を震わせながら、彼の部屋の前に立った。扉がかすかに開いている。ノックするべきかと思い、やはりやめようと考えなおした。廊下に閉めだされる危険は冒したくなかった。

そっと扉を押すと、それはかすかな、ほとんど聞こえないくらいの小さなきしみ音をたてた。ここに滞在していたあいだ、彼の寝室に入ったことは一度もない。濃紺の金襴とベルベットが、巨大なマホガニーのベッドの周りを囲っている。見上げるように高い四枚の角窓から光が射しこんで、赤茶色のチェリーウッドの壁をつやつやと輝かせている。ザッカリーは窓辺に立ち、フリンジのついたベルベットのカーテンを開いて、屋敷正面の私道を見下ろしていた。片手には酒の入ったグラス。髪は朝の入浴のあとでまだ濡れてきらめいており、ひげ剃り石鹼の香りが室内に漂っている。裾が床につきそうなくらい長い暗紫色のシルクの化粧着をまとっており、はだしの足がわずかにのぞいている。ホリーは彼がこんなにも大きかったことを忘れていた。彼が振りかえらずにいてくれるのが、ありがたかった。全身を駆け抜けるおののきを気づかれたくない。

「彼女はなんと?」ザッカリーが低くうなるようにたずねる。ミセス・バーニーが部屋に来たと勘ちがいしているのだろう。

ホリーは懸命に冷静な声音を作った。「あなたに是非会いたいと」

ザッカリーの大きな背中がこわばる。そこにいるのが誰なのか気づいて、薄いシルク地の下で筋肉が硬直するのがわかった。すぐには声が出なかったのか、彼はややあってからふたたび口を開くと「出ていってくれ」と感情を交えずに静かに告げた。「レイヴンヒルのところに戻れ」

「レイヴンヒル卿はわたしを必要としていないわ」喉の奥が詰まってしまい、ホリーは声をしぼりだすようにして言った。「わたしも彼を必要としていない」

ザッカリーがゆっくりと振りかえる。指先がかすかに震え、琥珀色の液体がグラスのなかでかすかに揺れている。彼はそれをがぶりと飲んだ。冷たく黒いまなざしは、じっとホリーに注がれたままだ。平静をよそおっているが、顔は憔悴しきっている。目の下にはくまができ、健康的な褐色の肌は、部屋にこもって飲んでばかりいるせいで青ざめている。ホリーは彼の全身に飢えたように視線を走らせた。すぐに駆け寄って、頰を撫で、気持ちをなだめ、抱きしめたい。神様お願い、彼に出ていけと言わせないで。ホリーは必死に祈った。彼のまなざしが怖かった。かつてはからかうような笑みと、ぬくもりと、情熱にあふれていた黒い瞳が、いまはいっさいの表情を失い冷徹そのものだ。まるで他人のように、彼女への思いなどこれっぽっちも残っていないかのように、冷ややかな視線を注いでいる。

「どういう意味だ?」という声は、どうでもいいことを訊いているかのごとく感情がない。

勇気をかき集め、ホリーは扉を閉めると彼に歩み寄り、少し離れたところで歩を止めた。

「わたしたち、友だちのままでいることにしたの。彼と結婚はしません。ジョージとの約束は守れないと彼に言ったわ。だって……」そこで言葉を失った。ザッカリーがいまの知らせにまるで反応しないのに気づいて、落胆のあまり心がしぼんだ。

「だって?」と抑揚のない声で促された。

「だって、わたしの心はほかの人のものだから」

告白のあと、神経がすり減るような長い沈黙がつづいた。どうして彼はなにも言わないのだろう。どうしてあんなに冷たい、無関心な表情を浮かべているのだろう。

「そいつはまちがいだ」ザッカリーはやっとそれだけ言った。

「いいえ」ホリーは懇願するように彼を見つめた。「わたしのまちがいは、ここを、あなたのもとを去ったことだわ。今日来たのも、あなたに説明して――」

「ホリー、よしてくれ」ザッカリーは張りつめたため息をつき、かぶりを振った。「説明なんてしなくていい。あなたが去った理由ならわかってる」自虐的な笑みを口元に浮かべる。

「一カ月ずっと考えた。桶から水を飲む豚みたいに、酒をがぶ飲みしながら。それでようやく、あなたの決心を受け入れられる心境になった。あなたは最良の選択をした。なにもかもあなたの言うとおりだった。わたしたちはきっと最悪の結末を迎えただろう。だからわずかばかりの楽しい思い出を残し、このまま別れたほうがいい」

きっぱりとしたその口調にホリーは打ちのめされた。「お願い」と震える声で訴える。「あなたはもうなにも言わないで。ただわたしの話を聞いてください。本当のことをすべて話すわ。聞いたあとで、それでもやっぱり帰ってくれと言うのなら、言われたとおりにします。でも、きちんと説明するまでは帰れない。あなたはただ、そこに立って聞いてくれればいいから。それがいやだというのなら――」

「いやだというのなら？」ザッカリーの顔に、かつての笑みがほんの少しだけ宿る。

「今後あなたは、一瞬たりとも平穏なときは過ごせなくなるわ」パニックに陥りそうになり、ホリーは思わず脅し文句を口にしていた。「どこまででもあなたを追うわ。声をかぎりに叫びつづけるわ」

ザッカリーはグラスの中身を飲み干し、ブランデーのボトルが置かれたナイトテーブルに歩み寄った。ホリーのなかで、かすかな希望がわいてくる。こんなふうに飲みつづけるのは、彼女への思いがわずかでもあるからではないだろうか。

「いいだろう」彼はぶっきらぼうに言ってグラスにおかわりを注いだ。「説明しろ。ただし五分にまとめるんだ。五分経ったら、とっとと出ていってくれ。いいな?」

「いいわ」ホリーは唇をかみ、両手を脇にたらした。彼に心をすべてさらけだすのは、けっして容易ではない。でも、彼の気持ちを取り戻すにはそうするしかないのだ。「最初からあなたに惹かれていたわ」ホリーはまっすぐに彼を見つめたまま話しだした。「いまならそれがわかる。あのときは、この気持ちがいったいなんなのか自分でもわからなかったけれど。真実と向き合いたくなかった。あなたに言われたとおり……自分は臆病者だと認めたくなかった」ザッカリーの浅黒い顔に、なにか表情が浮かんでいないかと探す。だが、そこにはなんの感情もきざしていなかった。ツーフィンガー分注いだブランデーを、ゆっくりと落ち着いた様子で飲んでいるだけだ。「この腕のなかでジョージが亡くなったとき」ホリーはかすれ声でつづけた。「わたしも死んでしまいたいと思った。そして、あんな痛みを二度と味わうまいと決心した。あんなふうに人を愛することさえなければ、痛みを感じずにすむわ。だからジョージとの約束を口実に、あなたを遠ざけてきた」

ホリーはためらいつつも、いったん言葉を切った。彼女の言葉に、ザッカリーの首筋から耳にかけてかすかな赤みが宿り始めていた。その様子に勇気を得て、彼女は必死の思いでつづけた。「あらゆることを言い訳にして、あなたを愛すまいとしてきたわ。でもやがて……あなたと、あの離れ屋での出来事があって……」それ以上はザッカリーの顔を見ていられず、彼女はうつむいた。「あんなふうに感じたことはなかった。すっかりわれを忘れてしまったわ。心のなかも、頭のなかも真っ白になって、なにがなんでもあなたから離れなければと焦った。その後はかつての暮らしに戻ろうと努力したけど、まるでしっくりいかなかった。以前のわたしではなくなっていたわ。あなたがわたしを変えたのよ」ふいに涙があふれ、ザッカリーの顔がぼやけてくる。「それでやっとわかったの。あなたを失うよりももっと恐ろしいことがあるって。それはね、このままあなたなしで生きていくこと」喉が詰まり、声がかすれて、ささやくようにしか話せない。「お願いだからあなたのそばに置いてください。あなたの望むとおりの条件でいいわ。あなたなしで生きろなんて言わないで。だって、こんなにもあなたを愛してる」

寝室は墓場のように静かだった。少し離れて立つザッカリーは、一言も口をきかず、身じろぎひとつしない。もしもまだ彼女を求めているなら、思いやる気持ちが多少なりともあるなら、いまごろはもう腕のなかに抱いているはずだ。そのことに気づいたとたん、ホリーは消えてなくなってしまいたいと思った。鈍い痛みが胸から全身へと広がっていく。ここを出たあと、いったいどうすればいいのだろう。どこに向かい、どうやって自分とローズのために新しい生活を始めればいいのだろう。うずくまって、苦い後悔に涙する以外、なにもしたくないのに。ホリーは床をじっとにらみ、身を震わせて、みっともなくすすり泣いてしまわぬようこらえた。

やがて、視界にザッカリーのはだしの足が映った。いつの間にか彼は、猫のように足音ひとつたてることなく目の前まで来ていた。彼はホリーの左手をとると、そのまま無言でじっと手を見つめた。唐突に、彼が見ているものに気づく。夫にはめてもらって以来、一度もはずしたことのない金の結婚指輪。ホリーはみじめにうめいて、自分の手をザッカリーの手のなかから引き抜き、指輪をはずそうとした。だがなかなかはずれず、焦って無理やり引っ張ると、ようやく抜けた。指輪を床に落とし、薬指にかすかに残る跡を見つめ、涙があふれそうな目で、ぼやけたザッカリーの顔を見上げる。

つぶやくようにホリーの名を呼ぶ声が聞こえたと思うと、驚いたことに、彼はその場にひざまずいた。大きな手がドレスの腰のあたりをぎゅっとつかんでくる。彼はまるで疲れ果てた子どものように、ホリーのおなかに顔をうずめていた。

衝撃につつまれながらも、ホリーは黒髪に手を伸ばした。まだ乾ききっていない、かすかにウエーブした豊かな髪を指先にからめ、いとおしげに撫でる。「ザッカリー」ホリーは愛する人の名を何度も何度もささやき、熱を持ったうなじに触れた。

ザッカリーがふいに、流れるような動作で立ち上がり、見上げるホリーを見つめた。彼の顔には、地獄を旅し、その業火に焼かれた人の表情が浮かんでいた。

「ばかやろう」とつぶやいて、ホリーの頬を伝う涙を指先でぬぐう。「こんな目に遭わせたあなたを、絞め殺したいくらいだ」

「二度と目の前に現れるなと言われたから」ホリーは胸が痛むほどの安堵に嗚咽をもらした。「怖くて会いに来られなかった。べ、弁解の余地など与えない口調だったから……」

「あなたを失ったと思っていたんだ。無意識に口走ったから、なにを言ったかも覚えてない」ザッカリーが鼓動を打つ胸にホリーを抱きしめ、すっかり乱れてしまうまで髪をまさぐる。

「つ、次のチャンスはないと思えって」

「あなたになら、千回だってチャンスをあげるよ。十万回だって」

「ごめんなさい」ホリーは泣きじゃくった。「本当に、本当にごめんなさい――」

「結婚してくれ」ザッカリーはしわがれ声で言った。「ありとあらゆる取り決めと契約と儀式で、あなたを束縛してやる」

「ええ、ザッカリー……」ホリーはたまらず彼の顔を引き寄せると、この一カ月間、胸を刺しつづけた痛いほどの切望につつまれながら口づけた。ザッカリーが荒々しくうめいて、野性のような情熱で唇をむさぼる。荒れ狂う感情に、ホリーは唇に感じる痛みさえ気にならなかった。

「あなたを抱きたい。いますぐに」

ホリーは全身を真っ赤に染めた。うなずく間もなく、ザッカリーが彼女を抱きかかえ、獲物を捕らえた飢えた山猫を思わせる集中力でベッドに運んでいく。どうやらホリーに選択肢はないようだった。もちろん、拒絶するつもりなどかけらもなかったが。たしなみなどどうでもいいくらい、彼を愛している。道徳観念も、理想も、分別もどうでもいい。彼女のすべてが彼のもので、彼のすべてが彼女のものなのだから。

ザッカリーはすぐに彼女の服を脱がせにかかった。ボタンや留め具を引きちぎるようにはずし、思うように脱がせられないとなると、布地を乱暴に破りさえした。彼の性急さに息をのみつつ、ホリーはベッドに座って、自ら靴の紐をほどき、靴下を脱ぎ、靴下留めをはずした。シュミーズを頭から脱がされるときには、両腕を高く上げた。一糸まとわぬ姿になると、紅潮した体をベッドに横たえた。ザッカリーが化粧着を脱ぎ、かたわらに身を横たえる。

大きく、たくましく、このうえなく男性的なその体に、ホリーは思わず目を丸くした。「ああ、ザッカリー、なんてきれいなの」彼女は胸板をおおう毛に心地よさげに身をすり寄せ、黒い巻き毛をもてあそび、唇や指先を這わせた。

かすかなうめき声が頭上から聞こえてくる。「きれいなのはあなただ」ザッカリーは両手で彼女の肌の感触を味わうように、背中や腰を撫でた。「ベルモント家の舞踏会で、初めて見たときのあなたが忘れられない」

「あのとき？　でも、外は真っ暗だったわ」

「温室でキスをしたあと、あなたのあとをつけた」ザッカリーはホリーを仰向けに横たわらせ、全身に視線を這わせた。「馬車に向かうあなたをずっと見ていた。こんなに美しい人は見たことがないと思いながら」

肩に口づけられ、繊細なカーブを舌でなめられて、ホリーは身を震わせながら「そして、策を練ったわけね」と苦しげにささやいた。

「そう。あなたのスカートの下に潜りこむ方法を百通りも考えて、家庭教師に雇うのが一番だと判断した。でも、誘惑するだけのつもりが、本気で愛するようになっていた」

「それ以来、崇高な目的でわたしに接するようになったのね」ホリーはうれしそうに言った。

「いいや、いまもまだ、スカートの下に潜りこみたいと思ってる」

「ザッカリー・ブロンソン！」ホリーが金切り声をあげると、彼は笑い、両肘を彼女の頭の脇に置いて組み敷いた。ホリーの脈が速くなる。毛におおわれた長くたくましい脚が太もものあいだに割って入り、燃えるように熱く、大きなものが下腹部に押しあてられた。

「離れ屋での午後は、いままで生きてきたなかで最高のひとときだった。でもその直後にあなたに捨てられて……まるで、天国から地獄に突き落とされた気持ちだった」

「怖かったの」ホリーは心から悔い、彼の顔を引き寄せると、頬とブランデーの香りがする口にキスをした。

「わたしだって。どうやったらこの痛みを癒せるかわからなかった」

「人をまるで病原菌みたいに言うのね」ホリーはためらいがちにほほえんだ。

黒い瞳が熱くきらめく。「けっきょく、この病に効く薬はないとわかった。別の女性に走ろうかと思ったが、それもできなかった。ほしいのはあなただけだったから」

「じゃあ、誰とも……」ホリーは安堵につつまれた。離れているあいだにザッカリーがほかの女性と愛を交わしていたと思うと、苦しくてならなかったのだ。自分の思いちがいだとわかり、圧倒されるほどの喜びを感じた。

「ああ、誰とも寝ていない」ザッカリーはふざけて怖い声を出した。「一カ月もひとりで過ごす羽目になったんだ。あなたにその償いをしてもらう」

ホリーは目を閉じ、体のそこここで火花が散るのを感じながら、耳元でささやく声を聞いた。「これから数時間かけて、たっぷり欲望を満たしてもらうよ」

「ええ」ホリーはささやきかえした。「ええ、わたしもそうしてもらうわ——」ザッカリーの頭が胸に下りてきて、彼女は言葉を失った。熱い息につつまれて硬くなった乳首が、唇に含まれる。ホリーは全身をこわばらせながら、感じやすいつぼみを舌で軽やかになめられる感覚を味わった。両腕を彼の肩にまわし、手のひらをたくましい筋肉に押しあてる。すると彼は、乳首をさらに口の奥深くまで含み、ゆっくりと時間をかけて吸った。彼の両脚を挟んだホリーの太ももが震えだす。

ザッカリーの手が脚のあいだに忍びこみ、しなやかな巻き毛に隠れた潤いを巧みに探りあてる。彼は優しくささやきかけながら、やわらかな肉を押し広げ、甘くうずく花芯を見つけた。でも、小さな花芯の周りをじらすように指先で撫でるだけで、けっしてその先端には触れようとしない。ホリーは耐えきれずに息をのみ、懇願するように腰を突き上げた。「お願い」熱く腫れたように感じられる唇のあいだから、必死に声をしぼりだす。「お願いよ、ザッカリー……」

唇がかすめるように重ねられる心地よさに、ホリーはもっとほしくて、背を弓なりにした。ふたたび唇が重ねられ、舌で口のなかをまさぐられ、彼女はすべてをゆだねて彼に応えた。おおいかぶさっているザッカリーの体が動き、彼のものが下腹部にあたり、黒い巻き毛におおわれた部分に先端が押しつけられる。かすれたささやき声に促されて、ホリーはその大きく硬いものに手を伸ばし、かすかに指を震わせながらつつみこむように握りしめ、おずおずと手を動かした。そこに彼の手が重ねられ、その手に導かれるがまま、恥ずかしさに顔を真っ赤にしながら荒々しく、激しく愛撫を加えた。

「もっと優しくしたほうがよくないかしら」ホリーは羞恥と興奮がないまぜになった感覚につつまれながらたずねた。

「男と女はちがう」ザッカリーはかすれ声で説明した。「女性は優しいのを好むだろうが……男は情熱的なのを好む」

ホリーは無言で情熱のほどを示してみせた。しばらくするとザッカリーは悪態をつき、うめきながら彼女の手をそこから引きはがして、「もうだめだ」と苦しげにつぶやいた。「こんなことをされて、早く終わったら困る」

「わたしも」ホリーは両腕で彼を抱き、胸や首筋に何度もキスをした。「あなたがほしいわ……ああ、ザッカリー、ほしいの……」

「離れ屋でしたみたいに？」ザッカリーは瞳によこしまな光をたたえながらささやいた。

ホリーは彼の首筋に顔をうずめたままうなずき、四肢を広げた。奪われ、所有され、とりこにされたくて、全身がこわばり、震える。彼はゆっくりと探るようにホリーの胸からおなか、下腹部へと手のひらを這わせていった。脚のあいだを小さな三角形におおう巻き毛を撫でられると、思わずあえぎ声がもれた。彼の指が巧みに、腹立たしいくらい秘めやかに、巻き毛の奥へとそっと忍びこんでいく。けれども、すでに熱く、恥ずかしいくらい濡れそぼっている部分には触れない。切迫感に襲われたホリーは腰を突き上げて愛撫を求めた。すると、彼の唇が素肌に触れ、乳房からおなかへと移動していくのがわかった。大きな両手に腰をぎゅっとつかんで押さえつけられる。つづけて、濡れた巻き毛に彼の唇が押しあてられ、ホリーは驚きのあまりびくんとした。彼に抗議しようとしたのか、それとも、もっとと言おうとしたのか、言葉にならない言葉が口からもれる。ザッカリーはわずかに顔を上げて、上気した彼女の顔を見つめた。

「愛するお上品なレディ・ホリー。驚かせてしまったかな」

「ええ」ホリーはすすり泣いた。

「両脚をわたしの肩にのせて」

ホリーは恥ずかしさのあまり彼を見つめることしかできない。「ザッカリー、そんなこと……」

「早く」と言いながらザッカリーが脚のあいだに息を吹きかけ、彼女は身を震わせた。

目を閉じ、言われたとおりに、ふくらはぎと踵《かかと》を筋肉質な肩にのせる。ザッカリーの指先が秘所を撫で、押し開いたと思うと、唇が押しつけられ、舌が挿し入れられた。快感が渦巻くように、一瞬にして全身を焼きつくしていく。こんなことが自分の身に起こるなんて信じられない。怖いくらい甘美で親密な営みに、頭のなかが真っ白になっていく。彼はそこに歯をたて、舌でなめた。快感がどんどん高まって、体のなかに広がっていき、自分でも聞いたことのなかったような声が口からもれる。すすり泣きに似たあえぎ声と懇願する声に、ザッカリーはますます興奮したらしい。小さくうなると両手でお尻をつかみ、さらに高く引き上げて、大切な場所をいっそう強く自分の口に押しあてた。舌で円を描くように、じらすように愛撫されると、喜びが全身を駆けめぐり、耐えがたいほど体が熱くなり……ホリーはわれを忘れて叫びながら、エクスタシーに身を震わせた。えもいわれぬおののきが治まり、朦朧とした頭でぐったりと体の力を抜いたころ、彼の唇はようやくそこから離れた。

震える脚を肩から下ろし、ザッカリーはホリーにおおいかぶさると、たくましく引き締まった体をぴったりと重ねた。驚くほど大きなものが下腹部にあたる。「ザッカリー、手かげんしてね」ホリーは乾いた唇を開き、ささやくように言った。

「あなたには手かげんしない」ザッカリーは両手でホリーの頭をつつみこみ、口づけながら、しっとりと濡れてふくらんだなかへと入っていった。ホリーは鋭く息をのみ、身をよじって、彼のすべてを受け入れようとした。奪うように侵入してくるものに、なかが押し広げられる。ザッカリーは膝を使って彼女の脚を開かせ、さらに深く突き立てた。ホリーのあえぎ声がキスにのみこまれる。満たされている感覚にだんだん高ぶってきて、すでに疲れているのに、彼女は思わず背を弓なりにした。リズミカルに挿入がくりかえされ、硬くなった胸のつぼみが胸毛にこすられる。彼女は快感に身をそらしながら、首筋に口づけられ、歯をたてられる心地よさに酔いしれた。

「わたしのものだ」ザッカリーはささやきつつ、さらに速く腰を動かした。そのリズムが切迫感を増していく。「あなたはわたしのもの……ホリー、一生離さない」

「ええ」またもや絶頂に達しそうになり、ホリーはうめいた。

「言って」

「愛してるわ、ザッカリー。あなただけよ……あなたがほしい」

深く激しく突かれて、ホリーは快感に身を律動させ、おののき、全身を脈打たせた。いまのいままで想像もしなかったほどの歓喜に、圧倒されていた。のしかかったザッカリーの体がありえないくらい硬くこわばり、筋肉が鋼鉄のように隆起し、口からうめき声がもれてくる。ホリーのなかがやわらかく収縮して彼のものをつつみこむ。ザッカリーは彼女を満たしたまま、腰を突き上げ、精を放った。

深い吐息をもらしながら、ホリーは両の手足を彼の体にからませ、きつく抱きしめた。やがて快感が、心地よいぬくもりへと変わっていく。彼が上からどこうとするのが感じられて、まだだめ、とつぶやいた。

「あなたを押しつぶしてしまう」

「いいの」

ザッカリーはほほえんで、結ばれたまま横向きに寝そべった。

「離れ屋での午後よりももっとよかったわ」ホリーは感嘆した声で言った。

ザッカリーが声に出さずに笑う。「これからたっぷり、あなたに教えることがありそうだ」

ホリーは小さな笑みを消し、これからのことを思って不安な表情を浮かべた。「ザッカリー」とまじめな声で呼びかける。「わたし心配だわ。あなたのような人が、ずっとひとりの女性だけで満足できるのかしら」

彼は両手を彼女の頬に添え、額に口づけた。唇を離し、問いかけるような茶色の瞳をのぞきこむ。「生涯をかけて、あなたを探しつづけてきたんだ。いまも、これからもずっと、ほしいのはあなただけだ。信じられないというのなら――」

「信じるわ」ホリーは早口にさえぎり、指先で彼の唇に触れ、浅黒い顔に向かってほほえんだ。「だから証明も約束もいらない」

「もう一度証明してみせるくらい、なんでもない」ザッカリーにいっそう深く突き立てられて、ホリーは小さく息をのみ、あえぎながらぴったりと彼に寄り添った。

「それよりも、話があるの……訊きたいことがあるのだけど」

「なんだい」ザッカリーはやわらかな丸みにうっとりとなりながら、彼女のお尻を両手で撫でている。

「ミスター・サマーズがエリザベスに求婚したとき、認めないと言ったのはなぜ？」

質問に気をとられたのか、ザッカリーは手の動きを止め、用心深い目でホリーを見つめた。

黒い眉がかすかにひそめられた。「どうしてそれを知ってる?」

両腕を彼の首にまわしながら、ホリーは小さな笑みを浮かべて首を振った。「わたしの質問に答えて」

彼は口のなかで悪態をついてから、枕に頭をのせた。「彼を試すためだ」

「彼を試す」ホリーはおうむがえしにつぶやいた。その言葉の意味を考えつつ、ザッカリーから離れる。大きなものが引き抜かれる感覚に、かすかにたじろいだ。「でも、どうして?まさか彼がエリザベスの……あなたの財産に目がくらんで求婚したとでも思っているの?」

「可能性として否定できないからな」

「ザッカリー、チェスのポーンのように人を操るのはよくないわ。しかも相手は家族よ!」

「すべてはリジーのためだ。わたしの許可がなくても、持参金がなくても、それでもまだ妹がほしいと言うのなら、サマーズは試験に合格できる」

「ザッカリー」ホリーはかぶりを振り、非難をこめてため息をついた。ふとんを自分の体にかけ、全裸のまま平然と横たわるザッカリーをじっと見つめる。「エリザベスは彼を愛しているのよ。彼女の選択を尊重してあげるべきだわ。それに、ふたりはたとえこの試験に合格しても、あなたをけっして許さないと思う。あなたは家族のあいだに、修復できない不和の原因を作ってしまったんだわ」

「わたしにどうしろというんだ」

「わかっているでしょう」ホリーはつぶやくように応じ、ぴったりと彼に身を寄せて、胸毛に息を吹きかけた。

「無理だよ、ホリー。ずっとこういう生き方をしてきたんだ、いまさら変えられやしない。自分と家族を利用しようと企む連中から守るのが生きがいだった。融通の利かない人間だってことくらいわかってる。だが、いくらあなたに言われたところで、そんな腰抜けに生まれ変わるのは——」

「もちろん、そんなことは言わないわ」ホリーはごつごつした鎖骨を舌でなめ、首筋の大きく脈打つ部分に丹念に愛撫を加えた。「どんなふうにであれ、あなたに変わってほしいなんて思わない」首筋に顔をうずめ、長いまつげで素肌をくすぐる。「でもね、ザッカリー。リジーにはどうしても幸せになってほしいの。あなたとわたしが見つけたのと同じ幸福を、あの子から奪うつもり？　くだらない試験なんて忘れて、ミスター・サマーズを呼びにやって」

ザッカリーのなかで、支配欲と、もっと優しい一面とがせめぎあっているのがわかる。だがホリーが懇願と愛撫を根気よくつづけると、彼はしぶしぶため息をついた。両手をホリーの白くやわらかな肩に置き、彼女の背中をぴったりと枕に押しつける。「人に指図されるのは苦手でね」

ホリーはほほえんだ。「指図なんかしてないわ。あなたの高潔な一面にお願いしているだけよ」

愛情深いせりふに、飢えと恍惚がないまぜになった表情がザッカリーの顔に浮かんだ。会話などどうでもよくなってしまったようだ。「以前も言ったが、わたしには高潔な一面などないよ」

「でも、ミスター・サマーズを呼びにやってくれるんでしょう？　エリザベスのために、話をまとめてくださるのよね？」

「ああ。あとでね」ザッカリーは彼女の体からふとんを引きはがし、乳房に手を置いた。

「待って、ザッカリー」膝を割られる感覚にホリーは息をのんだ。「またするの？　でも、いましたばかり……」硬く長いものが突き立てられる感覚に、彼女はいっさいの言葉を失い、うっとりと吐息をもらした。

「何度だってするさ」ザッカリーは乳房に唇を寄せて優しくつぶやき、薔薇色に染まったつぼみを歯のあいだに挟んだ。ふたりの会話は、それから長いこと中断された。

ホリーはザッカリーの手を握ったまま、ブロンソン邸の庭に伸びる「未開の小道」をのんびりと散策している。咲き乱れる紫や白のクロッカスをスカートの裾が撫でる。さわやかな春風が、草深い小道の端のそこここに咲く黄色のハナショウブや、つややかな純白のマツユキソウを小さく揺らす。はかなげなキンポウゲがうっそうと茂る先には、スイカズラの群生と梅の木の木立ちがあった。甘い香りの空気を深く吸いこむと、幸福が胸いっぱいに広がって、思わず笑みがこぼれた。「お屋敷のデザインはどうかと思うけど、庭はまるで天国のようね」

ザッカリーが握る手に力をこめてくる。その顔には笑みが浮かんでいた。ふたりは先ほどまで、かつて味わったことがないほど満ち足りた午後を過ごしていた。愛の営みと、優しい笑い声と、少しの涙に満たされたその時間、ふたりは心に秘めていた思いをすべてわかちあった。すっかり仲直りしたあとは、話すべきことがあまりにも多すぎて、時間が足りないのではないかと思われるくらいだった。だがホリーは早くテイラー家の屋敷に戻り、すぐにも結婚するつもりだと娘に話したくて仕方がない。もちろん義理の家族は激怒するだろう。彼女がザッカリーを選んだうえに、ジョージの意志までも破るというのだから。どうしてもっと分別のある選択肢を選ばないのかと、きっと彼らは首をかしげるだろう。だがそもそも選択肢などなかったのだ。ホリーは、ザッカリー・ブロンソンなしでは生きていけないのだから。

「このままここに住めばいいのに」ザッカリーは静かに訴えた。「ローズには迎えの者をやろう。結婚式の準備を進めるあいだ、あなたたちふたりもここに住んだらいいんだ」

「無理だとわかっているでしょう」

ザッカリーは眉根を寄せ、ホリーをいざなって、地面に設けられた大理石と真鍮の日時計の周りをゆっくりとまわった。「あなたを目の届かないところにやりたくない」

ホリーは彼の気をそらそうと、結婚式の話題を出した。彼女が望むのは、現実的で簡素な式だった。ところがザッカリーは、もっと手のこんだものがいいと言い張った。大きな教会で、千羽の鳩を空に放ち、一〇〇人のトランペット奏者に音楽を奏でさせ、五〇〇人の招待客を招いて饗宴を催し、そのほかにもあれこれと、びっくりするような趣向を凝らす。ホリーは彼の案を聞いたうえで、そのような大掛かりな式は好ましくないときっぱり告げた。

「もっとひっそりとして静かな、こぢんまりした式がいいわ。それ以外はありえない」

「わかったよ」ザッカリーはすんなりと受け入れた。「よく考えてみれば、招待客は三〇〇人もいれば十分だ」

ホリーは呆れ顔で彼を見やった。「こぢんまりと言ってるのに。招待客はせいぜい五、六人でいいと思うわ」

ザッカリーは頑固に顎をこわばらせている。「ついにあなたを手に入れたと、ロンドン中の人間に知らせたいんだ」

「そんなことをしなくても、すぐに噂が広まるもの」ホリーはそっけなく応じた。「きっと社交界はわたしたちの話題で持ちきりになるわ。わたしのかつての友人たちだって、スキャンダルを嫌って式には来てくれないでしょうし。どんなに豪華な式だろうと、そうでなかろうとね」

「わたしの友人はほとんどみんな来てくれるだろうな」ザッカリーが陽気に言う。

「でしょうね」ホリーはうなずいた。彼の言う友人とは、無頼漢や伊達者、そして、放蕩者から正真正銘のやくざ者まで含めた、ありとあらゆる成り上がり者のことだろう。「いずれにしても、式はできるだけ簡素なものがいいわ。鳩やトランペット奏者やなにかはエリザベスのお式でやればいいでしょう」

「そのほうが話は早いか」ザッカリーはしぶしぶ折れた。砂利道で足を止め、ホリーは彼を見上げた。「では、わたしたちの式はこぢんまりしたものということで、すぐに準備にとりかかりましょう」両腕を彼の引き締まった腰にまわす。

「一日も早く、あなたのものになりたいもの」

それ以上の言葉は必要なかった。ザッカリーは身をかがめ、ぴったりと唇を重ねると、「あなたがほしい」とつぶやき、硬くなった下腹部を押しあてて訴えた。「いますぐ屋敷に戻って、もう一度――」

「式を挙げるまではおあずけよ」ホリーは少し呼吸が速くなるのを感じながら、激しく鼓動を打つ彼の胸に耳を寄せた。本音を言えば彼がほしいが、正式な夫婦になるまで待ちたい。「今日はもう十分に、あなたに名誉を傷つけられたはずだから」

「まだ十分じゃない」ザッカリーの両手がドレスの身ごろの上を這い、唇が首の横に押しつけられる。なだめるようにささやきかけながら、彼は珍しい黄色のツバキが咲き乱れる古ぼけた石壁のところまでホリーをいざない、スカートの裾に手を伸ばした。

「だめよ」ホリーはとぎれとぎれの笑い声をあげ、すんでのところで逃れた。「紳士たるもの、愛する女性には敬意をもって接しなければいけないわ。それにこんな場所で――」

「この大きさで、あなたに十分敬意を持っている証拠になるだろう?」ザッカリーはさえぎり、張りつめたところへと彼女の手を導いた。

こんなことをしてはいけないと注意するべきなのはわかっている。でも気づいたときには、長く硬いものにぴったりと身を寄せ、耳元にささやいていた。「あなたって、ありえないくらい品がないのね」

ザッカリーは彼女の手をいっそう強く自分に押しあてた。「そういうところが、好きなんだろう？」とささやきかえされ、ホリーはほほえまずにはいられなかった。

「そうよ」

レースがあしらわれたドレスの襟元にわずかにのぞく、やわらかく温かな素肌にザッカリーが鼻をすり寄せる。「離れ屋に行こう。ちょっとでいいから。誰にもばれやしない」

ホリーは身をよじってしぶしぶ彼から離れた。「わたしにばれるわ」

ザッカリーは首を振り、うめくような笑い声をあげつつ、花におおわれた壁のほうを向いて両手をつくと、うつむいて深呼吸をした。荒れ狂う欲望を抑えつけようと必死らしい。おずおずと近づくホリーを、黒い瞳に不満げな色をたたえて横目でにらむ。「わかったよ」という声は、くすぶる欲望のせいで甘い脅迫を含んでいた。「結婚式の晩まであなたには二度と触れない。後悔することになっても知らないからな」

「もうしてるわ」ホリーは正直に認めた。ふたりはほほえんだまま、しばらくただ見つめあっていた。

翌日、ザッカリーはジェイソン・サマーズを屋敷に呼ぶつもりだった。ところが意外にも、ジェイソンはその日の朝に自らやってきた。一カ月ぶりに熟睡できたザッカリーが目覚めたときはすでに八時をまわっていた。こんなに寝坊することはめったにない。生まれて初めてかもしれない。どうやら、二〇年以上も必死に闘いつづけてきて、探し求めていた高みにようやくたどりつけたようだ。これできっと、人生初の真の幸福をつかめるはず……ありえないくらい素晴らしい、それでいてごく平凡な出来事、つまり、愛する人と結ばれたことによって。ようやく心の内をすべて、ひとりの女性にさらけだすことができたのだ。そして、彼女にも愛を与えてもらった。これはまさに奇跡としか言いようがない。

そんなことを考えながらひとりで朝食をとっている彼に、お客様がお見えですとメイド長が告げに来た。案内するよう指示を出すと、やがてジェイソン・サマーズが現れた。青ざめたハンサムな顔に決然とした表情を浮かべ、まるで葬儀にでも向かうような格好をしたジェイソンは、ロマンス小説の悲劇のヒーローを彷彿とさせた。その姿に、彼と最後に会ったときの自分の態度を思いだし、後悔に似たものに胸がちくりと痛む。ザッカリーはあのとき、エリザベスとの結婚を許してほしいというジェイソンの申し出を静かに、だがきっぱりと拒絶した。あの不快な面会の一部始終を、ジェイソンは鮮明に覚えているにちがいない。だからあのような、決意をにじませた表情を浮かべているのだ。その表情はまさに、恐ろしいドラゴンを退治しにねぐらに向かう、勇敢な騎士そのものだった。

ひげも剃らず、化粧着姿のままのザッカリーは、椅子にかけるよう身振りでジェイソンに示した。「こんな格好ですまんな」と穏やかに声をかける。「だが、人の家を訪問するには少々時間が早いようだし。コーヒーでも飲むか？」

「結構です」ジェイソンは立ったまま答えた。

椅子にゆったりとかけながら、ザッカリーは熱いコーヒーをゆっくりと味わった。「だが今日来てもらってちょうどよかった。朝のうちに、人をやってきみを呼ぶつもりだったのでね」

「わたしをですか」ジェイソンは何事だろうというふうに緑色の目を細めた。「ご用件はなんだったのでしょうか。デボンシャーの屋敷のことですか」

「いいや。前回きみと会った際、話し合った問題についてだ」

「わたしの記憶では、話し合いなどではありませんでした」ジェイソンはにべもなく言った。「わたしはエリザベスとの結婚の許しをあなたに請い、あなたはそれを拒否した、それだけです」

「そうだったな」ザッカリーは荒っぽく咳払いをした。「ああ、ところで――」

「わたしに残された選択肢はもうありません」さぞかし緊張しているのだろう、ジェイソンはかすかに頬を赤らめたが、口調はいたって冷静なままだ。「あなたに最低限の敬意は払うべきと考え、こうしてお伝えにうかがいました。あなたの許可があろうとなかろうと、わたしはエリザベスと結婚するつもりです。あなたやほかの方々がどう思おうと勝手ですが、あなたのいまいましい財産に目がくらんだわけではありません。愛した女性がたまたまあなたの妹だった、それだけです。彼女が求婚を受けてくれるのなら、彼女のために死に物狂いで働き、彼女を養い、男が妻に与えられる最大級の敬意と優しさで慈しむつもりです。それ以上のものを求めるとおっしゃるのなら、あなたなど地獄に落ちるがいい」

ザッカリーは思わず眉をつりあげた。ジェイソンの態度に、感銘を受けずにはいられなかった。こんなふうに彼の前に立ちはだかろうとする男はめったにいない。「訊いてもいいか」ザッカリーは静かにたずねた。「どうしてエリザベスなんだ?」

「あらゆる意味で、彼女はわたしに最もふさわしい女性です」

「社会的にはちがうな」

「ちゃんと聞いてますか?」という穏やかな声がかえってくる。「わたしは、あらゆる意味で、と言ったんです。社会的地位などくそくらえだ」

その言葉だけでもう十分だった。直感で、ジェイソンが妹を心から愛し、妹にふさわしい男だとわかった。「では、リジーとの結婚を認めよう。ただし、ひとつだけ頼みがある」

呆気にとられて、ジェイソンはすぐには返答できなかったのか、しばらくしてから「なんでしょうか」といぶかしむ声で応じた。

「もうひとつ依頼したいプロジェクトがある」

ジェイソンはすぐにかぶりを振った。「建築家としてのキャリアを積むうえで、あなたからの依頼ばかり受け、身内びいき呼ばわりされるわけにはいきません。これでも自分の才能に自信があるんです。赤の他人からの依頼でも、十分に期待に沿うことができます。あなたのプロジェクトには、ちょうどいい人材をご紹介しますよ」

「大した仕事ではないんだ」ザッカリーはジェイソンの言葉を無視してつづけた。「ロンドンのイーストサイドに所有している土地に、貧民街があってね。そこの掘っ立て小屋を取り壊そうと思っている。きみには、いまあるようなやつとはちがう、きちんとした共同住宅を設計してほしい。数十家族が一度に住めるような、大きな建物がいい。部屋にちゃんと窓があって、料理をしたり、食事をしたり、眠ったりできる、まともな家だ。入口には住民たちが恥ずかしくないようなファサードもつけてくれ。家賃が高くならないよう、費用面でも考慮してほしい。わたしの共同住宅を見た連中が、どんどんまねするようにな。どうだろう、できそうか？」

「ええ、できます」ジェイソンは静かに応じた。多くの貧しき人たちの暮らしを改善する――それがこのプロジェクトの狙いだと理解してくれたようだ。「喜んでお引き受けしますよ。といっても、そのプロジェクトに参加したことが大っぴらに宣伝されると困りますが。なにしろ――」

「わかってる」ザッカリーはとくに皮肉めかすでもなく応じた。「庶民の仕事も引き受けるという印象が強くなると、貴族連中の依頼が来なくなるのだろう」

ジェイソンは興味深げにザッカリーを見つめた。緑色の瞳には、なんとも形容しがたい感情が浮かんでいる。「あなたのような立場にありながら、庶民の暮らしぶりをそこまで心配する紳士には出会ったことがないな」

「わたしだって庶民だ。たまたま、多くの庶民よりも少々幸運に恵まれているだけだ」

笑いともつかない笑いがジェイソンの口の端に浮かんだ。「その点については、コメントは差し控えますよ」

共同住宅設計の話はそこで切り上げ、ザッカリーは組んでいた手をほどくと、指先でぽんやりとテーブルをたたき始めた。「なあサマーズ、わたしの依頼だけでやっていくほうが、やはりよくはないか？　きみの才能と、わたしの蓄えがあれば――」

「勘弁してください」ジェイソンはふいに笑いだし、ザッカリーを見つめた。その瞳に初めて、心からの親愛の情が浮かぶ。「あなたのことは尊敬しています、ミスター・ブロンソン。でも、あなたの飼い犬になるわけにはいきません。あなたの財産もいらない。あなたの妹さんさえ手に入ればそれでいいんです」

彼に対する忠告の言葉が次から次へとザッカリーの脳裏に浮かんでくる。妹にどう接してほしいか、妹になにが必要でなにがふさわしいか、万が一妹を失望させたらどんな悲惨な目に遭うことになるか。だが、ジェイソンの自信に満ちあふれた若々しい顔をじっと見つめたザッカリーは、それらの言葉を胸の奥深くにしまっておくことにした。家族の人生のあらゆる事柄を彼が決定し、日々の暮らしのすべてを彼が管理する必要は、もうないのだ。これからは彼自身を含めた家族全員が、ひとりひとり自分の人生を歩んでいけばいい。妹のことをよその男に任せ、愛に満ちた幸せな人生を送れるよう祈る――そんな、いままでとはまったくちがう生き方が自分を待っている。そう思うと、ザッカリーはなんともいえない奇妙な感覚に襲われた。

「わかったよ」ザッカリーは立ち上がると片手を差しだした。「リジーをよろしく頼む」

「ありがとうございます」ふたりは心をこめて握手を交わした。ジェイソンは喜びを抑えきれぬように笑みをもらした。

「持参金のことなんだが」ザッカリーはふたたび口を開いた。「わたしとしては――」

「先ほど申し上げましたよ」ジェイソンがさえぎる。「持参金は必要ありません」

「エリザベスのためだ。女性は結婚後、多少なりとも自活のすべを持っていたほうがいい」

ザッカリーはこの個人的な見解について、上流社会で現状を見聞きし、裏づけもとっていた。妻に対する夫の思いやりは、妻が土地や持参金を所有している場合のほうがずっと深い。しかもそのような妻は夫の死に際し、遺言書にたとえどのようなことが書かれていようと、もともとの自分の財産を維持できる。

「いいでしょう。わたしが望むのは、エリザベスにとって最善の選択肢ですからね。では、今日はもうこれで。あなたと話し合うべきことは山積みされていますが、いまは早く妹さんとうれしい知らせを分かち合いたいので」

「是非ともそうしてくれ」ザッカリーは真剣な声で訴えた。「ここ数日、妹には愛を知らない鬼呼ばわりされてうんざりしていたんだ」おじぎを交わし、大またに扉のほうに向かうジェイソンの後ろ姿を見送る。ザッカリーはふと、ひとつ忘れていたことを思いだした。「ああ、そうだ。結婚式の準備は、わたしのほうで進めていいな?」

「ええ、どうぞお好きなように」よほどエリザベスに会いたくて仕方ないのだろう、ジェイソンは歩も止めずに答えた。

「よしよし」ザッカリーは満足げにつぶやき、テーブルについた。ペンをとり、インク壺に先を浸し、妹の結婚式に向けた一覧表をしたためる。「教会に鳩千羽、披露宴にオーケストラ五組。それから、花火にトランペット奏者一〇人……待てよ、二〇人のほうがいいか」

17

ホリーの予想どおり、テイラー家の人びとは誰ひとりとして、ブロンソン家の敷地内にある礼拝堂で執り行われたこぢんまりとした結婚式に出席しなかった。だがホリーは、ザッカリーとの結婚に対する彼らの気持ちや、ジョージの意志に背いた自分への失望を思うと、みじんも責める気にはならなかった。いつかは許してもらえる日が来るだろう。この結婚によってローズがどれほどのものを得られたか知ったあかつきには、きっと。当のローズはといえば、もちろん、喜びを隠そうともしなかった。

「これからは、あなたがわたしのパパになるの?」ローズはザッカリーの首に両腕をまわしてじゃれながらたずねた。ホリーが彼女を連れてブロンソンの屋敷を訪れたときのことだった。幼女はけたたましく歓声をあげてザッカリーに抱きつき、ザッカリーは幼女を高々と抱き上げて、小さなペチコートや純白の靴下がぼやけて見えるくらい、勢いよくまわした。はためにもわかるほど幸せそうなふたりの様子を目にして、ホリーは胸の内に安堵と平穏が広がっていくのを感じた。娘にとってこの結婚が本当に望ましいものなのかどうか、心のなかに多少なりとも疑念が残っていたとしても、喜びにあふれたローズの顔を見た瞬間にかき消えていた。娘はさぞかし甘やかされて育つことになるだろう。心からの愛情につつまれながら。

「そうなってほしいかい」ザッカリーはローズの質問に質問で応じた。

幼女は眉間にしわを寄せて考え、困ったような視線を母親に投げ、ザッカリーに戻した。「おおきなおやしきにすむのは、とってもたのしみよ」と子どもらしい率直さで答える。「それに、ママがあなたとけっこんしても、べつにかまわないわ。でも、あなたをパパってよぶのはいや。てんごくのパパがかなしむもの」

娘の発言に驚いて、ホリーはなにか言わなくてはと言葉を探した。だが見つからず、困り果ててそのまま見ていると、ザッカリーがローズの丸い顎に触れ、自分のほうを向かせた。「じゃあ、好きなように呼んでいいよ」彼は淡々と言った。「きみのパパの代わりになるつもりはないから安心おし、プリンセス・ローズ。あんな立派な紳士の代わりになろうと思うほど、わたしも愚かじゃないからね。わたしはただ、きみときみのママを守りたいだけだ。パパにはもうきみたちを守ることができない。代わりに誰かがその役目を果たしているのを見て、天国のパパが安心してくれるよう……わたしは祈ってる」

「そうなの！」ローズはいかにも満足げな声をあげた。「パパのことをわすれるんじゃないのね。だったらいいわ。ねえママ、そうよね？」

「そうね」ホリーはささやき声で応じた。感情があふれて喉が詰まり、幸せに頬が上気する。彼女はきらめく茶色の瞳でザッカリーを見つめながら「あなたの言うとおりね、ローズ」と答えた。

結婚式にはエリザベスとポーラとジェイソン、そして、当惑気味のホリーの両親が出席した。両親は式のためにわざわざドーセットシャーから足を運んでくれた。結婚に反対している様子こそなかったが、長女が本来属するべき世界とまったく異なる世界を選んだと知って、驚きを禁じえないようだった。「でもミスター・ブロンソンは、そうおかしな人ではなさそうね」母は式を前に娘にひそひそ声で感想を述べた。「洗練されているとは言いがたいけれど、礼儀作法もそれなりにちゃんとしているようだし。それに、なかなか男前ね。ただ、誰が見てもハンサムというには少々粗野な雰囲気が……」

「お母様」ホリーは苦笑交じりにほほえんだ。母の遠まわしな物言いにはもう慣れっこだ。

「つまり、彼を認めてくれるという意味?」

「まあ、そんなところね。だけど彼、あなたの最初の夫とは見た目も性格もまるでちがうようね」

「もう……」ホリーは衝動的に母を抱きしめ、母の帽子についている羽飾りが頬をくすぐるのを感じながらほほえんだ。「お母様もいずれ気づいてくださるでしょうけど、ミスター・ブロンソンはあらゆる意味で素晴らしい方よ。少々荒っぽい一面はあるけど、それ以外の部分ではジョージやわたしよりもずっと優れた方なの」

「まあ、あなたがそう言うのならね」母は疑い深い声で言い、ホリーは声をあげて笑った。

一同は礼拝堂に集まった。ホリーの両脇にエリザベスとローズが、ザッカリーのとなりに付き添いを買ってでたジェイソンが立つ。いよいよ式が始まろうというとき、誰もが驚いたことに、意外な人物が現れた。礼拝堂に入ってくるレイヴンヒル伯爵ヴァードン・ブレイク卿の姿に、ホリーは満面の笑みを浮かべた。レイヴンヒルは歩みを止めて丁寧におじぎをしてから、ホリーの両親のとなりに立った。ホリーとザッカリーを見つめる温かな灰色の瞳には、静かな笑みが浮かんでいる。

「いったいなにしに来たんだ？」ザッカリーが声を潜めてホリーに訊いた。

ホリーは彼のこわばった腕に手を伸ばし、そっと握って、「わたしたちのためよ」とささやきかえした。「わたしたちの式に参列することで、この結婚への賛意を社交界に伝えるつもりなんだわ」

「むしろ、あなたに色目を使う最後のチャンスを生かしに来たんじゃないのか？」

ホリーは咎めるまなざしをザッカリーに向けたが、当のザッカリーは彼女のドレスをまじまじと見つめており気づかない。淡黄色の平織の上等なシルク地のドレスで、春の花々で作った小さなブーケをスクエアカットの胸元の中央に留めてある。袖は短いパフスリーブで、その上に薄手のクレープ地が重ねられている。若々しく繊細なデザインのドレスで、結い上げた巻き毛に挿したオレンジ色の花以外、装飾品は必要なかった。

教区付司祭が式を始める。「汝、この女性を妻とし、神の定めにより神聖なる婚姻を結んだのちもともに生き、その健やかなるときも病めるときも、これを愛し、慰め、敬い、その命あるかぎり、これのためにすべてを捨て、尽くすことを誓いますか？」

「誓います」というザッカリーの声は、静かで力強かった。

式が進み、やがてホリーは未亡人から、ふたたび花嫁に生まれ変わる。

誓いの言葉を交わし終え、お互いの薬指に指輪をはめ、その場にひざまずいて、司祭の長い祈りに耳を傾ける。ホリーは司祭の言葉に意識を集中しようとした。だがザッカリーの真剣な表情に見いっているうちに、この世界に彼とふたりきりになったように感じられてきた。しばらくすると、温かく頼もしい手が彼女の手をしっかりととり、立ち上がらせてくれた。ぼんやりとした頭で、式がそろそろ終わろうとしているのに気づく。「……神が結びつけたもうたふたりは、誰にも分かつことができないのです」

わたしたちは夫婦になった……ホリーは感嘆の思いで、静けさにつつまれながら夫の顔を見上げ、彼の指に自分の指をきつくからめた。その静寂を、ローズの声が破る。司祭の締めくくりの言葉に、なにかつけくわえたい衝動に駆られたようだ。その声音は司祭の重々しい口調そっくりだった。「そしてふたりは、えいえんにしあわせにくらしました」

わずかな参列者のあいだにさざなみのように笑いが広がり、笑みを浮かべるホリーの口元にザッカリーが一瞬、熱いキスをした。

式につづく晩餐はとてもなごやかなものだった。バイオリン奏者が音楽を奏で、会話の合間には高価なワインが何本も振る舞われた。ローズも短いあいだではあるが、大人たちに交ざって宴のテーブルについた。八時をまわり、モードが子ども部屋に連れに現れると、あからさまに落胆の表情を浮かべたが、ザッカリーに何事か耳打ちされ、手のなかになにやら小さなものを握らされると、不満も述べずにおとなしくなった。そしてホリーにおやすみのキスをし、うれしそうな顔でモードとともに二階に下がった。

「あの子になにをあげたの」ホリーがたずねると、ザッカリーは黒い瞳をいたずらっぽく輝かせた。

「ボタンだよ」

「ボタン？」意外な返事に、おうむがえしにささやく。「なんのボタン？」

「わたしの上着のボタンをひとつに、あなたのドレスの背中のボタンをひとつ。結婚式の記念にローズがほしがっていたからね」

「背中のボタンを取ったの？」ホリーはなおもひそひそ声で言いながら、咎めるように夫をにらんだ。ちっとも気づかなかった。いったいいつの間に取ったのだろう。

「ひとつだけで我慢したのを、幸いだと思って」ザッカリーが言う。

ホリーはなにもかえせなかった。彼と同じくらい、結婚式の晩を楽しみにしている自分に気づいてますます頰を赤く染めた。

長々とつづいた晩餐と、何度もくりかえされる乾杯がようやく終わりに近づいてきた。男性陣がテーブルに残ってポートワインを楽しんでいるあいだに、ホリーはそっと食堂を抜けだして階段を上り、ザッカリーの寝室とつづき間になっている自室に戻った。モードに手伝ってもらってウェディングドレスを脱ぎ、身ごろと袖にレースがあしらわれ、こまかなプリーツの入った上等な薄手のキャンブリック地の純白のナイトドレスに着替える。感謝の笑みを浮かべてモードを下がらせ、肩にたらした長い髪をブラシで梳かし始める。

なんだか不思議な感じがする。こうしてふたたび、夫が寝室を訪れるときを待つ時間がやってくるとは思ってもみなかった。不思議だが、とてもうれしくもある。生涯に二度も愛に恵まれて、自分はなんて幸せ者なのだろう。ホリーは化粧台にかけたまま、頭をたれ、無言で神に感謝の祈りを捧げた。

しばらくすると、寝室をつつむ静けさを破り、そっと扉が開く音がした。顔を上げると、歩み寄るザッカリーの姿が見えた。

彼はゆっくりと上着を脱ぎ、椅子の背に放り投げた。ホリーのそばにやってきて、両手を肩に置き、鏡のなかで見つめあう。「もっと下でゆっくりしてくるべきだったんだが」指先が彼女のきらめく髪を梳き、首筋にそっと触れてくる。ホリーは軽やかに触れられる心地よさに身を震わせた。「あなたが、わたしの愛する美しい妻が二階にいると思うと……席を立たずにはいられなかった」ザッカリーは鏡に映る彼女にじっと視線を注いだまま、ナイトドレスの襟元のくるみボタンを慎重な手つきではずした。一列に並んだボタンをひとつひとつはずしていくと、やがて、ドレスの前がはだけた。褐色の手が薄いキャンブリック地の下に忍びこみ、生地越しにうっすらと輪郭がのぞく手が、丸い乳房を愛撫する。

ホリーは深く息をしながら椅子の背にもたれた。熱い手のひらにこすられて、乳首が硬くなってくる。親指と人差し指でつぼみを優しくつままれると、快感が足の先まで走った。

「ザッカリー」ホリーは震える声で呼んだ。「愛してるわ」

ザッカリーは椅子のかたわらにひざまずき、彼女を引き寄せ、ナイトドレス越しにつぼみを口に含み、執拗に吸った。ホリーはおののき、両手で彼の頭をつかんで、豊かな黒髪に唇を押しつけた。ザッカリーが胸から口を離し、ほほえみながら彼女の小さな顔を両手でつつみこむ。「まだ思ってる?」と彼がたずねる。「よき妻は夫の欲望にただおとなしく従うべきで、情熱をかきたてたりしてはいけないって?」

「もちろん、思ってるわ」ホリーは恨めしげに応じた。

「かわいそうなホリー」ザッカリーは瞳に笑いを浮かべて言った。「あなたがよこしまな欲望に悩む姿を眺めるほど、楽しいものはないからね」

軽々と抱き上げられたホリーは、両腕をザッカリーの首にまわし、ベッドに運ばれた。揺らめく蠟燭の炎がやわらかな明かりで部屋を照らしだし、一糸まとわぬ姿になった彼の肌をブロンズのように輝かせる。彼はホリーのナイトドレスを腰まで引き下ろしながら、素肌があらわになるたびにそこへ口づけていき、最後にはすべて脱がせた。ホリーが横向きになってぴったりと身を寄せ、情熱と歓喜がないまぜになった声でうめくと、彼は小さな笑い声をあげた。だがホリーが指先で素肌に触れると、その笑いはかき消えた。両手をおずおずと、たくましい肩から背中に這わせ、隆起した筋肉を撫でる。彼は不規則な呼吸に胸を上下させながら、ホリーの髪に顔をうずめた。

「ザッカリー」ホリーは耳元でささやいた。「どうしたら気持ちがいいか全部教えて。わたしにどうしてほしいのか。あなたのためならなんでもするわ……なんでも」

彼は頭をもたげると、ホリーの温かな、なにひとつ疑わない茶色の瞳をのぞきこんだ。切望感に険しい表情を浮かべつつ、身をかがめて、飢えたように彼女の唇を奪った。彼女の手をぎゅっとつかむと、その指をゆっくりと自分のほうに持っていき、喜びが生まれる場所にしばし置いて、彼女が思いもしなかった愛撫の仕方を教えてくれた。

ザッカリーが首筋に熱い息をかけながらささやく。彼はホリーの脚を開かせると、指をなかに挿し入れ、おなかや臍にキスをし、湿った巻き毛に隠された花芯にそっと親指を置いた。ホリーは背を弓なりにし、せつない声をもらした。親指が一回、二回、円を描くように愛撫を与えてくる。指がさらに深くなかに入ってくる。ザッカリーは身をかがめて彼女の下腹部に顔を寄せると、ふくらんだ部分に舌を這わせ、唇と、つづけて歯の先で優しくかんだ。ホリーは彼のうなじを強くつかんだ。

「お願い」彼女はあえいだ。激情をかきたてられ、全身の筋肉が期待に張りつめている。

「早く、ザッカリー――」

だが彼はホリーの上からどくと、彼女のこわばった体を自分のほうに引き上げ、腰の上にまたがらせた。愛撫ですっかり濡れて熱くなった部分に、そそり立つものがこすれる。彼がなにを望んでいるか理解したホリーは、震える両の手をそこに伸ばし、自らなかに導びこうとした。だが、初めての経験なのでちょうどいい角度が見つからない。ザッカリーが彼女の身を引き寄せる。乳房が彼の顔の上で揺れるくらいまでかがむと、硬いものが苦もなく奥まで入ってきて、ホリーはその甘美な感覚に息をのんだ。

ザッカリーは両肘をついて上半身を起こすと、片方の乳首を口に含み、もう一方にも同じようにした。かすかに痛むくらい歯を立てられて、ホリーは思わず腰を突き上げた。切迫感に襲われながら腰を押しつけ、身を起こし、ふたたび腰を押しつけ、やがてリズムを見いだす。彼女の下で、ザッカリーがたくましい脚を震わせた。歯を食いしばり、シーツをぎゅっとつかんで、顔に玉の汗をかいている。彼女に手で触れたり、導こうとしたりはせずに、ただ彼女の思うがままに任せている。やがてホリーの体の中心に、脈動する大きな波が押し寄せてきた。ホリーは低くうめいて、腰を押しつけ、唇を重ね、ふたりの体を溶け合わせ、焼けつくような歓喜につつまれた。ようやくザッカリーが手を伸ばしてくる。彼は両手でホリーのお尻をつかみ、さらに深くへといざない、そして、自らも情熱をほとばしらせた。

　そのあと、ホリーはしばらく彼の肩にもたれかかっていた。ときおり手を伸ばして、彼の頬を優しく撫でた。呼吸が落ち着き始めたザッカリーが、いったんベッドを出て蠟燭を消しに行き、ホリーの腕のなかに戻ってくる。それから数分、あるいは数時間も眠ったのだろうか。目覚めたホリーは、闇につつまれた夫の両手がふたたび体の上にあるのに気づいた。ザッカリーは彼女の唇と胸に口づけながら、脚のあいだの敏感な場所を巧みに、じらすように愛撫した。十分に潤ったころ、ホリーはいきなりうつ伏せにされ、おなかの下に枕を差しこまれて、小さく驚きの声をあげた。「大丈夫だよ」というよこしまなささやきが、耳元で聞こえる。ホリーは力を抜いて、挑発するようにあえぎ、彼の望むがままに体を開いた。太もものあいだに、たくましい脚が滑りこんできて、後ろから深く突き立てられる。ホリーは朦放った。

朧としながら、ひょっとしてこれは道徳に反する行為なのでは、許してはいけないのでは、と思ったが、すぐにどうでもよくなってしまった。ゆっくりとこすられて、喉の奥からかすれ声がもれる。エクスタシーを迎える彼女のうなじに、ザッカリーは優しく歯を立て、精を放った。

夜明けが近づいたころ、ふたりはもう一度、愛を交わした。けだるく、夢見心地で、彼の腕のなかに抱かれながら、ずっと終わらぬキスをしながら。「いつまでもこのベッドにいたいわ」ホリーはささやきかけ、腰を撫でられる心地よさに伸びをした。

「残念ながらそうはいかないよ。でもこれからは、いつもこんな夜がふたりを待ってる」

ホリーは指先で胸毛をなぞり、小さな乳首を見つけると、そっと愛撫した。「ザッカリー?」

「なんだい?」

「いままでどれくらいの頻度で……つまりその、あなたの希望としては……」

遠まわしな訊き方がおかしかったらしい。ザッカリーは「あなたの希望は?」とはぐらかし、真っ赤になった彼女の頰を指で撫でた。

「ジョージとのときは……ええと、あの……週に一回くらいだったかしら」

「週に一回」ザッカリーはおうむがえしに言った。その瞳に浮かぶ笑みの裏に熱いものがきらめいているのに気づいて、ホリーのつま先がぎゅっと丸くなる。「わたしとしては、それよりもずっと頻繁に、あなたに妻としての役目を果たしてもらいたいけどね」

ホリーは恥ずかしさと、ぞくぞくするものを同時に覚えながら、そんなに、と思った。だが彼の野性のような性欲の強さに驚きは感じなかった。それに、週に何度も夜をともに過ごすのは、ちっとも苦痛ではなかった。「小さいころから、あらゆることにおいて節度を保つよう教えられてきたわ。ずっとその教えを守ってきたけど……あなたが相手ならいいわ」「では、レディ・ホリー」ザッカリーがつぶやき、広い肩がおおいかぶさってくる。「これからはそうなるということで。いいね？」そして彼は、ホリーに答える間も与えずに唇を重ねた。

シーズンの大部分をひとつ屋根の下で暮らした経験から、ホリーはザッカリーの人となりを熟知したつもりになっていた。だがすぐに、単に一緒に暮らすのと、妻として暮らすのとでは、まるでちがうということに気づいた。結婚して一カ月が経つ時分には、彼について驚くほど多くのことを学ぶ日々に徐々に慣れつつあった。ホリーは夫のさまざまな側面を知った。不愉快な態度をとる相手には冷たく、厳しく接するが、けっして無慈悲ではないこと。信仰心が薄く、神の存在にも無関心だが、道義心にあつく、どんなときも誠実さを失わないこと。他人からのあからさまな賞賛に困惑し、自分を卑下してみせるのが得意なこと。また彼には、当人は必死に隠そうとしているがとても思いやり深い一面もあり、傷つきやすい者、あるいは弱き者には常に優しさを忘れなかった。仕事では必ず相手に譲歩を求めるが、道路清掃人やマッチ売りの少女には気前よく心づけを渡し、社会改革を目指すいくつもの福祉事業に資金をこっそり提供していた。そうした数々の慈善行為をホリーに知られるたび、たいそうな動機などない、金儲けのためだと言い張った。

夫の言動に当惑を覚えたホリーは、ある日、彼が屋敷で仕事をしているときに書斎を訪れた。「従業員への年金も、工場の新しい安全基準も、労働者のための学校に資金を投じるのも」彼女はひとりごとのように言った。「すべて、最終的には利益を得るためだというの?」

「そうだよ。従業員が賢くなり、健康な体を維持できるようになれば、大いに生産性が高まる」

「じゃあ、工場で孤児を雇うことを禁止する法案をこっそり支持しているのも、金儲けのためだというの?」

「どうしてそれを知ってる?」ザッカリーはかすかに眉をひそめた。

「この前、ミスター・クランフィルと話しているのを聞いてしまったの」ホリーは夫の友人の政治家の名をあげた。夫の膝の上に座り、糊づけされたクラヴァットをゆるめ、うなじの黒髪をもてあそぶ。「慈善行為を人に知られるのを、どうしてそこまでいやがるの」と優しくたずねた。

ザッカリーは落ち着かない様子で肩をすくめた。「ごたいそうな目的なんかないんだ。前にも言ったろう」

ホリーは難しい顔でうなずいた。前日のタイムズ紙で読んだ、労働者向け学校に対するザッカリーの支援活動を批判する記事を思いだしていた。

ミスター・ブロンソンの狙いは中産階級、果ては下層階級の人間に社会的地位を与えることにある。彼は責任あるいは倫理といったことをまったく理解せぬ人間に、われわれに勝る権力を与えようとしている。つまり、羊が羊飼いを率いる世のなかを欲しているのである。そのために彼は、自分と同じように学のない野蛮人どもに、知識と洗練を誇るわれわれよりも高い学を身につけさせようとしているのである。

「わたしのやることなすことすべてが論争の的になる」ザッカリーは事務的な口調で言った。「福祉事業への支援が原因で、取引が頓挫しかけたことだって一度ではない。なにをやっても、下層階級による陰謀を企み、君主政治を覆そうとしているのだと非難される」

「言いがかりだわ」ホリーはつぶやいた。罪悪感に駆られていた。これまで親しくつきあってきた上流社会の立派な紳士たちが、恵まれない人びとに教育や保護を与えることに真っ向から反対しているとは。どうしてジョージとは、こういう問題について一度も話し合わなかったのだろう。どうしてあのころは、恵まれない人びとの存在に気づかなかったのだろう。彼女は想像したことすらなかった。三つや四つの子どもたちが、炭鉱で働かされていることを。マッチや藁紐を売って家族を養っている未亡人が何千人といることを。誰かが代わりに闘ってくれなければ、いまの状況から抜けだすことすらできない階級に属する人びとがいることを。彼女はため息をついて、夫の肩に頭をのせた。「わたし、これまでなんて自分勝手で世間知らずだったのかしら」

「自分勝手？」ザッカリーは驚いた声を出し、彼女の頬にキスをした。「あなたは天使だよ」

「そうかしら」ホリーは皮肉めかして応じた。「いままで人のためになにかしたことなんて、ほとんどなかったわ。でもあなたは……大勢の人を助けてきた。それなのに、そうした行為にふさわしい賞賛を受けていないなんて」

「賞賛などいらないよ」ザッカリーは膝の上でホリーを抱えなおし、唇を重ねた。

「じゃあなにがほしいの」ホリーは優しくたずね、口元に笑みを浮かべた。

彼の手が足首をつかみ、スカートの奥のほうへと忍びこんでいく。「それはもう、わかっているんじゃないのかな？」

むろん、彼はけっして聖人というわけではなかった。ほしいものを手に入れるためなら、他人を操ることも厭わなかった。彼のそうした行いの証拠を発見するたび、ホリーは大いに驚かされた。グリントワース伯爵夫妻が毎年のシーズン後に田舎の領地で開く、週末のパーティーへの招待状がいい例だ。グリントワース伯爵は上流社会のなかでもとりわけ高い地位にいる人なので、パーティーへの招待は思いも寄らぬことだった。そもそもザッカリーとホリーは、選りすぐりの招待客リストに名を連ねるには評判が悪すぎる。だが伯爵夫妻の主催する舞踏会でいったん社交界に受け入れられれば、その後、ふたりを無視できる人はいなくなる。

ホリーはその招待状を、いぶかしむ表情を浮かべて夫に渡した。夫は音楽室でくつろいでいるところで、かたわらでは、つややかなマホガニーの小さなピアノの鍵盤をローズがたたいていた。夫がローズのために買ってくれたピアノだ。どういうわけかザッカリーは、ローズのピアノの練習を聴くのがひどく気に入ったらしく、週に最低でも二日は、午前中の練習に付き添うようにしていた。

「たったいまこれが届いたわ」ホリーは静かに告げながら、招待状を見せた。ザッカリーはローズの奏でる不協和音に、まるで聖歌隊の歌声のように聴き惚れている。

「なんだい」ザッカリーは言い、ローズが別の音階を奏でると、ピアノのとなりの椅子の上でますますくつろいだ表情を浮かべた。

「グリントワース伯爵夫妻から、週末のパーティーへの招待状」ホリーは疑わしげに夫を見つめた。「裏でなにかしたの？」

「どうしてそんなふうに思うのかな？」というザッカリーの声が少々わざとらしい。

「だって、わたしたちが招待される理由なんてないもの。グリントワース伯爵は、上流社会でも最も高い地位にいる方よ。そんな方がわたしたちを自発的に招待するわけがないじゃない。たとえ、靴を磨かせるのが目的だとしてもね！」

「となると……わたしになにか期待しているのかもしれないね」

「ザックおじちゃま、ちゃんときいて！」ローズが訴える。「わたしのおきにいりなんだから！」一生懸命に指を動かし、まあまあの響きを奏でる。

「ちゃんと聴いてるよ、プリンセス・ローズ」ザッカリーは応じ、静かにホリーに話しかけた。「あなたにもじきにわかるよ。いずれ社交界の連中の多くは、わたしたち夫婦のちょっとした過ちに目をつぶらざるを得なくなる。経済的にわたしに厄介になっている貴族はそれはもう大勢いるからね。あるいは、これから厄介になりたがっている者も。友情もまた、ほかのあらゆることと同様、金で買えるというわけだ」

「ザッカリー・ブロンソン！」ホリーは落胆と驚きの入り交じった顔になった。「まさか、グリントワース伯爵夫妻にパーティーに招待するよう圧力をかけたの？」

「ちゃんと選択肢は与えたとも」ザッカリーはむっとして言いかえした。「現実問題として、グリントワースは借金で首がまわらない状態でね。もう何カ月も前から出資を——」いったん言葉を切り、マザーグースの『三匹の盲目のねずみ』をたどたどしく弾き始めたローズに拍手を贈ってからホリーに向きなおる。「まるでねずみを追いかける犬みたいにわたしをつけまわし、目下建設計画を進めている鉄道事業に出資させてくれとせがんでね。先日、事業に参加させる代わりに、伯爵のような尊敬に値する紳士からあつい友情のほどを公の場で示してもらえるとありがたいものだという話をしたんだ。どうやら彼は、われわれに招待状を送るのが最善の策だと、奥さんを説き伏せたようだね」

「つまりあなたはおふたりに、わたしたちを歓待するか、破産するかの選択肢を与えたわけね？」

「そこまではっきり言ったわけじゃない」

「ザッカリー、それじゃまるで海賊だわ！」

彼はにやりとした。「ありがとう」

「いまのは褒め言葉じゃありません！　誰かが目の前で流砂にのみこまれそうになっても、あなたはロープを投げる前にまず、なんとかしてその見返りを約束させるんだわ！」

ザッカリーはあきらめたように肩をすくめた。「ロープを投げてもらうには、それ以外に方法なんてないよ」

というわけで、ふたりはその週末のパーティーに出席した。そして上流社会は、慇懃無礼な態度でふたりを迎え入れた。その態度が意味するところはつまり、本音を言えば歓迎しないが、排除する意志はないということだ。まさにザッカリーの予想したとおり。貴族のなかでも野心を持った者たちが何人も、ザッカリーに経済面で世話になっているらしい。そんな彼らがザッカリーの怒りを買うようなまねをするわけがない。どれほどの財宝と広大な領地を受け継ごうと、その土地と生活様式とを維持する元手がなければ、最終的にはすべてを失うことになる。実際、相続した領地から得られる地代が徐々に目減りしていくにつれ、財政困難に陥り、土地やその他の財産を売却することを余儀なくされた貴族は数えきれないくらいいる。ザッカリーの周りにいる貴族たちはみな、そういうみじめな立場に陥るまいとしている人たちだった。

かつての友人たちの冷ややかな態度に、胸を痛めた時期もホリーにはあった。だがいまでは驚いたことに、そんな状況などどうでもよくなっている自分がいる。世間でなんと噂されているかくらい知っている。いわく、結婚前、ホリーはザッカリー・ブロンソンの愛人だった。結婚したのは妊娠したためだ。結婚は金のためだ。平民と婚姻関係を結んだことで自らの社会的地位をおとしめた。だが噂も、社交界の冷たい視線も、スキャンダルの汚名も、鎧で守られた胸に矢を射られたかのごとく、ホリーになんの痛みももたらさなかった。自分は守られ、慈しまれ、愛されている。そのことを、これほど強く実感したことはいままでなかった。幸福は日に日に増していくように思われた。

ありがたいことに、ザッカリーは以前のようにあわただしく毎日を過ごすことがなくなった。もちろん忙しいのに変わりはないが、一緒にいるホリーが彼の猛烈なエネルギーに疲弊してしまう、というような恐れていた事態は起こらなかった。ポーラですら、ザックは変わったわと言うほどだった。息子の睡眠時間が五時間から八時間に増えたことや、夜遊びをやめて家で過ごすようになったことを、喜んでいる様子だった。ザッカリーはずっと、戦場を生き抜くような生活を送ってきた。いまようやく、この世界に居心地のよさを感じつつあるようだった。

アルコールの量も減った。契約書や計算書とにらめっこして過ごす時間も少なくなった。代わりに、午後はホリーやローズとピクニックに行ったり、無蓋の馬車で出かけたりした。水上パーティー用の豪華ヨットを購入し、ドルリーレーン劇場のパントマイムにふたりを連れていき、海浜保養地として知られるブライトンに、一〇室以上も寝室がある海辺のコテージを買った。ずいぶんと家庭的になったものだなと友人たちにからかわれると、ただほほえんで、妻や娘と過ごす時間ほど楽しいものはないからねと答えた。上流社会の人びとはそうした彼の振る舞いをいぶかしんだ。子どもはもちろんのこと、妻をそこまであからさまに溺愛するのは、上流社会では男らしくない行為とみなされている。とはいえ、そのことであえてザッカリーを公然と非難する者はひとりとしていなかった。そうした振る舞いもまた、彼が周囲の人間とはちがうという証拠のひとつにすぎないものとして、やがて話題にはならなくなった。ホリーはといえば、夫の献身ぶりに驚きを覚えつつも、社交界のレディたちからあからさまな嫉妬の目を向けられて、内心得意にならずにはいられなかった。レディたちは、いったいどんな魔法でそこまで夫をとりこにしているのかと言って彼女をからかった。

ザッカリーはしばしば友人を夕食に連れてきた。政治家や法律家、裕福な商人など、ホリーがこれまで交流したことのない人たちばかりだった。彼らは金や貿易や政治の問題について忌憚《きたん》のない意見を交わしあった。どれもみな、貴族のあいだではけっして話題に上らないことばかりだ。夫の友人はホリーにとっては異邦人も同然で、なかには社会的地位のない人や粗野な人もいたが、みんなとても魅力的だった。

「あなたのお友だちって、やくざな人ばかりね」ある晩遅く、最後の客が帰ってしまったあとで、ホリーはザッカリーに感想を述べた。軽く腰を抱かれながら、階段を上って寝室に向かうところだった。「ミスター・クロンビーとミスター・ウィットンなんて、社交界にはとうてい迎え入れてもらえないわよ」

「わかってる」ザッカリーは悔いあらためるように頭をたれたが、ふいに口元に笑みを浮かべた。「彼らを前にすると、わたしがどれだけ変わったか実感できるだろう？」

ホリーは疑わしげに鼻を鳴らした。「あら、あなたが一番のやくざ者だと思うけど？」

「わたしを改心させるのは、あなたの仕事のはずだよ」ザッカリーがけだるく答え、ホリーの一段下で足を止め、視線の高さを合わせる。

ホリーは両腕を彼の首にまわし、鼻の頭にキスをした。「残念でした。わたしはいまのままのあなたを愛しているの。よこしまで、やくざな夫がいいのよ」

彼が唇を奪い、深く舌を差し入れてくる。「だったら、今夜はとりわけよこしまな夫になってやる」やわらかな頬から、顎の先まで唇を這わせる。「今夜は紳士なわたしを期待しても無駄だよ」

「つまり、いつもどおりということね」ホリーはひとりごちた。そして、いきなり夫の肩にかつがれ、笑い声をあげた。「ザッカリー、いますぐに下ろして。もう、野蛮人なんだから。誰かに見られたらどうするの！」

ザッカリーは唖然とした顔のメイドの前を通りすぎ、ホリーが恥ずかしがって懇願するのも無視し、自室に向かった。部屋に入ると、それから何時間も彼女を挑発し、じらした。ホリーは声をあげて笑い、彼とたわむれ、もがき、歓喜にあえいだ。彼女がすっかり疲れて満たされたところで、ザッカリーは暗闇のなかで優しく愛を交わし、永遠に愛してると耳元にささやいた。そこまで深く愛されていると知って、ホリーは謙虚な気持ちになった。ごく普通の女なのに、どうしてここまで特別扱いしてもらえるのだろうと不思議になった。「わたし程度の女性なんて世のなかにはいくらでもいるわ」夜明けが近づくころ、ホリーはつぶやくように言った。乱れた髪がザッカリーの首や胸に広がっている。「わたしみたいな育ちで、もっといい肩書きがあって、もっと美人で、スタイルもいい女性がいるのに」

頰に寄せられたザッカリーの顔がほほえむのがわかる。「なにが言いたいんだい。わたしにほかの女性と結婚してほしかった？」

「もちろん、そんなんじゃないわ」ホリーは咎めるように胸毛を引っ張った。「あなたが思うほど、素晴らしい女性ではないと言いたいだけよ。あなたなら、狙った女性は誰だって手に入れられたでしょうに」

「生涯であなただけだよ。あなたはわたしのたったひとつの夢であり、希望であり、欲望の対象でもある」彼の手が優しく髪をもてあそぶ。「こんなふうに幸せな日々は、実は苦手なんだ。お山の大将になったときの気分に似ている」

「山の頂を制覇して、蹴落とされるのを恐れているということ？」

「そんなところ」

ホリーには夫のその気持ちがよく理解できた。かつて彼の求婚を断った理由と、まったく同じだったからだ。彼女もまた、とても大切なものを失うことを恐れ、その恐れゆえに、一番求めているものを手に入れられずにいた。「わたしたちは、そんなふうにはならないわ」彼女はつぶやき、夫の裸の肩に口づけた。「一瞬一瞬を大切に過ごしましょう。明日のことは明日考えればいいのよ」

ザッカリーが寄付をしている社会改革団体のひとつに興味を持つようになったホリーは、ある日、その団体を創設した婦人会の会合に出席した。子どもの福祉を目指すその団体について学ぶにつれ、ただ寄付をするだけではなく、もっと別の方法で協力をしたいと強く願うようになった。婦人会の会員はみな、慈善バザーを開催したり、法律制定のためにロビー運動を行ったり、近年大流行した発疹チフスや肺結核のせいで孤児となった大勢の子どもたちを受け入れるべく新たな保護施設を設立したりと、忙しく活動している。工場で働かされる児童の現状について冊子を発行することが婦人会で決まったとき、ホリーは担当を買ってでた。そして翌日、婦人会の仲間たち五、六人とともに、とりわけ労働状況が厳しいとされるほうき製造工場を訪れた。ザッカリーに言えば工場視察を許してもらえないだろうと考えたホリーは、事前に話さずに出かけることにした。

不快な現場を目にする覚悟はできていたものの、まさか、これほど悲惨な状況を目のあたりにしようとは思っていなかった。工場内は不潔で、換気状態も著しく悪く、働く子どもたちの多くはどう見ても一〇歳に達していない。痩せ細り、いっさいの表情を失った哀れな子どもたちの姿に、ホリーは胸を痛めた。彼らは小さな手を動かして、単純作業を延々とこなしていた。なかには、藁裁断機の鋭い刃先で誤って切断したらしく、指のない子もいた。みんな親がいないんだよ、大人の労働者のひとりが教えてくれた。この工場では孤児院から子どもたちを集めてきて、となりにある狭くて暗い宿舎に寝泊りさせているのだという。一日の労働時間は一四時間。日によってはもっと長いこともある。過酷な労働によって得られるのは、最低限の食事と衣服、そして、一日数ペンスの日当だけだ。

　ホリーたち婦人会の代表団は時間をかけて工場を視察し、人びとに質問をしてまわったが、やがて責任者に見つかってしまった。ただちに追いだされたものの、そのときにはすでに、知るべきことは知りつくしていた。工場で見たものに苦悩を覚えつつも、すっかり決意を固めたホリーは、帰宅するとすぐ、次の会合で発表する予定の報告書の作成に取りかかった。

「会合で疲れているようだね」その晩の夕食のテーブルでザッカリーが訊いてきた。表情に疲れがにじんでいるのを、すぐに見抜かれてしまったようだ。

　ホリーはうなずいた。昼間どこに行ったか隠していることに、少なからず罪悪感を覚えた。だが、彼は知ったら反対するに決まっている。やはり打ち明ける必要はない。

　ところが翌日には、工場に視察に行ったことがばれてしまった。ホリーが言ったわけではない。同行した婦人会の会員のひとりが、ザッカリーの友人の妻だったのだ。しかもその友人はザッカリーに、工場がロンドンでもとりわけ好ましくない一帯にあること、〈ビッチ・アレー〉〈デッドマンズ・ヤード〉〈メイデンヘッド・レーン〉などといった、いかがわしい名前の通りに囲まれていることまで話していた。

　ザッカリーの反応は、まさに驚くべきものだった。帰宅するなり詰め寄る彼の尋常でない様子に、ホリーは心が沈んでいくのを感じた。夫は単に反対しているわけではない、怒っているのだ。必死に冷静な口調を保とうとしているようだが、食いしばった歯のあいだから言葉をしぼりだすたび、怒りに震えるのがわかる。「ばかやろう。あなたがそこまで向こう見ずだとはまさか思わなかったよ。その場で工場の建物が崩壊して、あなたや、ほかのおせっかい女どもが下敷きになった恐れだってあるんだ。どんな場所か、行かなくたってわたしは知ってる。わたしなら、飼い犬ですらそんな場所には行かせないね。妻ならなおさらだ。勘弁してくれ。あなたが妙な連中の近くにいたと想像するだけで、こっちは血が凍る思いだ！あの界隈には水夫だの酔っぱらいだのが大勢たむろしている。万が一、連中のひとりがあなたを見て、すごいごちそうが現れたとでも思ったらどうするつもりだった？」ザッカリーが自らその場面を想像して思わず言葉を失っているすきに、ホリーは言い訳を試みた。

「ひとりで行ったわけではないし、それに――」

「女ばかりで行ったんだろうが」ザッカリーはかんかんに怒っている。「傘を片手にな。あんなものがいったいなんの役に立つ？　あの手の悪党どもに会ったことはあるのか？」

「通りで何人か男性とすれちがったけど、別になにもされなかったわ。それにあのあたりは、あなたが子ども時代を過ごした場所なんでしょう？　だったらあの人たちは、あなたと変わらない――」

「あのころ出会っていたら、あなたをめちゃくちゃにしていたさ」ザッカリーは荒々しく言い放った。「夢を見てる場合じゃないんだよ、ホリー。ひとつまちがえば、メイデンヘッド・レーンで壁に顔を押しつけられ、腰までスカートをめくり上げられていたんだ。むしろ、いやらしい水夫に出くわさなかったほうが不思議だね」

「あなたは大げさなのよ」ホリーは弁解がましく言ったが、ますます彼を怒らせただけだった。

ザッカリーはその後も延々と説教をつづけた。怒鳴ったり、侮辱めいたことを言ったり、感染の恐れがあるさまざまな病原菌の名をあげたり、害虫にたかられたらどうするんだと脅してみたり。ホリーはもううんざりだった。

「いいかげんにしてよ」彼女はかっとなって叫んだ。「つまりわたしは、なにをするにも必ず事前にあなたに相談しないといけないのでしょう？　人を子ども扱いして、まるで独裁者だわ」彼を責めるのが筋ちがいなのは、自分でもわかっている。だがあまりに激しい怒りに、責めずにはいられなかった。

すると突然、ザッカリーの表情から怒りの色が消えうせた。彼は長いこと、感情の読み取れないまなざしをホリーに注いでから、ふたたび口を開いた。「そういう場所にローズを連れていったりはしないだろう？」

「当たり前じゃない！　でも、あの子はまだ子どもで、わたしは――」

「わたしのすべてなんだ」ザッカリーは静かにさえぎった。「あなたは、わたしのすべてなんだよ。万が一あなたの身になにかあったら、わたしにはもうなにも残っていない」

彼の言葉に、ふいに自分がちっぽけな、愚かな、彼に言われたとおりの無責任な人間に思えてくる。たしかに工場視察の目的は立派なものだった。だがやはり、あそこに行くのは賢明ではなかったし、夫に隠しておくべきでもなかった。ホリーは反論の言葉をのみこみ、みじめに眉根を寄せて、壁の一点を見つめつづけた。

やがて、ザッカリーが小声で悪態をつくのが聞こえた。その口調があまりにも激しくて、ホリーは思わずしりごみした。「約束してくれれば、これ以上はなにも言わない」

「約束？」ホリーは用心深く問いかえした。

「これからは、ローズを連れていったら危ないと思うような場所には、あなたも行かないでほしい。わたしと一緒のときは別として」

「それなら筋がとおってなくもないわね」ホリーはしぶしぶ認めた。「いいわ、約束する」

ザッカリーは口をぎゅっと引き結んで、短くうなずいた。そのときホリーはふと、彼が夫としての権限を振りかざすのはこれが初めてであることに気づいた。それから、こういう場面での対応がジョージと全然ちがうことにも。ジョージは、もちろんやり方はザッカリーより穏やかだったが、ホリーの行動にもっと多くの制約を加えた。今回の一件でも、ジョージだったらまちがいなく、婦人会をやめるようホリーに言っただろう。ジョージならきっとこう言ったはずだ。真のレディなら、ゼリーやスープを入れた籠を貧しい人に配るとか、バザーに刺繍を寄贈するとか、そのくらいのことにとどめておきなさい、と。一方、ザッカリーはあれほど激しい気性の持ち主だというのに、妻らしい従順さをほとんど彼女に求めようとしない。「ごめんなさい」ホリーはやっとの思いで、硬い声で謝った。「心配をかけるつもりはなかったの」

ザッカリーはうなずいて謝罪を受け入れた。「心配したわけじゃない。あなたがしたことを聞かされたときに感じたのは、とてつもない恐怖だった」

とりあえず仲直りをし、ふたりのあいだに流れる緊張は解けたものの、その晩は夕食のあいだも、そのあとも、なんとなく気づまりな感じが残ってしまった。夜、ザッカリーはホリーの寝室にも来なかった。結婚以来、初めてのことだ。ホリーは熟睡できず、寝返りをくりかえしては、夜中に何度も目を覚まし、ベッドにひとりなのに気づいた。翌朝目覚めたときには、体がだるく、目は充血していた。しかもザッカリーは、すでに市街の事務所に出かけてしまっていた。日中もいつもの元気がわいてこず、食欲もまるでなかった。鏡に映った自分の疲れた顔をまじまじと眺めて彼女はうめき、ザッカリーの言ったとおり、工場を視察した際になにかの病気に感染したのかもしれないとまで思った。

けっきょくその日は夜まで、寝室のカーテンを閉め、明かりをすっかり締めだして、ベッドでうつらうつらして過ごした。妙に疲れた体でしばらくまどろみ、次に起きたときには、かたわらの椅子にザッカリーの姿がぼんやりと浮かび上がっているのが見えた。

「い、いまって何時？」肘をついて身を起こそうとしながら、弱々しくたずねる。

「七時半だよ」

そんなに眠っているつもりはなかったのに。ホリーはすまなそうな声を出した。「もしかして、わたしが起きるまでみんな夕食を待っていたのかしら。わたしったら――」

ザッカリーが小さく、しーっとささやきかける。彼は身をかがめると、ホリーの頭を枕に戻し、「偏頭痛かい？」と静かに問いかけた。

ホリーはかぶりを振った。「いいえ、疲れただけ。ゆうべはよく眠れなかったから。あなたがほしくて。ううん、つまりその、一緒にいてほしくて……」

ぎこちない告白にザッカリーが優しく笑った。彼は立ち上がると、ベストのボタンをはずし、脱いだものを床に落とし、クラヴァットを引き抜いた。「夕食はここに運ばせよう」という低く、力強い声が暗闇のなかでかたまりとなり、うなじのあたりをくすぐる。シャツが純白の旗のように宙を舞い、やはり床に落ちた。彼は「もう少ししてから」とつけくわえて服をすべて脱ぎ、ベッドに入ってきた。

それから二週間、ホリーはずっと、自分の体が自分のものでないように感じていた。どれだけ休んでも、骨の髄まで浸透した疲労がとれなかった。いつもの明るさを保つのにも苦労する始末で、夜になるといらいらし、憂鬱にとらわれてしまう。体重も落ち始め、当初はそれをむしろ喜んだが、しまいには目の周りが落ちくぼみだし、さすがに喜んでもいられなくなった。ブロンソン家のかかりつけの医師が呼ばれたが、けっきょく、原因はわからなかった。

ザッカリーはありえないくらいの優しさと忍耐力でホリーに接した。甘いものや小説や見事な版画などをおみやげに買って帰ってきた。たとえ彼女が望んでいようと愛を交わすには体力的に無理だと判断すると、別の方法で愛情を表現してくれた。夜は自ら彼女を風呂に入れ、乾燥した肌に香りのいいクリームを塗り、まるでいとしい子どもをかわいがるように抱きしめ、キスをしてくれた。別の医師が呼ばれ、また別の医師が呼ばれたが、いずれも診断結果は「体力の衰え」だった。病気の原因を突きとめられないときに、医師たちが使う常套句だ。

「どうしてこんなに疲れるのかしら」ある晩、ホリーは不機嫌に訴えた。炉辺にザッカリーと座り、長い髪を梳かしてもらっているところだった。部屋は温かいのに（息苦しいくらいだった）、彼女の手足は凍るように冷たい。「体力が衰える理由なんてないのに。ずっと健康そのものだったのよ。それにいままで、こんなふうになったことは一度もないわ」

ブラシを動かす手が一瞬止まり、すぐにまた優しく梳かし始める。「すぐに元気になるよ」というザッカリーの静かな声が聞こえた。「今日は少し具合がいいようだし」そうして髪を梳かしつづけながら彼は、元気になったらどこに旅行に行こう、どんな珍しい見せ物に連れていこうと、いくつも約束をしてくれた。彼の膝に抱かれながら、ホリーは睡魔に襲われ、口元に笑みを浮かべたまま、たくましい腕に頭をもたせて眠りについた。

だが翌朝になると、体調はひどく悪くなっていた。震えが止まらず、全身に力が入らず、体が燃えるようにほてり、そのまま自分が炎と化してしまいそうだった。彼女は横たわったまま、人の声と、額にそっと置かれたザッカリーの手の感触と、焼けつく肌を冷たい布で拭いてくれるポーラのひんやりした指先の感触をぼんやりと意識していた。その冷たい布をどけられてしまったら、この熱にのみこまれてしまうのではないかと思った。自分が支離滅裂な言葉をささやくのが聞こえる。一瞬だけ意識が鮮明になったとき、彼女は必死に訴えた。

「助けて、お義母様……お願いだからやめないで」

「かわいそうなホリー」ポーラの優しい、聞き慣れた声が耳に届いた。そして、冷たい布がいつまでも丹念に顔を拭いてくれた。混濁した意識の合間に、ザッカリーが使用人に厳しい口調で指示を出し、従者に医師を呼ぶよう命じるのが聞こえた。それまで聞いたこともない、ひどくかすれた声でザッカリーがうめくのも。彼は恐れているのだ……ホリーはぼんやりとした頭で思った。夫の名を呼び、きっとよくなるから安心してと言おうとした。だがそれは、いまやとらえどころのない希望でしかない。体のなかに巣くった恐ろしいほどの炎は、いつまでもそこにとどまり、燃えさかり、焼きつくし、最後には空っぽの自分しか残らないように思われた。

やがて、また別の医師が到着した。ハンサムな金髪の男性で、年はホリーと大してちがわないだろう。経験も知識も豊富な、白髪交じりのひげを生やした年老いた医師にしか診てもらったことのないホリーは、ドクター・リンリーと名乗ったその若い医師に、いったいなにができるのかしらと思った。だが、彼の冷静な診断能力はすぐに明らかになった。ホリーは診察の最中に、明確な意識がわずかに戻ってくる感じすら覚えた。あたかも、上り始めた太陽が嵐を追い散らしたかのようだった。穏やかだがきびきびとしたドクター・リンリーの動きが、なぜか安心感を与えてくれる。医師はブランデーを混ぜた気つけ薬を処方し、屋敷の厨房にスープを用意させ、体力を養うためにきちんとスープを飲むようホリーに注意を与えた。診察を終えると彼は、廊下で待つザッカリーと話をするために部屋をあとにした。

しばらくすると、ザッカリーが様子を見に戻ってきた。ベッドのとなりに置かれた椅子を慎重な手つきで動かし、マットレスのすぐそばまで持ってくる。

「ドクター・リンリーのこと、気に入ったわ」

「そう言うだろうと思った」ザッカリーはそっけなく応じた。「玄関で顔を見た瞬間、追い返しそうになったよ。それでも、優秀な医師と評判だから我慢したけどね」

「そうなの……」ホリーは弱々しい手振りで懸命に、ハンサムなドクター・リンリーのことなどなんとも思わないと夫に伝えようとした。「なかなか魅力的だとは思うけど……アドニスのような金髪の美青年が好みならね」

ザッカリーが一瞬笑みを浮かべる。「幸いあなたは、ハデスが好みときている」

ホリーは笑おうとしたが、息がつづかなかった。「いまのあなたは、ちょっと似ている程度じゃなくて、まさに冥府の王だわ」夫の顔をじっと見つめる。いつもと変わらぬ、穏やかで自信に満ちた表情だが、青ざめた顔色は隠しようもなかった。「ドクター・リンリーはなんておっしゃった？」彼女はかすれ声でたずねた。

「インフルエンザが悪化しただけだろうって」ザッカリーは淡々と答えた。「ゆっくり休めば、じきに――」

「腸チフスね」ホリーはさえぎり、嘘を言っても無駄よ、というように口元に疲れた笑みを浮かべた。もちろん医師はザッカリーに、患者には知らせぬよう言っただろう。不安が大きくなれば、ますます治る見込みがなくなる。ホリーは痩せた白い腕を上げ、肘の内側にできた小さなピンク色の病斑を示した。「おなかや胸にもっとあるの。ジョージもそうだった」

ザッカリーはなにか考え事でもしているかのように、両手をポケットに深く差し入れ、足元をじっと見つめている。だが視線が上げられたとき、ホリーはその黒い瞳に途方もない恐怖が浮かんでいるのに気づいた。彼女は安心させるようにささやきかけ、マットレスをぽんぽんとたたいた。彼がゆっくりと身をかがめ、胸の上に頭をのせる。ホリーはたくましい肩を両腕で抱き、豊かな黒髪に唇を寄せた。「きっとよくなるわ、あなた」

ザッカリーは大きく身を震わせてから、驚くべき速さで冷静さを取り戻し、身を起こすと、かすかな笑みとともにつぶやいた。「当たり前だ」

「ローズにうつるといけないから、どこかに預けて。田舎の、わたしの実家がいいわ。エリザベスとお義母様も――」

「一時間後に出発する手はずが整っている。だが母が――ここに残って、あなたの看病がしたいと言っている」

「でも、もしものことがあったら……。ザッカリー、やはりお義母様にもどこかに行っていただいて」

「ブロンソン家の人間はいまいましいくらい頑丈なたちでね」ザッカリーはほほえんだ。「貧民街に疫病や伝染病が広まるたび、わたしたち三人は感染もせずに生き延びたんだ。猩《しょう》紅熱《こうねつ》も、発疹チフスも、コレラも……」蚊を追い払うときのように、片手をさっと振る。

「だからわが家の人間は大丈夫」

「わたしもついこのあいだまで、自分は大丈夫だと思っていたわ」ホリーは必死に笑みを作った。「いままで病気なんてしたことなかった。それがどうして、いまになって。ジョージのときだって、ずっと看病しつづけても症状ひとつ表れなかったのに」

前夫の名を出すと、ザッカリーの顔色はますます青ざめた。彼女がジョージと同じ最期を迎えるのではないかと、恐れているのだろう。ホリーはすまなそうにつぶやき、「きっとよくなるから」とささやきかけた。「ゆっくり休めば平気。スープができたら起こして。一滴残らず飲むわ。そうすればあなたも安心する……」

だが、そのあとスープを飲んだかどうか記憶がない。いや、なにひとつ明瞭な記憶はない。あたかも灼熱の夢に閉じこめられ、世界が逆巻く炎と化してしまったかのようだった。懸命に意識を集中させて、揺らめく熱い壁を打ち破ろうとするのに、まるで蛾《が》の鱗粉《りんぷん》のように意識はちりぢりに散ってしまう。感覚も、言葉も失われて、残されたのは喉の奥から絶え間なくしぼりだされる、錯乱したようなうめき声だけ。延々とうめきつづけることに疲れ果て、それでもまだ、やめることができない。なにひとつ自分ではどうにもできず、昼も夜も無意識のうちに過ごすしかなかった。

ときおり、ザッカリーがそばにいることに気づくときもあった。そんなときは彼の大きな、優しい手のひらに頭をもたせて、全身の痛みに苦しみながらも、なだめるようなささやき声に聞き入った。彼のたくましさと、ごく自然な力強さを感じ、なんとかして彼のエネルギーを自分のなかに取りこもうと努めた。だがやはり、彼にもその力強さを分け与えることは不可能だった。あるいは、灼熱の炎の波から彼女を守ることも。これは彼女自身の闘いだった。

疲れと絶望のなかで彼女は、治ろうとする意志が消えかけていることを悟り、ついにはこれを終わらせてしまいたいと願うようになった。きっとジョージもこんな気持ちだったのだろう。彼の穏やかな心は執拗に襲いかかる腸チフスにむしばまれ、やがて、戦意をすっかり奪われてしまった。彼のつらさを、いまになってやっとホリーは理解できた気がする。彼女はようやく、自分を置いてひとりで逝ってしまった彼を心から許す気持ちになった。自分が逝くのも、もうすぐかもしれない。ローズとザッカリーのことを思うと、まだここにとどまりたい気もする。でも、もう疲れてしまった。激痛は彼女をローズとザッカリーから、いやおうなく引き離そうとしていた。

ホリーが伏せってからもう三週間が経つ。だがザッカリーには、極度の疲労と苦悩だけでできた長い一日にも思えた。意識が混濁した状態よりも、明瞭なときのホリーと会うほうがつらかった。そんなとき彼女は、ザッカリーに愛情をこめたほほえみを投げかけ、夫を気づかう言葉をつぶやいた。あなた、ちゃんと食べたり眠ったりしてないでしょう。自分の面倒を見るほうが大切よ。すぐによくなるから安心してね。寝こんでからどれくらいかしら……。腸チフスは普通、一カ月もすれば全快する。だから彼女もよくなっているはずだ。そう自分に信じこませようとしてきたが、現実には、彼女はふたたび高熱にうなされる状態に陥っている。そしてザッカリーは、いっそう深い絶望のなかに閉じこめられている。

ときおり彼は、目の前に新聞と食事が置かれているのに気づいて驚いた。そういうときには、パンや果物を機械的に口に押しこみ、新聞の一面をぼんやりと眺めた。文字を読んでいたわけではない。世のなかがいつもどおりに動いている証拠を目にして、わびしい驚きを覚えただけだ。この屋敷では魂を食いつくす悲劇が起きているというのに、産業界も政界も社会も、いつものように活動をつづけている。とはいえ、ブロンソン家の試練に世間がいっさい気づかなかったわけではない。ホリーが病に伏せっているとの噂が広まるにつれ、見舞いの手紙が届くようになった。

上流社会から下層社会にいたるまで、ありとあらゆる人びとが彼女の身を案じ、友情を示そうとした。新婚のホリーとザッカリーをしぶしぶ社交界に迎え入れた貴族たちが、いまではしきりと、友情のあつさを示そうとしている。病状が悪化すればするほど、彼女の人気は高まるようで、誰もが自分は彼女の一番の親友だと主張した。偽善者どもめ……ザッカリーは陰気に思いつつ、大広間を埋めつくす花束や、ゼリーの入った籠、缶入りのビスケット、果実酒、見舞いのメッセージがうずたかくのった銀のトレーなどを見やった。腸チフスは伝染性の病だというのに、見舞いに訪れる者も数人いた。ザッカリーは獰猛な喜びを感じつつ、彼らを追い返した。屋敷に招き入れた見舞い客はただひとり。ザッカリーは彼、レイヴンヒルが来るのをずっと待っていた。

レイヴンヒルが、なんの役にも立たない籠や花束を持ってきていないのを見て、ザッカリーはなぜかますます彼に好感を持った。彼はある朝、事前の連絡もなくやってきた。きちんと身なりを整え、玄関広間の薄暗い明かりの下ですら、金色の髪が輝いている。ザッカリーはレイヴンヒルと友だちになるつもりはない。かつてホリーをめぐって争った相手を、許す気にはなれないからだ。だがホリーから、ジョージの最期の望みにこだわらず自分の心のままに生きろとレイヴンヒルに忠告されたと聞かされて以来、悔しいが感謝の念を覚えずにはいられなかった。ホリーが自ら道を選択するのを、レイヴンヒルは阻止することもできたはずだ。だが彼はそうしなかった。その事実を考えると、彼に対してもう少し親切にせねばと思うのだった。

レイヴンヒルがザッカリーに歩み寄り、手を握り、じっと見つめてくる。その薄い灰色の瞳は、ザッカリーの充血した目や、大きいばかりで痩せ衰えた体を見逃しはしなかっただろう。彼はふいに視線をそらすと、顎に手をあて、なにか重大な問題について考えているかのように何度かゆっくりと撫でた。やがて彼は「なんということだ」とつぶやいた。ザッカリーには、このときの彼の心の動きを容易に読むことができた。ブロンソンの悲惨なありさまはホリーが深刻な状態にある、おそらくは死の危機に瀕しているからだ――そう結論づけたにちがいなかった。

「顔を見ていくか？」ザッカリーはぶっきらぼうに問いかけた。

苦々しげな、自嘲気味の笑みがレイヴンヒルの貴族的な口元に浮かんだ。「わからん」という声は小さくてほとんど聞き取れなかった。「もう一度、これに耐えられるかどうか自信がない」

「じゃあ、好きにしてくれ」ザッカリーはさっさとその場を立ち去った。レイヴンヒルの顔に表れた刺すような痛みと、瞳に浮かぶ恐怖を見ていることができなかった。感情や思い出や陳腐な慰めの言葉を、誰かと共有したくなどない。母やモードやメイド長やほかの使用人たちにも、泣いたり、あるいはほかの方法で感情をあらわにしたりすることがあれば、ただちに屋敷を出ていってもらうと言い渡してある。だから邸内はいま、静けさと、奇妙な平穏につつまれている。

レイヴンヒルがどこに行こうが、なにをしようが、誰にも案内されずにどうやってホリーの寝室を探そうが、知ったことではない。ザッカリーはあてもなく邸内を歩きまわり、気づいたときには舞踏室に来ていた。重たいカーテンが閉じられ、舞踏室のなかは暗かった。ベルベットのカーテンを一枚引いて窓の端で留め、陽射しを招き入れる。磨き上げられた寄木張りの床に陽射しが長く伸び、薄緑色のシルク張りの壁を照らしだした。金縁の巨大な鏡をのぞきこみ、懐かしいダンスのレッスンを思いだす。彼の腕のなかに立っていたホリー。熱心に小声で指示を出していた。その声を聞きながら、ザッカリーはひたすら、自分がどんなに彼女を求め、どんなに愛しているかばかり考えていた。

ザッカリーをからかうとき、彼女の温かな茶色の瞳は躍るようだった。ミスター・ブロンソン、ダンスのレッスンには拳闘家としての技術をあまり応用なさらないようお願いしますね。いつの間にかあなたと殴りあいになっていたなんて、いやだもの……。

ザッカリーはのろのろと腰を下ろし、窓枠に背をもたせて床に座りこんだ。目を半分閉じ、ぐったりと頭をたれ、思い出をたどった。彼はひどく疲れていた。それなのに夜になっても眠ることができず、どっちつかずな苦悶のなかに閉じこめられてしまったかに感じていた。心の平穏を取り戻せるのは、ホリーを看病する順番がまわってきたときだけ。その時間の一分一秒を、彼女はまだ息をしている、まだ脈が打っている、と自分に言い聞かせて過ごした。彼女は夢のまにまに漂っているかのように、絶え間なく唇を動かしていた。

そこに座りこんで五分、あるいは五〇分経ったのかわからないが、薄ぼんやりと輝く洞窟のごとき舞踏室に、「ブロンソン」と呼ぶ声が響くのをザッカリーは聞いた。

頭をもたげ、戸口に立つレイヴンヒルを見やる。伯爵は青ざめ、険しい表情を浮かべ、ほとんど不自然と言っていいくらいに自分を抑えている様子だった。「彼女が死にかけているのかどうかはわからん」彼はぶっきらぼうに言った。「死の間際のジョージほどには、やつれた様子はない。だが、非常に危険な状態にあるのはまちがいない。すぐに医者を呼んだほうがいい」

レイヴンヒルが最後の一言を言い終わらぬうちに、ザッカリーは立ち上がっていた。

ホリーは穏やかで幸福な夢のなかで目覚めた。痛みと熱はすでに去っており、数週間ぶりに晴れやかな、のんびりとした気持ちだ。わたし治ったんだわ。驚きとともに思い、この素晴らしい知らせをザッカリーと分かち合おうと、あたりをきょろきょろ見まわす。ザッカリーとローズに会って、長くつらい日々はもう終わったのだと伝えたい。だが、彼女はひとりぼっちだった。海辺を思わせる、ひんやりとした、かすかに潮くさい霧のなかに立っていた。

彼女は当惑し、ためらった。どちらに行けばいいのか、どうしてこんなところにいるのか、さっぱりわからない。やがて頭上から、なにやら耳に心地よい音がかすかに聞こえてきた。水がはねる音と、鳥がさえずる声と、木々が揺れる音のようだ。ぼんやりと足を前に踏みだすと、両脚に力がみなぎっているのが感じられた。やわらかな風に心が洗われるようだ。霧が徐々に消えていく。ふと気づいたときには、きらきら輝く青い川が流れ、なだらかな緑の丘が広がり、見たこともないみずみずしい花々があたり一面に咲き誇る場所に立っていた。好奇心に駆られて、地面にしゃがみこみ、ベルベットを思わせるピンク色の花びらに触れてみる。甘い香りは彼女をつつみ、酔わせるようだった。とまどいながらも、ホリーは歓声をあげたくなった。無垢な子どものころに知っていた純粋な幸福がいったいどんなものだったか、すっかり忘れていた。「なんて美しい夢なの」ホリーはつぶやいた。

笑みを含んだ声が彼女に応える。「これは夢じゃないよ」

まごつき、眉間にしわを寄せて振りかえり、その懐かしい声がいったいどこから聞こえたのかと必死に探す。そして彼女は見つけた。その人はこちらに向かって歩いてくるところだった。彼は立ち止まり、けっして忘れようのないあの青い瞳で見つめた。

「ジョージ」ホリーは彼の名を呼んだ。

ホリーのみずみずしく透きとおるような肌は、いまや暗紫色に変わり、呼吸は異様に速く、浅いものになっている。熱がありえないくらい上がっており、半開きの目はどこか一点をじっと見つめている。純白のナイトドレスをまとい、脚に薄いシーツをかけてひとりベッドに横たわる彼女は、まるで子どものように小さかった。彼女は死にかけている。ザッカリーはぼんやりとそう思った。このあとのことなど、いっさい考えられなかった。彼にはもう希望も、期待も、未来の喜びも幸福もない。彼女の命が消えるとともに、自分の人生も終わってしまう気がする。彼は部屋の隅で静かに、ドクター・リンリーが診察するのを待った。ポーラとモードも寝室に現れた。ふたりとも見るからに、必死に悲しみを押し隠している様子だ。

医師が近づいてきて、妙に優しい声で話しかけた。「ミスター・ブロンソン、わたしは特別な技術をいくつか身につけています。そのうちの大半は、奥様の命を救うのではなく、死を早めるためのものです。いまのわたしにできるのは、奥様を安らかに送ってさしあげることだけです」

ザッカリーは説明など必要としていなかった。リンリーがなんの話をしているのかくらいわかる。腸チフスの最後の苦しみを味わわずにすむよう、薬でホリーを穏やかに眠らせるというのだろう。自分の呼吸が、ちょうどホリーの呼吸のように、異様に速く、浅くなるのを感じる。そのとき、彼はホリーの息づかいが変わるのに気づいた。ベッドのほうを見やると、妻は呼吸困難に陥ったように、とぎれがちに息を吐いていた。

「臨終の喉声だわ」モードがおびえた声でつぶやいた。

ザッカリーは胸のなかでなにかがぷつんと切れるのを感じ、じっとこちらを見据える医師の視線から逃れた。「出ていってくれ」と吠えるように訴える。そこにいる三人全員に向かって歯をむき、怒り狂ったけだもののようにうなってやりたい衝動に駆られていた。「ふたりきりにしてくれ。いますぐ出ていってくれ！」

驚いたことに、三人はなにも言わずに彼に従った。母はハンカチで嗚咽を隠しながら扉を閉めた。ザッカリーは扉に鍵をかけ、誰も入ってこられないようにしてから、ベッドに歩み寄った。ためらうことなくマットレスに腰を下ろし、腕のなかにホリーを抱いた。彼女が弱々しく抗う声をあげるのも気にしなかった。「必要とあらば、来世まであなたを追っていくよ」彼はかすれ声で耳元にささやきかけた。「あなたはけっして、わたしから逃れられやしない。天国へでも、地獄へでも、さらにその先へでも、あなたを追っていく」彼はささやきつづけた。脅すように、なだめるように、あるいは、罵るように。ささやきかけながら、両手で彼女の体をしっかりと抱きつづけた。そうすれば、彼女の魂が体から抜けでてしまうのを食いとめられるとでもいうように。「ホリー、わたしと一緒にいてくれ」荒々しくつぶやきながら、汗ばんだ熱い頬や首筋に唇を這わせる。「こんなことをしないでくれ。一緒にいてくれったら」痛む喉からそれ以上声が出なくなると、彼はホリーとともに横たわり、動きを止めた胸に顔をうずめた。

それはたしかにジョージだった。だが外見は、生前といくぶん変わっていた。彼はとても若く、肌や瞳や髪は光を放ち、全身が力強く、健康そうに輝いていた。「愛するホリー」彼は静かに笑いながら彼女を呼んだ。彼女を驚かすことができたのを、楽しんでいるようだ。

「わたしが会いに来るなんて、思わなかったろう?」

会えてうれしいのに、ホリーは後ずさり、ジョージを凝視した。なぜか彼に触れるのが怖い。「ジョージ、どうしてまたあなたに会えたの? わたし……」ホリーはいま自分が置かれている状況について考えた。これまでの人生がもう終わってしまったのかもしれないと思い至ったとたん、幸福感は潮のように引いていった。「なんてこと」彼女はつぶやいた。ふいに目の奥がちくちくと痛くなってくる。涙はこぼれなかったが、心のなかは悲しみでいっぱいだった。

ジョージは首をかしげて、愛情深く彼女を見つめた。「まだ心の準備ができていないんだね?」

「ええ」ホリーはますます打ちひしがれながら答えた。「ジョージ、選択肢はないの? いますぐ向こうに戻りたい」

「あの牢獄みたいな体にかい。激痛に苦しみ、もがかなくちゃいけないんだよ? わたしと一緒に来たほうがいいのに。ここよりももっと美しい場所だってあるんだよ」ジョージはそう言って、招くように手を差し伸べた。「さあ、案内してあげよう」

ホリーは激しくかぶりを振った。「ごめんなさい、ジョージ。あなたにいくつ楽園を教えてもらっても、わたしにはもう……わたしを必要としている男性がいるの。わたしもその人を――」

「ああ、そのことなら知っているよ」

「知ってるの？」意外にも、ジョージの顔に非難の色は少しも浮かんでいない。「彼とローズのもとに戻らなければならないの！　お願いだからわたしを責めないで。あなたを忘れたわけじゃない。いまも大切に思ってる。だけど、あの人を愛してしまったの！」

「わかってる」ジョージがほほえみ、ありがたいことに、差し伸べた手を引き戻してくれた。「そのことで、きみを責めたりしないよ」

ホリーはそれ以上後ずさるつもりはなかった。だが不安のあまり、気がつくと彼から離れていた。

「運命の人を見つけたんだね」

「ええ、わたし……」彼はわかってくれたのだ。そのことに気づいて、ホリーの胸の内は洗われるようにすっと軽くなった。「ええ、見つけたわ」

「よかった」ジョージはつぶやいた。「きみが自分の幸運に気づくことができてよかったよ。ここに来たとき、ひとつだけ心残りがあった。生きているころ、他人のためにほとんどなにもしなかったろう？　わたしたちが日々気にかけていたことなんて、どれもつまらないことばかりだったのに。ホリー、本当に大切なものは愛だけだよ。人生を愛で満たすこと、いいね」

ジョージが去っていく。その後ろ姿を見送りながら、ホリーの心は何度もぐらついた。「ジョージ」と震える声で名を呼んだ。彼に訊きたいことがたくさんある。

彼は立ち止まると、愛情をこめた笑みで振りかえった。「ローズに、いつも見守っていると伝えておくれ」

そして彼は消えた。

ホリーはまぶたを閉じた。とたんに、ものすごい勢いで落ちていくのを、熱と闇のなかへと戻っていくのを感じた。そこには荒々しくうなるような声が響いていた。その言葉が彼女の体にまとわりつく。あまりの激しさに最初はしりごみしたが、やがて、その声がどこから発せられているのか気づいた。ホリーは身じろぎした。腕が鉄におおわれているかのように、うんざりするほど重たく感じられる。天国を思わせる場所に行き、浮遊するような身軽さを味わったあとなので、ふたたびこの激痛と不快に慣れるのは容易ではない。だがホリーは喜んでそれを受け入れた。世界一愛する人との時間をまだこの世で、あるいは来世でも、過ごすことができるとわかっているから。彼女は手を伸ばし、ささやきつづける夫の唇を指先で閉ざした。指先に唇の震えが伝わってくる。「しーっ」彼女はささやいた。荒々しい祈りがようやく聞こえなくなって、ほっとした。口を開くだけでも一苦労だったが、自分に言い聞かせるためにも必死に意識を集中させた。「静かにして……もう大丈夫だから」

目を開けて、青ざめ、取り乱したザッカリーの顔をじっと見つめる。黒い瞳は驚きにかっと見開かれて感情がうかがい知れず、まつげには涙が光っている。ホリーはゆっくりと、肉のそげた彼の顔を、頬をなぞりながら、彼が正気を取り戻すのを、なにが起きたのか理解してくれるのを待った。

「ホリー」と呼ぶ声は震えて、ひどく弱々しかった。「わ、わたしと一緒にいてくれるのか?」

「もちろんよ」ホリーは吐息をもらしてほほえんだ。それだけでもひどく体力を消耗するが、手は夫の頰に置いたままにした。「どこにも行かないわ……愛するザッカリー」

エピローグ

「もっとたかくあげて、ママ、もっとたかく！」

ホリーが紐を繰りだすと、凧はいったん急降下してから、雲がたなびく空高く舞い上がった。強い風が吹いて、緑色のシルクの尾がひらめく。ローズは母のかたわらで小走りになりながら、うれしそうに歓声をあげた。ふたりのスカートと脚がからみあい、一緒になってきゃっきゃっとはしゃぎながら地面に転がる。すぐにぴょんと立ち上がったローズが紐をつかみ、また走りだす。茶色の巻き毛が風にのって輝いている。ホリーはそのまま、地面に仰向けになった。ほほえみを浮かべ、乾いた緑の芝生の上で、顔いっぱいに陽射しを受けながらほっと一息つく。

「ホリー」心配そうな夫の声がホリーの夢想をさまたげた。彼女は横向きになって、問いかけるように夫にほほえみかけた。屋敷を背にこちらにやってくるのが見える。ひたむきな足どりで、こわばった眉間にしわまで寄せて。

「書斎の窓から見ていたのね」ホリーはつぶやき、一緒に座るよう手招きした。

「あなたが転ぶのが見えた」ザッカリーはぶっきらぼうに言いながら、かたわらにひざまずいた。「大丈夫かい？」

ホリーは腰をひねってまた仰向けになった。ドレスに染みができてもかまわない。きっといまの自分は、れっきとしたレディなどではなく、おてんばな田舎娘のように見えることだろう。「もっと近くに来て、ね？」とかすれ声で夫を呼ぶ。

ザッカリーはしぶしぶ笑みを浮かべ、しどけなく横たわる妻の全身に視線を走らせた。スカートがめくれて、純白の靴下につつまれた足首まであらわになっている。夫の視線を感じながら、ホリーはじっと横たわったまま、今日こそ彼の自制心が消えてなくなってくれますようにと祈った。腸チフスから回復してすでに六週間が経っている。その間にホリーはすっかり健康を取り戻した。頬は元どおりの薔薇色になり、元気に過ごせるようになり、少々肉づきまでよくなってきた。これ以上ないくらい、顔色も体の調子もいい。そうして回復するにつれて、夫ともっと触れ合いたいという自然な欲求もわいてきた。

ところが皮肉なことに、ザッカリーの心は彼女の体ほどには順調な回復を見せてくれなかった。愛情深く、ちゃめっけのある態度は以前のままだが、妻への接し方に侵しがたい自制心が感じられる。体に触れるときも、ありえないくらい控えめなしぐさで、あたかも彼女がまだ回復しきっておらず、なにかの拍子に傷つけてしまうことを恐れているかのようだった。体重はいくらか戻ってきているが、以前のたくましさには遠く、まるで目に見えない敵が飛びかかってくるのに備えるかのように、絶えず警戒し、緊張している。

ホリーが腸チフスにかかって以来、ふたりは愛を交わしていない。彼のなかに求める気持ちがあるのはまちがいないし、二カ月も禁欲生活を強いられて、さぞかし苦しんでいるはずなのに、それでもなおホリーの誘いを優しく拒絶し、もっと元気になったらねと言う。どうやらホリーの健康状態に関するザッカリーの見立ては、彼女自身とも、あるいはドクター・リンリーともちがうようだ。ドクター・リンリーは如才なく、ご自分で大丈夫と判断したら、結婚生活にまつわるあらゆる行為を再開してかまいませんよと助言してくれた。けれども、夫をベッドに迎えられるくらい健康体に戻ったのだといくら伝えようとしても、ザッカリーを納得させることはできないようだった。

彼に緊張を解いてほしい。幸福感に浸り、自制心を解き放ってほしい。ホリーはそんな思いから、挑発的なまなざしを向けてみた。「キスして……ここにはローズしかいないし、あの子は気にしないから」

ザッカリーは一瞬ためらってから身をかがめ、そっと唇を重ねた。ホリーは片手を彼のうなじに添えて、筋肉が鉄のように凝った部分を指先でつつみこんだ。彼を抱き寄せ、舌先で唇に触れてみる。だが彼は愛撫をかえそうとしない。彼女の手首を優しくつかむと、うなじから離してしまった。

「戻らなければ」ザッカリーは弱々しく告げ、吐息をもらした。「仕事があるんだ」身震いし、小さく笑ってからすっと立ち上がり、もどかしげな顔で彼女を見やり、歩み去った。ホリーは身を起こし、とぼとぼと屋敷に戻る夫の大きな背中をじっと見つめた。

なんとかしなくちゃ。彼女はいらいらと考えつつ、なんとなく愉快にも感じていた。あのザッカリー・ブロンソンが、こんなにも自制心が強いとは夢にも思わなかった。彼女に触れることを、恐れていると言ってもいい。もちろん、不注意から彼女を傷つけてしまう心配はもうないと確信できたあかつきには、自分から愛を交わそうという気になるだろう。だがホリーはその日を待つ気はない。いますぐに彼がほしい。気も狂わんばかりの喜びを与えてくれる、男らしくて精力にあふれ、よこしまな彼が。勝手に自分の気持ちを抑えて満足している、思慮深く優しいだけの夫など望んでいない。

市街の事務所で一日仕事をして過ごし、帰宅したザッカリーは、屋敷に足を踏み入れるなり安堵のため息をもらした。今日の話し合いはとりわけ難儀だったが、鎖や釘や針を作る金属工場の株式を買取り、大株主になることに成功した。交渉にてこずったのは、金銭的な折り合いがつかなかったからではない。今後の経営を彼の部下に任せる、つまり経営方針を彼の流儀に変更するという案に、未来の共同経営者たちがなかなか納得しなかったためだ。バーミンガムにあるその工場で、ザッカリーは作業員の労働時間を妥当な長さに短縮し、子どもを雇うのをやめるつもりだった。利益の一部を再投資する方法について説明したときには、共同経営者たちからそのような方法はばかげている、必要ないと反対意見に遭った。危うく交渉を白紙に戻すところだったが、彼が一歩も譲らないとわかると、ついに向こうが折れ、すべての条件をのんだ。

ひたすら忍耐強く交渉をつづけたせいで、いまのザッカリーはすっかり気持ちが高ぶっている。ずっと臨戦態勢だったためにまだ緊張がほぐれず、やり場のないエネルギーをどうにか発散したくて仕方がない。だが一番いい方法、つまり、ホリーとベッドで転げまわるのは、いまはまだできない。積極的に迫ればホリーが受け入れてくれるのはわかっている。だが、彼女はまだあんなにもか細く、はかなげだ。自分が強く迫ったせいでまた体調が悪くなったらと思うと、恐ろしくてならない。それに、彼女に対する自分の思いに、われながら途方に暮れてもいる。最後に愛を交わしたのはもうずいぶん前のことなので、ふたたび愛を交わせる喜びから、獰猛なけだもののように襲いかかってしまうかもしれない。

今日は木曜日。夜に使用人たちの仕事がない日ではあるが、それにしても邸内がずいぶん静かでひっそりとしている。玄関広間から家族用の食堂に向かったザッカリーは、いつもならテーブルに用意されているはずの、さめた夕食がそこにないのに気づいておやと思った。懐中時計を確認すると、いつもより一五分ほど遅いだけだ。それなのに、もうみんな食事をすませて、休んでしまったのだろうか。しかもどういうわけか、邸内には人っ子ひとり見あたらない。さりげなく人を呼んでも、応える者はない。まるで、無人になってしまったかのようだ。

眉をひそめつつ、ザッカリーは大階段のほうに向かった。自然と小走りになってくる。ひょっとしてなにかあったのだろうか……そして彼は、そのなにかを見つけた。真紅の薔薇が一輪、階段の一番下にそっと置かれていた。手にとってみると、長い茎から棘が丁寧に取り除かれていた。階段を上っていくと、六段目にまた一輪あった。それから、一二段目にも。

のを見つけた。花束からたちのぼる甘い香りが鼻腔をくすぐる。一〇本以上も拾ったとき、彼は自

視線を上げた先に、真紅の薔薇は彼を導くように点々と並んでいた。

胸の奥のほうから笑みがわいてくる。ザッカリーは小さくかぶりを振り、薔薇に導かれるがままゆっくりと歩を進めた。とくに急ぐこともなく、一輪一輪、薔薇を拾いながら。みずみずしい花束からたちのぼる甘い香りが鼻腔をくすぐる。一〇本以上も拾ったとき、彼は自室の前に来ていた。最後の一輪が、赤いリボンで扉の取っ手にぶら下がっている。ザッカリーは夢心地で取っ手を引き、足を踏み入れ、扉を閉めた。

部屋の片隅に小さなテーブルが設けられ、ふた付きの銀の皿と、銀の燭台にのった蠟燭が並んでいる。ふたり用のくつろいだ夕餉のテーブルから、茶色の髪の愛らしい妻に視線を移す。ホリーはとても薄い黒のネグリジェに身をつつんでいた。みだらなほど薄いネグリジェ越しに、体の線が透けて見えた。ザッカリーは呆然と、言葉もなく見つめるばかりだ。

「みんなは？」とやっとの思いでたずねた。

ホリーが薔薇を魔法の杖のようにさっと振る。「消えてもらったわ」謎めいた笑みを浮かべて、ザッカリーに歩み寄り、ぎゅっと抱きしめる。「どちらを先になさる？　夕食？　それとも、わたし？」

ザッカリーの手のなかから薔薇の花束が落ち、さわさわと音をたて、甘い香りを放ちながら床に広がる。花々に囲まれながら、胸でホリーを受け止めると、やわらかさと、彼女の香りと、女性らしいぬくもりにつつまれた。ザッカリーは両腕を彼女の体にまわした。薄い絹地越しに温かな体に触れただけで、口のなかがからからに乾いて、うずく股間があっという

間に痛いくらい張りつめた。体中を満たす爆発寸前の興奮を必死に抑えようとしたが、強烈な切望感と、長い禁欲生活のせいで、ただそこに突っ立って苦しげにあえぐことしかできない。やがてホリーの小さくて器用な手が、上着の下をあわただしく探り始めた。ボタンをはずし、布地を引っ張り、シャツの裾をズボンから引きずりだす。彼女は手のひらで軽やかに、岩のように硬くなったものをかすめ、つつみこむように愛撫を加え、シャツに頰を寄せてほほえんだ。「これが、質問への答えかしら?」とつぶやくように言い、ブロード地の下で窮屈そうに屹立するものを解き放とうとする。

すっかり動揺しきっていたザッカリーだったが、こわばった口からやっとの思いで言葉を発した。「ホリー、いけない……やめてくれ、自分を抑えられなくなる」

「抑えなくていいわ」ホリーはあっさりと言い、ザッカリーの顔を自分のほうに引き寄せた。彼は顔をゆがませて抗った。「また病気がぶりかえしたら……」

「あなた」ホリーがやわらかな手で頰を撫で、優しくほほえむ。「あなたの愛でわたしは強くなれるの、知らなかった?」引きつった唇の端にそっと指先で触れる。「ちょうだい、ザッカリー。わたし、待ちくたびれたわ」

ザッカリーはうめきながら唇を重ね、深く舌を差し入れた。心地よさにますます興奮が高まり、際限なく口づけ、吸い、なめ、味わいながら、両手でネグリジェ越しに乳房を、腰を、丸いお尻を撫でた。その感触に、陶然としてくる。彼は妻を引っ張ってベッドまで連れていき、抱き上げてマットレスの上に放り、引きちぎるように服を脱ぎ、一糸まとわぬ姿になった。彼女の上におおいかぶさり、黒いシルクのベールに隠されていない透きとおるような肌を両手と口で愛撫した。切迫感を募らせたささやき声が、ネグリジェを脱がせてと訴えてくる。「ボタンがあるでしょう」ホリーはあえいだ。「ちがう……そこじゃないわ。もっと下……そう、そこにリボンが……そうよ」

焦っているので、丁寧に編みこまれたリボンをなかなかほどくことができない。ようやく薄いネグリジェを腰のあたりまで引き上げると、ザッカリーは開かれた太もものあいだに腰で割って入った。ゆっくりと突き立て、なめらかにぬくもったなかへと深く沈ませる。ホリーがせつなげな声をあげて両の手足をからませ、腰を突き上げてぴったりと押しつけてきた。ザッカリーは両手で彼女の頰をつつみこみ、開かれた口に唇を重ね、抑えがたい原始の衝動に駆られながら容赦なく突き立て、彼女が口づけたまますすり泣くまで挿入をくりかえした。小さなつめが背中に食いこむ。彼は身を震わせ、激しく腰を振り、やがて、爆発するような絶頂を迎えた。耐えがたいほど激しく鮮烈な快感が、彼をのみこみ、全身を貫いていった。強烈な歓喜がおさまり始めたころ、ホリーのなかがぎゅっと収縮して、さざなみのように、えもいわれぬ優しさで彼をつつみこんだ。ザッカリーはあえぎ声をあげる彼女に口づけ、できるかぎり奥深くまで沈ませ、おののきが去るまで腰を突き上げつづけた。

ふたりは手足をからませたまま、歓喜の余韻にうっとりとなりながら、くつろいだ表情でしばらく横たわっていた。ザッカリーは挑発するような妻の肢体を指でなぞり、けっきょくほどけなかったネグリジェのリボンにあらためて手を伸ばし、すべて脱がせた。かたわらの枕の上に薔薇が一輪のっているのを見つけると、やわらかに花開いたそれを手にとり、汗に濡れてきらめく妻の肌をなぞり、乳房と臍をくすぐり、脚のあいだをそっとかすめた。「ザッカリー」と抗議して顔を真っ赤にする彼女に、彼はうれしくなる。

けだるくほほえみながら、ザッカリーは二カ月ぶりの心の平穏を味わった。「魔女め。わたしはもっと待ちたかったのに」

ホリーが勝ち誇った笑みで上にのってくる。「わたしにとってなにが最善の選択肢か、必ずしもわかるわけじゃないのね」

ザッカリーは両手でホリーの髪をまさぐり、顔を引き寄せて口づけた。「なにが最善の選択肢なんだい」唇が離れたところで、ささやき声でたずねる。

「あなたよ。可能なかぎりの時間をあなたとともにいること」

胸の内にあふれる愛を感じながら、ザッカリーはほほえむ顔を見つめた。「その願いなら、かなえてあげられそうだ」そしてホリーをきつく抱きしめ、もう一度、愛を交わした。

訳者あとがき

貧民街に暮らす拳闘家から、莫大な富を持つ実業家に上りつめたザッカリー・ブロンソンと、伯爵令嬢のレディ・ホリー・テイラーの物語、『同居生活(原題 Where Dreams Begin)』。ボウ・ストリート・シリーズの合間に書かれ、二〇〇〇年に発表された、いかにもクレイパスらしい作品に仕上がっています。

ある悲しい出来事をきっかけにロンドン社交界から離れていたレディ・ホリーは、三年ぶりに出席した舞踏会で、暗闇にまぎれて見知らぬ男性からの口づけを受けます。男性は元拳闘家のザッカリー・ブロンソン。野心あふれる実業家として名をはせてはいるものの、貧しい出自のために上流社会での地位を築けずにいる彼はかねて、「立派な肩書きのある女性を妻にめとれば箔がつくはず」と考えていました。偶然の出会いからレディ・ホリーを知ったザッカリーは、彼女に近づくためにある策略を練ります。策略はまんまと成功、やがてふたりは奇妙な契約を結び、ひとつ屋根の下で暮らすようになりますが……というのがあらすじです。

旧作をお読みになった読者のなかには覚えている方もいるかもしれませんが、クレイパスはかつてテキサスで大洪水に遭い家を失うという経験をしています。その際、石鹸や下着などの当面の必需品を買いに行った先でカゴにロマンス小説を入れている自分と母を見て、「苦しいときこそロマンス小説が必要」と実感したという逸話があるのですが、実はこの話にはつづきがあります。「すてきなロマンスをもっと書こう」と心を新たにした彼女はこの買い物のあと、さらにノートパソコンも購入して当面の滞在先であるホテルに向かい、さっそく執筆にとりかかりました。そうして誕生したのが本作です。「だからこそこの本は、わたしにとって常に一番大切な作品なんです」と著者は語っています。その一方で、執筆当初はヒーローであるザッカリーのキャラクター設定に頭を悩ませたとか。貧しい出自からのし上がり実業家として成功をおさめる、というのはクレイパス・ヒーローの典型のひとつですが、ザッカリーの場合は話の筋書き上、さらに説得力のある背景が必要だと考えたようです。「元拳闘家」という過去を与えることで、成功した実業家になったあとも体に染みついた攻撃性と用心深さが抜けず、ときに横柄に振る舞い、容易に人に心を開かないザッカリーの人物像が完成されたと言えるでしょう。

対するレディ・ホリーは寛大で心優しくたおやかな、淑女の見本のような女性。現代女性にも通じる強さを備えた強いヒロインが多いクレイパスのヒストリカル作品では、むしろ異色かもしれません。でも、彼女のような女性だからこそ、ザッカリーとの「契約」でも見事に力を発揮し、彼の心を開かせることに成功したのでしょう。この「契約」を遂行する過程でのふたりのやりとりは、これまでの作品にはない秘めた官能と、ウィットに富む会話で読者を魅了するはずです。

最後に本作の設定について少し解説を。作品の冒頭場面は社交シーズン幕開きの舞踏会ですが、読み進めるとわかるように、どうやらこの舞踏会は真冬（正確には一二月の終わり）に開かれたようです。この設定に、ヒストリカル・ロマンスを読み慣れている読者なら「おや」と思われるかもしれません。一般にロンドンの社交シーズンは春と知られており、辞書などでもそのような説明があります。ただ実際には「シーズンはクリスマス後、狩猟期の成果次第でころあいを見て始まり、三月あたりから盛り上がりを見せ始め、五月に正式な幕開きを迎えた」のだそうです。本作冒頭の舞踏会は、ヒロインのレディ・ホリーが三年ぶりに社交界に復帰する機会ということもあり、まだシーズンたけなわではない真冬の舞踏会という舞台があえて選ばれたのでしょう。冬から初夏への時間の流れとともに、悲嘆に暮れていたレディ・ホリーと庶民である自分を卑下し頑なに生きてきたザッカリーもささやかな幸福をつかんでいくという、ふたりの人生に訪れる変化を描きだしているところも巧みです。

二〇〇九年三月

ライムブックス

同居生活《どうきょせいかつ》

著　者　リサ・クレイパス
訳　者　平林《ひらばやし》 祥《しょう》

2009年4月20日　初版第一刷発行

発行人　成瀬雅人
発行所　株式会社原書房
〒160-0022東京都新宿区新宿1-25-13
電話・代表03-3354-0685　http://www.harashobo.co.jp
振替・00150-6-151594
ブックデザイン　川島進（スタジオ・ギブ）
印刷所　中央精版印刷株式会社

落丁・乱丁本はお取り替えいたします。
定価は、カバーに表示してあります。
 ISBN978-4-562-04359-0 Printed in Japan